KiWi
PAPERBACK
1028

Über das Buch:

Eine Leiche wird auf dem Dach eines Hauses gefunden. Doch kaum am Tatort eingetroffen, ruft man Kommissar Crinelli zum nächsten Fall: einen Anschlag auf den ICE Frankfurt–Köln. Alles deutet auf einen terroristischen Hintergrund. Noch in derselben Nacht übernimmt das BKA die Ermittlungen.
Zurück im Präsidium wartet bereits das nächste Gewaltverbrechen auf den Ermittler: ein heikler Entführungsfall. Das Kind eines angesehenen Bankiers ist verschwunden. Die Täter fordern ein Lösegeld in Millionenhöhe.
Eine unerwartete Spur führt schließlich mitten ins kalte Herz der Stadt – und zwischen Attentat, Mord und Entführung stößt Crinelli auf eine ungeheuerliche Verschwörung.
Werner Köhlers eigenwilliger Kommissar ermittelt in seinem zweiten Fall erneut auf eigene Faust. Er vertraut nur noch den engsten Freunden und Mitarbeitern, denn seine Nachforschungen sind von einer solchen Brisanz, dass sie einigen Leuten sehr gefährlich werden. Doch Crinelli ist nicht aufzuhalten, fanatisch verfolgt er einen skrupellosen Killer. Als dieser die Jagd auf ihn eröffnet, beginnt ein mörderisches Wettrennen. Mit höllischem Tempo rast die Geschichte auf ein unaufhaltsames Finale zu. Und nur einer kann dieses Duell überleben.

Der Autor:

Werner Köhler, geboren 1956, lebt und arbeitet als selbstständiger Verleger in Köln. Er ist Miterfinder und Geschäftsführer des internationalen Literaturfestivals lit.COLOGNE, kocht leidenschaftlich und hat mehrere Kochbücher herausgegeben.

Weitere Bücher bei Kiepenheuer & Witsch:
»Cookys«, KiWi 808, 2004; »Das Mädchen vom Wehr. Ein Crinelli Krimi«, KiWi 877, 2005; »Eine ganz normale Familie«, KiWi 965, 2006.

Werner Köhler

Crinellis kalter Schatten

Kiepenheuer & Witsch

Handlung und Personen dieses Romans sind frei erfunden. Übereinstimmungen mit toten oder lebenden Personen sind rein zufällig und nicht beabsichtigt.

1. Auflage 2008

Umschlaggestaltung und -motiv: Barbara Thoben, Köln
Gesetzt aus der Minion und Syntax
Satz: Pinkuin Satz und Datentechnik, Berlin
Druck und Bindearbeiten: Clausen & Bosse, Leck
ISBN 978-3-462-03984-9

1

Die Luft hing wie nasse Wäsche zwischen den Häuserblocks. Kein Wetter für Asthmatiker. Crinelli fuhr Fahrrad, wie er ermittelte: ohne Umwege, schnell und hochkonzentriert. Alle störenden Gedanken blendete er aus. Das kam einer guten Meditation schon sehr nahe.

Als er von der Hauptstraße abbog, begann es wieder zu regnen. Nicht heftig, eher so, als ob eine Gartenbrause federweiche Wasserfäden sprühte.

Hier war es. Elisabethstraße 72. Crinelli kettete sein Rad an ein Verkehrsschild und griff zum Gepäckträger. Er fluchte laut. Wenn er doch einmal einen dieser Plastiktütenklauer in die Finger bekäme, er würde den Typen eigenhändig erwürgen. Wie er den Moment hasste, wenn er sich nach der Arbeit auf einen nassen Ledersattel setzen musste. Nicht nur, dass es die Hosen ruinierte, auch das Leder wurde stumpf, und das störte seinen gleichmäßigen Fahrstil ganz erheblich.

Missmutig steckte er sich eine Zigarette an und ging auf den Beamten zu, der die Eingangstür zum Tatort bewachte. Das Gebäude stand zwischen zwei höheren Geschäftshäusern. Kriegsschaden oder Brand, dachte Crinelli. Er erfuhr den Namen des Hausmeisters und klingelte. Ihm öffnete ein Mann im Trainingsanzug.

»Herr Kasulke? Hauptkommissar Crinelli, Mordkommission Köln. Sie haben den Toten gefunden?«

Kurz bevor er sich ins Wochenende verabschieden wollte, war Crinelli von seiner Kollegin Hammerschmidt über den Toten in der Elisabethstraße informiert worden. Von den Wochenenden erwartete Crinelli nicht mehr viel, seit Maria und er sich getrennt hatten. Also machte er sich selbst auf den Weg zum Einsatzort im Kölner Norden.

»So isses«, nuschelte der Mann und schob seinen dicken Bauch noch etwas weiter nach vorne, als ob er auch noch besonders stolz auf ihn wäre.

»Seit wann befindet sich der Tote auf dem Dach?«

»Seit nach'm Fußballspiel.«

»Was für ein Fußballspiel? Die Uhrzeit, bitte.«

»Gegen neun oder so. Weiß nicht mehr so genau.«

»Gehen Sie jeden Freitag so gegen neun aufs Dach?«

Man hörte den laufenden Fernseher. Eine der unzähligen Quizshows. Dieser Kerl würde niemals über die Tausend-Euro-Frage hinauskommen, dachte Crinelli.

»Nee, Herr Kommissar, wo denken Sie hin? Nach acht gehe ich nicht mehr vors Loch. Da draußen treibt sich doch nur Pack rum. Unsereins bleibt bei Dunkelheit besser zu Hause. Nee, die alte Muhrmann hat mich angerufen und sich beschwert, dass ihr Fernseher nicht mehr läuft.«

»Auch Fußballfan?«, fragte Crinelli, während er sich den Namen in seiner Kladde notierte. »Ich hab Sie was gefragt«, erinnerte er den Hausmeister unwirsch, nachdem Kasulke nichts sagte.

»Weiß ich doch nicht. Wieso? Moment, Sie meinen … Ach so! Nee, die Muhrmann doch nicht, außerdem war das doch vorgestern, Buß- und Bettag.« Crinelli sah Kasulke fragend an. »Na, der Anruf. Die alte Dame hat mich vorgestern angerufen und gesagt, es hätte einen fürchterlichen Schlag getan und dann sei das Bild weg gewesen.«

»Moment mal, Sie haben die Leiche vor zwei Tagen entdeckt und erst heute die Polizei gerufen?« Crinelli schien bereit, Kasulke anstelle des Plastiktütenklauers zu exekutieren.

»Nee, Herr Kommissar, ich kenne doch meine Pflichten als

Bürger. Den Toten habe ich erst heute Mittag entdeckt. Wo denken Sie denn hin? Ich kann doch nicht jeder Beschwerde hier im Haus sofort nachgehen. Wenn Sie wüssten, wie viel sich von allein erledigt, Herr Kommissar, nee, nee.«

Crinelli gab auf. Er erfuhr noch, dass es im Haus, Kasulke mitgezählt, sechs Parteien gab, dann stieg er die Treppe hoch zum Dach.

Im ersten Stock links stand der Müll vor der Tür, und es war mehr als nur eine Tüte. Das erklärte, zumindest teilweise, den fauligen Geruch. Im Mauerwerk steckte die Feuchtigkeit. In den Ecken blühte der Putz schwarz aus, Schimmel. Der letzte Anstrich musste lange zurückliegen. In der zweiten Etage stand eine alte Frau in ihrer Wohnungstür. Sie war das genaue Gegenteil von Kasulke. Klein und sehr dünn.

Crinelli stellte Eva Muhrmann wenige kurze Fragen. Sie antwortete leise. Menschen, die einsam leben, verlieren mit der Zeit das Gefühl für die Modulation ihrer Stimme, hatte er irgendwo gelesen. Die Frau erzählte ihm die Geschichte ausführlicher, als er sie eigentlich wissen wollte. Jeden Abend, pünktlich um acht Uhr, setzte sie sich vor den Fernseher, wo sie schnell einschlief. Nach ein oder zwei Stunden erwachte sie dann meist wieder und ging ins Bett. Am Mittwoch war sie aber von einem lauten Krach geweckt worden. Sie hatte sich erschreckt und sich die schlimmsten Dinge ausgemalt, weshalb auf dem Fernsehbildschirm nur noch Schneegestöber zu sehen war. Sie war in den Flur geschlichen, um nachzuschauen, ob noch andere der Bewohner den Krach gehört hätten. Aber da war niemand, und so hatte sie schließlich den Hausmeister informiert. Seitdem wartete sie darauf, dass etwas geschah – was aber nicht der Fall war, bis vor etwas mehr als einer Stunde zwei Polizisten nach oben aufs Dach gingen, von denen einer kurz darauf wieder verschwand.

Crinelli versuchte die aufgeregte Frau zu beruhigen, versprach, sich um alles zu kümmern, bedankte sich für ihr umsichtiges Verhalten und stieg endlich die Leiter hinauf, über die man auf das Flachdach gelangte.

Der Tote lag auf der nassen Dachpappe. Der sichernde Beamte stand einige Meter weiter links, die Arme vor der Brust verschränkt, und empfing Crinelli mit einem bemüht freundlichen Nicken. Es war dunkel, doch Crinelli erkannte sofort, weshalb bei Eva Muhrmann der Fernseher versagt hatte. Der kümmerliche Rest des Antennenmasts ragte aus dem Rücken des Toten. Der Mann war aufgespießt worden. Crinelli besah sich die umliegenden Häuserwände. Wenn nicht ein Flugzeug den Toten verloren hatte, musste er aus einem der Nachbargebäude gestürzt sein. Das linke Haus hatte keine Fenster zu dieser Seite hinaus. Das gegenüberliegende Gebäude war ein neues Bürogebäude mit einer kompletten Glasfassade. Hinter keinem der Fenster brannte noch Licht.

Crinelli schob sich eine Zigarette zwischen die Lippen, ohne sie anzuzünden. Rauchen am Tatort war verboten. Er ging neben dem Körper in die Hocke. Offenbar hatte der Mann sich bei dem Sturz auch noch das Genick gebrochen. Sein Kopf war derart verdreht, dass Crinelli direkt in die toten Augen blickte. Er löste seine kleine Taschenlampe vom Schlüsselbund und leuchtete in das blassfahle Gesicht des Toten. Vereinzelter Bartwuchs auf tief eingefallenen Wangen. Zentimeter für Zentimeter tastete der Lichtkegel den Leichnam ab. Crinelli streifte sich Gummihandschuhe über und hob den Oberkörper des Mannes ein wenig an. Er trug einen speckigen dunklen Anzug, schwarze, stark abgetretene Schuhe, ein am Kragen durchgescheuertes, weißes Hemd und eine dunkle Strickkrawatte. Strickkrawatten waren nicht gerade in, das wusste selbst Crinelli.

Er nahm die Zigarette aus dem Mund und rollte sie zwischen den Fingern hin und her. Alles an diesem Fundort stimmte Crinelli traurig. Das nach Verwesung riechende Haus, seine abgerissenen Bewohner und die Leiche selbst. Irgendwie erinnerte ihn der Tote an einen Leichenbestatter kurz vor dem finanziellen Ruin.

»Armes Schwein«, sagte er in Richtung des uniformierten Kollegen. Der Grüne nickte beflissen, sah den Kommissar aber weiterhin nur erwartungsvoll an. »Haben Sie schon was unternommen?«

Ein fragender Blick anstelle einer Antwort. Natürlich nicht, dachte Crinelli. Der Grüne wartete auf Anweisungen. Wer nichts tat, machte auch nichts falsch. Crinelli nickte mehrmals hintereinander mit dem Kopf und suchte sein Handy. Ein Piepton kündigte das baldige Aufgeben des Akkus an. Er wählte Hammerschmidts Nummer. Sie antwortete nicht. Danach versuchte er Bohlen zu erreichen – wieder kein Glück. Auch in der Zentrale der Mordkommission nahm niemand ab.

»Das gibt's doch nicht«, fluchte er laut.

Der Beamte grinste und imitierte Crinellis Kopfnicken. Crinelli dachte kurz nach und wollte eben die Nummer der Leitstelle wählen, um sich von dort aus verbinden zu lassen, als sein Handy plötzlich klingelte.

Es war Kleinert. »Crinelli!«, hörte er ihn ins Telefon blaffen, im Hintergrund lauter Krach.

»Verdammt, Crinelli, wo stecken Sie denn? Ich brauche Sie hier. Wir brauchen jeden verfügbaren Mann.«

»Was ist denn los?«, fragte Crinelli eher lustlos.

»Anschlag!«, schrie sein Vorgesetzter, als könnte dieses kleine Wort die ganze Welt erklären. »Ein verdammter Anschlag. Hier sieht es aus wie Dresden 45.«

»Was für ein Anschlag, Chef? Und wo?«

»Auf einen ICE, verstehen Sie? Irgendwelche Scheißkerle haben einen fahrenden Zug angegriffen. Hier draußen, auf freier Strecke zwischen Siegburg und Köln. Überall Leichen. Ich brauche Sie hier, Crinelli. Ich schicke Ihnen einen Wagen. Wo sind Sie?«

»Elisabethstraße. Aber ich habe hier selbst einen Fall. Ein toter Mann auf einem Dach. Ich brauche dringend die Spurensicherung. Im Präsidium hebt nur keiner mehr ab.«

»Das können Sie vergessen. Sie können alles vergessen, auf absehbare Zeit sogar. Verstehen Sie mich, Crinelli? Hier ist es wie in der Hölle. So was haben Sie noch nie gesehen. Leichen, Schwerverletzte, der Wahnsinn. Das hier hat ab jetzt absolute Priorität. Lassen Sie den Mist auf dem Dach die anderen machen und kommen Sie sofort her. Wie war die Adresse? Elisabethstraße?«

»72. Aber es gibt keine anderen, Herr Kleinert …«

Die Leitung war tot.

Es gab ein paar Dinge im Leben, die Crinelli nicht mochte. Zum Beispiel, wenn ihm jemand vorschreiben wollte, dass eine Ermittlung Vorrang vor einer anderen hatte. Andererseits war Kleinert kein Mann, der übertrieb. Im Gegenteil, für Crinellis Geschmack hätte sein Vorgesetzter in einigen Situationen sogar auch mal etwas mehr Temperament zeigen können. Ein Anschlag auf einen ICE. *Überall Leichen*, hatte Kleinert gesagt. Crinelli wurde nervös.

»Und, was glauben Sie, was hier geschehen ist?«, fragte Crinelli den Kollegen.

Der Streifenpolizist zuckte zusammen. Eben noch hing der Kommissar tief gebeugt über dem Toten, und jetzt stand er direkt neben ihm.

»Ich denke«, fing er zaghaft an, »der Mann ist tot. Mehr kann man zum jetzigen Zeitpunkt nicht sagen.«

Crinelli gab dem Kollegen die Hand. »Messerscharf«, sagte er, »bleiben Sie hier, bis irgendjemand kommt und die Leiche einsammelt, verstanden?«

Dass der Kollege eifrig nickte, sah Crinelli schon nicht mehr.

Auf dem Weg zurück auf die Straße telefonierte er mit der

Leitstelle und befahl dem Dienstgruppenleiter, sofort einen Kollegen von der Spurensicherung zu schicken: »Und wenn der aus München eingeflogen werden muss«, schrie er, »oder seid ihr mit dem bisschen Anschlag schon überfordert?«

Dem am Treppenabsatz wartenden Kasulke nickte er zum Abschied lediglich zu.

Sie können alles vergessen, auf absehbare Zeit. Der Dienstwagen ließ auf sich warten. Crinelli ging zum Nachbarhaus und studierte die Namen auf dem Klingelbrett – ausschließlich Firmenadressen. Er trat drei Schritte zurück und blickte an der Fassade hinauf. Den Text der defekten Leuchtreklame auf dem Dach konnte er nicht entziffern. Türkisch. Trotzdem versuchte er den Namen halblaut vor sich hin zu sprechen. Er würde wohl wiederkommen müssen. *Sie können alles vergessen, auf absehbare Zeit.*

2

Ein heranpreschender Krankenwagen, der sich mit einem wilden Hupkonzert Gehör verschaffte, zwang den Fahrer, seinen Wagen an den Straßenrand zu steuern. Je länger der Trip dauerte, desto unruhiger rutschte Crinelli auf der Rückbank hin und her. Er wollte aussteigen und die letzten Meter zu Fuß laufen, aber in dem Wirrwarr aus Menschen und Material wäre er verloren gegangen. Er harrte aus und klopfte dafür mit den Fingerknöcheln immer schneller gegen die Scheibe. Sein linkes Bein wippte auf und ab.

So was haben Sie noch nie gesehen. Kleinert hatte recht gehabt. In all seinen Jahren bei der Polizei hatte es nie etwas Vergleichbares gegeben. Die Wut über den Abzug von »seiner« Leiche kam ihm angesichts des ganzen Durcheinanders auf diesem Gelände inzwischen lächerlich vor.

Blaulicht markierte den eigentlichen Tatort. Dutzende Übertragungsfahrzeuge versperrten den Weg zum Ziel. Crinelli kurbelte das Fenster herunter und streckte den Kopf hinaus. Ein Geruch nach Kohlenmonoxyd hing in der feuchten Luft und legte sich schwer auf seine Lungen. Im schwarzen Nachthimmel schwebten ein halbes Dutzend Helikopter. Die Rettungshubschrauber tauchten aus dem Dunkel auf und gingen über dem Tatort in den Sinkflug über. Die Übrigen umkreisten unaufhörlich die Anschlagstelle. In ihnen saßen die Kameraleute der Nachrichtensender und die Reporter der Boulevardblätter.

Das Blitzlicht eines Fotografen blendete Crinelli. Bunte Ringe tanzten vor seinen Augen. Als er langsam wieder die Konturen seiner Umgebung wahrnahm, bemerkte er das Mikrophon, das ihm der Reporter durch das Fenster hineinstreckte. Der Kommissar knurrte, drückte das Mikro von sich weg und schloss das Fenster. Dann erreichten sie den Unglücksort.

Crinelli war in einer völlig anderen Welt gelandet. Unzählige Spurensicherungsbeamte in ihren weißen Anzügen hasteten über die Wiese. Dazwischen Hundeführer, Grüne, Sanitäter mit Tragen und die Kripo. Im Hintergrund thronte der Zug. Große Scheinwerfer waren auf ihn gerichtet. Der Lärm der Hubschrauber erstickte jeden anderen Laut. Blaulicht tauchte alles in ein nervös zuckendes Licht.

Crinelli überlegte, wohin er zuerst gehen sollte. Unter all den Polizisten erblickte er nur wenige bekannte Gesichter. Von Kleinert keine Spur. Er harrte einen Moment aus – fasziniert, und doch hatte er das Gefühl, hier nicht hinzugehören. Schritt um Schritt ging er in Richtung ICE. Niemand nahm von ihm Notiz. Als er den Hügel unterhalb der Gleise erreichte, hatte Crinelli sich wieder gefangen.

Er besah sich den Zug. Die Täter mussten sehr gut ausgestattet gewesen sein. Modernste Waffen und anderes technisch hochwertiges Gerät. Ein Kugelhagel hatte die ersten drei Waggons regelrecht zerfetzt. Solche Einschusslöcher riss keine kleinkalibrige Munition. Und um die Außenhaut eines fahrenden Objekts zu durchschlagen, brauchte man mehr als nur irgendein großes Gewehr. Über solche Waffen verfügte legalerweise nur das Militär.

Von wo hatten die Täter geschossen? Crinelli drehte sich um und entdeckte in einiger Entfernung die Spurensicherung bei der Arbeit. So grausam sich diese zum Schlachtfeld gewordene Wiese auch präsentierte, der Tathergang war vergleichsweise leicht zu rekonstruieren. Der oder die Attentäter hatten sich hinter einer Reihe von Bäumen so lange versteckt gehalten, bis der Zug nahe genug herangekommen war, um das Feuer zu eröffnen. Zunächst hatten sie die Lok beschossen und danach die folgenden Waggons der ersten Klasse angegriffen. Großkalibriges Dauerfeuer, den Rest erledigte der fahrende Zug selbst. Ziemlich sicher hatte es den Zugführer als Ersten erwischt, zumindest würde dies das abrupte Bremsen erklären. Crinelli erinnerte sich, dass ein Programm den ICE sofort stoppt, wenn der Mann auf der Lok nicht alle 30 Sekunden einen Knopf drückt und damit ein elektronisches Okay an das Kontrollzentrum der Bahn übermittelt. Der Tathergang war offensichtlich, aber warum schoss jemand auf einen fahrenden Personenzug?

Crinelli atmete zweimal tief durch, dann betrat er das Abteil. Das Erste, was er sah, waren die Scherben. Sie bedeckten Sitze und Boden wie eine geschlossene Schneedecke. Sie lagen auf den Köpfen der Opfer wie kleine Kristalle.

Das Zweite, was er sah, war Blut. Es mischte sich mit dem vielen Glas und schuf so Kunstwerke von verwirrender Schönheit.

Und dann die Stille. Er hatte das Gefühl, als ob selbst der Lärm der Hubschrauber hier nicht einzudringen vermochte. Wenn die Beamten überhaupt miteinander sprachen, dann im Flüsterton.

Er schaute in die Augen eines Mannes, der eine tote Frau im Arm hielt. Daneben weitere leblose Körper, einige völlig zerfetzt, andere saßen immer noch auf ihren Plätzen, als wäre nichts geschehen. Vor ihm im Gang lag ein ganzes Knäuel, als hätten sich alle gleichzeitig auf einen Ball geworfen, den sie jetzt unter sich begruben. Crinelli kletterte über zwei Sitze und bahnte sich so einen Weg durch den ersten Waggon. Dass nicht alle in dem Abteil tot waren, gab ihm etwas Hoffnung. Viele waren aber so stark verletzt, dass die Zahl der Opfer in den kommenden Tagen nochmals steigen würde.

Den Durchgang zum nächsten Abteil versperrten ein junger Mann und ein noch jüngerer Arzt, der bei dem leblosen Körper kniete. Als der Mediziner Crinelli in seinem Rücken bemerkte, sah er zu ihm hoch und schüttelte den Kopf.

Crinelli wartete, bis der Arzt sich dem nächsten Opfer zuwandte. Der Tote saß in seinem Sitz, als hätte er es sich gemütlich gemacht für eine lange Reise. Die Szene wirkte friedlich, hier hatte niemand Angst gehabt. Kopfhörer hingen lose um seinen Hals. Crinelli verfolgte die Kabel abwärts. Im Schoß des Toten lag ein tragbarer DVD-Player. Crinelli starrte ungläubig auf das Bild. Das Gerät war noch intakt, und auf dem Display gab ein Sänger ein umjubeltes Konzert. *The more you ignore me, the closer I get.* »Scheiße«, flüsterte Crinelli.

Crinelli kletterte aus dem Zug und sog begierig die kalte Luft ein. Er hatte den Geruch von süßlichem Blut und Exkrementen in der Nase. Ihm war flau zumute. Er kannte blutgetränkte Tatorte. Und er kannte den Geruch von Leichen. Aber gewöhnen konnte er sich daran nicht. Um nicht zu verkrampfen, ließ er seine Arme locker herunterbaumeln. Er schüttelte sie aus, bevor er seine Hände mehrmals schnell hintereinander öffnete und wieder zur Faust ballte. Er drückte den Rücken durch und steckte sich eine Zigarette an. Es dauerte einige Züge, bis sich sein Pulsschlag wieder normalisierte.

■■
■■

»Crinelli, hier unten, verdammt nochmal.«

Kleinert lag seltsam gekrümmt im Gras. Crinelli beugte sich zu ihm hinunter.

»Was machen Sie denn da, Chef?«

»Blöde Frage. Holen Sie einen der Sanis. Ich glaube, mein Bein ist hinüber. Dieses verdammte Loch.«

Crinellis Gesicht verzog sich zu einem Grinsen.

»Was grinsen Sie denn so dämlich? Sind Sie verrückt geworden?«

»Grinsen, Chef? Das muss das Licht sein. Tut es sehr weh?«

»Ja natürlich, meinen Sie, ich liege hier aus Spaß?«

»Wird schon nicht so schlimm sein. Lassen Sie mal sehen.«

Crinelli tastete sich von Kleinerts Knie an abwärts. Was er zu fassen bekam, war nicht etwa Haut, sondern Knochen. Als er seine Hand zurückzog, war sie voller Blut – kein Wunder, dass Kleinert vor Schmerzen wimmerte. Ohne auf die Verletzung einzugehen, erhob sich Crinelli und suchte nach dem nächstbesten Sanitäter. Der Erste, den er ansprach, schüttelte nur mit dem Kopf, nachdem ihm Crinelli sein Anliegen in kurzen Worten dargelegt hatte. Man brauchte sich keine Illusionen zu machen: In diesem Durcheinander zählte ein gebrochener Knöchel nichts.

Inmitten der vielen Notbehandlungseinheiten entdeckte Crinelli schließlich Arne Weymann, den Chef der Gerichtsmedizin. Er war tief über einen Verletzten gebeugt. Crinelli wartete einen Moment, dann tippte er ihm auf die Schulter. Der Doktor drehte sich zu ihm um und richtete sich auf. Er überragte Crinelli um anderthalb Köpfe.

»Crinelli. Hab Sie schon vermisst. Wo haben Sie gesteckt?«

Der Kommissar zuckte mit den Achseln. »Auf einem anderen Tatort, wo sonst?«

»Ich hab schon viel in meinem Leben gesehen, Crinelli …«, fuhr Weymann fort und brach unmittelbar wieder ab. »Haben Sie mal ’ne Zigarette? Ich glaube, ich brauche eine Pause.«

Crinelli streckte ihm die Packung entgegen und gab ihm Feuer, bevor er sich selbst eine ansteckte.

»Schade, dass Sie keinen *Carlos* dabeihaben, Doc.« Weymann liebte spanischen Brandy. »Ich könnte einen vertragen. Da drüben gibt es übrigens ein Problem. Kleinert hat sich den Fuß gebrochen. Er liegt hinten auf der Wiese. Ich glaube, es ist was Ernstes. Ich weiß, dass Sie dafür im Moment eigentlich keine Zeit haben, aber könnten Sie ihn sich trotzdem mal ansehen?«

»Unglücklicher Zeitpunkt. Was ist passiert?«

»Er ist in ein Loch getreten und dabei umgeknickt. Der Knochen drückt sich seitlich aus dem Fleisch. Blutet wie Sau.«

»Blut, Blut, gibt's denn nichts anderes mehr heute Nacht?« Weymann stöhnte auf. »Na gut, ich schicke einen Kollegen rüber zu ihm. Ich kümmere mich darum, versprochen.«

Crinelli war noch keine zwei Schritte von Weymann entfernt, als er erneut seinen Namen hörte.

»Verdammter Mist! Crinelli, warten Sie. Wo haben Sie denn gesteckt? Suche Sie schon. Haben Sie Kleinert gesehen? Der ist wie vom Erdboden verschwunden.«

René Böker war der Leiter der Zentralen Kriminalitätsbekämpfung in Köln und damit sowohl Kleinerts als auch Crinellis oberster Boss. Unter Stress neigte er zu schwer nachvollziehbaren Gedankensprüngen.

»Der liegt da hinten und ist außer Gefecht, aber nun glauben Sie bloß nicht …«

»… außer Gefecht?«, schrie Böker hysterisch. »Außer Gefecht, was heißt das? Crinelli, sind Sie verrückt? Ich brauche jeden Mann, verstehen Sie?«

»Herr Böker, Kleinert hat sich den Fuß gebrochen. Er braucht sofort Hilfe.«

»Nein!«, rief Böker. »Das kann jetzt nicht sein. Er ist doch eben erst … Crinelli! Hilft nichts! Dann müssen Sie eben wieder ran. Los, los, los! Ich mache Sie sofort zu Kleinerts Vertretung.«

Mit Kleinerts erster Verletzung vor über zwei Jahren hatte alles angefangen. In den Skiferien war er gestürzt und hatte sich einen komplizierten Oberschenkelhalsbruch zugezogen. Crinelli vertrat ihn – aber ohne sich über die Konsequenzen für seine Arbeit im Klaren zu sein. Plötzlich stand er im Mittelpunkt. Die Kollegen, die ihn vorher als Einzelgänger akzeptiert hatten, suchten jetzt seinen Rat. Mit einem Mal hockte er in stundenlangen Sitzungen und durfte die Einsätze nur mehr koordinieren, die er lieber selbst geleitet hätte. Er musste Streit zwischen den Kommissariaten schlichten, Mitarbeiter loben und Fehlverhalten tadeln. Alles an seiner neuen Arbeit missfiel ihm. Jeden Morgen hoffte er darauf, Kleinert käme durch die Tür und alles wäre wie zuvor. Stattdessen verzögerte sich die Rückkehr, die Rehamaßnahme musste verschoben werden, Kontrollen ergaben, dass der Knochen nicht richtig zusammengewachsen war – alles lief schief. Und während der ganzen Zeit sehnte sich Crinelli zurück zu seinen Ermittlungen, zu den Tätern, deren Motive er zu verstehen versuchte, um dann im entscheidenden Moment zuzuschlagen. Sein Interesse an der Polizeiarbeit galt ausschließlich dem Verbrechen und den Menschen, die es verübten. Den Rest des Jobs nahm er dafür lediglich billigend in Kauf.

Spätestens als auch noch Böker seine Nähe zu suchen begann, wusste Crinelli, dass er einen verhängnisvollen Fehler begangen hatte. Böker bat um Rat bei Entscheidungen, zu denen seine eigene Erfahrung als Jurist nicht ausreichte, zwang ihn zur Teilnahme an Pressekonferenzen und interessierte sich ständig dafür, was er gerade tat und wo er sich aufhielt. Crinelli fühlte sich eingeengt und den neuen Herausforderungen nicht länger gewachsen.

Bis zum heutigen Tag war er sich unsicher, ob seine Idee, die Stadt zu verlassen, um mit seiner Frau Maria aufs Land zu ziehen, wirklich allein mit Marias Schwangerschaft zu tun gehabt hatte oder ob nicht auch der geheime Wunsch nach mehr Distanz zum Präsidium eine gewichtige Rolle gespielt hatte.

Zunächst schien es die richtige Entscheidung gewesen zu sein. Zwar war es für Maria anfangs nicht einfach gewesen, sich an das Dorf und seine Bewohner zu gewöhnen, doch auch sie war froh, dass ihr Kind in einer Umgebung aufwachsen würde, in der es sich frei bewegen konnte, ganz ohne die Gefahren der Großstadt. Außerdem konzentrierte sie sich mehr und mehr auf ihre Arbeit als Autorin. Mit dem Umzug ließ für Crinelli auch der Druck auf dem Präsidium nach. Er genoss das Leben auf dem Land und freute sich zusammen mit seiner Frau auf das Kind.

Niemals würde er den Tag vergessen, als ihn am Morgen das Telefon weckte. Ganz in der Nähe war die geschändete Leiche eines kleinen Mädchens gefunden worden. Der Körper hatte sich in einem alten Wehr verfangen, das direkt hinter dem Dorfausgang lag.

Ein Fall, dessen drängende Bilder er seither niederrang, ohne sich von ihnen befreien zu können. Zu tief hatten sich die Einzelheiten der grauenvollen Mordserie in sein Gedächtnis eingebrannt. Wahrscheinlich hätte er selbst diesen Fall irgendwann abstreifen können, wenn Maria nicht gegen Ende der Ermittlungen bei einem Autounfall das so sehnsüchtig erwartete Kind verloren hätte. Für Crinelli gehörten die Ereignisse zusammen, sie waren untrennbar mit dem abgeschiedenen Tal im Bergischen Land verknüpft. Niederkirchen war von einer beschaulichen Idylle zu einem Albtraum geworden und trug überdies die Schuld daran, dass seine Beziehung mit Maria zerbrochen war. Sie hatten das Haus aufgegeben und waren zurück in die Stadt gezogen – getrennt.

Und nun wollte Böker wieder ihn. Es war jedoch ein schlechter Zeitpunkt, um sich mit ihm darüber zu streiten.

»Herr Böker, wer hat eigentlich die Einsatzleitung bei dieser Sache hier?«, fragte Crinelli, worauf Böker sich wie King Kong mit beiden Fäusten auf die Brust trommelte. Das kann dann aber nur schief gehen, dachte Crinelli und fragte weiter: »Ist das nicht eher eine Sache für die Bundespolizei, schließlich handelt es sich um einen Anschlag auf die Bahn?«

Endlich fand Böker seine Sprache wieder. »Natürlich, die

haben uns doch angerufen und gebeten, den ersten Angriff zu fahren. Ist doch selbstverständlich.«

»Okay. Und wo stecken die Kollegen jetzt?« Böker deutete auf den Befehlskraftwagen. »Im Bef.KW? Sollten Sie selbst dann nicht auch besser dort sein?«

Böker nickte heftig und sagte: »Aber deshalb brauch ich Kleinert doch.«

Crinelli fasste seinen Vorgesetzten sanft am Arm und zog ihn hinter sich her auf das Fahrzeug zu. Kaum hatten sie den Kommandostand betreten, war Böker wieder klar, wusste, was er wollte, und konnte sich verständlich machen. Böker war ein elender Schreibtischtäter, ein Exjurist eben und ganz sicher kein Mann für Tatorte, das stellte Crinelli in dieser Nacht nicht zum ersten Mal fest.

»Meine Herren, ich glaube, wir sind uns dann weitestgehend einig.« Der Generalstaatsanwalt sah die Männer der Reihe nach an und erhielt zustimmendes Nicken. Vor ihm saßen der Leiter der Bundespolizei West, der Leiter der Abteilung Staatsschutz des LKA Düsseldorf, Böker sowie die Führungscrew des BKA, bestehend aus deren Präsidenten, Gernot Hueber, einem der beiden Vizepräsidenten sowie dem Leiter der Abteilung SO – schwere und organisierte Kriminalität. Dahinter die Reihe der zweiten Ebene, zu der nun auch Crinelli als Kleinert-Ersatz gehörte. Die Luft war stickig, und es herrschte Rauchverbot. Die meisten der Männer hielten dampfend heißen Kaffee in den Händen.

Böker hatte Crinelli während der aufgeregten Diskussion zweimal direkt angesprochen. Dabei ging es um leicht zu beantwortende organisatorische Fragen. Trotzdem war er bei seinen Ausführungen ins Stocken geraten. Danach hielt er sich zurück. Sollten die anderen zunächst einmal ihre Sicht der Dinge darstellen. Er wollte sich erst ein genaues Bild vom Stand der Ermittlungen machen, bevor er erneut in die Diskussion eingriff. Das ging ihm meist so, wenn er zu spät zu einem Tatort kam. Es fiel ihm schwer, dann in den Fall hineinzukommen. Er brauchte jungfräuliches Gelände.

»Nach Prüfung der Sachlage«, fuhr der Generalstaatsanwalt fort, »verfüge ich, dass der Fall ans BKA Wiesbaden überstellt wird.« In der ersten Reihe setzte unruhiges Gemurmel ein. »Ich weiß, ich weiß, meine Herren.« Der Generalstaatsanwalt winkte besänftigend mit den Händen. »Ein Zuganschlag ist ja eigentlich Sache der Bahnpolizei, aber bedenken Sie, dass wir uns hier auch im direkten Zuständigkeitsbereich der Kölner Polizei befinden. Es wäre ebenso eine Sache für Dr. Böker und seine Leute.« Er sah Böker direkt an.

»Das sehe ich genauso«, sagte Böker und schwieg dann, ohne eine Erklärung anzufügen. Crinelli hatte einen guten Blick auf seinen Chef. Es machte nicht den Eindruck, als brenne er darauf, den Fall zu übernehmen.

»Sehen Sie. Zwei Dienste, und beide sind zuständig. Eine Übernahme durch das BKA erscheint mir schon aus diesem Grunde sinnvoll. Ihre Leute, Dr. Böker, stehen ebenso wie die Männer des LKA dem Bundeskriminalamt unterstützend zur Seite.«

»Und was ist mit dem BND?« Crinelli konnte nicht sehen, wer die Frage gestellt hatte.

»Ja, was ist mit dem BND? Keine Ahnung, meine Herren, aber es ist nicht auszuschließen, dass auch der BND Nachforschungen anstellen wird. Schließlich ist das hier eine Sache der nationalen Sicherheit. Ziemlich sicher haben wir es doch mit ausländischen Tätern zu tun, und damit ist der BND dann sowieso im Spiel. Im Augenblick wissen wir das aber alles noch nicht. Lassen Sie uns deshalb zunächst bei unserem Modell bleiben. Ich hoffe, Sie verstehen meine Entscheidung und tragen sie in aller Konsequenz mit?«

Wieder blickte der Generalstaatsanwalt in die Runde. Wie Crinelli diese Phrasendrescher hasste. … *und tragen sie in aller*

Konsequenz mit. So eine Scheiße. Niemand hier würde freiwillig etwas an den anderen abgeben, von Böker vielleicht einmal abgesehen, der komplizierten Dingen gerne aus dem Weg ging.

»Dieser alles in den Schatten stellende Anschlag erfordert Ihre intensive Zusammenarbeit, meine Herren. Ich weiß, dass ich auf Sie zählen kann, und trotzdem möchte ich meinen Standpunkt noch einmal unmissverständlich deutlich machen: Alleingänge, welcher Art auch immer, wird es bei dieser Ermittlung nicht geben. Alles, was auch nur entfernt in einem Zusammenhang mit diesem Fall stehen könnte, wird unmittelbar ans BKA weitergeleitet. Wir werden zu diesem Zweck eine Extraleitung einrichten, die rund um die Uhr besetzt ist. Ich denke, wir haben uns verstanden. Das ist mir sehr wichtig, denn wenn wir jetzt gleich diesen Wagen verlassen, wird die Hölle über uns hereinbrechen.«

»Ja«, sagte Gernot Hueber, der Präsident des BKA, und drehte sich in die Runde, »es gibt keine verdammte Fernsehanstalt und keine Zeitung, die nicht ihre Reporter da draußen postiert hätten. Es sind Hunderte, und wie mir gerade berichtet wurde, sind auch die meisten Auslandskorrespondenten hierher unterwegs. Nebenbei bemerkt, würde ich es sehr begrüßen, wenn das LKA die Sache mit der Lufthoheit etwas ernster nähme.«

Der Chef des LKA richtete sich auf. »Moment mal, Hueber. Sie wissen genau, dass die Dinge nicht so simpel sind. Schließlich können wir die Hubschrauber nicht einfach abschießen.«

»Kein Grund zum Streiten«, griff der Generalstaatsanwalt wieder ein. »Der Luftraum über diesem Gebiet ist ab sofort Sperrgebiet. Aber ihre Bilder hat die Presse ohnehin schon im Kasten.«

»Was wissen wir eigentlich über die Täter?« Crinelli stellte seine Frage mitten ins Gespräch hinein. Er hatte gar nicht die

Absicht gehabt, sie laut zu äußern, und war jetzt selbst überrascht.

»Hauptkommissar Crinelli, schön, Sie an Bord zu haben«, antwortete der Generalstaatsanwalt, als wäre ihm dessen Anwesenheit gerade erst aufgefallen. »Nun, zum gegenwärtigen Zeitpunkt wissen wir noch nichts. Die Spurensicherung ist noch bei der Arbeit, und ein Bekennerschreiben liegt uns noch nicht vor …«

»Bekennerschreiben? Gehen Sie von einem terroristischen Anschlag aus?«, wollte der Leiter des LKA wissen.

»Wir wissen zwar noch nichts über die Täter, aber man braucht kein Hellseher zu sein, um die Hintermänner dieses Anschlags zu benennen«, antwortete der Generalstaatsanwalt.

»Al-Qaida«, flüsterte Böker für alle hörbar. Crinelli schüttelte den Kopf. Spekulationen über Täter ohne handfeste Beweise waren unter Profis verpönt. So etwas machte man einfach nicht. Hier, in diesem engen Raum voller Technokraten, schien das jedoch anders zu sein.

»Na sicher, Al-Qaida, was denken Sie denn?«, sagte Hueber. »Der fundamentalistische Terror ist in Deutschland angekommen, meine Herren, und genau darüber werden die Presseleute mit uns allen sprechen wollen. Darüber sollten wir uns im Klaren sein.«

»Richtig«, sagte der Generalstaatsanwalt, »und noch etwas werden die tun: Sie werden jeden Gefallen einfordern, den Sie ihnen vielleicht noch schulden. Deshalb verhänge ich mit sofortiger Wirkung ein absolutes Informationsverbot.«

»Was ist eigentlich mit der Politik?«, wollte Böker jetzt wissen.

»Der Innenminister sitzt schon im Flugzeug«, antwortete der Generalstaatsanwalt. »Er will sich selbst ein Bild vom Ausmaß der Katastrophe machen. Der Verteidigungsminister ist unterrichtet und verlässt in diesem Augenblick eine Konferenz in Brüssel, und der Anruf der Bundeskanzlerin ist avisiert. Sie will dauerhaft und direkt über die Entwicklung in diesem Fall informiert werden. Ein weiteres sicheres Indiz dafür, dass dies hier mehr als nur eine regionale Katastrophe ist. Außerdem vermute ich – nicht zuletzt deshalb –, dass die Bundesregierung selbst die Informationshoheit in diesem Fall an sich ziehen wird.«

»Verdammter Mist! London, Madrid und jetzt Köln«, sagte Böker.

Seltsamerweise bewirkten die Städtenamen London und Madrid bei Crinelli mehr als die Versammlung ranghöchster Sicherheitsbeamter und deren Sonntagsreden zuvor. Irgendwie verliehen sie dem Geschehen vor der Tür des Wagens eine andere Dimension. Es war in der Tat schwer vorstellbar, dass es sich bei diesem Anschlag nicht um das Werk von Terroristen handeln sollte. Für einen Einzeltäter war das da draußen eindeutig zu groß.

»Meine Herren, Dr. Böker hat recht. Der U-Bahn-Anschlag in London und der Anschlag in Madrid waren die ersten Ziele des fundamentalistischen Terrors in Europa und ein deutliches Zeichen dafür, dass es nicht länger nur um die USA geht. Diese Wiese hier ist soeben in den Mittelpunkt der Welt gerückt, und die Menschen rund um den Globus werden sie auf die Landkarte der schwersten Verbrechen setzen. Zwar sind unsere Opferzahlen geringer als in den genannten Orten, Gott sei Dank sind sie das, aber darum geht es nicht …«

Während sich der Generalstaatsanwalt in den Schilderungen dessen erging, was nun von offizieller Seite aus zu erwarten stand – Ansprachen der Minister, der Bundeskanzlerin, Interviews mit den Hinterbliebenen der Opfer, derzeit ging man von etwas mehr als 20 aus –, schaute Crinelli in die Gesichter der Kollegen. Alle wirkten hochkonzentriert und zur gleichen Zeit eingeschüchtert. Kurz bevor der Generalstaatsanwalt zum Ende seines Schlussvortrags kam, bemerkte Crinelli noch einen flüchtigen Blickkontakt zwischen dem BKA-Präsidenten Hueber und seinem Vize, aber das konnte Zufall sein.

Als Crinelli den Einsatzwagen verließ, war er froh, nicht in der ersten Reihe der Ermittler zu stehen. Von der politischen Dimension dieses Falls fühlte er sich überfordert. Doch er war auch enttäuscht. Für wenige Stunden war diese Wiese auch sein Tatort gewesen. Es würde ihm schwer fallen, einfach nach Hause zu fahren und so zu tun, als existierte dieser Anschlag für ihn nur in dem Maße wie für jeden Bürger des Landes. Diese Wiese barg ein Geheimnis. Zum zweiten Mal im Laufe einer Nacht hatte man ihn von einem Fall abgezogen, dessen Umstände er gerade erst in sich aufgenommen hatte.

3

Crinelli schreckte hoch. Die Bilder des Anschlags raubten ihm nun bereits die zweite Nacht den Schlaf. Er befeuchtete seinen trockenen Mund mit einem Schluck Wasser und sank mit einem Stöhnen ins Kissen zurück.

Den Samstag hatte er auf dem Präsidium verbracht. In den Gängen herrschte eine unwirkliche Stimmung. Zu leise, so als sei das Leben aus dem Gebäude verbannt worden. Erst am Kaffeeautomaten stieß er auf die ersten Kollegen. Vier Männer und zwei Frauen standen dort im Kreis und flüsterten aufgeregt miteinander. Zur Begrüßung nickten sie stumm. Sie alle waren, wie er selbst auch, während der Nacht im Einsatz gewesen, und die Strapazen waren ihnen noch deutlich anzusehen. Kaum einer der Kollegen war vor fünf Uhr ins Bett gekommen, und doch waren sie schon wieder auf den Beinen. Aber nicht alle waren da. Der Riss ging quer durch die Belegschaft, wie Crinelli bald feststellte. Diejenigen, die allein lebten, drängte es nach Gesellschaft, die Übrigen wollten ihre Familien am Tag eins nach dem Anschlag nicht allein lassen. Keiner ging seiner normalen Arbeit nach.

Crinelli hatte sich in die Kantine gehockt und stundenlang auf den Fernseher gestarrt. Nach einer Weile begannen sich die Bilder zu wiederholen. Ebenso wie die Statements und die darin geäußerten Mutmaßungen. Die Sender lieferten Dutzende von Interviews: mit dem Generalstaatsanwalt, der Bundeskanzlerin und mit diversen Ministern. Der Tenor der Äußerungen war immer der gleiche. Alle waren betroffen, ihre Ahnungslosigkeit über die Hintergründe der Tat kaschierten sie allerdings unterschiedlich gut. Immer galt ihr Mitgefühl den Angehörigen der Opfer. Zwischendrin wurde ins Ausland geschaltet, wo die Reporter weitere mehr oder weniger gewichtige Stimmen einholten. Das Ergebnis aller Befragungen war eindeutig und ließ sich auf einen Namen reduzieren: Al-Qaida.

Gegen zwei Uhr am Nachmittag hatte Crinelli das Büro wieder verlassen, um in die Stadt zu fahren. Die Straßen waren leer, und selbst rund um den Dom war er nur auf vereinzelte Fußgänger gestoßen. Auch in dem normalerweise voll besetzten Café, in dem er sich mit Anja Salowski, seiner Ziehmutter, verabredet hatte, gab es nur wenige Gäste. Die Mitarbeiter und Besucher hatten sich unter dem Fernseher zusammengefunden. Kein Zweifel: Der Anschlag hatte die Stadt verändert, wahrscheinlich sogar das ganze Land.

Vielleicht lag es genau daran, dass Crinelli auf dieses kleine Stückchen Normalität, gerade an diesem Tag, so großen Wert legte. Es tat immer gut, seine Mamutschka zu treffen, die Frau, die ihm nach dem frühen Tod seiner Eltern Mutter und Vater ersetzt hatte. Sie saßen zusammen, aßen Kuchen und rauchten. Aber heute gab es auch für sie nur ein Thema: der Zug.

Der Lärm von der Straße riss Crinelli aus den Gedanken. Schwerfällig erhob er sich von der schmalen Schlafcouch. Sein Rücken schmerzte. Er schob den Vorhang zur Seite und spähte hinunter auf den kleinen Platz. Im Schein der Straßenlaterne stand der hagere Typ von gegenüber und sah hinauf zu seiner Wohnung. Leichter Regen fiel. Die langen Haare klebten an seinem Schädel. Auf dem Pflaster, direkt neben seinen Füßen, lag ein gestreiftes Kopfkissen. Drei Etagen höher fand Crinelli die Quelle des Lärms im hell erleuchteten Fenster stehen. Die Ehefrau des Mannes brüllte in breitestem Kölsch in die Nacht hinaus. Crinelli verstand kein Wort.

Ein Mann schob sich neben die Frau im Fensterrahmen. Ihr Geliebter? Seltsam, nach Ehebrecherin sah die Frau eigentlich nicht aus. Jedenfalls war der neue Mann im Leben seiner Nachbarin der absolute Gegenentwurf zum Ehemann auf der Straße. Breitschultrig und mit enormen Muskelbergen bepackt. Man konnte dem Gehörnten nur dringend dazu raten, die Sache auf sich beruhen zu lassen. So niedergeschlagen, wie der Ex unter der Laterne im Regen wartete, war er wohl schon zu einer ähnlichen Einschätzung seiner Lage gekommen. Doch der Preisboxer oben stand nicht einfach nur tatenlos herum. In diesem Augenblick war er gerade dabei, ein weiteres, sperriges Teil auf die Brüstung zu hieven, das schon Sekunden später durch die Luft nach unten segelte. Den Flug der Matratze begleitete erneutes Gekeife der Frau. Dieses Mal verstand Crinelli zumindest die Kernaussage der Schimpftirade und musste einsehen, sich bei seiner Täter-Opfer-Analyse geirrt zu haben.

»Zieh doch ganz zu deinem Flittchen«, lautete die Übersetzung dessen, was die Frau der Matratze hinterherbrüllte, »ich will dich hier nicht mehr sehen.«

»Ich mach dich kaputt«, mischte sich der Preisboxer nun auch noch verbal in das Geschehen ein. Das alles klang in Crinellis Ohren ein wenig zu sehr nach Operette, schien den Beteiligten aber heiliger Ernst zu sein. Vielleicht handelte es sich bei dem Bodybuilder ja um den Bruder der Betrogenen, der seiner Schwester lediglich gegen den untreuen Ehemann beistand? Crinelli war vorsichtig geworden, was seine Spekulationen anging. Der Hüne und der Ehemann – noch war niemand überführt.

Unmittelbar nach der Matratze krachte auch noch ein Koffer auf das Kopfsteinpflaster, und die Klamotten des Ehemanns verteilten sich auf der nassen Straße. Etwa zeitgleich hielt ein Taxi direkt neben dem Abgeschobenen, und im Fenster nebenan ging Licht an. Wirtz, der Sheriff des Viertels, erschien im Feinripp hinter der Gardine. Dann öffnete er das Fenster, sah zu dem Mann hinunter, der sich mit dem Taxifahrer beriet, und rief:

»Michael, der Taxi soll dich doch erst mal nach de Mutter fahren, nee!«

Crinelli schloss das Fenster und grinste. Das Leben ging einfach weiter, immer weiter. Ob der Nachbar starb, ein Staatspräsident ermordet wurde oder ein ICE mit Sturmgewehren angegriffen wurde, die Menschen schüttelten sich, sprachen vielleicht noch eine Weile darüber, und ganz allmählich wandte man sich wieder den eigenen kleinen Dramen zu.

Für Crinelli war es schon in Ordnung, wieder in der Stadt zu sein, Maria aber fehlte ihm. Sie wollte nicht mehr mit ihm leben. Er hatte sich diese kleine Wohnung gesucht: ein Zimmer, Küche, Diele, Bad. Und selbst diese 45 Quadratmeter füllte er nicht aus. Er betrat die Wohnung abends spät und war froh, sie früh am Morgen wieder verlassen zu können. Er hoffte sehr, dass Maria eines Tages zwischen dem Polizisten und dem Ehemann zu unterscheiden lernte. Diese Single-Wohnung durfte nur eine Übergangslösung sein. Eine Schlafcouch, die paar Umzugskartons mit T-Shirts und Wäsche, ein ausgedienter Kleiderständer für seine etwas bessere Garderobe. Die Küche benutzte er so gut wie nie. Es gab darin zwar einen kleinen Tisch und auch zwei passende Stühle, aber im Kühlschrank lagen nur ein paar Flaschen Bier. Zum Essen verließ er die Wohnung. Selbst zum Kaffeetrinken am Morgen ging er lieber in eine Bar, zwei Blocks entfernt.

Um kurz nach sechs stand Crinelli endgültig auf. Es hatte keinen Zweck, noch länger im Bett zu liegen. Er duschte heiß und lange. Dann zog er sich an, wickelte einen Wollschal um den Hals, zwängte sich in die dick gefütterte Daunenjacke und zog die dunkelblaue Wollmütze bis zu den Augenbrauen herab.

Um kurz vor sieben trat er hinaus in die Dunkelheit. Der Mann von gegenüber war weg, seine Sachen hatte er nicht mitgenommen. Die Kleidungsstücke aus dem Koffer hatten sich inzwischen zwei Obdachlose eingesammelt.

Crinelli ging vor bis zur Hauptstraße. Er schob sein Rad über zwei dicke Eisenplatten, die eine tiefe Baugrube provisorisch abdeckten, und begrüßte den jungen Mann vom Gemüsegeschäft mit einem knappen »Hallo«. In der Auslage des Kiosks lag fein säuberlich gestapelt die Presse. Die Schlagzeilen waren nicht so unterschiedlich zu den Kommentaren im Radio oder Fernsehen, die Crinelli bereits gehört hatte. »Terror« stand da im Blocksatz oder »Terror-Massaker« beim zweiten Boulevardblatt. Etwas weniger martialisch die seriöse Presse: »Grausame Bluttat« und »Blutiger Angriff auf unsere Demokratie«.

Das alte Stadttor am Ende der Straße war seit einiger Zeit vollständig eingerüstet. In seinem Durchgang klaffte ein metertiefes Loch. Inzwischen konnte man schon froh sein, wenn man morgens noch einigermaßen aus seiner eigenen Haustür treten konnte, dachte Crinelli. Überall nur noch Baugruben, Bagger, Container und gewaltige Kräne. Es herrsche Ausnahmezustand – wegen des U-Bahn-Baus, sagten die Verantwortlichen. Crinelli war in Köln geboren, er hatte die Stadt noch niemals anders erlebt.

Crinelli wollte gerade um die Ecke biegen, als er mit dem Fuß gegen etwas stieß und beinahe gestürzt wäre. Der Widerstand war zu weich für einen Stein oder ein Kantholz, und außerdem bewegte er sich. Crinelli erschrak und setzte fluchend sein Rad ab. Ein Bettler zog schuldbewusst das ausgestreckte Bein zurück und machte sich klein. Auf der Stelle tat Crinelli sein lautes Fluchen leid. Er versuchte sich bei dem Mann zu entschuldigen, aber der reagierte nicht. Verunsichert schob Crinelli sein Rad weiter. Keine zwei Meter die Straße hinunter stoppte er erneut. Er durchsuchte seine Hosentasche nach etwas Kleingeld und warf die beiden Münzen in den Plastikbecher. Der Obdachlose leerte den Becher teilnahmslos in seine Jacke. Weder sah er zu dem Spender auf, noch bedankte er sich für das Geld. Wahrscheinlich schon am frühen Morgen besoffen, dachte Crinelli. Ganz in der Nähe befand sich ein Obdachlosenheim, St. Kunibert. Dort konnte man übernachten, aber am frühen Morgen mussten die Männer und Frauen zurück auf die Straße. Kein Wunder, dass die meisten von ihnen schon betrunken waren, wenn die Beschäftigten zur Arbeit gingen. Irgendwie musste man ja den kalten Winter überleben.

4

»Hören Sie, wem soll ich sonst die Leitung der Abteilung übertragen?« Crinelli saß Böker gegenüber. »Seien Sie doch vernünftig. Jeder andere wäre froh über eine solche Chance. Ich verstehe Ihre Abneigung gegen eine Führungsrolle wirklich nicht. Und Sie wissen genau, wie gerne ich Sie auf diesem Posten sehen würde … Nicht dass wir uns falsch verstehen, Kleinert ist ein Top-Mann – wenn er denn mal da ist –, aber Sie, Jerry, Sie eben auch. Sie glauben gar nicht, wie froh ich bin, über einen Ersatzmann wie Sie zu verfügen.« Böker sah erstmals von dem Stapel Papier auf und Crinelli direkt an. »Sie sagen ja gar nichts, Jerry.«

»Ich muss Ihnen das wirklich nicht noch einmal erklären. Sie wissen, dass mir die Schreibtischarbeit nicht liegt, und daran wird sich auch nichts ändern. Und ich strebe auch keine Führungsposition an. Außerdem vergessen Sie wohl, dass ich die Vertretung gerade erst wieder los war. Kleinert ist doch erst seit Anfang Mai wieder im Dienst. Ich habe ihn über ein Jahr vertreten und ich kann nicht behaupten, ich hätte mich daran gewöhnt oder vielleicht sogar Spaß an dieser Art Arbeit gefunden.«

»Spaß, Crinelli, hier geht es doch nicht um Spaß. Kleinert muss doch anständig ersetzt werden.«

»Dafür gibt es auch andere. Wir haben auf dem Präsidium genügend Kollegen, die geradezu nach einer Beförderung lechzen. Ich gehöre nicht dazu.«

»Und wer bitte sollte das Ihrer Ansicht nach sein?«

»Edgar Bohlen?«

»Kommen Sie zurück, wenn Ihre Witze besser geworden sind, Crinelli.«

»Doch, im Ernst …«

»Bitte, Crinelli! Bohlen ist der Jüngste im ganzen Team. Was hat der denn schon geleistet? Nein, Sie machen das und Schluss. Ich habe keine Lust, die gleiche Diskussion wieder und wieder zu führen. Gerade jetzt, mit dem Anschlag und allem.«

»Was hat denn der Anschlag damit zu tun?«

»Bei einer so komplizierten Geschichte brauche ich doch keinen Bohlen. Da brauche ich einen Crinelli.«

»Wir sind doch mehr oder weniger aus dem Spiel, oder sehe ich das falsch?«

»Das wissen wir noch nicht. Erst mal abwarten, wie die Kollegen vom BKA sich schlagen.«

»Apropos, hatten Sie zwischenzeitlich Kontakt zu Hueber?«

»Wüsste nicht, was Sie das angeht, Crinelli?«

»'tschuldigung. Aber schließlich war ich vorgestern Nacht dabei. Schon vergessen? Ich war der Kleinert-Ersatz. Sagen Sie doch mal ehrlich, Chef, finden Sie nicht auch, dass es seltsam ruhig ist?«

»Ruhig nennen Sie das?« Böker schrie und versuchte gleichzeitig leise zu sein. »Die ganze Welt sieht auf uns. Verstehen Sie das etwa unter Ruhe?«

»Ach was. Das meine ich nicht. Der Generalstaatsanwalt hat doch ausdrücklich darum gebeten, dass die Dienste zusammenarbeiten«, versuchte Crinelli zu erklären, »darum geht es mir. Ich – und meine Kollegen im Übrigen auch – wir hocken in unseren Büros und haben irgendwie das Gefühl, wir hätten eine Fata Morgana gesehen, eine Erscheinung. Sie haben ja völlig recht: Die ganze Welt schaut auf uns. Auf dieser Bahnstrecke wurde ein brutales Verbrechen begangen. Das ganze Land ist erschüttert. Draußen herrscht Ausnahmezustand, die Presse überschlägt sich, aber hier im Präsidium, wo nach einer solchen Nacht der Teufel los sein müsste, ausgerechnet hier ist es in diesem Augenblick unvorstellbar still. Waren Sie heute schon mal auf dem Gang? Totenstille. Nichts. Keine

Hektik, kein Geschrei, bloß Stille. Das kann doch nicht sein. Wieso meldet sich das BKA nicht? Wieso wollen die nichts von uns? Wir könnten doch ermitteln, recherchieren, den ganzen Scheiß für die machen. Im Gegensatz zu denen sind wir schließlich vor Ort. Aber wieso, frage ich Sie, brauchen die uns nicht?«

Böker griff sich an die Nase. »Nun ja, so gesehen haben Sie ja vielleicht sogar recht. Andererseits können Sie nicht erwarten, dass ich darüber allzu traurig bin.«

»Wieso?«

»Crinelli, es ist doch ganz sicher besser, in so einer brenzligen Situation nicht in der direkten Schusslinie zu stehen.«

»Ach, Scheiße!«, rief Crinelli empört. »Schusslinie! So was interessiert mich nicht. Ihre verdammte Schusslinie ist was für die Öffentlichkeit, Herr Böker, hier geht es um ein gewaltiges Verbrechen, das aufgeklärt werden muss. Da kann man sich doch nicht verstecken.«

»Aber wer versteckt sich denn? Ich verfüge nur im Gegensatz zu Ihnen über eine gesunde Selbsteinschätzung. Dieser Fall ist doch wohl eine Nummer zu groß für uns. Terroristen, ich bitte Sie, wollen Sie sich mit Al-Qaida rumschlagen?«

»Wer behauptet denn, dass es Al-Qaida war? Diese Spekulationen gehen mir auf den Geist. Sehen Sie, das meine ich doch. Warum ermitteln wir nicht alle zusammen und mit vollem Einsatz? Es gibt schließlich einen riesigen Tatort, es gibt Munition, vielleicht sogar Waffen. Was ist mit Reifenspuren, mit Fußabdrücken? Wie sind die Täter dort hingekommen und wie wieder weg? Wer saß alles in dem Zug? Hatten sie es vielleicht nur auf eine einzige Person abgesehen? Es gibt Tausende Fragen, bei deren Beantwortung wir behilflich sein können. Stattdessen sitzen wir hier, sind zu aufgeregt, um unsere normalen Fälle zu bearbeiten, und werden aber andererseits nicht angefordert.«

»Crinelli, sehen Sie«, sagte Böker beschwichtigend, »das ist

Politik, hochsensibles Terrain gewissermaßen, davon verstehen Sie nichts.«

»Quatsch, das ist ganz alltägliche Polizeiarbeit, und eben noch haben Sie mir vorgeschwärmt, wie sehr Sie von meinen Fähigkeiten überzeugt sind.«

Böker stand auf und ging zum Fenster seines Eckbüros. Lange starrte er auf den Bogen der nahe gelegenen Kölnarena, nur um sich dann kopfschüttelnd wieder hinter seinen Schreibtisch zu setzen. »Ach, Crinelli« war alles, was er noch sagen konnte.

»Na schön, Chef«, sagte Crinelli, und es schwang eine gewisse Resignation in seiner Stimme mit. Er wusste, dass es keinen Sinn hatte, weiter zu insistieren. »Ich tue, was Sie wollen. Ich vertrete Kleinert wieder. Ich setze mich in langweilige Meetings, erscheine zu Ihren geliebten Pressekonferenzen, spiele den Vermittler zwischen den Kommissariaten. Ich werde ganz die liebe und treusorgende Mutter der Kompanie sein, aber eines sage ich Ihnen nochmal und absolut verbindlich: Ich kann den ganzen Scheiß nicht leiden … So, und wo wir das nun erledigt hätten, erlauben Sie mir bitte noch einmal auf den Anschlag zurückzukommen. Wissen Sie nun etwas oder nicht? Hat das BKA wirklich schon was herausgefunden, das in die Richtung Al-Qaida deutet, oder ist das alles nur Kaffeesatzleserei? Liegt den Kollegen inzwischen ein Bekennerschreiben vor? Sind die wirklich davon überzeugt, dass es sich um einen Terroranschlag handelt? Und was sagt überhaupt die Bahn zu alledem …«

»Crinelli, Crinelli … Jerry, hören Sie auf. Was weiß denn ich? Sagen Sie mir doch, wer es sonst gewesen sein soll? Natürlich wissen die Kollegen noch nichts Genaues – und man weiß ja auch nie …«

Crinelli winkte ab und verließ mit hochrotem Kopf Bökers Büro. Wenn das doch nur einmal jemand mit der versteckten Kamera aufnehmen würde, dachte er. So eine Posse konnte man niemandem schildern, der sie nicht selbst miterlebt hatte. Und jetzt musste er um zehn Uhr auch noch dieser dämlichen K-Sitzung vorstehen. Aber er hatte einen Entschluss gefasst.

Jeden Tag trafen sich die Leiter der Kommissariate 11, 12 und 13 zu einer kurzen Lagebesprechung. Die daran teilnehmenden Beamten brauchten sich an diesem Morgen nicht sonderlich umzustellen. Kleinert war erst ganze sieben Monate wieder im Dienst, und wenn man sämtliche Urlaube davon abzog, hatten sie in Wirklichkeit kaum mehr als fünf Monate mit ihm zusammengearbeitet. Die eineinhalb Jahre davor trug ihr Chef den gleichen Namen wie jetzt auch wieder: Jerôme »Jerry« Crinelli.

Gleich zu Beginn der Sitzung bestimmte Crinelli seinen Freund Giuseppe Ferrara vom KK12, der Sitte, zu seinem Vertreter – inoffiziell. Die Idee dazu war ihm schon im Laufe der Nacht gekommen. Schließlich konnte Crinelli nicht davon ausgehen, Böker doch noch von einer anderen Lösung überzeugen zu können. Den Versuch war er sich trotzdem schuldig gewesen. Ferrara war genau der richtige Mann für diese Aufgabe. Ruhig, zuverlässig und verschwiegen. Er konnte die morgendlichen Sitzungen leiten, wenn er selbst ermittelte. Crinellis neue Position verlieh ihm die Vollmacht zu einer solchen Entscheidung. Dass er sie nicht groß kommunizierte, war vielleicht etwas gegen die Regeln, auf diese Weise brauchte er jedenfalls nicht auf seine eigene Ermittlungsarbeit zu verzichten, nur um den Apparat zu bedienen. Die Hauptsache war doch, dass er Böker jederzeit Rede und Antwort stehen konnte, wenn seinem Vorgesetzten plötzlich der Sinn nach umfassender Information stand. Mit Ferrara sollte das gelingen.

Keinem der Männer in dem engen Konferenzraum fiel es leicht, sich auf das Alltagsgeschäft zu konzentrieren. Alle hatten Redebedarf und erhofften sich vom gewöhnlich gut informierten Crinelli Neuigkeiten über den Anschlag. Zögerlich gab er ein kurzes Statement ab – zögerlich deshalb, weil es im Wesentlichen statt aus Antworten aus Fragen bestand. Dabei lief er Gefahr, dass die Männer ihm seine Unwissenheit nicht abnahmen, zu oft schon hatte er sie in der Vergangenheit mit ausweichenden Antworten im Dunkeln gelassen.

An diesem Morgen hegten sie allerdings keinen Zweifel an seiner Aufrichtigkeit. Sie bemerkten wohl den Ärger über die mangelhafte Informationspolitik des BKA in seiner Stimme.

Mit einiger Mühe schafften es die Kommissare dann aber doch, sich auf die aktuellen Fälle zu konzentrieren. Das meiste davon war Routine. Jeder Einzelne von ihnen wusste selbst, was zu tun war. Es gab derzeit keine ressortübergreifenden Operationen. Nur ganz normale Delikte, wie sie in Großstädten zur täglichen Routine gehörten. Totschlag, Raubüberfälle, Verbrechen im Drogenmilieu, Ärger im Rotlichtbezirk. Nichts Besonderes, und dennoch übergaben die Männer Crinelli zu jedem ihrer Fälle ein aussagekräftiges Dossier, damit er sich selbst ein Bild von der Tat und dem Stand der Ermittlungen machen konnte.

Für den Rest des Tages verschwand Crinelli hinter seinem Schreibtisch und gewaltigen Aktenbergen.

5

Gut gelaunt betrat Crinelli am nächsten Tag gegen halb zehn das Büro von Hammerschmidt und Bohlen. Irgendwie hatte er seine Lähmung überwunden. Er war fest entschlossen, seine eigenen Fälle wieder aufzunehmen. Nach dem Anschlag gab es so viele Kapitalverbrechen wie davor, und sein Job bestand darin, die Aufklärungsrate beständig zu verbessern.

»Hallo«, grüßte er kurz, »gibt's was Neues?«

»Hallo, Jerry«, sagten beide im Chor und schüttelten dabei synchron mit den Köpfen.

»Gibt's doch nicht. Immer noch keine Anforderung vom BKA?«

»Nichts! Absolute Funkstille. Wir haben auch gerade darüber geredet. Ist das nicht irre, da draußen tobt der Sturm, und hier drinnen sind wir arbeitslos?«, sagte Bohlen.

»Arbeitslos sind wir nun nicht gerade, wir haben genug zu tun.«

»Ja schon, aber dass wir so gar nichts von den Brüdern hören, ist doch merkwürdig.«

»Merkwürdig ist noch gelinde ausgedrückt. Irgendwas braut sich da zusammen. Entweder sind die da unten in Wiesbaden jetzt so panisch, dass sie nicht mal mehr den eigenen Leuten trauen, oder sie stehen unmittelbar vor einem Zugriff.«

»Und wollen die ganzen Lorbeeren abräumen …«, sagte Hammerschmidt.

»… oder sie stecken mitten in einer komplizierten Verhandlung und haben keinen Spielraum«, überlegte Bohlen.

»Du meinst, das BKA verhandelt mit den Tätern? Aber worüber?«, fragte Crinelli.

»Keine Ahnung. Aber in irgendeinem Zusammenhang muss doch auch die Bahn mit der ganzen Geschichte stehen, oder liege ich da falsch?«

»Könnte sein. Ich hab auch schon darüber nachgedacht. Böker schweigt sich dazu aus. Ich bin mir nicht sicher, ob er mehr weiß. Er tut völlig ahnungslos.«

»Der tut nicht nur so«, entgegnete Julia Hammerschmidt. Ihr angespanntes Verhältnis zu Böker war allgemein bekannt.

»Wahrscheinlich hast du recht. Aber nochmal zur Bahn. Der Anschlag könnte natürlich eine Warnung sein. In dem Fall müsste man deine Theorie tatsächlich in Betracht ziehen. Aber ist das Ausmaß der Tat nicht etwas zu groß, um lediglich als Drohung zu dienen? Was wollen die Typen nach so einem Auftakt noch alles anstellen? … Ich weiß nicht, es spricht schon einiges für den Terrorismusverdacht.«

»Im Prinzip glaube ich das auch, aber müsste dann nicht längst eine Botschaft der Terroristen vorliegen?«, fragte Bohlen.

»Genau! Und wenn es ein Bekennerschreiben gäbe, dann hätte es die Presse schon im Ticker«, sagte Hammerschmidt. »Wenn Terroristen wollen, dass ihre Taten bekannt werden – und das wollen sie gemeinhin –, dann erfährt die Welt auch davon.«

»Hören wir auf zu spekulieren. Die Ermittlung liegt schließlich nicht in unserer Zuständigkeit.« Die Kollegen sahen überrascht zu Crinelli auf. Er war nicht für das Einhalten von Grenzen bekannt, und Taktieren lag ihm auch nicht im Blut. »Es ist zwar merkwürdig, so mir nichts, dir nichts wieder zur Normalität zurückzukehren«, fuhr er unbeeindruckt fort, »aber es bleibt uns nichts anderes übrig. Immerhin haben wir noch ausreichend unaufgeklärte Mordfälle auf unseren Schreibtischen.«

»Apropos Leichen, Jerry, vielleicht weiß der Doc ja mehr. Immerhin liegen die Opfer des Anschlags noch unten in der Gerichtsmedizin. Bei ihm werden sich die Jungs vom BKA in jedem Falle gemeldet haben. Sprich doch mal mit ihm«, schlug Hammerschmidt vor.

»Gute Idee. Ja, vielleicht mach ich das sogar. Meine Leiche müsste inzwischen ebenfalls unten bei Weymann sein, wenn das arme Schwein nicht noch immer auf der Antenne steckt.« Crinelli verzog den Mund zu einem Grinsen. Den Leichenbestatter vom Dach hätte er in dem ganzen Durcheinander der letzten Tage fast vergessen. Die Kollegen sahen ihn fragend an. Er wollte gerade dazu ansetzen, Hammerschmidt und Bohlen über Leiche, Todesart und den heruntergekommenen Fundort auf Stand zu bringen, als er eine Hand auf seiner Schulter spürte. Böker stand mit versteinerter Miene direkt hinter ihm. So nah, dass Crinelli ihm beim Umdrehen fast mit seiner Schulter einen Schwinger versetzt hätte. Mit einem energischen Kopfnicken befahl er Crinelli, ihm zu folgen.

»Crinelli, bitte, ich habe Kopfschmerzen«, sagte Böker, während er mit einem Stöhnen in seinen schwarzen Ledersessel fiel. Sein Zeigefinger deutete auf die Zigarette in Crinellis Mundwinkel.

»Sie sehen schlecht aus, Chef, was ist denn los?«, fragte Crinelli, während er die eben erst angezündete Zigarette ausdrückte. Böker schien nicht besonders geschlafen zu haben. Seine Augen lagen tief in den Höhlen, und gegen alle Gewohnheiten war er unfrisiert und schlecht gekleidet.

»Kein Wunder. Ich war die ganze Nacht unterwegs. Verdammter Mist, was da passiert ist, verdammter Mist, das sage ich Ihnen.«

»Hat das BKA sich endlich gemeldet?«

»BKA?«

»Das Bundeskriminalamt, ja.«

»Crinelli! Sie haben ja keine Ahnung.«

Crinelli versuchte, Böker durch aufforderndes Kopfnicken zum Weiterreden zu ermuntern, er hatte tatsächlich keinen blassen Schimmer, wovon Böker jetzt nun wieder sprach.

»Kennen Sie Soderbergh?« Crinelli zuckte mit den Schultern. »Baron von Soderbergh, meinen Golfpartner?«

»Tut mir leid, Chef, ich treibe keinen Sport.«

»Weiß ich, weiß ich. Aber Sie kennen doch die Privatbank Soderbergh?«

»Hab zumindest schon mal von ihr gehört, meistens im Zusammenhang mit irgendwelchen Skandalen. Was ist mit diesem Soderbergh?«

»Furchtbar, Crinelli, ganz fürchterlich. Die Soderberghs haben vor zwei Jahren endlich ein Mädchen bekommen, und das ist jetzt weg.«

»Ein Mädchen bekommen? Weg? Was wollen Sie mir sagen?«

»Entführt worden«, hauchte Böker, »ihre Tochter.«

»Scheiße, wann?«

»Vor zwei Tagen.«

»Vorgestern? Und wieso erfahren wir erst heute davon? Haben sich die Täter schon gemeldet?«

»Aber das ist es ja gerade. Werner, Baron von Soderbergh, möchte keine Polizei, verstehen Sie?«

»Das fragen Sie mich nicht ernsthaft, oder? Sie haben Kenntnis von dem Fall und Sie gehören doch wohl zur Polizei, ganz eindeutig § 163 StPO.«

»Crinelli, ich bin Jurist, Sie brauchen mir nicht mit Paragraphen zu kommen. Ich weiß natürlich, dass ein Zwang zur Verbrechensbekämpfung besteht, aber erkennen Sie denn nicht unsere prekäre Lage – es ist Soderbergh.«

»Sie meinen, wenn der Herr Baron keine Polizei will, dann kommt auch keine Polizei?«

»Ach, Crinelli, Politik ist nicht Ihre Stärke. Was denken Sie, was ich die ganze Nacht über getan habe? Mit Soderbergh verhandelt natürlich, und ich darf sagen, mit Erfolg. Er lehnt jetzt einen Polizeieinsatz nicht mehr kategorisch ab. Aber wir müssen sehr, sehr vorsichtig sein.«

»Und was nun?«

»Sie müssen sofort zu ihm, unverzüglich.«

»In Ordnung, ich schicke sofort einen Trupp meiner Leute hin.«

»Nein«, schrie Böker, »Sie!«

»Ich? Weshalb ich? Ich habe keine Zeit.« Crinelli stellte sich bockig. Für seinen Geschmack gängelte Böker ihn in den letzten Tagen ein wenig zu sehr. »Ich arbeite selbst noch an einer Sache und muss mich außerdem um die Abteilungsleitung kümmern. Sie erinnern sich?«

»Jerry, Soderbergh will unseren besten Mann.«

»Sie sagten doch eben selbst, dass ich ein schlechter Diplomat bin und nichts von Politik verstehe, wieso halten Sie mich dann für geeignet, in dieser heiklen Angelegenheit etwas auszurichten?«

»Hab Soderbergh schon gesagt, dass Sie etwas eigenwillig sind, aber das scheint ihm egal zu sein. Er besteht auf dem besten Beamten, den wir haben, und Punkt. Crinelli, wenn die Sache schief geht, können wir uns einmotten lassen, das ist Ihnen doch klar? Der Baron verfügt über allerbeste Kontakte in der Stadt, und zwar nach ganz oben. Was glauben Sie, warum mich die Sache so aufregt? Wir können eigentlich nicht gewinnen, sondern nur verlieren.«

»Da haben wir ja wieder unser Lieblingsthema. Sie sehen die Schusslinie und nicht das Kind.«

»Ach hören Sie doch auf, Crinelli, sind Sie so naiv oder tun Sie nur so?«

»Es geht nicht um Gewinnen oder Verlieren, Herr Böker, und schon gar nicht bei einem Entführungsfall. Es geht einzig und allein darum, das Kind unversehrt zu seinen Eltern zurückzubringen. Und danach um die Ergreifung des Täters. Wenn Sie das doch endlich mal einsehen würden. Und gewinnen tue ich ohnehin nie, ich mache bestenfalls meinen Job.«

»Dann machen Sie den jetzt, Crinelli«, sagte Böker und

schob ihm einen Zettel mit der Adresse der Soderberghs über den Schreibtisch. »Besorgen Sie sich eine Vertretung, so lange, bis diese Sache hoffentlich zu einem guten Ende gekommen ist. Und, Crinelli, vergessen Sie den Anschlag und auch alles andere. Haben wir uns verstanden? Geben Sie diesen Kleinscheiß ab. Das ist keine Bitte, sondern ein Befehl.«

»Sicher, Herr Dr. Böker. Mach ich alles. Ich lass meinen Fall, den Kleinscheiß, wie Sie das nennen, liegen, frage nicht mehr nach den Terroristen und dem BKA und warte darüber hinaus gespannt ab, wann es Ihnen einfällt, mir auch diese Entführung wieder zu entziehen.«

Ohne ein weiteres Wort verließ Crinelli Bökers Büro. *Kleinscheiß*, dachte er, ein toter Mann auf einem Dach war für Böker Kleinscheiß, nur weil er Angst vor den möglichen negativen Folgen einer Entführung hatte. Schon jetzt konnte Crinelli diesen Bankier nicht leiden. Aber eine Kindesentführung noch viel weniger.

6

Eine leise Stimme forderte ihn auf, seinen Namen zu nennen. Die Gegensprechanlage hing versteckt unter dem alles überwuchernden Efeu. Crinelli widerstand dem Impuls, seinen Dienstausweis in die auf dem Schwingtor installierte Überwachungskamera zu halten. Falls die Entführer den Eingang beobachteten, musste er wie ein ganz normaler Besucher wirken. Sein Erscheinungsbild ließ nicht auf einen Polizisten schließen. Beamte im Einsatz kamen nicht mit dem Fahrrad.

Crinelli nuschelte seinen Namen in Richtung Mauer. Geräuschlos schwang das schwere Eisentor auf. Er schob sein Rad auf den Kiesweg und wartete, bis das Tor sich hinter ihm wieder geschlossen hatte. Erst dann machte er sich an den kurzen Aufstieg. Von der Anhöhe, hinter einer kurz geschwungenen Rechtskurve, sah er das moderne Haus vor sich in einer Senke liegen. Zwei Rechtecke aus Sichtbeton, leicht versetzt übereinander gebaut, mit großen Glasflächen und begrünten Dächern. Altes Geld in modernem Ambiente. Er war auf die Baronin gespannt.

Auf der Schwelle der Eingangstür erwartete ihn ein kräftig gebauter Mann mit grau melierten Schläfen.

»Das brauchen Sie hier nicht«, sagte er, als Crinelli Anstalten machte, sein Rad an den Gitterstäben eines Souterrainfensters anzuketten. Die Stimme klang in Wirklichkeit sogar noch um eine Spur zurückhaltender als durch den Filter der Gegensprechanlage.

»Ihre Bude?«, fragte Crinelli und deutete mit dem Finger auf das Fenster.

Der Mann lächelte nur. Mit einer antiquierten Geste bat

er Crinelli ins Haus. »Der Herr Baron erwartet Sie. Darf ich Ihnen die Jacke abnehmen, Sie sind ja fürchterlich nass geworden. Wenn es Ihnen dienlich ist, können Sie sich im Bad etwas frisch machen.«

Crinelli sah den Mann misstrauisch an. »Darf ich fragen, wer Sie sind?«

»Jan Bischof, ich bin der Sekretär des Herrn Baron. Bitte folgen Sie mir in den Salon.«

»Entschuldigen Sie, noch eine Frage, wie wäre denn die korrekte Ansprache von Herrn Soderbergh?«

»Einfach Herr Baron, das genügt.«

Crinelli schätzte das Alter Soderberghs auf etwas über 60 Jahre. Das ergraute Haar trug er kurz geschnitten. Ein gepflegter Lippenbart verlieh dem dezent gebräunten Gesicht etwas Südländisches. Der Maßanzug und die mit dem Familienwappen verzierten Manschettenknöpfe unterstrichen das gediegene Äußere des Mannes. Im Augenblick stand dem Baron allerdings die Sorge über das Verschwinden seines Kindes deutlich ins Gesicht geschrieben. Ein Schlafdefizit war nicht zu übersehen.

Crinelli streckte dem Bankier die Hand entgegen. Der Händedruck war fest. Und erst sein Blick. Soderbergh schien ihn mit den Augen sezieren zu wollen. Crinelli nahm die Herausforderung an, schlug aber schon Augenblicke später die Augen nieder. Der Baron versuchte Bökers angeblich besten Mitarbeiter mit dem Mann in Übereinstimmung zu bringen, dessen klitschnasse Schuhe gerade einen seiner wertvollen Kelims ruinierten.

»Danke, dass Sie so schnell gekommen sind«, sagte er endlich, »darf ich Ihnen meine Frau vorstellen? Catherine, das ist der Kommissar, von dem René erzählt hat.«

Catherine Soderberghs zierliche Gestalt verschwand fast in der tiefen Sitzlandschaft, die die Gartenseite des riesigen Salons dominierte.

»Guten Tag«, sagte die Frau und versuchte sich an einem Lächeln. Ihre französische Herkunft war unüberhörbar. Die Baronin war zwei Köpfe kleiner und sicher 30 Jahre jünger als ihr Ehemann. Um den Hals trug sie eine auffällige Kette, die zusammen mit den beiden wohl ägyptischen Armreifen und dem großen Ring an der rechten Hand ein perfektes Ensemble bildete. Auch Haus und Frau passten perfekt zusammen.

Crinelli begrüßte Catherine Soderbergh mit einer angedeuteten Verbeugung und wandte sich wieder dem Baron zu.

»Herr Soderbergh, Entschuldigung, Herr Baron …«

»Soderbergh genügt, Herr Kommissar, für den Baron kann ich nichts.«

»Wo können wir uns unterhalten? Sie müssen mir erst einmal alles erzählen, was bis jetzt geschehen ist.«

»Wir bleiben gleich hier. Jan, bringen Sie dem Kommissar etwas zu trinken. Einen Kaffee?«

»Danke, nein, ich trinke keinen Kaffee.«

»Wie ungewöhnlich für einen Italiener.«

»Ich bin kein Italiener. Ist nur mein Name. Aber wenn Sie es genau wissen wollen, ich trinke tatsächlich nur Espresso. Ist besser für meinen Magen.«

»Einen Espresso für den Herrn Kommissar und für mich bitte auch, Jan. Danke.«

Sekretär, dachte Crinelli, früher nannte man so was Dienstmädchen.

Lisa, die Tochter der Soderberghs, war bereits vor vier Tagen verschwunden. Das Hausmädchen war mit der Kleinen im Park spazieren gegangen und kurze Zeit später völlig aufgelöst und mit leerem Buggy zurückgekommen. Das Mädchen war verschwunden, und allen war sofort klar, dass es sich nur um eine Entführung handeln konnte. Zum Weglaufen war die erst anderthalbjährige Lisa viel zu klein. Bald würde sich der Entführer mit einer Lösegeldforderung bei ihnen melden. Trotz der entschiedenen Weigerung seiner Frau, mit der Polizei zusammenzuarbeiten, hatte sich der Baron am Ende doch noch durchgerungen, mit Böker zu telefonieren. Dies allerdings erst, nachdem der Entführer sich bereits gemeldet hatte. An dieser Stelle unterbrach Crinelli Soderberghs Schilderung der Ereignisse.

»Bitte versuchen Sie sich noch einmal an das Telefonat zu erinnern. Was genau hat der Mann zu Ihnen gesagt, und wann genau war das?«

»36 Stunden und 20 Minuten später.«

»Das heißt, Sie haben fast zwei Tage hier gesessen, ohne zu wissen, was Ihrem Kind zugestoßen ist?« Der Baron nickte. »Das ist ja unglaublich. Wieso lassen die sich so lange Zeit?« Crinelli blickte in die Runde.

»Die?«, fragte Soderbergh.

»Der, die – meistens sind es mehrere Täter. Sind es mehrere?« Keiner der Anwesenden konnte ihm seine Frage beantworten. »Na schön, fahren Sie fort. Was hat er gesagt?«

»Wir haben Ihre Tochter. Sie ist in Ordnung. Ich werde mich bei Ihnen melden. Keine Polizei, sonst sehen Sie das Mädchen nicht wieder.« Soderbergh würde diese Sätze nie mehr vergessen. Er schluckte schwer, seine Frau begann zu weinen.

»Sie erinnern sich genau, dass er ›wir‹ gesagt hat – wir haben Ihre Tochter?« Soderbergh nickte. »Na bitte. Und wie ging es weiter?« Soderbergh schüttelte den Kopf. »Sie haben seitdem nichts mehr von den Entführern gehört?« Wieder verneinte Soderbergh. Crinelli stand auf und ging zum Fenster. »Sehr ungewöhnlich«, sagte er mehr zu sich selbst, »wieso melden sich die Kerle erst anderthalb Tage nach der Entführung? Sie mussten doch davon ausgehen, dass Sie die Polizei dann längst informiert haben. Und dann so ein läppischer Anruf ohne konkrete Forderungen.« An ein vergleichbares Vorgehen von Erpressern konnte sich Crinelli nicht erinnern. »Warum haben Sie uns eigentlich nicht sofort informiert?«

»Wie ich schon sagte, meine Frau war dagegen. Lisa ist unser einziges Kind. Catherine hat schreckliche Angst. Wenn es nach mir gegangen wäre …«

Crinelli ahnte, wie schwer es dem Baron fiel, in dieser Sache die richtigen Entscheidungen zu treffen. Schließlich war das hier kein Anlageprojekt, bei dem ihm Sachverstand und Instinkt helfen konnten. Erstaunlicherweise traute sich Soderbergh, seine Unsicherheit zu zeigen. Das machte ihn Crinelli sympathisch.

»Ich werde bezahlen, Herr Crinelli, egal wie viel die Entführer verlangen. Ich tue alles, um meine Tochter wiederzubekommen. Ihr darf nichts geschehen.« Er stockte und sah an Crinelli vorbei in den Garten. »Wissen Sie«, fuhr er nach einem tiefen Atemzug fort, »ich habe mir 30 Jahre lang ein Kind gewünscht, aber meine erste Frau konnte keine Kinder bekommen. Erst mit Catherine ging dieser Wunsch in Erfüllung. Ich bin ein alter Vater, Herr Crinelli, sicher denken Sie das. Aber ich bin auch ein guter Vater. Ich habe mir fest vorgenommen, Lisa so viel Zeit zu widmen, wie es für eine schöne Kindheit braucht. Diese Leute dürfen sie mir nicht wegnehmen, niemals. Und deshalb dürfen sie auch nichts davon wissen, dass Sie jetzt hier sind. Die Stimme am Telefon hat ausdrücklich davor gewarnt. Bitte seien Sie uns bei der Geldübergabe behilflich und sorgen Sie dafür, dass Lisa gesund zurückkommt.«

Für einen Augenblick herrschte Ruhe im Zimmer. Catherine Soderbergh war während des Gesprächs immer tiefer in die Polster gesunken, jetzt hielt sie ein weißes Taschentuch unter die Nase gepresst und weinte lautlos.

Crinelli benötigte einige Minuten, die Dinge in seinem Kopf zu ordnen. Mussten es denn immer Kinder sein?

»Herr Soderbergh, Frau Soderbergh, wir werden natürlich alles tun, was uns möglich ist, aber ich muss Ihnen auch sagen, dass es nicht allein in meiner Hand, in der Macht der Polizei, liegt, Lisa gesund zurückzubringen. Ich kann Ihnen nichts versprechen. Zunächst einmal muss ich die Stimme des Entführers hören, um mir einen Eindruck von ihm zu machen. Wir müssen wissen, wie er tickt. Unsere Psychologen können von einer Stimmprobe ein Gutachten, eine Art Persönlichkeitsbild erstellen. Vielleicht brauchen wir unsere Verhandlungsgruppe, das sind geschulte Leute – die brauchen wir sogar ganz sicher. Die Kollegen wissen genau, wie man mit Entführern verhandelt. Mit Menschen, die unter Druck stehen. Im Augenblick, ohne einen Anhaltspunkt, kann ich gar nichts tun. Natürlich werden wir das Gelände gründlich untersuchen. Wir sehen uns auch in dem Park um, aus dem Lisa entführt wurde, und ich muss auch unbedingt gleich noch mit dem Mädchen sprechen. Aber wenn die Täter nicht ganz besonders dilettantisch vorgegangen sind, werden wir damit allein nicht auf ihre Spur kommen. Und außerdem müssen wir ja sehr vorsichtig sein. Lassen Sie uns bitte in Ruhe unsere Arbeit machen, dann wird schon alles gut ausgehen.«

Soderbergh sah seine Frau an. Sie schlug die Augen nieder. Die Verantwortung schien sie zu erdrücken.

»Und was bedeutet das jetzt?«, fragte der Baron leise.

»Erst mal bringen wir unsere Leute unbemerkt hier rein. Eine Verhandlungsgruppe, wie gesagt, mit Technikern und auch ein B-Team.« Soderbergh sah ihn fragend an. »Nein, nein, keine Sorge, B-Team nennen wir das Betreuungsteam. Sie werden sehen, dass die Kollegen sehr hilfreich sein werden, für Sie und für Ihre Frau. Alles in allem etwa sechs Leute, nicht mehr. Die restlichen Beamten postieren wir draußen um das Haus herum, perfekt getarnt, die erkennt niemand.«

»Nicht mehr als sechs? Das reicht ja wohl auch! … Gut, ich bin einverstanden, zumindest mit der ersten Gruppe. Mit den Entführern verhandle ich selbst. Es bleibt dabei: Sie dürfen nicht wissen, dass die Polizei eingeschaltet wurde. Und bitte keine Betreuung, die brauche ich nicht. Werden Sie den Einsatz leiten?«

Crinelli sah dem Baron lange in die Augen und nickte schließlich. »Ja«, sagte er, »und nun bringen Sie mich bitte zu dem Mädchen.«

»Konzentrieren Sie sich. Alles ist wichtig, jedes auch noch so kleine Detail. Versuchen Sie bitte, sich genau an alles zu erinnern, was Ihnen nach dem Verlassen des Hauses aufgefallen ist. Rufen Sie sich die Szenen noch einmal genauestens ins Gedächtnis.« Das Mädchen begann zu weinen. Crinelli saß ihr in der kühlen Atmosphäre einer Designerküche gegenüber. Er nutze die Unterbrechung, um an seinem Wasser zu nippen. »Denken Sie nach«, fuhr er fort, als das Hausmädchen sich wieder einigermaßen unter Kontrolle hatte. »Schien die Sonne oder regnete es? War es windig, haben Sie irgendwelche Geräusche gehört, waren Hunde unterwegs, haben Sie jemanden gegrüßt oder wurden Sie gegrüßt? Alles ist wichtig, alles, überlegen Sie, machen Sie die Augen zu und schildern Sie mir jetzt den ganzen Ausflug, von Anfang bis Ende.«

Das Mädchen stand noch immer unter Schock. Häufig stockte ihr Erzählfluss. Aber sie arbeitete sich tapfer Wort für Wort in ihre Aufgabe hinein. Crinelli beobachtete sie dabei. Beim Nachdenken legte sie die Stirn in Falten. Sie versuchte, in die letzten Winkel ihrer Erinnerung zu kriechen. Man spürte förmlich, dass sie alles dafür gegeben hätte, Lisa wohlbehalten wieder bei ihren Eltern zu wissen. Dabei kämpfte sie auch für ihre Anstellung. Sie war sich sicher und hatte es Crinelli auch schon erzählt, dass sie es allein dem Baron verdankte, dass sie ihren Job vorläufig behalten hatte. Catherine Soderbergh hatte sie aus eigener Verzweiflung direkt entlassen wollen.

Crinelli hielt seine Kladde auf den Beinen geöffnet und schloss nun seinerseits die Augen. Er bemühte sich, den gleichen Film zu sehen wie die Angestellte der Soderberghs. Er sah die dunklen Wolken jenes Tages vor sich, spürte den kratzigen Pullover, den sie sich in letzter Minute noch übergezogen hatte, weil es draußen so feuchtkalt war, er versuchte den Pfützen im Park auszuweichen und fühlte den Moment der Ruhe, als sie sich für ein paar Minuten auf der Bank niederlassen konnte, während die Kleine im nassen Sand des Spielplatzes ihr Eimerchen füllte. Vor seinem inneren Auge sah er die junge Mutter am Rand des gleichen Platzes, die etwas unbeholfen versuchte, dem Säugling die Brust zu geben, ohne sich dabei zu unterkühlen. Und dann hörte er das Mädchen etwas sagen, das er sich später aufschrieb. Ein Fahrradfahrer hatte neben der Bank angehalten und nach dem Weg gefragt. »Der Herr auf dem Rad«, sagte das Mädchen, und genau diese Formulierung erschien Crinelli so ungewöhnlich, dass er sie in sein Heft schrieb. Und dahinter: »Er sah irgendwie seltsam aus, altbacken und sehr schlank, mit etwas zu langen Haaren, wie aus einer anderen Welt.«

Am Ende erzählte das Mädchen bewegt von der Panik, die sie ergriff, als sie feststellte, dass Lisa verschwunden war. Wie sie hin und her gelaufen war, plan- und ratlos und alle Leute im Park nach der Kleinen gefragt hatte. Ob sie nicht ein kleines Kind gesehen hätten, mit einem cremefarbenen Anorak und einer dicken roten Wollmütze. Die Kleine hätte die Angewohnheit, ihre Puppe im Dreck hinter sich herzuziehen, eine kleine Stoffpuppe mit einem orangefarbenen Häkelkleid und einer schiefen weißen Hornbrille. Und dann beschrieb Marie, so hieß das Mädchen, eindringlich, wie sie ohne Lisa nach Hause zurückkam und den Eltern, vor Angst fast gelähmt, das Verschwinden ihrer Tochter gestanden hatte.

Nur mit Mühe gelangte Crinelli wieder zurück in die Wirklichkeit der Küche. Er riss sich ein Krepptuch von der Küchenrolle und trocknete sich damit die Stirn. Das Mädchen schluchzte. Die beiden saßen sich eine ganze Weile still gegenüber, bis Crinelli sich zu seiner einzigen Nachfrage aufraffte.

»Das haben Sie sehr gut gemacht, vielen Dank! Und bitte machen Sie sich keine Vorwürfe, aus meiner Sicht haben Sie keinen Fehler begangen. Man kann nichts tun gegen kriminelle Energien. Ich habe nur noch eine winzige Frage: Der Mann auf dem Rad – bevor er Sie ansprach, war die Kleine doch noch in Ihrem Blickfeld, ist das richtig?« Marie nickte. »Und danach, wie war es da?«

»Sie war weg«, flüsterte Marie, »aber ich glaube, ich hab's nicht sofort bemerkt.«

»Natürlich«, sagte Crinelli mehr zu sich selbst. »Können Sie mir den Mann auf dem Fahrrad noch etwas genauer beschreiben?«

»Nein«, sagte das Mädchen, und ihr Schluchzen ging in hemmungsloses Weinen über.

Crinelli winkte ab. »Nicht schlimm«, sagte er. Was er wirklich dachte, war etwas anderes. Mit ziemlicher Sicherheit hatte dieser ungewöhnliche Herr auf dem Fahrrad etwas mit der Sache zu tun.

»Würden Sie mir einen letzten Gefallen tun? Können Sie mir eine Liste aller Personen erstellen, die Sie an jenem Freitag im Park gesehen haben?«

Vielleicht erinnerte sich ja irgendjemand an den Mann und konnte ihn genauer beschreiben. Crinelli legte dem Mädchen die Hand auf die Schulter. Er spürte ihr Beben und verabschiedete sich dann schnell.

Hinter der Tür zur Diele stand Soderbergh, der offenbar die ganze Unterhaltung mit angehört hatte. Er war aschfahl und hatte feuchte Augen.

»Machen Sie sich keine Sorgen um Marie, wir machen ihr keine Vorwürfe«, waren seine letzten Worte, bevor er hinter Crinelli die Tür ins Schloss drückte.

Crinelli war froh über die kalte Luft und sogar froh über den Regen, der immer noch beständig fiel. Und er war froh, dass er nicht den Dienstwagen genommen hatte. Fahrrad fahren war genau, was er jetzt brauchte.

Er fuhr langsam und hielt sein Gesicht in den Regen. Mit der Zeit sank sein Oberkörper nach vorne, und er begann schneller zu treten.

Im Präsidium informierte er zunächst Böker, bevor er seine Abteilung um sich versammelte und den Kollegen einen ausführlichen Bericht über die Entführung lieferte. Im Anschluss diskutierten sie die Besetzung der Verhandlungsgruppe. Schließlich gab Crinelli exakte Anweisung, was im Haushalt des Barons zu tun sei, aber auch, was aufgrund der besonderen Situation eben nicht getan werden durfte. Er stellte eine Gruppe zur Bearbeitung der Namensliste des Hausmädchens ab und machte Bohlen zum verantwortlichen Mann vor Ort. Er selbst hatte nicht vor, sich dauerhaft im Haus der Soderberghs aufzuhalten. Mit der Leitung des Einsatzes bot sich Bohlen die seltene Gelegenheit, sich bei seinem obersten Vorgesetzten in ein gutes Licht zu rücken. Der junge Mann war eher aus dem Holz geschnitzt, das Böker zur Besetzung seiner Führungsebene brauchte, auch wenn dieser das noch nicht wusste. Bohlen zeigte keine Abneigung gegen lähmende Bürokratie, tagelange Schreibtischarbeit, unerträglich lange Sitzungen oder strategische Planungen. Vielleicht würde Böker dann eines Tages Bohlen als Ersatzmann für Kleinert nehmen.

Eine Stunde später betrat im Schatten der Nacht eine Gruppe Männer unbemerkt das Anwesen der Soderberghs. Dunkel gekleidet schlüpften sie einer nach dem anderen durch ein kleines, versteckt liegendes Törchen auf der hinteren Seite des Geländes.

In kürzester Zeit installierten Crinelli und seine Kollegen alle notwendigen Geräte. Danach konnte jeder eingehende Anruf aus dem Festnetz registriert, aufgezeichnet und – wenn er lange genug dauerte – auch nachverfolgt werden. Das Gleiche galt für die Handys der Soderberghs.

Catherine von Soderbergh stand im Türrahmen, während

die Männer sich einrichteten, und ihr Gesichtsausdruck ließ wenig Gutes für die nächsten Stunden oder Tage erhoffen. Im Gegensatz zu Crinellis erstem Besuch wirkte die Baronin deutlich präsenter. Und sie ließ keinen Zweifel daran aufkommen, dass sie die ganze Aktion missbilligte. Die Beamten behandelte sie wie Eindringlinge, und sie sparte auch nicht mit Spitzen gegen ihren Mann. Wehe dem Baron, wenn nur eine winzige Kleinigkeit schieflaufen würde.

Crinelli bemerkte den Schwelbrand, hielt es aber nicht für notwendig, darauf zu reagieren. Meinungsverschiedenheiten der Soderberghs hatten auf seine Arbeit keinen Einfluss.

»Jetzt können wir nur noch abwarten, bis die Täter sich wieder bei Ihnen melden«, sagte er schließlich. »Sobald sich hier was tut, informieren mich die Kollegen. Ich bin dann sofort wieder zur Stelle. Ich würde gerne den hinteren Eingang, durch das alte Gartenhaus, benutzen, wenn Sie erlauben.«

»Aber ich dachte, Sie leiten die Aktion?«, fragte Soderbergh mit der nötigen Strenge in der Stimme.

»Wonach sieht das denn hier aus? In meiner Abwesenheit hat der Kollege Bohlen das Sagen. Wir stehen in ständigem Kontakt. Ich habe inzwischen noch eine ganze Menge auf dem Präsidium vorzubereiten. Was glauben Sie, was hier abgeht, wenn die Lösegeldübergabe bevorsteht? Aber selbstverständlich bin ich jederzeit für Sie erreichbar. Hier ist meine Handynummer.« Crinelli reichte dem Baron seine Karte. »Wenn Ihnen irgendetwas nicht gefällt, rufen Sie mich bitte sofort an.«

∷

Als er sein Rad schulterte, um es zur Wohnung hinaufzutragen, fühlte er sich müde und erschöpft. Die Klamotten klebten ihm am Leib. Er ging schnurstracks unter die Dusche. Der heiße Strahl beruhigte ihn. Er blieb darunter stehen, bis seine Hände ganz aufgeweicht waren. Er trat aus der Duschkabine, wickelte sich ein Handtuch um die Hüften. Barfuß ging er in die Küche und nahm ein Bier aus dem Kühlschrank.

Für einige kurze Minuten fühlte er sich gut, dann kehrte die Unruhe zurück. Eine Weile beobachtete er den immer dichter werdenden Regen. Am Ende ließ er sich auf die Schlafcouch fallen und stierte an die Decke. Er war nervös, und er rauchte zu viel. Schließlich zog er sich an und verließ die Wohnung wieder.

Er klingelte und lief den nach altem Fett stinkenden Hausflur entlang, ohne Licht zu machen. Die erste Tür rechts stand offen und führte in die Küche eines China-Imbisses. Paul Langer arbeitete hier als Koch. Crinelli vermutete seit langem, dass die Durchreiche in den Verkaufsraum nur deshalb so klein war, damit das Publikum den tätowierten Deutschen in der Küche nicht sehen konnte. Beim Italiener hatten gefälligst Neapolitaner in der Küche zu stehen, beim Thailänder wurde ein echter Thai erwartet und beim Chinesen kein Paul Langer.

Crinelli hatte Langer vor etlichen Jahren einmal festgenommen. Damals war er noch nicht bei der Mordkommission, sondern hatte gegen eine Hehlerbande ermittelt, die geklaute Fernseher und Videorecorder unters Volk brachte. Langer war zu besoffen gewesen, um ernsthafte Gegenwehr zu leisten, und deshalb eine leichte Beute für den Kommissariatsanwärter Crinelli. Langer klaute, um seinen Suff zu finanzieren. Im Knast hatte er sich mit dem Gefängnispfarrer angefreundet, der ihn in der harten Entzugszeit unterstützte. Außerdem besorgte ihm der Seelsorger einen Job in der Gefängnisküche. In den zwei Jahren Knast hatte Langer also eine Menge gefunden, damit sein Leben in Ordnung kam: Gott und seine wahre Profession. Wohl deshalb hatte ihn sein erster Weg nach der Entlassung zu Crinelli aufs Präsidium geführt – um sich zu bedanken. Seit jener Zeit sahen sie sich gelegentlich. Sie waren keine dicken

Freunde, aber was sie verband, war gegenseitige Achtung. Und nun waren sie zudem Nachbarn.

In der heißen Küche saß Crinelli meist neben dem Herd, trank thailändisches Bier und sah dem kleinen dünnen Mann mit der Glatze und den tätowierten Unterarmen beim Frittieren von tiefgekühlten Frühlingsrollen zu, beobachtete, wie er Gemüse süßsauer im Wok hin- und herschmiss und den Duftreis im Wasserdampf erwärmte.

Sprechen musste Crinelli in dieser Umgebung nicht viel, was ihm sehr entgegenkam. Er konnte ganz einfach still im Dampf der Töpfe sitzen und nachdenken. Und das war allemal besser, als allein zu Hause zu hocken.

»Hallo, Jerry. Nimm dir ein Bier und setz dich. Ich habe gerade mächtig Stress«, sagte Langer, als er den späten Gast eintreten sah, und schenkte ihm ein Lächeln. In der vorderen Reihe standen zwei einsame Zähne.

»Hallo, Paulchen. Kümmere dich gar nicht um mich. Mir ist zu Hause nur die Decke auf den Kopf gefallen.«

Crinelli ging zum Kühlschrank und trank die Hälfte des ersten Singha in einem Zug. Die zweite Flasche nahm er mit zu seinem Stuhl. Während er trank, beobachtete er Langer, der sich flink zwischen Durchreiche und Herd hin- und herbewegte, die Töpfe vom Feuer zog, neue draufsetzte und in all dem Durcheinander leise vor sich hin summte. Crinelli rauchte und packte seine Kladde aus. Er begann zu lesen. Als er weit nach Mitternacht mit dem Koch zusammen die Küche verließ, wusste er, was er am nächsten Tag tun würde. Solange es im Entführungsfall Soderbergh keine neuen Erkenntnisse gab und die Täter sich nicht meldeten, konnte er sich um seinen Toten kümmern.

7

Hier unten war man dem Tod entschieden zu nah, dachte Crinelli, als er den Aufzug verließ. Viel lieber als in der Gerichtsmedizin zu stehen hätte er sich mit einem Brandy und einer Zigarette auf den Gang zurückgezogen. Hier stand er gern mit Weymann und redete.

An diesem Spätherbsttag war alles anders. Die Rollwagen standen hinaus bis auf die Flure. Die Räume selbst glichen einem Hindernisparcours. Mitten in diesem Durcheinander standen der Doktor und seine Leute an den Seziertischen. Crinellis Eintreten wurde nicht einmal bemerkt.

Langsam schritt er von Rollwagen zu Rollwagen und besah sich die Pappschilder, die an den Zehen der Opfer baumelten. *Unidentifiziert – DB* stand darauf. Erst in der hintersten Ecke des Raums fand er, wonach er suchte. *Unidentifiziert – Elisabethstraße.* Bis die Gerichtsmediziner sich hierher vorgearbeitet hatten, konnten noch Tage vergehen. Crinelli schlug das Leichentuch zurück und besah sich das wächserne Gesicht des Toten. Dann zog er entschlossen seine Digitalkamera aus der Jackentasche.

»Müssen Sie jetzt schon selbst fotografieren, Crinelli?«, rief Weymann, aufgeschreckt durch das Blitzlicht. Er kam auf ihn zu.

»Hallo, Doc. Wollte nicht stören. Ich brauche nur ein Bild des Toten. Er ist ja wohl in nächster Zeit noch nicht an der Reihe?«

»Vermutlich nicht. Sie können sich ja vorstellen, wie sehr die Hinterbliebenen auf die Freigabe der Toten warten. Aber vorher müssen wir die Leichen ja wenigstens säubern und notdürftig zusammenflicken. Das macht eine Sauarbeit. Und dann sind da noch die ganzen Ausländer. Kaum zu glauben, wie viele keinen Ausweis bei sich trugen. Identifizieren Sie die mal.«

»Ja«, sagte Crinelli leise, »das ist fürchterlich. Sie sind nicht zu beneiden, Doc. Wie viele sind es denn überhaupt?«

»Opfer, meinen Sie?«

Crinelli nickte. »Vom BKA kriegen selbst wir derzeit keine Auskunft.«

»Besserwisser und Geheimniskrämer«, rief der Doktor ungewohnt aufgebracht, »die Typen haben uns gerade noch gefehlt. Ständig schwiemelt hier einer von denen rum. Aber keiner sagt mal deutlich, was er eigentlich haben will. Die nerven bloß und stehen uns im Weg. Und alles ist natürlich absolut geheim. Als ob unsere Arbeit helfen könnte, diese Sache aufzuklären. Lächerlich – bei einem Anschlag. Unsere Toten hier sind alle mit der gleichen Waffe hingerichtet worden. Patronen haben die auf der Wiese Tausende gefunden, zumindest hört man das. Die Ermittlung muss auf dem Feld stattfinden, oder was weiß ich wo. Ganz sicher aber nicht hier unten bei mir. Diese Idioten! Was soll's, ich muss weiter. Entschuldigen Sie mich.«

»Natürlich, aber wie viele nun?«

»Wie viele was? … Ach ja, Tote. Derzeit stehen wir bei 29 und einer Hand voll, die, wie ich höre, in den nächsten 24 Stunden noch dazukommen könnten. Verdammt, sollen wir nicht doch noch 'nen schnellen *Carlos* nehmen, Crinelli?«

»Würde ich gerne, aber ich habe keine Zeit. Ein Entführungsfall, dringend. Hochrangiges Mitglied der Gesellschaft.«

»O Gott, Crinelli, schleppen Sie uns bloß nicht noch mehr Leichen an.«

»Ich geb mir alle Mühe.«

Es war einer dieser Tage, an denen es nicht richtig hell wurde. Zusätzlich fegte ein kalter Ostwind durch die Straßen. Die Menschen gingen gebeugt und hielten die Hände schützend vors Gesicht, damit sie nicht den Sand aus einer der unzähligen Baugruben in die Augen bekamen. Crinelli strampelte gegen die Böen an. An manchen Ecken blies der Wind so stark, dass er aus dem Sattel gehen musste, um überhaupt noch vorwärts zu kommen. Auf halber Strecke begann es auch noch heftig zu regnen, und Crinelli rettete sich vor den Fluten in ein Büdchen.

Er hatte Soderbergh belogen. Eine Lösegeldübergabe musste nicht koordiniert werden. Für einen solchen Fall lagen fertige Strategien in der Schublade. Wenige Telefonate genügten, und die akribisch erarbeiteten Routinen liefen ab. Crinelli fühlte sich allerdings innerlich zerrissen und war absolut nicht in der Form, die er für die Entführung brauchte. Er liebte es, sich in seine Fälle zu verbeißen und nicht davon abzulassen, bis ihm endlich der entscheidende Durchbruch gelang. Um so zu arbeiten, durfte man sich nicht um andere Angelegenheiten kümmern, sich nicht mit Schreibtischarbeiten herumplagen oder Vorgesetzten dauerhaft Bericht erstatten müssen. Um so zu arbeiten, musste man allein sein und seiner Spur folgen. Aber stattdessen hatte er den Job von Kleinert am Hals, hatte kurz ein Kriegsgebiet gestreift, was ihm heute noch unwirklicher erschien als in der Nacht selbst, und steckte nun mitten in einem Entführungsfall. Das alles war entschieden zu viel, und entsprechend drunter und drüber ging es auch in seinem Kopf zu. Da kam ihm der Tote vom Dach gerade recht. Was lag in einer solchen Situation näher, als einfach wieder an den Anfang zurückzugehen und dort anzuknüpfen? Crinelli hatte schon vor, die Soderbergh-Entführung ernst zu nehmen, aber in seiner momentanen Situation stand ihm der Sinn nicht nach Herumsitzen und Warten. Da konnte er genauso gut etwas Schwung in seinen anderen Fall bringen. Natürlich hätte er auch einen Kollegen in die Elisabethstraße schicken können, aber aus irgendeinem Grund ging ihm der Leichenbestatter nicht mehr aus dem Kopf. Maria würde das wieder eine seiner Obsessionen nennen. Crinelli selbst machte sich darüber keine Gedanken, er traute seinen Gefühlen. Bei einem Mordfall gab es den Täter, das Opfer und den Jäger. Die Situation glich jedes Mal einem altertümlichen Zweikampf. Wahrscheinlich mochte er das.

In dem Büdchen war es feuchtwarm. Es roch nach bitterem Filterkaffee. Crinelli bestellte sich einen Tee. Mit der Tasse zwischen den klammen Fingern hockte er sich auf einen Stuhl direkt am Fenster. Durch die beschlagenen Scheiben beobachtete er das Leben in seinem alten Viertel. Die meisten Männer hier verdienten ihr Geld in der Auto- oder Chemieindustrie. Die Arbeitslosenquote lag inzwischen deutlich höher als in den anderen Vierteln der Stadt. Der hohe Ausländeranteil hatte hingegen Tradition. Crinellis Urgroßvater war aus Kalabrien direkt in die Gegend gezogen, und auch sein Vater war niemals von hier weggekommen. Um diese Tageszeit prägten alte Frauen, Mütter mit Kindern, Rentner und auffallend viele Besoffene das Straßenbild. Crinelli kannte hier jeden Winkel. Sollte je ein Verbrecher auf die Idee kommen, sich ausgerechnet hier zu verstecken, würde er ihn ohne große Mühe finden.

Crinelli trank aus, und als der Regen etwas nachließ, machte er sich auf den letzten Kilometer. Er klingelte wieder bei Kasulke und war von dessen schmieriger Art erneut angewidert. Er zeigte dem Hausmeister das Foto, das er von dem Toten in der Gerichtsmedizin geschossen hatte, und ging, nachdem dieser nichts zur Identifikation beitragen konnte, weiter zur Nachbartür.

»Da brauchen Sie nicht zu klingeln. Der Malchow hat im Lotto gewonnen und ist in Kur. Tja, Herr Kommissar, trifft halt immer die Falschen, oder?«

»Und nach ’nem Lottogewinn bleiben die in dieser Bruchbude wohnen? Das wollen Sie mir doch nicht allen Ernstes verklickern? Wie lange sind die schon weg?«

»14 Tage, knapp. Für’n Haus in Ihrer Gegend reicht es nicht. Waren ja nur fünf Richtige, sonst wären die sicher schon längst ausgezogen. Aber für Urlaub an der Ostsee und noch ein bisschen Taschengeld …«

Crinelli stieg die Treppe hoch. Die Müllbeutel standen immer noch vor der Tür, an der er nun klingelte. Der Gestank von verbrannten Zwiebeln drang aus dem Inneren der Wohnung, als ein Mann in einem zerschlissenen Bademantel öffnete.

»Wat willst du hier?«, brüllte der Glatzkopf gleich los. »Sach dem Afghan, dat er seine Kohle schon noch krit. Der soll sich nit esu anstelle.«

»Fragen Sie den Kerl mal, wann er endlich seine Miete bezahlt, Herr Kommissar«, hörte Crinelli Kasulke von unten heraufblöken.

»Halt die Fresse, du blöde Sau«, schrie der Mann, der laut Klingelschild Abendroth hieß.

»Ruhe!« Crinelli hatte die Schnauze voll. »Ich komme nicht vom Afghan, sondern von der Kripo Köln. Hauptkommissar Crinelli. Ich habe eine Frage an Sie.«

»O Gott, jetzt han se do och schon Itaker.«

Crinelli unterdrückte seinen Impuls, dem Kerl eine reinzuhauen. »Haben Sie diesen Mann schon mal gesehen?« Er streckte Abendroth das Display der Digitalkamera mit dem Bild des Toten entgegen.

»Wer soll dat sin?«

»Das frage ich Sie ja gerade.«

»Kenn ich nit, und so wie de ussieht, hat der och nit mi lang.«

»Wie recht Sie haben«, sagte Crinelli und machte sich an die nächste Treppe, während Kasulke und Abendroth sich weiter durch das Treppenhaus hindurch anbrüllten. Oben ging es schneller. Eva Muhrmann kannte den Toten ebenso wenig wie ihr Nachbar von gegenüber, der Alkoholiker. Crinelli war nicht sicher, ob der zitternde Typ überhaupt jemanden erkennen konnte. Noch keine zwei Uhr am Mittag, und er war schon granatenvoll. Dabei hatte die Muhrmann doch erwähnt, er würde arbeiten. Crinelli fragte nach seinen Arbeitszeiten und erfuhr, dass er sich heute nicht so recht fühlte.

Crinelli verließ das Haus, vorbei an den stinkenden Müllbeuteln und den schreienden Bewohnern, und wandte sich dem Nachbargebäude zu. Welch ein Kontrast – ein Firmengebäude, sauber und hell. Aber Firmen, die ihren Sitz in dieser Gegend hatten, gehörten sicher nicht zu den Erfolgreichen am Markt, und so durchwehte auch dieses Haus eine gewisse Trostlosigkeit. Einen Kunden in diese Gegend zu locken stellte schon eine Hürde dar, so viel war sicher.

Obwohl ihn eigentlich erst die Räumlichkeiten ab der vierten Etage interessierten, zeigte Crinelli sein Foto auch in den tiefer gelegenen Büros. Er geriet an einen Versicherungsvertreter, sprach mit dem Leiter der deutschen Niederlassung einer holländischen Transportfirma und anschließend mit der jungen Chefin eines Ökolabors, das sich auf das Aufspüren von Schimmelpilzen spezialisiert hatte und Untersuchungen im Auftrag eines neuen Hochglanzmagazins durchführte.

Die nächste Einheit hätte vermutlich die Kollegen der Sitte interessiert. Als Crinelli sich am Empfang der Fun Pictures vorstellte, wurde die Frau etwas blass. Schnell gedrehte, billige Pornofilmchen, vermutete er. *Kinospots*, lautete die erklärende Unterzeile auf der Karte der Empfangsdame. Crinelli verlangte die Räumlichkeiten zu inspizieren, die zum Flachdach des Nachbarhauses gelegen waren. Das Zimmer gehörte dem Chef, sah aber eher nach einem orientalischen Puff aus und roch auch so. Crinelli öffnete die Fenster. Von hier aus hätte man einen Mann auf das Flachdach werfen können, aber keinesfalls so, dass ihn dabei die Antenne aufgespießt hätte. Die Höhendifferenz zwischen Fensterkante und Dach betrug kaum einen Meter. Crinelli zeigte dem Typ mit dem breiten Grinsen dennoch das Foto des Toten, erhielt aber nur die erwartete Antwort.

Eine Etage höher die nächste Filmfirma. Mit dem Unterschied, dass Crinelli hier keinen Zweifel an der Seriosität des Unternehmens hegte. Der Inhaber, ein freundlicher Türke mit gepflegtem Äußeren, stellte tatsächlich Filme für die türkische Tourismusbehörde her. Damit belieferte er Reiseanbieter und Reisebüros in ganz Deutschland. Einer der Streifen lief auf einem großen Flachbildschirm an der Wand. Crinelli erinnerte sich gar nicht mehr an seinen letzten Urlaub. Er musste Jahre zurückliegen.

Ein Blick aus dem Fenster des Büros zeigte Crinelli, dass er nun endlich die Höhe erreicht hatte, ab der es interessant wurde. Theoretisch konnte die Tat hier begangen worden sein. Er ging von Mord aus, ein Unfall schien ihm unwahrscheinlich.

»Haben Sie Personal, Herr Ergan, außer denen, die sich heute hier aufhalten?«

»Nein, Herr Kommissar, ich habe überhaupt kein Personal. So viel wirft diese kleine Firma nicht ab. Wir haben doch auch gerade erst angefangen. Die beiden Frauen, die Sie gesehen haben, sind meine Frau und meine Schwester. Und das war's auch schon. Ein Familienbetrieb eben.«

»Und wie steht es mit Reinigungspersonal? Hat außer Ihnen sonst noch jemand einen Schlüssel zu diesen Räumen?«

»Nein, niemand. Und das Reinigungspersonal steht vor Ihnen. Wir putzen selbst, wird ja auch nicht so viel dreckig bei drei Leuten. Manchmal hilft meine Mutter, aber das ist auch eher selten. Sie ist schon alt.«

Crinelli überlegte. Von Rechts wegen müsste er die Spurensicherung benachrichtigen und die Räume untersuchen lassen, aber er hatte nicht das Gefühl, als ob sich der Aufwand dafür lohnte. Die Fensterbank war von einer gleichmäßigen Staubschicht überzogen.

Auf der gleichen Etage gegenüber versuchte eine Tanzschule zu existieren, doch dort gab es keine Fenster zum Flachdach. Die letzte Etage vor dem Dach wurde komplett von der Immofonds GmbH belegt. Crinelli stellte sich schon beim Treppensteigen das Gesicht eines Menschen vor, der hier nach Anlagemöglichkeiten suchte. Aber in der heutigen Zeit wusste man ja nie so genau. Vielleicht war es eine dieser neuen Internetfirmen, und da genügte, wie er von seinem Schwager Sebastian wusste, eine modern gestaltete Website, um auf die entsprechenden Kunden einen guten Eindruck zu machen.

Er klingelte. Als niemand öffnete, wiederholte er den Vorgang und klopfte zudem noch gegen die Tür. Crinelli sah auf die Uhr. Die Mittagspause sollte eigentlich vorüber sein. Er fingerte sein Handy aus der Tasche und wählte die Nummer, die unter dem Firmenschriftzug stand. Nach dreimaligem Klingeln sprang der Anrufbeantworter an.

»Guten Tag, Sie haben die Firma Immofonds in Köln erreicht. Der Fachmann für Ihre Geldanlage. Leider sind derzeit alle Leitungen belegt. Bitte hinterlassen Sie Ihren Namen und Ihre Rufnummer, der nächste freie Mitarbeiter wird Sie umgehend zurückrufen. Bitte sprechen Sie nach dem Signalton. Vielen Dank.«

Eine schnarrende Stimme und dann das vertraute Piepen. Crinelli wählte die Nummer des Präsidiums. Den Kollegen am anderen Ende der Leitung kannte er nicht, wahrscheinlich eine Vertretung. Dennoch nannte er ihm den Namen, Adresse und Telefonnummer der Immofonds und bat, die Firma zu überprüfen. Das Klingeln seines Handys hielt ihn vorerst davon ab, aufs Dach hochzusteigen.

»Jerry? Ich bin's, Edgar.«

»Ja, Eddy, was gibt's?«

»Wir haben einen Anruf.«

»Scheiße, erzähl!«

»Vor etwa fünf Minuten geht das Telefon, und der Typ ist dran …«

»Und, wie hat er sich angehört? Nervös? Was wollte er?«

»Du wärst besser hiergeblieben. Der Baron ist stinksauer. Obwohl wir nichts anders gemacht haben, als wenn du dabei gewesen wärst. Er hat getobt wie ein Irrer. Der kann ganz schön ungemütlich werden. Und Streit mit seiner Alten gab's auch.«

»Kann mir schon denken, worüber. Egal. Beantworte mir meine Fragen.«

»Wir, also ich selbst und die Kollegen Neumann und Borofka, sind uns einig: Wir haben es nicht mit einem Gelegenheitstäter zu tun. Der Typ ist extrem selbstsicher, verstellt seine Stimme nicht …«

»… was heißt das?«

»Die Techniker sagen das. Sie war echt, nicht verstellt, nicht verzerrt. Keine Technik im Weg, nichts.«

»Das sollen die Spezialisten erst mal bestätigen. Bringt das Band sofort ins Labor.«

»Aber du hast mich ja nach meiner Einschätzung gefragt.«

»Ja. Weiter.«

»Also: weder verstellt noch nervös. So ist unser Eindruck. Und der Baron soll zwei Millionen besorgen. Weitere Anweisungen folgen.«

»Das war's?«

»Ja, das war's. Für 'ne Ortung zu kurz, glaube ich … Moment mal … Ich höre gerade, der Anruf kam von einem Handy, ist aber noch nicht identifiziert.«

»Könnt ihr euch schenken, ist mit Sicherheit geklaut.«

»Das deutet Borofka auch schon an. Was sollen wir jetzt machen? Kommst du rüber?«

»Hat der Typ gesagt, wann er sich wieder meldet?«

»Ja, übermorgen, Freitag, um die gleiche Zeit. Dann will er wissen, ob Soderbergh das Geld hat.«

»Und was sagt der?«

»Er ist schon auf dem Weg zur Bank. Natürlich wird er das Geld haben.«

»Okay. Dann komm ich erst mal nicht rüber. Was soll ich mich mit der Baronin rumschlagen?«

Kaum hatte Crinelli das Gespräch beendet, klingelte das Mobiltelefon erneut.

»Ja Crinelli, sind Sie denn wahnsinnig? Wissen Sie, was Soderbergh mir gerade für eine Szene gemacht hat? Wo stecken Sie denn, verdammter Mist?« Bökers Stimme überschlug sich fast.

»Ich bin schon auf dem Weg zu Ihnen. Es ist alles in Ordnung, Chef.«

»Bitte was?« Böker schnaubte verächtlich. »In Ordnung? Ja, haben Sie denn den Verstand verloren? Was habe ich Ihnen gesagt, Crinelli, was?«

»Na, was haben Sie mir denn gesagt?« Crinellis Stimme klang hämisch. »Hören Sie, ich mache meinen Job. Wir haben eine Fangschaltung und Fachleute vor Ort. Der Anruf wurde aufgezeichnet, und das Band befindet sich schon auf dem Weg ins Präsidium. Ich bin stets informiert, was läuft, und kann sofort eingreifen. Aber soll ich mir, nur weil der Typ zur besseren Gesellschaft gehört, meinen Arsch auf seinem Sofa platt sitzen und meine Zeit mit Nichtstun verbringen? Das kann doch nicht in Ihrem Interesse sein, und es ist ganz sicher nicht im Interesse der Steuerzahler.«

Über die Steuerzahler hatte sich Crinelli bislang noch niemals Gedanken gemacht. Er hörte Böker am anderen Ende der Leitung heftig atmen.

»Wo waren Sie, Crinelli, ich will sofort wissen, wo Sie in den letzten Stunden waren.«

»Ich denke nicht, dass ich Sie über jeden meiner Schritte informieren muss, aber bitte sehr: Elisabethstraße 72.«

»Sie haben meine Anweisungen missachtet!« Böker sprach mit Grabesstimme. »Wie konnten Sie mir das antun?«

»Herr Böker. Ich versuche sowohl Ihre Anweisungen zu befolgen als auch meine Arbeit zu schaffen. Meine Leute und ich haben es auch ohne den Baron schon schwer genug. Sie wissen, wie knapp wir besetzt sind. Sie kennen doch die Überstundenzahlen. Aber Sie wissen verdammt nochmal auch, dass ich mich nicht beschwere. Bei Soderbergh sitzen sechs Topleute, und weitere vier befinden sich vor seinem Haus im Einsatz. Genügt das nicht? Was hätte ich denn anders machen können als die Kollegen – Händchen halten?«

»Crinelli, ich hatte Ihnen verboten, sich persönlich um die Elisabethstraße zu kümmern. Nun seien Sie doch nicht so halsstarrig.« Sehr gut, dachte Crinelli, er knickt schon wieder ein. »Ich würde nur sehr gerne verstehen, weshalb Sie sich ausgerechnet an diesen läppischen Fall klammern. Ich verlange doch gar nicht, dass Sie ihn abgeben, aber könnten Sie ihn nicht ebenso gut delegieren? Das haben Sie ja nun ausgerechnet bei Soderbergh getan.«

»Ich habe nichts delegiert, Herr Böker, gar nichts. Ich bearbeite beide Fälle.«

Crinelli wusste natürlich genau, was Böker meinte, und ihm war klar, dass sein Vorgesetzter auf seinen offensichtlichen Ungehorsam eigentlich mit drastischen disziplinarischen Maßnahmen reagieren müsste. Aber wie hätte er einem Juristen erklären sollen, dass jeder Fall ein Geheimnis hat?

8

Am Freitag gegen Mittag betrat Crinelli das Grundstück der Soderberghs durch das ehemalige Verwalterhäuschen. Die Anspannung in der Bibliothek war direkt spürbar. Soderbergh hatte den Polizisten den großen, quadratischen Raum als Kommandostand zugewiesen. Die Männer liefen nervös umeinander, und einer nach dem anderen verzog sich hinaus auf die Terrasse, um dort zu rauchen. Schwerer Kaffeegeruch hing in der Luft. Das Rauschen der Ventilatoren, die die Prozessoren der Computer kühlten, war für lange Zeit das einzige Geräusch im Raum. Die Gespräche waren versiegt. Nach einem knarzigen Gruß und einem kurzen Blick hinüber zu Bohlen begann Crinelli zwischen den Bücherwänden seine Runden zu drehen. Er ließ sich in einen der bequemen Sessel fallen, nur um sich kurz darauf doch wieder in Bewegung zu setzen. Er verfolgte die Zeiger seiner Uhr, bevor sich sein Blick dann ganz in den Mustern der Teppiche verlor. Einige der Männer versuchten zu lesen, aber sie blätterten die Seiten nicht um.

Der Baron verhielt sich Crinelli gegenüber völlig normal. Sie hatten sich begrüßt, aber noch nicht miteinander gesprochen.

Borofka, der zuständige Kollege für die Verhandlungen mit dem Entführer, gab Crinelli ein Handzeichen. Gemeinsam gingen sie ins Freie.

»Was gibt's, Manfred?«

»Jerry, wir müssen mit dem Baron reden. Wenn er die Verhandlungen unbedingt selbst führen will, dann muss er einige grundlegende Regeln einhalten, sonst verschenken wir unsere Möglichkeiten unnötig.«

»Ist ja richtig. Aber du solltest dir keine neuen Hoffnungen machen. Er lässt uns die Verhandlungen nicht führen. Einer wie Soderbergh tut das nicht. Er wird sich absolut an die Anweisungen der Entführer halten, und die lauten nun mal: keine Polizei. Und damit sind wir aus dem Spiel, jedenfalls was deine Abteilung angeht.«

»So ein Quatsch! Glaubst du etwa, es gibt heutzutage noch so naive Täter? Natürlich ist die Polizei informiert, und die Typen wissen das auch. Das ist doch Nostalgie, Fernsehentführungen sind vielleicht so. Warum sagen wir das dem Baron nicht einfach? Es wäre eindeutig besser für ihn und für das Leben seiner Tochter auch. Und für uns sowieso.«

»Mich musst du nicht überzeugen, Manni, wenn schon, dann höchstens Böker. Er hat es dem Baron versprochen. Und einem Baron von Soderbergh gegenüber bricht man sein Wort nicht ungestraft.« Borofka schwieg, doch sein Unmut über dieses unprofessionelle Vorgehen war ihm deutlich anzusehen. »Hast du mal versucht, mit dem Baron zu reden?«

»Der ist ein echter Herrenmensch.« Eigentlich galt Borofka im Präsidium als eher unterkühlt. Aber Soderbergh schien eine Saite in ihm zum Klingen zu bringen, deren Ton Crinelli nicht gefiel. Andererseits hatte Crinelli nicht die geringste Sorge, Borofka könne im entscheidenden Moment aus seiner professionellen Rolle fallen. Aber selbst ein psychologisch geschulter Beamter musste irgendwo seine Emotionen zeigen – auch dafür waren Kollegen da. »Glaubst du, der spricht mit einem von uns auch nur ein Wort? Der schickt seine Angestellten, um uns seine Ansichten mitzuteilen oder Anweisungen zu geben. Wirklich wahr, der schickt diesen Pinguin rein, und der faselt dann rum, ›der Baron möchte Ihnen mitteilen, dass … der Baron sorgt sich um …‹ Nicht mal mit Eddy spricht der feine Herr, und der hat doch wohl die Leitung hier, oder sehe ich das falsch? Ich bin heilfroh, dass du endlich wieder da bist. Dich hat er ja wohl akzeptiert, der Herr Baron.«

»Lass deinen Dampf ruhig hier draußen an der frischen Luft ab, besser als nachher, wenn es zur Sache geht.«

Borofka entschuldigte sich bei Crinelli und fuhr dann wesentlich sachlicher fort: »Glaubst du, es könnte sofort nach dem Anruf losgehen? Dass er Soderbergh sofort losschickt zur Übergabe?«

»Nein, eher nicht. Hoffentlich nicht.«

»Siehst du, Jerry, genau das meine ich. So was haben wir doch selbst in der Hand. Wir müssen im nächsten Gespräch aus der Rolle des Opferlamms rauskommen. Das ist elementar! Der Typ muss spüren, dass er die Regeln nicht allein festlegen kann.«

»Wir sollen ihm sagen, dass wir die Kohle noch nicht beisammenhaben?«, fragte Crinelli. »Irgendwie Zeit gewinnen, das willst du doch damit sagen, oder?«

»Ja, den Zeitpunkt bestimmen wir. Er bestimmt schließlich schon das Wo und Wie, aber definitiv nicht das Wann. Das ist wichtig.«

»Leuchtet mir ein.« Crinelli sog den Rauch seiner Zigarette tief ein. »Pass auf, Manfred, ich sag dir, was wir jetzt machen: Wir gehen zusammen mit Eddy rüber zu den Soderberghs in den Salon und besprechen das alles. Ich lege ihnen die Situation dar, und du erklärst dem Baron genau, was er zu tun hat. Mach ihn einfach zu deinem Sprachrohr.«

Borofka sah ihn an und nickte schließlich.

»Wir möchten uns mit Ihnen über das bevorstehende Telefongespräch beraten. Fühlen Sie sich dazu in der Lage?«

Crinelli und seine beiden Kollegen saßen den Soderberghs auf der Sitzlandschaft gegenüber. Bevor es auf dem Möbel eng würde, könnten sich auch noch die übrigen Polizisten und einige der Hausangestellten zu ihnen gesellen.

»Ja, natürlich. Ich werde das Telefonat führen, was soll ich tun?«

Crinellis Blick wanderte hinüber zu Soderberghs Frau. Ihre Aggressivität war verflogen, und auch der arrogante Ausdruck war aus ihrem Gesicht gewichen. Im Augenblick erschien sie Crinelli eher noch verängstigter zu sein als bei ihrem ersten Zusammentreffen. Sie folgte ihrem Mann schon den ganzen Tag über wie ein Schatten. Ob sie sich ganz bewusst im Hintergrund hielt? Ihre Augen wanderten scheinbar ziellos umher. Crinelli gelang es nicht, sie auch nur ein einziges Mal zu fixieren.

»Meinen Kollegen Borofka kennen Sie ja bereits. Er ist speziell trainiert, um in einem Fall wie diesem mit den Entführern zu verhandeln. Da Sie sich aber entschieden haben, selbst mit den Verbrechern zu sprechen, wird er Ihnen nun einige Tipps für das Gespräch geben.«

Soderberghs Gesichtsausdruck signalisierte, dass er es nicht gewohnt war, von irgendjemandem Tipps anzunehmen. In seiner Welt gab er die Ratschläge. Aber vorerst schwieg er und sah Borofka abwartend an.

»Schauen Sie«, startete der selbstbewusst, »was da gleich ablaufen wird, ist ein Machtkampf zwischen Ihnen und dem Entführer. Er will spüren, wie Sie sich aus Angst vor ihm im Staub winden.«

Der Baron verzog das Gesicht zu einem hämischen Grinsen. »Wer sollte das wohl besser verstehen als ich, Herr … wie war doch gleich Ihr Name?«

»Manfred Borofka, Herr Baron von Soderbergh. Sie haben ganz recht. Ich hatte für einen Augenblick vergessen, dass Ihnen solche konfrontativen Situationen aus Ihrer täglichen Arbeit nur zu vertraut sind. Ich kann mir demnach nähere Ausführungen zur Gesprächspsychologie sparen. Nur so viel vielleicht: Sie befinden sich in einer hochemotionalen Stimmung, in der ein Bemühen um Sachlichkeit der am weitesten entfernte Punkt des Universums zu sein scheint. Aber genau da müssen Sie hin. Seien Sie so kaltschnäuzig, als wollten Sie

Ihrem Gegenüber lediglich ein Unternehmen verkaufen, oder so was. Geben Sie sich emotional so unbeteiligt wie eben möglich, aber ohne dass es sich gekünstelt anhört. Er wird Ihnen natürlich niemals glauben, dass Lisas Schicksal Sie kaltlässt. Die richtige Mischung von erwartbarer Emotionalität und unerwarteter Kaltschnäuzigkeit ist genau das, was Sie treffen müssen. Es geht darum, dass der Entführer nicht spüren darf, was er genau zu wissen glaubt: dass er nämlich die absolute Macht über Sie in Gestalt Ihres Kindes in Händen hält. Das ist wahnsinnig schwer für Sie, das weiß keiner besser als ich. Deshalb ist es auch eigentlich nicht ratsam, dass ein Beteiligter mit den Tätern verhandelt, weil das eben so schwer ist. Ich hingegen könnte … na ja, ist ja auch egal … Seien Sie hart und klar, erlauben Sie sich kein Beben in der Stimme, keinen Moment des Zögerns. Nur wenn Sie Ihre Rolle gut spielen und stark auftreten, bekommen wir eine Chance zu erkennen, wo seine Schwachstellen liegen. Nur wenn das Gespräch anders verläuft, als er es sich ausgemalt hat – und glauben Sie mir, er ist den Dialog mit Ihnen in Gedanken schon tausendmal durchgegangen –, nur dann wird er zögern, wird nachdenken müssen. Diese Pausen erlauben uns, zu erkennen, wie unser Mann tickt, wo er eventuell zu knacken ist, wie wir ihn aus der Reserve locken können. Ich höre das Gespräch mit, und wenn Sie erlauben, bauen wir einen Bildschirm vor Ihnen auf. Ich kann Ihnen so meine Einschätzung mitteilen oder meinen Rat aufschreiben, und Sie sehen es zu jeder Zeit direkt vor sich. Das klingt komplizierter, als es ist. Ich diktiere Ihnen selbstverständlich keine Antworten auf seine Fragen, falls er überhaupt welche stellt, ich gebe nur die Richtung an. Vertrauen Sie mir, ich habe Übung darin und schreibe sehr schnell. Ist das so weit in Ordnung für Sie?«

Soderbergh sah ihn an und strich sich dabei nachdenklich übers Kinn. Er hatte sehr konzentriert zugehört. Man konnte ihm nicht anmerken, ob die in Borofkas Ansprache enthaltenen kritischen Töne ihn trafen. Schließlich antwortete er mit fester Stimme:

»Ja, Herr Kommissar, ich denke, ich weiß, wo Sie hinwollen. Aber das mit dem Computer … na ja, Sie können das Ding ja in jedem Fall installieren, schaden kann es sicher nicht. Ob ich Ihre Anweisungen brauche, weiß ich dann schon selbst.«

»Gut! Er wird Sie vermutlich zunächst nach dem Geld fragen.«

»Ab 16 Uhr habe ich es hier im Haus.«

»Ja, aber das sagen Sie ihm nicht. Sie wollen bestimmen, wann die Übergabe stattfindet.«

»Werner!« Die Stimme der Baronin schallte seltsam schrill durch den Raum. »Das wirst du nicht tun. Gib ihnen das Geld und hol mir Lisa zurück, schnell. Sie werden ihr doch nichts tun, wenn sie sehen, dass du das Geld hast.«

»Leider haben wir andere Erfahrungen, Frau Baronin.« Crinelli wandte sich direkt an Soderberghs Frau. Sie hielt ihren Blick weiterhin auf den Boden gerichtet. »Es gibt viele Fälle, in denen die Opfer wohlbehalten zurückkamen, ohne dass auch nur ein Cent bezahlt wurde, aber leider gab es in der Vergangenheit auch immer wieder Fälle, in denen trotz einer tadellosen Lösegeldübergabe die Entführten zu Schaden kamen.«

»Sprechen Sie weiter.« Der Baron ignorierte den Einwurf seiner Frau und richtete seine Ansprache direkt an Borofka. Ein Fortschritt.

»Sie beantworten seine Frage mit einer Gegenfrage. Verlangen Sie einen Beweis, dass sich Ihr Kind tatsächlich in seiner Gewalt befindet. Hat die Kleine irgendetwas Eigenes? Ein besonderes Merkmal? So was wie unterschiedliche Augenfarben, ein Muttermal an ungewöhnlicher Stelle, irgendeine körperliche Besonderheit, nach der Sie den Entführer fragen könnten?«

»Ihre Muttermale«, hauchte die Baronin von hinten.

»Ja, Lisa hat drei Muttermale auf dem rechten Schulterblatt, direkt beieinander, wie ein gleichschenkliges Dreieck«, bestätigte Soderbergh.

»Sehr gut. Das bringt uns vielleicht Zeit. Wenn er es nicht weiß, ist das Gespräch an dieser Stelle zu Ende. Machen Sie ihm das deutlich. Andernfalls hängen Sie einfach auf. Das wird ihn beeindrucken.«

»Und wenn er es weiß?«

»Es könnte ihm natürlich aufgefallen sein. In diesem Falle verlangen Sie ein Lebenszeichen, bevor Sie das Geld übergeben. Sagen Sie ihm, Sie wollen mit Ihrer Tochter sprechen. Wobei … Unsinn … sie kann ja noch nicht reden, oder?«

»Nein. Ein paar Laute vielleicht. Manchmal hört es sich wie Mama oder …«, der Baron schluckte, »… oder wie Papa an«, fuhr er deutlich leiser fort.

»Das genügt doch. Verlangen Sie genau danach. Sie wollen Ihre Tochter einfach am Telefon hören und fertig.«

»Und wenn er das ablehnt, hänge ich auf?«

Borofka überlegte kurz und sah Crinelli dabei an. Der nickte unmerklich. »Ja, richtig. Sie verfolgen Ihre Strategie. Nachgeben wäre völlig falsch.«

»Na schön.« Soderbergh atmete schwer. »Und wie geht's weiter? Irgendwann werden wir wohl über das Lösegeld und die Übergabe sprechen müssen.«

»Richtig! Sie bestimmen den Zeitpunkt. Sagen Sie ihm, Sie hätten das Geld noch nicht zusammen.«

»Das wird er mir niemals glauben. Die Leute meinen doch, Banker hätten jederzeit Zugriff aufs Geld.«

»Dann erklären Sie ihm, dass das eben nicht so ist. Ich bin sicher, es fällt Ihnen eine gute Begründung ein. Wann könnten Sie das Geld denn realistischerweise hier haben?«

»Na ja, ich hab's ja.«

»Wieso eigentlich?«, fragte Crinelli.

»Weil wir natürlich ausreichend Geld in der Bank haben. So

groß ist der Betrag nun auch wieder nicht. Bei meiner Klientel … na, das gehört nicht hierher.«

»Und Sie können einfach so hineinspazieren und Geld aus dem Tresor holen?«

»Nein, auch bei uns herrscht am Tresor das Vieraugenprinzip.«

»Das bedeutet, zwei verschiedene Personen haben je einen Schlüssel, und nur mit beiden Schlüsseln lässt sich der Tresor öffnen?«, fragte Crinelli.

»So ist es. Nur dass ich einen Schlüssel habe, der auf beide Schlösser passt.«

»Dann können Sie den Tresor auch allein öffnen?«

»Nein, das geht selbstverständlich nicht. Mein Schlüssel passt in beide Schlüssellöcher, aber er kann natürlich immer nur in einem davon stecken. Das heißt, entweder meine beiden Prokuristen gemeinsam oder eben ich mit einem von beiden.«

»Aber das bedeutet ja dann auch, dass Sie einen von den beiden heute in die Vorgänge um Ihre Tochter eingeweiht haben?«

»Ja, beide sogar. Schließlich sage ich seit einer Woche nun schon alle Termine in der Bank ab. Glauben Sie, das würde niemandem auffallen?«

»Doch, aber ich hätte gedacht, dass Sie eine andere Ausrede für Ihr Fernbleiben wählen würden, wenn Sie überhaupt eine brauchen. Bitte geben Sie mir die Namen der beiden Prokuristen.«

Crinelli notierte sich die Namen sowie deren Privatadressen und gab diese, im Anschluss an das Gespräch, ans Präsidium zur Überprüfung.

»Gut«, Borofka wurde sichtlich unruhig. Der Anruf konnte jeden Augenblick erfolgen. »Nun sagen wir, Sie wären ein normaler, aber guter Kunde, wann hätten Sie das Geld dann?«

»Heute im Laufe des Nachmittags oder spätestens irgendwann morgen.«

»Samstags?«

»Für wichtige Kunden auch sonntags, was denken Sie? Wir sind international tätig, da können wir uns so was wie einen regulären Kassenschluss nicht leisten. Die Schalterhalle schließt, aber da ist sowieso kaum Verkehr. Unseren Kunden stehen wir 24 Stunden zur Verfügung.«

»Okay, lassen Sie mich nachdenken. Sagen wir Sonntag, ja, das ist eine gute Idee. Ein Feiertag wird uns die Übergabe erleichtern.«

»Wenn der Entführer mitspielt«, warf Crinelli ein.

»Einen Versuch ist es wert. So gehen wir die Sache an, und bitte, Herr Baron, denken Sie an das Wichtigste. Seien Sie souverän, auch wenn es Ihnen schwerfällt. Und egal, welche Geschütze die Gegenseite auffährt, zwingen Sie sich zu Ruhe und Besonnenheit. Wenn nun keiner mehr Fragen hat, würde ich die Technik aufbauen lassen, und dann können wir nur noch abwarten.«

Crinelli löste die Runde auf. Noch in der Diele hörte er den einsetzenden Streit zwischen den Soderberghs. Er konnte nicht anders, als den Baron für seine Geradlinigkeit zu bewundern. Er selbst hätte es niemals geschafft, sich in einer solchen Situation derart zusammenzureißen. Und auch nicht, sich zu etwas überreden zu lassen, das man nicht verstand und deshalb auch nicht wollte.

Zweimal elektrisierte das Summen des Haustelefons die wartende Gruppe der Polizisten. Beide Male war es falscher Alarm. Der Baron vertröstete die Tennispartnerin der Hausherrin mit ebenso knappen Worten wie die Chefin eines Friseurstudios, die sich nach der Ursache des ausgefallenen Termins vom Vormittag erkundigen wollte.

Um 17:44 Uhr klingelte es erneut. Crinelli schnippte die eben erst entzündete Zigarette über das flache Balkonmäuerchen in den Garten und drehte sich in den Raum. Sein Blick begegnete dem des Barons. Soderbergh war entschlossen, alles genau so umzusetzen, wie sie es besprochen hatten. Schnell überwand Crinelli die kurze Distanz zwischen Tür und Technikkonsole und setzte sich die Kopfhörer auf. Er legte Borofka die Hand auf die Schulter. Der sah zu ihm hoch und nickte. Sie wussten beide, dass es der lang erwartete Anruf war.

9

»Spul nochmal zurück auf Anfang.« Crinelli saß mit aufgestützten Ellenbogen zwischen zwei kleinen Lautsprecherboxen am runden Tisch des Tonstudios und hatte sich gerade zum dritten Mal den Mitschnitt des Entführeranrufs angehört. »Kannst du den Ton auf die großen Boxen legen, oder muss ich an diesem verdammten Tisch hocken, um etwas zu verstehen?«

»Sicher«, antwortete Haumann, ein wortkarger Mann.

Besser, viel besser, dachte Crinelli. Soderberghs tiefe Stimme erklang jetzt über vier von der Decke hängende Boxen. Nun konnte er sich beim Zuhören bewegen, auf und ab gehen oder auch einfach durchs Fenster auf die Bahngleise starren, während er sich auf den verbalen Kampf zwischen Soderbergh und dem Entführer konzentrierte. Er zündete sich eine neue Zigarette an, lehnte sich gegen die Zimmertür.

Soderbergh:	Soderbergh.
Entführer:	Haben Sie das Geld?
Soderbergh:	Haben Sie mein Kind?
Entführer:	*(lacht)* Was soll das jetzt werden? Selbstverständlich habe ich Ihr Kind.
Soderbergh:	Ich möchte einen Beweis.
Entführer:	Hören Sie, Sie sind nicht in der Position …
Soderbergh:	Einen Beweis, sonst gibt es kein Geld.
Entführer:	*(zögert für den Bruchteil einer Sekunde)* Okay. *(gedehnt)* Und wie soll der Beweis aussehen?

Crinelli erinnerte sich, dass Soderbergh an dieser Stelle Blickkontakt zu Borofka suchte. Der hatte den Daumen emporgereckt und dem Baron zugenickt. Die Geste genügte Soderbergh. Zumindest für die Dauer des Gesprächs schienen die beiden auf einer Wellenlänge zu liegen.

Soderbergh:	Sehen Sie sich die rechte Schulter meiner Tochter an und teilen Sie mir mit, was Sie dort sehen.
Entführer:	*(lacht wieder, ein trockenes, hustendes Lachen)* Sie meinen die drei Muttermale? Das Dreieck. Richtig? Herr Baron, das kenne ich natürlich. Ich habe mir Ihre Kleine doch ganz genau *(gedehnt)* angesehen. Also, was ist jetzt mit dem Lösegeld? Haben Sie es?

Crinelli stockte der Atem, ebenso wie den anderen Beamten an den Kopfhörern. Zwei vorab getroffene Entscheidungen hatten sich als klug erwiesen. Erstens, dass Soderbergh darauf bestanden hatte, dass seine Frau den Anruf nicht über Kopfhörer mitverfolgen konnte, denn so war ihr der Unterton in der Stimme des Entführers bei den letzten Worten erspart geblieben. Und zweitens, dass Borofka die Idee mit dem Bildschirm gehabt hatte. Er schien den Satz des Entführers vorausgeahnt zu haben – nur so war zu erklären, dass bei den Worten »ganz genau angesehen« auf dem Monitor vor Soderbergh in fetten Buchstaben: RUHE! erschien. Soderbergh war ein gewiefter Taktiker, aber dennoch dürfte seinem Gegenüber der leichte Abbruch in seiner Stimme während der folgenden Antwort nicht entgangen sein. Der Baron reagierte anders, als alle erwartet hatten.

Soderbergh:	Sie können mich nicht beeindrucken. Sparen Sie sich Ihre kleinen Späßchen. Sie haben meine Tochter, aber bevor ich kein Lebenszeichen von ihr habe, bekommen Sie gar nichts.

Entführer:	*(zischt)* Wir sind im Geschäft, wenn ich es sage. Sie hören mir jetzt ganz genau zu *(die Stimme war jetzt eiskalt).* Wenn Sie Ihre Tochter lebend zurückhaben wollen, dann findet morgen die Lösegeldübergabe statt, oder ich schicke Ihnen das Mädchen in Einzelteilen zurück. Sie sollten nicht am Wahrheitsgehalt meiner Worte zweifeln. Ich bin ein Ehrenmann, mein Wort gilt! Aber reizen Sie mich nicht, das wäre sehr unvernünftig. Haben Sie verstanden?«

Crinelli wusste nicht, wie er selbst an dieser Stelle des Gesprächs reagiert hätte. »Geben Sie nach«, erschien blitzschnell auf Soderberghs Bildschirm. Und das tat er dann auch, aber wieder überraschte er seine Zuhörer.

Soderbergh:	Na schön, ich glaube Ihnen. Meine Tochter lebt, und ich bekomme sie wohlbehalten zurück. Aber ich habe das Geld nicht. Hören Sie mir bitte einen Augenblick zu.

Es knackte. Dann war die Leitung tot. Erschrocken hob Soderbergh die Hand vor den Mund. Tausend unsortierte Botschaften übermittelte dieses einfache Klicken an sein Hirn, und keine davon war dazu angetan, ihn positiv in die Zukunft schauen zu lassen. Alle im Raum hielten den Atem an. Crinelli nahm sich eine Zigarette. Jemand musste jetzt etwas sagen, und das konnte nur er sein. Er wusste nur nicht, was.

Das erneute Klingeln des Telefons befreite ihn von der Last. Borofka war der Geistesgegenwärtigste von allen. Er riss sich den Kopfhörer vom Ohr und stürzte auf den Baron zu. Er fasste ihn bei den Schultern und schrie:

»Sehen Sie mich an. Sie haben alles richtig gemacht. Das ist er wieder. Er hat das Telefon gewechselt. Nur das Telefon gewechselt, hört ihr. Gehen Sie wieder ran, Herr Baron, Sie liegen in Führung. Ganz ruhig weitermachen. Das Geld erst am Sonntag. Verstehen Sie mich? Das Geld erst am Sonntag!«

Er starrte den Baron an. Wie in Zeitlupe drückte Soderbergh Borofkas Arm zur Seite und griff nach dem Hörer.

Soderbergh:	Sind Sie doch noch interessiert? Ich dachte, Sie hätten aufgegeben. *(Damit hatte nicht einmal der abgebrühte Täter gerechnet.)*
Entführer:	*(nach einer viel zu langen Pause)* Wann haben Sie das Geld? *(Er verlieh seiner Stimme einen gemeinen Unterton – ein Zeichen von Unsicherheit.)*
Soderbergh:	Nicht vor Sonntagmorgen. Und das auch nur, weil mir eine Bank gehört.
Entführer:	Sonntag? *(lacht)* Sie glauben doch wohl nicht … Ach, mir doch egal! Dann bleibt Ihre Tochter eben noch etwas bei meinen Jungs. Einverstanden, Sonntag. Sie hören von mir, und bis dahin wünsche ich Ihnen eine gute Zeit, Herr Baron.

Damit war das Gespräch beendet. Crinelli drückte den Stummel seiner Zigarette in den randvollen Aschenbecher. Gegen Haumann war er ein Waisenknabe.

»Verdammte Scheiße«, sagte er.

»Verdammter Mist, heißt das im Präsidiumsdeutsch. Kannst du mir vielleicht mal erklären, warum du dir diesen Dreck immer und immer wieder reinziehst? Was ist daran denn so unklar?«

Crinelli hatte keine Lust, Haumann in seine Gedankengänge einzuweihen.

»Glaubst du, er lügt?«, fragte er.

»Lügt? Der Entführer?«

»Ja. Wenn er mit diesem ekelhaften Unterton davon spricht,

dass er das Mädchen genau angesehen hat. Und zum Schluss der Hinweis auf seine Jungs. Glaubst du, die vergreifen sich an dem Kind?«

»Ich bin Techniker.«

»Ja, ich weiß, ich frag's mich ja auch nur selber. Danke, Haumann, schick das Band rüber zur Frau Doktor.«

Crinelli verließ das Labor. Natürlich beschäftigte ihn diese widerliche Anspielung. Besonders zu schaffen machte ihm aber ein Wort im letzten Satz des Täters. »Egal«, hatte der gesagt. Einem Entführer sollte etwas egal sein? Ausdruck von großer Selbstsicherheit, oder hatte es eine tiefere Bedeutung? *Egal. Mir doch egal. Ich habe doch alle Zeit der Welt.* Oder bedeutete es gar: *Egal, was ihr tut, mein Plan greift sowieso*? Und da war noch etwas anderes: Er hatte die Stimme des Täters erkannt, er hatte diesen Tonfall schon einmal gehört.

10

Crinelli fühlte sich schlecht, während der Nacht und auch den ganzen Samstag über. Er hatte Stunden auf dem Revier verbracht, und als es kein Entkommen aus der erdrückenden Fülle seiner widerstreitenden Gedanken mehr gab, war er zu Weymann in den Keller gegangen. Gemeinsam hatten sie sich die Aufzeichnung des Telefonats angehört. Und dann hatte Crinelli geredet. Er brauchte Weymann als stummes Gegenüber. Der Mediziner verstand das und half ihm lediglich, durch gezielte, knappe Antworten seinen Weg zurück zu einer klaren Sicht auf die Ereignisse zu finden.

Am Ende fühlte sich Crinelli noch schlechter, aber er konnte wenigstens sagen, weshalb. Dem Täter war diese Entführung egal. Egal, weil er deren Ausgang längst kannte. Diese Entführung! Egal! Aber was zählte dann für ihn?

Crinelli hätte heulen können vor Wut. Um den Kopf wieder freizubekommen, packte er sein Angelzeug und fuhr runter zum Rhein. Ob er tatsächlich geglaubt hatte, beim Fischen eine Lösung für sein Problem zu finden? Seine Unruhe übertrug sich auf die Bewegungen, die für einen erfolgreichen Angler so wichtig waren, und er fing nicht einen einzigen Fisch. In Wirklichkeit wurde ihm, während er in der feuchten Luft stand, nur noch klarer, dass er es dieses Mal nicht mit einem normalen Täter zu tun hatte. Irgendetwas unterschied den Mann von den Verbrechern, die er bisher gejagt hatte. Frustriert machte Crinelli sich auf den Heimweg.

Auf der Südbrücke hoch über dem Rhein stoppte ihn das Klingeln seines Handys. Es war Böker. Crinelli lauschte in den Hörer.

»Crinelli, Sie sollen es als Erster erfahren«, brüllte Böker in den Hörer, und seine Stimme verriet eine gewisse Hysterie. »Zugriff! Die Kollegen vom BKA haben die Attentäter festgesetzt, zwei Terroristen. Alles noch topsecret, Sie verstehen. Aber der Anschlag ist damit geklärt.«

»Sind Sie sicher?«, war alles, was Crinelli daraufhin einfiel.

»Sicher? Na, Sie sind aber gut. Natürlich bin ich sicher. Hueber selbst hat mich angerufen. Es wird gerade an einer Pressekonferenz gearbeitet. Vermutlich in den nächsten Stunden. Crinelli, ich muss weiter. Sie können sich jetzt absolut auf Soderbergh konzentrieren. Sie sind doch beim Baron, nicht wahr?«

»Wieso? Ja, natürlich.«

»Meinte nur, da war eben so ein seltsames Geräusch im Hintergrund.« Ein Containerschiff fuhr unter der Brücke durch stromaufwärts.

»Ist nur der Fernseher. Die Männer vertreiben sich die Zeit. Ich werde allerdings jetzt nach Hause fahren. Hier passiert nichts mehr. Morgen ist unser Tag. Wir sind bereit.«

»Alles klar, Crinelli, alles klar.«

Trotz der Kälte blieb Crinelli noch eine ganze Weile im starken Wind stehen und dachte über das soeben Gehörte nach. Irgendwie kam es ihm seltsam vor, aber vielleicht lag das an der Situation, in der ihn die Nachricht erreicht hatte. Er informierte Bohlen und auch noch Hammerschmidt. Seine Theorie war richtig gewesen, die Kollegen hatten schon zu Beginn der Ermittlungen eine heiße Spur gehabt. Wahrscheinlich waren sie den beiden Verdächtigen schon vorher auf den Fersen gewesen und einfach nur zu spät gekommen. So was teilte man der Öffentlichkeit besser nicht mit. Jetzt konnte sich das Land beruhigen, und das war auch gut so. Zuerst würden die Wunden geleckt, bevor in einigen Tagen die Debatte über verschärfte Terrorismusbekämpfung einsetzen würde. Die politischen Lager würden übereinander herfallen und am Ende neue Gesetze verabschieden. Ändern würde das alles nichts.

Dass ihn die erfreuliche Botschaft weniger beruhigte als vermutet, schob Crinelli auf die belastende Soderbergh-Entführung und die bevorstehende Lösegeldübergabe.

Bis Ladenschluss hockte er in der Ferrari Bar vor dem Fernseher und verfolgte die Sondersendungen zur Verhaftung der Moslems. Die beiden mutmaßlichen Attentäter, von denen lediglich ältere Fahndungsfotos gezeigt wurden, stammten aus dem Iran, lebten aber seit über zehn Jahren in Deutschland. Beide waren den Behörden seit langem bekannt und bei verschiedenen Aktionen auffällig geworden. Sie wurden der gewaltbereiten Szene der Islamisten zugerechnet. Auf die konkrete Frage eines Reporters, ob sicher davon auszugehen sei, dass die beiden den Anschlag auf den ICE zu verantworten hätten, antwortete Hueber, der die Pressekonferenz zusammen mit dem Innenminister leitete, ausweichend. Verständlich zu diesem Zeitpunkt, wie Crinelli fand. Der Verdacht hätte sich in den letzten Stunden derart massiv erhärtet, dass der Zugriff am Nachmittag erfolgt sei, berichtete der BKA-Chef. In der gemeinsamen Wohnung der Iraner habe man kistenweise Propagandamaterial gefunden. Derzeit sei man mit der Sichtung und Auswertung beschäftigt. Ein Geständnis gäbe es zum gegenwärtigen Zeitpunkt jedoch noch nicht.

Die Fernsehsender wiederholten die Bilder des Anschlagsortes, während in Interviews mit Nahostexperten über den inneren Zustand der unterschiedlichen islamistischen Terrororganisationen gesprochen wurde. Der Justizminister steckte vorsorglich schon einmal den Strafrahmen ab. Kurze Zeit später tauchten verschwommene Bilder auf, die einen der beiden Männer in einem Al-Qaida-Ausbildungscamp in der libyschen Wüste zeigen sollten. Liveschaltungen in den Iran gingen ebenso über den Sender wie prompte Dementis aus den verschiedensten Ecken der islamischen Welt. Einig waren sich alle darin, dass das Fehlen eines Bekennerschreibens als ungewöhnlich anzusehen war, woraus man schloss, es könne sich ebenso gut um bloße antimuslimische Propaganda handeln.

∷

Der Sonntag konnte es in jeder Beziehung mit dem Samstag aufnehmen. Seit sechs Uhr am Morgen saß Crinelli bei den Soderberghs. Mit der Anspannung seiner Männer verhielt es sich wie mit den Gezeiten des Meeres. Nach einer Weile ebbte das Adrenalin in ihren Adern etwas ab. Man begann zu reden, versuchte sich in den Täter hineinzuversetzen, trank Kaffee und rauchte, bis alle wieder eine plötzliche Unruhe erfasste.

»Er spielt mit uns, ganz sicher«, sagte Crinelli.

Der Baron war ratlos, und seine Frau wirkte beinahe schon resigniert. Als Böker am Nachmittag endlich auftauchte, fing Crinelli ihn in der Diele ab. Sie beschlossen, dass Böker sich ab sofort persönlich um seinen Freund und dessen Frau kümmern sollte. Nun tauchte er im Halbstundentakt mit immer neuen Fragen zum Fortgang der Aktion auf. Sachkenntnis sprach aus keiner von ihnen. Dennoch – ein verwirrter Böker war Crinelli allemal lieber als ein zunehmend verzweifelter Soderbergh.

Gegen 22 Uhr am Abend beschlossen sie, die Bereitschaft herunterzufahren.

»Familie Soderbergh, Kollegen«, verkündete Crinelli, »wir blasen die Sache für heute ab. Das heißt natürlich nicht, dass wir aus der Alarmbereitschaft aussteigen, aber hier im Haus und auch auf der Straße reicht eine Notbesetzung. Das Führungsfahrzeug bleibt, wo es ist, und auch die einzelnen Mannschaftsteile bleiben in Bereitschaft. Ich glaube nicht, dass wir heute Nacht noch was von ihm hören.«

»Heißt das, Sie glauben …«

»Um Gottes willen, nein, Herr Baron. Das bedeutet nicht, dass Ihrer Tochter etwas zugestoßen ist, auf gar keinen Fall. Wir sind uns sicher, dass es lediglich ein Machtkampf ist. Sie erinnern sich an seine Worte? *Mir doch egal*, hat er gesagt. Und Sie erinnern sich auch, dass ich von Anfang an nicht daran geglaubt habe, dass er den Sonntag als Übergabetag akzeptiert. Nein, er spielt sein böses Spiel weiter, nur nicht heute. Er wird sich melden, morgen wahrscheinlich, wer weiß? Ich glaube, er will uns klarmachen, dass er sagt, wo's langgeht. Ich bin mir absolut sicher.«

»Glauben Sie selbst an das, was Sie da eben vor versammelter Belegschaft von sich gegeben haben, Crinelli?« Böker hatte ihn zur Seite genommen.

»Ja, das tue ich. Er wird sich melden, das ist doch sicher, aber was dann passiert …« Crinelli verstummte.

»Crinelli, verschweigen Sie mir etwas?«

»Nein, nichts, ist nur so ein Gefühl.«

»Sie immer mit Ihren Gefühlen. Na schön. Wer bleibt hier im Haus?«

»Bohlen und Borofka. Sie pennen auf dem Sofa. Draußen bleibt das Führungsfahrzeug besetzt, außerdem noch ein Einsatzwagen mit zwei Mann Besatzung für alle Fälle. Ich bin zu Hause und innerhalb von zehn Minuten wieder vor Ort, wenn's nötig ist. Morgen früh fahren wir dann wieder die volle Besetzung.«

»Einverstanden. Ich erklär es dem Baron nochmal. Eine Frage noch, Crinelli. Haben Sie auch eine Ahnung, wo und wie die Übergabe stattfinden wird?«

»Darüber zermartere ich mir nicht auch noch das Gehirn. Ist sowieso müßig. Der Typ wird uns überraschen. So oder so. Irgendwie werde ich das Gefühl nicht los, dass er genau weiß, was wir machen.«

»Sie meinen, wir haben einen Spitzel in unseren Reihen?« Böker flüsterte.

»Quatsch! Nein, er scheint uns zu kennen, scheint genau zu wissen, wie wir handeln und … Scheiße, warten wir es ab, wir haben eh keine andere Möglichkeit.«

Um Mitternacht lag Crinelli endlich im Bett. Die Resignation in den Augen der Baronin hatte ihn den ganzen Tag über nicht losgelassen. Das war Maria – Maria, als klar war, dass sie das Baby verloren hatte … Um kurz nach ein Uhr drückte er die Wohnungstür von außen wieder zu.

Er radelte durch die eiskalte Nacht. Zuerst runter zum Fluss, dann stromabwärts bis zum Rheinpegel und von dort in Richtung Innenstadt. Vor der Stadtbücherei stieg er ab. Im Wind versuchte er sich eine Zigarette anzuzünden. Rauchend schob er das Fahrrad, bis er gegenüber dem blaugrauen Haus endlich stehen blieb. Er lehnte sein Rad gegen einen Briefkasten und tauchte aus dem Schein der Straßenlaterne ins Dunkel einer Pappel. Er sah hinauf zu den beiden Dachgeschossfenstern.

In Marias Wohnung brannte kein Licht mehr. Maria, die einzige Frau, der er jemals vollständig vertraut hatte. Warum bloß lebten sie jetzt beide allein? Er konnte es einfach nicht verstehen. Er war wütend auf Maria, und zugleich war ihm zum Heulen. Die Farbe war aus seinem Gesicht gewichen, und er hatte das Gefühl, sich gleich übergeben zu müssen. Was tat er überhaupt hier?

11

Um kurz vor sieben Uhr am Montag, dem 4. Dezember, sahen die zwei Männer, die als Telekommitarbeiter verkleidet vor der offenen Tür eines Stromkastens hockten, einen DHL-Wagen vor dem Tor der Soderberghs anhalten. Der Fahrer, ein kleiner, schmächtiger Mann, lief um den Wagen herum und klemmte eine wattierte Tüte zwischen die Gitterstäbe. Als wolle er unter dem Regen hindurchhuschen, lief er gebückt zur Fahrertür zurück. Im nächsten Augenblick sahen die Telekomarbeiter nur noch die Bremslichter des Kastenwagens, bevor er nach rechts in die Seitenstraße abbog.

Zwei Ecken weiter wäre der kleine Mann fast kollabiert, als drei maskierte SEK-Männer ihn aus seinem Wagen zerrten.

Crinelli und den Baron erreichte die Information über das Paket etwa zeitgleich. Nur dass Bohlens Anruf Crinelli aus dem Schlaf riss, nachdem er gerade erst eingeschlafen war, während der Anruf des Entführers auf einen hellwachen Soderbergh traf. Der Bankier hatte schon seit vier Uhr in der Früh neben dem Telefon gehockt und in die Dunkelheit des Gartens gestarrt. Dieses Mal hörte Soderbergh dem Mann lediglich zu. Noch Minuten nachdem der Entführer seiner Tochter aufgelegt hatte, stand er bewegungslos mitten im Raum.

Zusammen hörten sie sich nach Crinellis Ankunft die Aufzeichnung des Gesprächs an.

Entführer: Sie erhalten in der nächsten Stunde ein Paket. Darin finden Sie neue Anweisungen. Halten Sie sich exakt daran. Ende.

In dem Paket befanden sich ein Funkgerät und ein Brief. Außerdem zwei Plastiktüten mit dem Werbeaufdruck eines großen Sportausstatters. Der Brief war handschriftlich verfasst und gut lesbar:

Die Übergabe findet heute statt. Schalten Sie das Funkgerät nach dem Verlassen Ihres Hauses ein. Das Geld wickeln Sie in Plastikfolien ein, verkleben beide und verstauen die Pakete in jeweils eine Plastiktüte. Warten Sie auf den nächsten Anruf.

»Na schön, jetzt geht's los«, Crinelli faltete den Brief des Entführers wieder zusammen und steckte ihn in einen durchsichtigen Plastikbeutel. Erst dann zog er die Handschuhe aus. »Bohlen, wir treffen uns in 20 Minuten draußen im Führungsfahrzeug zur Lagebesprechung. Setz sofort alle Einheiten in Alarmbereitschaft. Ich will nur die Gruppenleiter, keine Vertreter, sag ihnen das. Julia, du bringst den Brief des Entführers persönlich zur Kollegin Miller. Ich brauche kein exaktes Gutachten, dafür bleibt keine Zeit. Sie soll sich die Handschrift ansehen, und wenn sie daraus auf die Schnelle etwas ablesen kann, von dem sie glaubt, dass es uns weiterhelfen könnte, soll sie mich anrufen. Mach es dringend, ja? Auf geht's!«

Nach dieser Ansage zog er den Baron hinter sich her aus dem Raum und drückte ihn im Salon in einen Sessel.

»Herr Soderbergh. Sie können jetzt nichts mehr tun. Wir müssen abwarten, bis er sich wieder meldet. So wie er uns bisher hingehalten hat, kann das allerdings eine Weile dauern. Es tut mir leid, dass ich Ihnen das nicht ersparen kann, glauben Sie mir. Es ist nicht einmal sicher, ob er die Übergabe wirklich heute durchzieht, selbst wenn es so im Brief steht. Ich werde ab sofort draußen im Führungsfahrzeug sein und die Operation von dort aus leiten. Bohlen kommt nach der Besprechung wieder zurück ins Haus. Denken Sie daran, Sie sind nicht allein.

Wir haben Sie jederzeit auf dem Schirm, wir wissen immer, wo Sie sind, und nur im äußersten Notfall geben sich unsere Leute Ihnen zu erkennen. Aber der Notfall wird nicht eintreten. Wir werden Sie jetzt verkabeln und das Funkgerät so anzapfen, dass wir ständig mithören können. Die Technik braucht Sie aber nicht zu interessieren. Vergessen Sie uns einfach. Konzentrieren Sie sich ganz auf den Entführer. Befolgen Sie jede seiner Anweisungen – es sei denn, Sie hören meine Stimme, und nur meine, die Ihnen etwas Gegenteiliges sagt. Haben Sie mich verstanden?«

»Ja. Eine Frage, weshalb schickt er ein Funkgerät?«

»Damit er Sie jederzeit erreichen kann. Ihr Handy könnte besetzt oder gestört sein. Mit dem Funkgerät erreicht er Sie immer und überall, jedenfalls wenn er selbst ständig in Ihrer Nähe bleibt.«

»Mein Gott, Crinelli, lange halte ich das nicht mehr durch. Meine Frau steht schon unter starken Beruhigungsmitteln. Es ist schrecklich.«

Crinelli sah dem Bankier fest in die Augen. Als er sie niederschlug, drückte Crinelli seinen Arm und ließ den Mann allein.

»Als Erstes möchte ich wissen, was mit dem DHL-Fahrer ist. Haben wir ihn überprüft?«

Crinelli saß mit den Leitern der verschiedenen Einsatzgruppen zusammen in dem getarnten Lieferwagen, der zwei Blocks vom Haus der Soderberghs entfernt in einer Sackgasse geparkt stand. Normalerweise wurden selbst weitaus größere Einsätze direkt aus dem Lagezentrum im Präsidium heraus gefahren. Aber irgendwie erschien es Crinelli richtig, jederzeit auf der Höhe Soderberghs zu sein. Für eine erfolgreiche Verfolgung standen ihm auch in dem umgebauten Transit alle Optionen eines modernen Polizeiapparates zur Verfügung. Alles, was er ganz sicher benötigen würde, aber auch vieles, was er eventuell brauchen könnte, war einsatzbereit. Zuallerletzt hatten sie auch noch die Wasserschutzpolizei einbezogen, nachdem das vom Entführer verlangte sichere Verpacken des Geldes auch auf einen Übergabeort nah am Fluss oder sogar auf diesem hindeuten konnte. Neben der Wasserschutzpolizei waren die Grünen ebenso vertreten wie das MEK, das mobile Einsatzkommando, das für die Verfolgung von Soderbergh zuständig sein würde.

»Fehlanzeige«, begann Mettler, der zuständige Kollege von der Fahndungsabteilung. »Wir haben den Typ erst mal wiederbeleben müssen, nachdem ihn die SEK-Leute aus dem Auto geholt haben. Er hatte einen Anweisungsschein mit dem Vermerk: *Zustellung Montag 4. 12. zwischen 7:00 Uhr und 8:00 Uhr. Umschlag zwischen die Gitterstäbe klemmen*. Der Mann ist etwas übereifrig, hat den Job gerade erst angenommen und wollte seine Sache besonders gut machen, deshalb die leicht verfrühte Ablieferung. Ihr könnt euch vorstellen, dass dem der Schreck mächtig in die Glieder gefahren ist.«

»Ja, ja, Mettler, komm zur Sache. Wo wurde das Paket aufgegeben? Und habt ihr die Person ausfindig gemacht, die es angenommen hat?«

»Ist ja schon gut, Crinelli. Das Päckchen wurde auf der Hauptpost in Bonn aufgegeben, und zwar schon am Freitag, um 19:48 Uhr, kurz vor Toresschluss. Elektronische Erfassung und Nachverfolgung, ihr versteht? Auf dieser Poststelle ist abends die Hölle los. Die Frau, die das Paket angenommen hat, kann sich an nichts mehr erinnern, außer dass sie an dem Abend starke Unterleibsschmerzen hatte und nur deshalb bis zum Ende der Geschäftszeit weitergearbeitet hat, weil sie die anderen Kollegen nicht mit dem Andrang allein lassen wollte. Weihnachten, falls einer von euch Heiden weiß, was das ist.«

»Na schön. Haltet den Burschen fest, bis die Sache erledigt ist, sicherheitshalber. Glaubt ihr eigentlich, dass unser Mann das Haus beobachten lässt?«

»Du meinst wegen des zeitgleichen Anrufs?«, fragte Bohlen. Crinelli nickte. »Ich glaube es nicht. Was soll ihm das bringen?

Er hat doch ohnehin keine Angst vor uns. Er hat als Lieferzeit zwischen sieben und acht angegeben und einfach um sieben Uhr angerufen. Heutzutage ist auf die Post Verlass.«

»Ja, so sehe ich das auch. Und wenn schon, meine Herren, ich glaube ohnehin, dass er weiß, dass wir hier sitzen. Und es ist ihm egal«, fügte Crinelli bitter an. »Immerhin schickt er uns sogar einen handgeschriebenen Brief. Das ist ungefähr so, als würde er ein Spruchband mit der Parole: *Leckt mich am Arsch* quer über die Straße hängen. Er hat keinerlei Angst vor Enttarnung. Wird das Funkgerät gecheckt?«

Mettler stöhnte. »Was soll uns das noch bringen? Das Ding ist geklaut.«

»Mir doch egal, ich will, dass es gecheckt wird. Schließlich trägt es eine Nummer.«

»Ich denke auch, dass das Sinn macht«, stärkte Bohlen Crinelli den Rücken, »es ist euch vielleicht aufgefallen, dass es kein 08/15-Walkie-Talkie ist, nicht so ein Teil, das man für'n paar Euro im Elektromarkt kriegt. So'n Ding kostet richtig was, und ich wüsste im Augenblick nicht einmal, wo man so ein Profigerät kaufen kann.«

»Mettler, dann lass die Seriennummer überprüfen«, sagte Crinelli verärgert, »und jetzt zu der anstehenden Verfolgung. Im Augenblick tappen wir noch vollständig im Dunkeln. Wir wissen nichts! Außer, dass Soderbergh irgendwann heute aufgefordert werden wird, das Haus zu verlassen. Vielleicht greift ihn auf der Straße ein PKW auf, vielleicht steht irgendwo für ihn ein Fahrzeug bereit, oder er muss mit dem eigenen Wagen los.«

»Ja, oder er muss sich mit den Öffentlichen bewegen«, gab Gerretts zu bedenken. Gerretts war der Leiter des MEK. Ein besonnener Polizist mit mehr als 20 Jahren Erfahrung in seinem Job.

»Das wäre natürlich Sonderscheiße. Aber du hast recht, die Möglichkeit besteht.«

»Keine Sorge. Wir haben dann auf jedem Bahnhof einen Mann stehen und bekommen mit, wenn er aussteigt. Solange die Bahn überirdisch fährt, und das wäre ja hier im Süden erst mal der Fall, ist das alles sowieso kein Problem. Danach verschieben wir unsere Leute überirdisch, sodass wir bei Anforderung innerhalb weniger Augenblicke am verlangten Einsatzort sind. Eine Übergabe in der U-Bahn wäre für meine Männer nicht ganz so leicht, deshalb haben wir gerade die Kollegen von der KVB informiert und werden uns in deren Überwachungssystem einklinken. Damit haben wir wesentliche Teile der Bahnhöfe im Blick und können unsere Truppen dirigieren.«

»Okay, wir verfolgen ihn auf Schritt und Tritt. Ich bleibe im Führungsfahrzeug und bin somit ebenfalls immer in unmittelbarer Nähe der Zielperson. Ich glaube, mehr können wir jetzt nicht tun, außer auf den Einsatz zu warten. Nur eins noch. Das Leben des Kindes hat absolute Priorität. Kein Zugriff, bevor das Kind nicht in Sicherheit ist, absolut kein Zugriff.«

»Aber dann«, sagte Gerretts.

»Ja, aber dann.«

12

Warten ist eine stumpfsinnige Tätigkeit. Man sitzt rum, macht ab und an ein paar Schritte und setzt sich wieder hin. Kein Mensch ist für so etwas geschaffen. Nach kurzer Zeit tut der Rücken weh, und man bekommt Kopfschmerzen. Von zu viel Nikotin, zu viel Koffein und zu viel Streit zwischen Rauchern und Nichtrauchern. Crinelli kannte niemanden, der mit diesem Schwebezustand gut umgehen konnte. Am ehesten noch die Techniker. Die schienen immer was an ihren Knöpfen und Reglern zu fummeln zu haben. Dabei könnte man sich ein Buch schnappen oder sich in eine Zeitung vertiefen. Man könnte mit den Kollegen Schach spielen oder sich endlich einmal in Ruhe die Betriebsanleitung der neuen Kamera vornehmen. Doch angesichts eines Verbrechens gelang nichts davon. Crinelli machte jede scheinbare Ablenkung nur noch nervöser. Er saß einfach nur da, rauchte und beobachtete sich selbst dabei, wie er von Minute zu Minute mürrischer wurde. Seine Gedanken pendelten zwischen der Idee, Maria endlich zu einem klärenden Gespräch zu bewegen, und dem armen Soderbergh hin und her. Und zwischendrin erklang immer wieder die Stimme des Entführers in seinem Kopf: *Mir doch egal.* Ihm wurde schwindelig. Es musste doch andere Möglichkeiten geben, dem Typen auf die Spur zu kommen, als dieses Warten. Zum Verrücktwerden, dachte er. Auch von den eigenen Leuten kam keine Rückmeldung. Nichts von der Psychotante, und auch Mettler, dieser Schwätzer, schien wie vom Erdboden verschluckt. Schluss mit dem geduldigen Herumsitzen, entschied er und rief Mettler an. Warum brauchte jemand so lange, um die Seriennummer eines Funkgeräts zu überprüfen?

Der dumpfe Mettler schien nicht richtig begriffen zu haben, was Crinelli meinte, wenn er eine Untersuchung als dringend einstufte. Nach dem kurzen Telefonat konnte er sich zumindest sicher sein, diese Wissenslücke bei dem Mann von der Fahndung geschlossen zu haben. Es wurde höchste Zeit, dass Yildaz, der eigentliche Abteilungsleiter, wieder aus dem Urlaub zurückkam. Lange würde Crinelli sich Mettler gegenüber nicht mehr nachsichtig zeigen. Noch ein blödes Wort oder einen dieser schalen Witze während der Besprechungen, und er würde diesen Idioten persönlich in seinem Büro einmauern. Als das Funkgerät piepte, war Crinelli gerade dabei, Mettler bei lebendigem Leib zu häuten.

»Crinelli, es geht los. Soderbergh soll sich auf den Weg zur Bonner Straße machen, zu Fuß. Das Funkgerät auf Empfang stellen und auf weitere Instruktionen warten.«

Augenblicklich waren alle anderen Gedanken wie weggewischt. »Mach Platz«, rief er und setzte sich auf den freien Stuhl neben den Techniker. Er klemmte sich eine Muschel des Kopfhörers zwischen Schulter und Ohr und sah auf seine Uhr. 17:15 Uhr. Der Typ hatte sie den ganzen Tag über zappeln lassen. »Alle auf ihren Plätzen?«, brüllte er ins Mikrophon. Noch hatte er kein Gefühl für die richtige Lautstärke. Er wartete die Bestätigungen der einzelnen Streckenposten ab. »Es geht los. Die beiden Radfahrer auf Sendung, das Postauto und die Fußgänger ebenso. Sobald er um die erste Ecke biegt, übernimmt die Nummer … verdammt, wo sind die Nummern?«

»Ich mach das schon, Kollege«, sagte Gerretts und legte Crinelli die Hand auf die Schulter. Seine Stimme klang ruhig. »Die Nummern sind in meinem Kopf. Ich erledige das schon. Entspann dich.«

Crinelli brauchte die Einheiten nicht selbst zu dirigieren, dafür hatte er den Spezialisten direkt neben sich. Die bewegungslose Zeit im Führungsfahrzeug war wohl doch etwas zu lang gewesen.

Crinelli bezweifelte, dass Soderbergh zuvor schon einmal zu Fuß durch die Alleen des Nobelviertels gegangen war. Auslauf hatte er auf dem eigenen Gelände schließlich genug, und zum Bäcker ging ein Mann in seiner Position nicht selbst. Außerdem gab es in dieser Gegend keine Einzelhandelsgeschäfte. Jetzt stapfte der Bankier in gebeugter Haltung durch die regennassen Straßen. Er trug eine wasserabweisende englische Öljacke und einen karierten Hut auf dem Kopf. Dazu eine dunkle Cordhose und handgefertigte Lederschuhe. Die beiden Plastiktüten wirkten wie Fremdkörper an diesem Mann. Soderbergh trug sie in der rechten Hand, während seine Linke das Funkgerät so vorsichtig hielt, als befürchte er, es allein schon durch bloßes Anfassen beschädigen zu können und damit das Leben seiner Tochter zu gefährden. Als er die Hauptstraße erreichte, hörten die Männer im Führungsfahrzeug zum ersten Mal das Funkgerät knacken.

»Gehen Sie zur Bushaltestelle und nehmen Sie den Bus Nr. 132. Ich melde mich, wenn Sie aussteigen sollen.«

Crinelli wandte sich an den Techniker. »Wie weit kann er entfernt sein?«

»Nicht weiter als drei Kilometer. Kommt ein bisschen auf die Frequenzen an.«

»Spielt das überhaupt eine Rolle? Er braucht doch Sichtkontakt zur Zielperson, sonst kann er Soderbergh nicht dirigieren«, wendete Gerretts ein. »Ich verstehe eigentlich nicht, warum er dem Baron nicht gleich sagt, wohin er kommen soll.«

»Weil er weiß, dass wir ihn dann dort erwarten«, antwortete Crinelli und presste die Lippen aufeinander. »Er kennt unsere Vorgehensweise und unsere Reaktionszeiten.«

»Du glaubst wirklich daran, oder? Dass er weiß, dass wir mit von der Partie sind, meine ich.«

»Ja«, sagte Crinelli knapp.

Gerretts hob die Hand. Einer seiner Leute war in der Leitung. »Sollen wir zu zweit einsteigen, Chef?«, fragte er.

»Negativ. Du allein und dann die zehn … nein, wartet …« Gerretts blickte auf den vor ihm ausgebreiteten Fahrplan. »… die zehn steigt erst bei der Post zu. Einer in den vorderen Teil des Busses, der andere an der hinteren Tür. Wenn die Zielperson aussteigt, nimmt derjenige die Verfolgung auf, der ihr am nächsten sitzt.«

Gerretts stellte Kontakt zum Fahrer im Führerhaus her. »Lemming, los geht's. Wir bewegen uns parallel zum Bus, bleiben aber im Viertel. Ich gebe Ihnen Anweisungen.«

Sie fuhren los. Für Crinelli gab es im Augenblick nichts zu tun. Er schloss die Augen und konzentrierte sich auf den Funkverkehr zwischen Gerretts und seinen Leuten. Es wurde gemeldet, wann der Bus eine Haltestelle anfuhr, wie viele männliche oder weibliche Personen zu- beziehungsweise ausstiegen, welche Querstraßen gerade passiert wurden und ob der Bus von einer roten Ampel gestoppt wurde oder nicht. Parallel dazu konnte das Signal auf dem Bildschirm beobachtet werden. Soderbergh war jederzeit exakt zu orten.

Gerretts verschob seine Leute wie Figuren auf einem Schachbrett. Das Führungsfahrzeug war niemals weiter als ein paar Hundert Meter vom Bus entfernt. Am Chlodwigplatz wurde es voll im Bus. Gerretts hatte das vorausgeahnt und ließ in dem allgemeinen Durcheinander gleich vier seiner Leute mit einsteigen. Soderbergh bemerkte davon nichts.

»Wir setzen uns vor ihn«, sagte Gerretts, während die Fahrgäste einstiegen.

Der als Fahrzeug einer Großwäscherei getarnte Einsatzwagen passierte die Pforte von St. Kunibert. Vor einer Garage ließ Gerretts das Führungsfahrzeug mit laufendem Motor warten. Als der Bus im Rückspiegel auftauchte, lenkte Lemming den Wagen zurück auf die Fahrbahn. Vorbei am schiefen

Kirchturm von St. Johann Baptist, über die Behelfsbrücke, die den Zubringer zur Rheinbrücke überspannte, bis zur ehemaligen Polizeiwache am Waidmarkt. Nichts geschah. Das alte Hauptquartier erinnerte inzwischen in Aussehen und Tristesse an eine ostdeutsche Plattenbauruine. Es wurde allmählich Zeit, dass hier etwas Neues entstand. Besser ein weiteres Hotel, fand Crinelli, oder noch eins dieser überflüssigen Einkaufscenter als dieses schaurige Mahnmal vergangener Stärke mitten in der Stadt. Nur die Sprayer hatten an den vielen freien Betonflächen derzeit ihre Freude.

Auch an der Haltestelle Waidmarkt tat sich nichts.

»Jetzt haben wir gleich ein Problem.« Crinelli zeigte auf den Stadtplan. »Der Bus quert die Auffahrt zur Brücke und fährt in den Wendehammer. Dorthin können wir ihm schon mal nicht folgen. Danach fährt er unter dem Hotel durch, passiert den Heumarkt, und dann geht's hoch zum Rathaus. Wir könnten uns im Tunnel in die Lieferanteneinfahrt vom Hotel stellen«, schlug er vor und sah Gerretts dabei an, »da fallen wir als Wäschereifahrzeug nicht auf. Wir lassen ihn vorbei und hängen uns dahinter – oder sollen wir vorne bleiben?« Gerretts antwortete nicht. In Crinelli arbeitete es. Die Unruhe war auf dem letzten Wegstück Meter für Meter gewachsen. Es würde gleich passieren, das spürte er. »Er lässt ihn hier aussteigen«, sagte er und wiederholte es mehrmals, als wolle er ganz sicher gehen. »Er lässt ihn hier aussteigen.« Und dann an Gerretts gewandt: »Hast du einen Motorradfahrer draußen?« Gerretts nickte. »Gut, dann lass mich da vorne am Brauhaus raus. Wie bleiben wir in Verbindung?«

»Über deinen Sender, kein Problem.«

Gerretts hatte Crinelli schon am Morgen verkabeln lassen, falls er eingreifen und raus aus dem Wagen musste. Den Knopf im Ohr sah man ebenso wenig wie das stecknadelgroße Mikrophon am Reißverschluss seiner Jacke. Das System war getestet und funktionierte auch im Laufen störungsfrei. Die Leitung war so eingestellt, dass der Kommissar stets Vorrang vor allen anderen hatte. Crinelli schnappte sich eins der lichtstarken Ferngläser, zog die Kapuze über den Kopf und sprang, noch bevor der Wagen stand, hinaus auf die Straße.

Der Motorradfahrer lehnte an der Wand des Brauhauses und rauchte. Durch ein Aufstellen der Augenbrauen signalisierte er Crinelli seine Bereitschaft. Doch der dachte gar nicht daran, sich auf das Zweirad zu setzen.

Die Ampel an der Deutzer Brücke stand auf Grün, und der Bus fuhr direkt in den Kreisel vor der U-Bahn-Haltestelle. Im gleichen Moment meldete sich Gerretts:

»Achtung, an alle! Soderbergh soll jetzt aussteigen! Crinelli, hörst du mich? Du hattest recht, gratuliere.«

»Ja! Stell mich auf Soderberghs Frequenz, geht das? Ich will ihn direkt hören.«

Für den Bruchteil einer Sekunde brach das leise Rauschen in seinem Ohr ab, dann wieder Gerretts' Stimme:

»Du bist drauf.«

»Okay. Ich gehe näher ran. Entweder er lässt ihn in die U-Bahn umsteigen …« Den Rest des Gedankens behielt Crinelli für sich. Er versuchte Soderbergh in der Menge auszumachen. Kurz tauchte der auffällige Hut über den Köpfen der Menschenmenge auf, dann verschwand er wieder im Strom der Passanten.

»Überqueren Sie die Bahnlinie in Richtung Heumarkt. Gehen Sie zügig. Dann nach rechts auf die Brücke. Bis in die Mitte.«

Die Stimme des Entführers. Crinelli zuckte zusammen. Die Brücke, damit hatten sie nicht gerechnet. Er lief los und rief gleichzeitig: »Die Brücke, verdammte Scheiße, die Brücke. Er macht es auf der Brücke.«

»Aber dann kann er nur übers Wasser weg«, sagte Gerretts.

»Möglich. Lass die Wasserschutzpolizei in die Boote steigen.

Und die Jungs vom SEK. Falls er wirklich versucht, übers Wasser zu entkommen, ist es besser, die übernehmen das. Haben wir irgendwelche Einheiten unter der Brücke?«

»Negativ. Wir wussten ja nicht ... Dafür ist es jetzt auch zu spät.«

»Besetzt das gegenüberliegende Ende der Brücke. Aber vorsichtig. Vielleicht lässt er ihn drüben auch nur wieder in die Bahn steigen. Habt ihr Sichtkontakt zu Soderbergh?«

»Ja«, meldete sich eine Crinelli unbekannte Stimme. Alle Funkgeräte hatten jetzt untereinander Kontakt. »Er ist gleich am Anfang der Brücke. Wir folgen ihm in angemessenem Abstand.«

»Scheiße«, schrie Crinelli, »ich muss das sehen.« Er schaute sich um und stürmte dann entschieden auf den Haupteingang des an der Brückenauffahrt gelegenen Hotels zu. »Ich bin im Hotel. Ich muss höher, sonst sehe ich nichts. Wer ist auf der anderen Seite?«

»Bohlen und noch 'ne Menge meiner Leute«, sagte Gerretts.

»Gut. Eddy, hörst du mich, warte, warte ...«

In der riesigen Lobby herrschte reges vorweihnachtliches Treiben. An der Rezeption standen die Neuankömmlinge in Dreierreihe. Crinelli setzte ohne zu zögern über den Tresen. Die Schreie der erschrockenen Hotelgäste überhörte er, dem verdutzten Empfangschef hielt er einfach seine Marke hin.

»Bringen Sie mich auf dem schnellsten Weg zu einem Zimmer, von dem aus ich die ganze Brücke überblicken kann.«

Der Mann schien den Ernst der Situation sofort zu begreifen. Ruhig, aber bestimmt wies er Crinelli den Weg.

»Fahren Sie mit dem Aufzug in die fünfte Etage. Ein Kollege erwartet Sie dort.«

Crinelli rannte zu den Aufzügen, zerrte eine Frau im Pelzmantel aus der Tür und drückte auf die 5.

»Ich bin im Aufzug, hörst du mich, Eddy?« Das Gerät in seinem Ohr blieb stumm. »Verdammte Scheiße, was ist das hier? Hallo, Gerretts, verdammt, hörst du mich wenigstens? Ich muss Bohlen haben.«

In diesem Augenblick öffnete sich die Tür, und ein Inder winkte ihm hektisch zu. Crinelli hatte Mühe, mit dem livrierten Mann Schritt zu halten. Mitten im Gang kam die Verbindung zurück, und er hörte Bohlens Schreie: »Jerry, Jerry, Scheiße, hörst du mich, Jerry?«

»Ja, endlich. Was ist los, siehst du ihn?«

»Negativ, aber die Brücke ist scheiße, stoppt ihn, stoppt ihn.«

Crinelli erreichte eine Panoramascheibe. Er rang nach Atem. Mit zitternden Händen führte er sein Fernglas vor die Augen und versuchte, es ruhig zu halten. Er musste seine Konzentration wiederfinden. Keine drei Sekunden später hatte er Soderbergh in Großaufnahme vor sich.

»Warum?«, fragte er in das Knopfmikrophon. Er sah lediglich eine stockende Autoschlange und verstand nicht, was die mit Soderbergh zu tun haben könnte. Ihn störten die Wagen eigentlich nicht besonders.

»Von hier kommen mindestens 50 Fußgänger auf die Brücke zu. Die können wir doch nicht aufhalten. Es ist zu gefährlich, Jerry.«

Am gegenüberliegenden Ende der Brücke verschwand der Fuß- und Radweg hinter dem Lufthansahochhaus. In dem Augenblick, als Soderbergh nur noch etwa 30 Meter bis zum Scheitelpunkt der Brücke zurückzulegen hatte, tauchte der Pulk auf.

»Scheiße, wo kommen die her?«, fragte Crinelli.

»Messe! Die Messe ist aus. Fachbesucher. Was sollen wir tun?«

Crinellis Gedanken rasten. Im Pulk konnten sie nichts unternehmen, und sie durften die Leute auch nicht gefährden. Die Messebesucher mussten aus dem Geschehen raus. Doch wenn sie die Leute jetzt stoppten, dort mitten auf dem Weg unter den Augen aller, war der Entführer gewarnt. Es gab nur eine einzige Möglichkeit.

»Herr Soderbergh, hier spricht Crinelli. Wenn Sie mich hören, sehen Sie bitte kurz über das Geländer aufs Wasser.« Crinelli beobachtete den Baron. »Gut. In wenigen Augenblicken tauchen vor Ihnen etwa 50 Personen auf. Bleiben Sie in keinem Fall stehen, gehen Sie etwas langsamer, aber gehen Sie durch die Menge hindurch. Ganz egal, was der Entführer Ihnen sagt. Halten Sie nicht an, hören Sie?«

Crinelli wartete einen Moment. Der Baron hatte ihn verstanden. Er ging jetzt langsamer. Plötzlich löste sich ein Mann aus der Gruppe und kam direkt auf Soderbergh zu. Zeitgleich klingelte Crinellis Handy. Er dachte nicht daran, in dieser Situation einen Anruf entgegenzunehmen.

»Crinelli?« Gerretts' Stimme. »Da ist ein Anruf auf deinem Handy. Die Zentrale will ihn zu dir durchstellen.«

»Nicht jetzt!«

»Jerry, der Anrufer behauptet, der Entführer zu sein. Und er will dich sprechen.«

Crinelli schloss kurz die Augen, dann zog er sein Handy aus der Tasche und schaute das kleine Gerät an.

»Ja?«

»Herr Kommissar, ein Anruf für Sie, dürfen wir durchstellen?«

»Ja, verdammt nochmal, worauf warten Sie denn?«

Eine Zehntelsekunde verging.

»Guten Tag, Herr Kommissar. Ich hoffe, Sie haben eine ebenso gute Sicht auf das Geschehen wie ich.« Crinelli biss die Zähne fest aufeinander. Er hasste diese Stimme. Ohne jede Aufregung, kalt.

»Woher ...«, hob Crinelli an.

Der Mann am anderen Ende der Leitung lachte. »Herr Kommissar, ich bitte Sie. Das war ganz schlecht, was Sie und Ihr Apparat da abgeliefert haben. Das hätten Sie nicht tun sollen, hören Sie, aber jetzt ist es zu spät. Richten Sie doch Ihr Glas mal auf die andere Seite der Brücke, und sehen Sie, was geschieht, wenn Sie in Zukunft wieder mit mir zu spielen versuchen. Auf Wiedersehen, Herr Kommissar.«

»Hallo, hören Sie, hey …« Die Leitung war tot, und Crinelli schwenkte das Glas. Da war nichts. Ein Radfahrer, der gegen den Wind und die Steigung kämpfte. Langsam ließ er das Glas über den Fußgängerweg gleiten und verbrachte damit mehr Zeit, als er zu haben glaubte. Wo konnte da eine Überraschung auf ihn warten? Der Radfahrer tauchte erneut in seinem Sichtfeld auf. Ein junger Mann, der jetzt stehen blieb und nach oben schaute. Crinelli folgte der Bewegung mit dem Fernglas.

An einem der Fahnenmasten, etwas mehr als drei Meter über der Erde, war ein helles Stoffbündel an den Mast geknotet. Plötzlich schlug irgendetwas heftig dagegen – ein kleiner Kinderarm rutschte heraus, und der Stoff begann sich rot zu färben.

»Zugriff«, flüsterte er, bevor er den Befehl schreiend wiederholte. »Zugriff!« Der Entführer hatte das Mädchen vor seinen Augen erschossen.

Erschüttert suchte er auf der gegenüberliegenden Seite nach Soderbergh. Trotz Dunkelheit und Regen erkannte er, wie der Baron mit dem Mann rang, der kurz vor der Steigung aus der Gruppe ausgeschert war. Soderbergh verteidigte die beiden Tüten. Erst jetzt, wo Crinelli das Geschehen vor sich hatte, nahm er auch Soderberghs Stimme wieder wahr, obwohl sie ganz sicher die ganze Zeit über in seinem Ohr gewesen war. »Nein«, schrie der Bankier in diesem Augenblick, »nein, geben Sie mir zuerst meine Tochter. Wo ist sie? Lassen Sie los! Wo ist meine Tochter, wo ist sie?«

Crinelli riss sich den Stöpsel aus dem Ohr und sah zu Boden. Vor Wut und Ohnmacht traten ihm Tränen in die Augen. Trotzdem nahm er nach einem kurzen Moment des Verharrens erneut das Glas hoch. Von allen Seiten rannten Beamte in Zivil auf die Mitte der Brücke zu. Plötzlich ließ der Unbekannte die Tüten los und sackte zu Boden. Zunächst verstand Crinelli nicht, dann sah er das Blut. Der Schädel des Mannes war förmlich explodiert.

13

»Das Hochhaus, er muss im Hochhaus sein!«

Crinelli stürmte los. Er hatte keine Zeit, um auf den Hotelaufzug zu warten. Immer zwei Stufen auf einmal nehmend rannte er die Treppe hinunter, quer durch die Lobby, hinaus auf den Vorplatz des Hotels. Auf der Straße wendete er sich nach rechts, hinauf auf die Brücke. Der Verkehr war inzwischen vollständig zum Erliegen gekommen. Die Menschen waren trotz des starken Regens aus ihren Fahrzeugen ausgestiegen und auf die Motorhauben ihrer Fahrzeuge geklettert, um besser sehen zu können. Sie machten Fotos mit ihren Handys. Blitze flammten auf. Ein bizarres Spiel im Regen, während es langsam Nacht wurde.

»Gerretts! Gerretts, hörst du mich?«

»Ja! Ich höre dich. So eine Scheiße.«

»Was, so eine Scheiße? Was tut ihr da im Wagen? Wo sind deine Leute? Alle! Alle brauchen wir jetzt. Los! Stürmt das Lufthansahochhaus! Die Schüsse sind von irgendwo da oben gekommen. Niemand darf rein oder raus. Macht das verdammte Ding dicht. Und denkt an die Keller. Alle Ausgänge. Tiefgarage. Lüftungsschächte. Los, los, los! Die Schüsse müssen von da gekommen sein. Schnappt euch den Mistkerl!«

Crinelli rannte weiter. Auf der Brücke war der Wind nochmal um ein Vielfaches stärker. Der Regen peitschte ihm ins Gesicht. »Gerretts?«, er konnte kaum sprechen, so keuchte er, und so laut pfiff der Wind.

»Was?«

»Habt ihr das mit dem Kind überhaupt mitgekriegt?« Mitten im Rennen war Crinelli eingefallen, dass ja nur er das Telefonat gehört hatte und deshalb auch nur er und der Radfahrer davon wussten. Alles andere hatte sich auf der gegenüberliegenden Seite der Brücke abgespielt.

»Was ist mit dem Kind?«

Crinelli hörte die aufsteigende Angst in Gerretts' Stimme. Er stöhnte auf. »Siehst du den Radfahrer? Und dann sieh nach oben, zu den Messefahnen …«

Crinelli erreichte den Radfahrer. Der junge Mann stand einfach nur bewegungslos da. Sein Haar hing in Strähnen herunter, während der Wind an seiner dünnen Fahrradjacke zerrte. Er machte keinerlei Anstalten, sich vor dem Wetter zu schützen. Er sah Crinelli kurz an und dann wieder hinab auf die Lache zu seinen Füßen. Das Blut sammelte sich in den Rissen der Fahrbahndecke und vermischte sich dort mit dem Regen. Schon bald würde nichts mehr auf die Tat hinweisen. Der junge Mann weinte, und als Crinelli ihn berührte, spürte er, wie dieser zitterte. Auf seine Fragen reagierte er nicht.

»Sanitäter. Wir brauchen Krankenwagen und Ärzte«, schrie Crinelli wieder in sein Mikrophon. »Hier ist ein Mann unter Schock, und irgendjemand muss das Kind da runterholen, bevor seine Eltern es so sehen. Beeilt euch!«

»Es sind genügend Leute unterwegs, aber sie kommen nicht durch. Und die Rettungswagen stecken auch fest. Die Sanis tun alles, was sie können. Wir bemühen uns, Jerry.«

»Mir doch egal!«, brüllte Crinelli und war selbst erstaunt, wo er die Luft noch hernahm. »Holt das Kind da runter, bevor die Geier von der Presse kommen. Wenn ich davon ein Foto in der Zeitung finde, seid ihr euren Job los.«

Crinelli überlegte fieberhaft. Er sah noch einmal zu dem Kind hoch und bewegte sich dann weiter auf das Ende der Brücke zu. Er musste die Brücke sperren lassen – für alle. Fußgänger, Radfahrer, Autofahrer. Alle mussten überprüft werden, sie brauchten die Personalien, mussten die Autos filzen, in jeden Kofferraum sehen. Sie brauchten mehr Beamte, viel mehr. Er konnte schwer einschätzen, was Gerretts inzwischen alles mobilisiert hatte. Sie mussten die Passanten befragen, alle, die jetzt von der Messe kamen, vielleicht hatte einer ja den Täter gesehen. Es musste schnell gehen, der Mörder durfte nicht entkommen. Crinelli erreichte Bohlen, der direkt vor dem Lufthansahochhaus stand. Nachdem er alle seine Befehle losgeworden war, erkundigte er sich nach der Gruppe, die den zweiten Mord aus direkter Nähe miterlebt hatte.

»Die stehen einfach nur da und starren auf die Leiche«, sagte Bohlen. »Einige schreien, andere sind halb ohnmächtig von all dem Blut. Die hauen nicht ab, keine Sorge. Und die Zufahrten werden blockiert, dauert vielleicht noch ein, zwei Minuten, dann ist alles dicht. Ja, und vor einer Minute haben die Maskierten das Hochhaus gestürmt. Da kommt er nicht mehr raus. Aber was ist mit dem Mädchen?«

»Frag nicht! … Und Eddy? … Kann vielleicht irgendeine Einheit dafür sorgen, dass diese Idioten in ihren Karren sitzen bleiben?«

Crinelli zückte seinen Ausweis und hielt ihn hoch über seinen Kopf. So lief er durch die abgestellten Autos quer über die Fahrbahn.

»Bleiben Sie im Wagen sitzen! Polizei! Steigen Sie sofort wieder in Ihr Fahrzeug!«

Einem der Schaulustigen schlug er die Kamera aus der Hand. Er stolperte über die Straßenbahngleise, die auf der Mitte der Brücke verliefen. Nur noch wenige Meter, und er hatte das Hochhaus erreicht. Direkt vor sich sah er Bohlen im Gespräch mit einem Grünen. Er gestikulierte wild, während der Beamte in Uniform eifrig nickte. Crinelli musste kurz anhalten. Er stützte sich mit den Händen auf die Knie und schnappte nach Luft. Einige Atemzüge später fühlte er sich zumindest wieder in der Lage zu sprechen. Er joggte die letzten Schritte auf den Kollegen zu.

Bohlen blickte unsicher und nervös zu Crinelli. *Haben wir's vermasselt?*, schienen seine Augen zu fragen.

Crinelli schüttelte den Kopf und murmelte: »Wir kriegen ihn.« Doch Bohlen war sich da nicht so sicher.

Vor dem Eingang des Hochhauses standen mehrere Einsatzfahrzeuge, wild über die Fahrbahn verteilt, mit offenen Türen abgestellt.

»Eddy, was ist mit dem Baron?«

»Er lebt. Aber er ist ohnmächtig – war er zumindest eben noch. Die Ärzte sind bei ihm. Alles in Ordnung. Aber ich höre gerade über Funk, dass seine Frau gleich hier sein wird, und Böker ist, glaube ich, auch schon oben.«

Crinelli nickte und dachte, gut, dass Gerretts mir nicht alle Nachrichten weitergibt. Dann hörte er in seinem Rücken ein lautes Quietschen und drehte sich um.

»Was ist das denn?« Er deutete auf eine Straßenbahn, die gerade von der Brücke herunter in die Haltestelle einbog. Ebenso wie die Gleise, lag auch diese in der Mitte der Straße, von zweispurigen Fahrbahnen eingerahmt. Die Fahrgäste gelangten nur durch eine Unterführung zu den Bahnsteigen.

»Eine Straßenbahn?« Bohlen wusste nicht, worauf Crinelli hinauswollte.

»Gerretts!«, brüllte Crinelli.

»Crinelli?« Die Antwort erreichte sein Ohr postwendend.

»Die Straßenbahnen fahren noch. Das ist doch scheiße. Stoppt die Kisten, sofort.«

»Ich spreche mit der KVB.«

»Nein, du sprichst nicht mit der KVB! Du stoppst die Bahnen, und zwar sofort.«

Crinelli sah zuerst zu Bohlen und dann wieder zu der Bahn. Gerade schlossen sich alle Türen wieder.

»Gerretts!«, brüllte Crinelli erneut, »der Bahnhof. Deutz. Dichtmachen. Sofort … Hallo, ist einer von uns am Bahnhof?«

»Ja, ich bin mit meinen Männern hier, Herr Hauptkommissar.«

»Wie heißen Sie?« Crinelli kannte nur noch eine Lautstärke.

»Pietrowski, Herr Hauptkommissar.«

»Hören Sie, Pietrowski, ich möchte, dass Sie die nächste Bahn, die in etwa drei Minuten bei Ihnen sein wird, in der Haltestelle festhalten. Ab sofort geht nichts mehr. Und noch etwas … Gerretts, hörst du zu? … Ich möchte, dass die KVB die Türen zuhält. Keiner darf die Bahn verlassen, verstanden? Das ist kein Wunsch, Kollegen, das ist ein Befehl!«

»Herr Hauptkommissar?« Pietrowski sprach mit sehr leiser Stimme.

»Was?«

»Auf dem Gleis stehen etwa 300 bis 400 Menschen. Es tut mir leid, aber die Messe ist gerade zu Ende und …«

»… und Sie glauben, dass mich das interessiert? Das ist Ihre Stunde, Mann.« Crinellis Stimme wurde genau um den Grad leiser, der Pietrowski zu einem Verbündeten machte. »Sie sperren erst die Bahnsteige, das ist das Wichtigste. Hören Sie? Auf beiden Seiten, das ist unbedingt zu beachten. Schaffen Sie die Leute da runter, notfalls mit Gewalt. Am besten ganz aus dem Bahnhof raus. Schießen Sie oder machen Sie sonst was Schreckliches, nur sorgen Sie dafür, dass die von dort verschwinden! Wir schicken Ihnen Verstärkung … Gerretts, schick Pietrowski Leute, und zwar ausreichend, schnell … Und jetzt räumt die Bahnsteige. Es geht uns nur um die Personen in den Zügen. Ich bin gleich bei Ihnen, Pietrowski, Sie machen das schon, los, mein Junge.«

Mein Junge hatte Crinelli noch niemals zu jemandem gesagt. Trotz der angespannten Lage musste er grinsen – innerlich zumindest. Er sah Bohlen ernst in die Augen.

»Eddy, der Kollege braucht Hilfe. Lauf rüber zu ihm. Bei deiner Fitness bist du in drei Minuten am Bahnhof und übernimmst die Leitung dort.«

»Aber die hast du doch gerade Pietrowski übertragen?«
»Ja, bis du da bist. Mach schon.«

Bohlen setzte sich in Bewegung, und Crinelli wusste, dass er nun seinen schwersten Gang zu gehen hatte. Zurück auf die Brücke und dem Baron unter die Augen treten. Er hatte keine Ahnung, wie er das überstehen sollte. Er steckte sich eine Zigarette an und blickte noch einmal zur Haltestelle.

Am Ende der Plattform stand ein Mann. Es war doch ein Mann? Crinelli blinzelte durch den dichten Regen hindurch. Bei der schwachen Beleuchtung der Haltestelle waren Einzelheiten in der Dunkelheit nicht so genau zu erkennen. Er hatte den Mantelkragen hochgeschlagen und sprang in diesem Moment auf die Gleise. Dann sah er sich um. Ihre Blicke trafen sich, bevor er in den Straßenbahntunnel hinablief.

14

Crinelli reagierte sofort. »Achtung an alle«, schrie er in sein Mikro. »Ich habe den Täter gesehen. Ich wiederhole, die Zielperson ist nicht mehr im Hochhaus, er ist eben in den U-Bahn-Schacht Richtung Deutzer Bahnhof gerannt. Der Mann trägt einen grauen Trenchcoat und ist mittelgroß bis groß. Mehr konnte ich nicht sehen. Pietrowski, Bohlen, hört ihr mich? Er kommt direkt auf euch zu, postiert euch vor dem Ausgang des Tunnels und seid vorsichtig. Gerretts, schaff das SEK hier rüber, sofort. Schick mir eine Einheit hinterher in den Tunnel. Ich nehme die Verfolgung auf.«

»Allein ist das zu gefährlich, Crinelli.« Die immer noch ruhige Stimme von Gerretts. »Warte, in weniger als drei Minuten hat Frantzen eine Handvoll Maskierter bei dir.«

»Die sollen laufen, dann holen sie mich im Tunnel ein. Ich nehme die Verfolgung jetzt auf. Du übernimmst das Kommando, falls der Kontakt abreißt. Und nochmal an alle. Niemand darf den Bahnhof Deutz verlassen. Alle U-Bahnen stoppen und die Türen verschlossen halten.«

Crinelli lief zwischen den Autos auf die Haltestelle zu. Er ergriff den regennassen Metallholm, der auf der niedrigen Schutzmauer montiert war, und flankte darüber hinweg direkt auf den Bahnsteig.

Er sah die Gleise entlang, die unmittelbar hinter der Haltestelle in einer geschwungenen Rechtskurve im Tunnel verschwanden. Crinelli war noch nie unter der Erde gewesen. Einmal sollte er eine Domführung zu den unterirdischen Ausgrabungen mitmachen. Er hatte wichtige Termine vorgeschoben, um seine späte Absage zu rechtfertigen.

Er zog seine Dienstwaffe, entsicherte sie und folgte, immer mit dem Rücken zur Wand, den Gleisen hinab in die Dunkelheit. Nach einer kurzen Gewöhnungszeit bemerkte er, dass es hier unten nicht stockdunkel war. Ein verwaschener Lichtschein erhellte die Gleise. Langsam schritt er tiefer in den Tunnel hinein. Er konzentrierte sich auf Geräusche, die hier nicht hingehörten. Doch außer einem entfernten metallischen Quietschen und pfeifenden Rattenlauten hörte er nichts.

»Könnt ihr mich verstehen?«, flüsterte er in sein Mikrophon.

»Klar und deutlich. Wo bist du?«

»100 Meter tief in der Röhre. Bis hierher ist alles sicher. Wo sind die Maskierten?«

»Gleich da. Willst du nicht doch warten?«

»Nein.«

Crinelli ging weiter. Allmählich fand er sich in der fremden Umgebung zurecht und bewegte sich sicher vorwärts. Er ging ein paar Schritte, stoppte, lauschte und ging wieder ein paar Schritte. An der Wand ertasteten seine Finger eine Stahltür. Vermutlich führte sie in einen Lüftungsschacht. Crinelli drückte vorsichtig die Klinke nieder. Die Tür war nicht verschlossen. Er öffnete sie einen Spaltbreit und spürte den Luftzug auf seinem Gesicht. Vorsichtig zwängte er sich durch die Öffnung und leuchtete in die Dunkelheit. Nichts. Er ging zurück in die Röhre und meldete die Position des Schachts an Gerretts. Unnötig, wie sich herausstellte.

»Alle Notausstiege sind gesichert. Seit etwa zwei Minuten. Der Kollege von der KVB sitzt neben mir. Wir haben die Pläne des gesamten Abschnitts auf dem Bildschirm. Sollen wir runter und die Gänge jeweils bis zur Verbindungstür hin sichern?«

»Ja. Und verschließt die Türen, wenn das geht.«

Ein kurzer Moment der Stille. »Negativ. Die Türen sind mit Panikschlössern versehen. Brandschutz.«

»Okay. Dann sichert oben ab. Schick nicht zu viele Leute

hier runter, sonst kommen sie sich noch gegenseitig ins Gehege. Einen Schusswechsel sollten wir in dieser Dunkelheit nicht riskieren.«

Am Ende der Röhre tauchte Licht auf. Der Streckenabschnitt zwischen Brücke und Bahnhof war kurz. Crinelli näherte sich der nächsten Haltestelle. In diesem Augenblick hörte er erneut das metallische Quietschen, nur dass das Geräusch ihm dieses Mal wesentlich näher war. Er drehte sich um und musste miterleben, wie trotz seines strikten Verbots erneut eine Bahn in den Tunnel gerauscht kam. Glücklicherweise wurde sie durch ein automatisches Signallicht gestoppt.

»Eine Bahn«, zischte er in sein Knopfmikro.

»Sorry, Crinelli. Ein KVB-internes Problem. Die Bahn war schon angefahren, als wir es bemerkt haben. Tut mir leid, es kommt nicht mehr vor, wir haben die Sache jetzt im Griff.«

Crinelli verkniff sich eine Antwort. Stattdessen rannte er auf den Zug zu, der vor dem roten Signallicht wartete. Er riss seine Marke über den Kopf und strahlte sie mit seiner kleinen Taschenlampe so an, dass der Fahrer sie erkennen konnte. Es dauerte viel zu lange, bis der Mann das Fenster geöffnet und sich so weit herausgelehnt hatte, dass er Crinelli verstehen konnte.

»Stellen Sie alles ab, kapiert?«, brüllte Crinelli, und seine Stimme hallte gespenstisch von den Wänden wider. Der Fahrer nickte. »Alles abstellen, auch das Licht in der Fahrgastkabine und alle Türen geschlossen halten. Selbst wenn die Leute da drin ersticken. Unterstehen Sie sich, auch nur eine Tür zu öffnen. Machen Sie eine Durchsage an Ihre Fahrgäste, verstanden? Sie sollen sich auf den Boden legen. Runter, weg vom Fenster, Sie selbst auch.«

Der Fahrer nickte abermals, und man sah ihm die aufsteigende Panik an. In diesem Augenblick hörte Crinelli ein leises Zischen in seinem Ohr, gefolgt von einer tiefen Stimme.

»Wir sind direkt hinter Ihnen, Herr Kommissar.«

Crinelli drehte sich um und sah niemanden.

»Wo sind Sie und wer sind Sie?«

»Gleich neben Ihnen.«

»Wo?«, fragte Crinelli, noch bevor sich eine schwere Hand auf seinen Arm legte und er sich fast zu Tode erschrak.

»Gute Verkleidung«, war alles, was Crinelli zu dem Maskierten sagen konnte, und dann noch: »Übernehmen Sie das Sichern des Zuges, bis wir ihn in den Bahnhof holen. Ich habe Angst, dass der Täter seine Waffe nochmal einsetzt.«

Er drehte sich in die Richtung des Mannes, um zu sehen, ob er seinen Befehl verstanden hatte, doch da war niemand mehr. Unheimlich, dachte Crinelli und war nicht sicher, ob er sich über unsichtbare Hilfe wirklich freuen konnte.

Am Ausgang des Tunnels wartete Bohlen auf Crinellis Ankunft. Der Bahnsteig war tatsächlich leer geräumt, leer bis auf einen Trupp Polizisten in Einsatzuniform. Bohlen und Pietrowski hatten gute Arbeit geleistet. Die Wartenden waren zwar nicht ganz aus dem unterirdischen Bahnhof vertrieben worden, aber immerhin hatten es die Beamten geschafft, die Menschenmenge bis zur Treppenanlage zurückzudrängen.

»Gute Arbeit«, sagte Crinelli und zeigte auf die aufgebrachte Meute, die ihrem Unmut durch Beschimpfungen Ausdruck verlieh.

»Es war nicht ganz leicht, die Leute sind nicht eben kooperativ«, sagte Bohlen, und Crinelli war sich unsicher, warum er das erwähnte. Erwartete er allen Ernstes in dieser angespannten Situation ein Lob für seinen Einsatz?

»Trotzdem müssen die Leute jetzt auch noch ganz raus hier. Vertreibt sie mit allen Mitteln, notfalls mit Gewalt. Mir egal, ob es dafür wieder Beschwerden hagelt«, fauchte Crinelli. »Wir können einen Schusswechsel nicht ausschließen. Irgendwo muss der Kerl ja sein. Und vielleicht ist er auch nicht allein. Schließlich war ja zumindest ein Komplize mit in die Sache verwickelt.«

»In den Wagen kann er ja eigentlich auch nicht sein.«

Crinelli sah auf den Zug direkt vor sich. Die Fenster waren von innen beschlagen, und er konnte wohl nachfühlen, wie sich die Menschen innerhalb der Waggons jetzt fühlten. Er überlegte kurz, bevor er antwortete.

»Wir brauchen die Personalien von allen Fahrgästen. Die Bahnen sind zwar proppenvoll, aber das ändert nichts. Die werden uns lynchen wollen, aber auch das macht mir nichts. Ich geh selbst rein und seh mir die Figuren an. Wir müssen absolut sicher sein.«

»Wo kann der Typ denn sonst noch sein?«

»Ich weiß es nicht. In dem Streckenabschnitt, den ich gerade abgegangen bin, eigentlich nicht. Gerretts hat die Luftschleusen gesichert …«

»Ja, hab ich gehört. Aber was ist mit den anderen Gängen?«

»Gibt's hier nicht. Die Bahnen verzweigen sich erst hinter dem Deutzer Bahnhof wieder. Eigentlich müsste er feststecken. Wenn ich den Typ nur genauer gesehen hätte und ihn etwas besser beschreiben könnte … sag mal, Eddy, und du bist dir sicher, dass hier niemand rausgekommen ist?«

»Außer dir niemand. Und ich glaube auch nicht, dass die Zeit vorher für ihn gereicht hat. Obwohl, möglich ist es natürlich. Ich kann's nicht zu 100 Prozent ausschließen, dafür ging einfach alles viel zu schnell. Aber wenn er genau in der Sekunde vorne rein ist, in der deine Durchsage kam, hätte er mit Sicherheit fünf Minuten, eher länger, bis hierher gebraucht – und das kann ich ausschließen. Als du Meldung gegeben hast, bin ich sofort losgerannt und hab mit zwei Beamten den Eingang zur Fahrröhre gesichert. Wir waren keine drei Minuten nach deiner Ansage in Position.«

»Es ist wie verhext«, sagte Crinelli nachdenklich, »dann ist er entweder noch im Tunnel oder in einer der Bahnen – wie auch immer er da reingekommen sein kann –, oder er ist doch durch die Versorgungsschächte entwischt. Wir können es jetzt nicht klären.«

Crinelli begab sich zum vorderen Waggon und stieg ein. Mit Hilfe der Bordtechnik informierte er die Fahrgäste über die anstehende Kontrolle und bat um Verständnis dafür, dass Personen ohne Ausweis zur Überprüfung der Personalien auf das Präsidium gebracht werden mussten. Crinellis Stimme war deutlich und duldete keinen Widerspruch. Er sprach ohne zu stocken, leise und schnell. Danach schritt er an der Spitze seiner Leute durch die Reihen. Erst in seinem Rücken brandeten vereinzelte Diskussionen auf, wurde von Polizeistaat geschwafelt und von Entschädigungen geträumt. Aber das interessierte Crinelli alles nicht. Er versuchte, sich jeden der Fahrgäste genau anzusehen. Wenige hielten seinem Blick stand, viele schlugen die Augen nieder, einige verschränkten die Arme vor der Brust und starrten mürrisch zurück. Alle waren sie verunsichert.

Als Crinelli hinten wieder aus dem Zug stieg, wusste er, dass er den Täter nicht gesehen hatte. Sein Gefühl sagte ihm, dass der Mann mit der schnarrenden Stimme, von der er immer noch nicht wusste, woher er sie kannte, entkommen war.

15

Der Weg zurück auf die Brücke fiel Crinelli schwer. Die Kleider klebten ihm am Leib, und er fror zum ersten Mal in dieser Nacht. Die Brücke war vollständig von Autofahrern und Passanten geräumt worden. Der nasse Asphalt reflektierte das rotierende Blaulicht der Einsatzwagen. Zwei Rettungsfahrzeuge befanden sich noch am Tatort. Neben beiden ein Leichenwagen. Zwischen den Fahrzeugen die Männer der Spurensicherung in ihren Plastikanzügen. Eine gespenstische Stille lag über dem Ort.

Crinelli ging auf wackeligen Beinen, so als wollte sich gleich sein Kreislauf verabschieden. Vorbei an Böker, der ihn mit versteinertem Gesicht ansah, vorbei an Bohlen, an Hammerschmidt und an Gerretts, die ihm alle zunickten. Die Galerie der Kollegen geriet für Crinelli zur Begegnung mit der eigenen Niederlage. Keiner von ihnen konnte ihm Absolution erteilen, ihn von der peinigenden Schuld freisprechen. Das oblag allein dem Baron.

Crinelli stoppte am ersten Krankenwagen und sprach kurz mit dem Arzt, der auf die gegenüberliegende Seite der Brücke deutete. Er überschritt erneut die Gleise. Die Bahnen verkehrten inzwischen wieder im fahrplanmäßigen Rhythmus. Sie waren das einzige Stück Normalität auf der Brücke.

Crinelli hörte für einen Moment auf zu atmen, als er den kleinen Blechsarg neben dem Leichenwagen im Regen stehen sah. Das Foto, das er seit Lisas Entführung stets bei sich trug, glich dem Mädchen aufs Haar. Die roten Locken. Die Sommersprossen. Die etwas zu große Nase und die dicht beieinander stehenden Augen. Der unschuldige Ausdruck in ihrem Kindergesicht. Ein Jahr und sechs Monate hat dein Leben gedauert, dachte Crinelli, und er konnte sich nur schwer der Tränen erwehren.

Soderbergh saß zusammengesunken neben dem Sarg. Er hielt die Knie mit den Armen umfasst und sah auf sein totes Kind. Das Leder seiner schönen Schuhe hatte sich vollgesogen, die Cordhose war völlig durchnässt. Selbst die Öljacke hatte den Wassermassen nachgegeben. Den Hut hatte der Sturm fortgetragen. Die beiden Geldtüten lagen neben dem Baron im Rinnstein.

Crinelli ging vor dem Sarg in die Hocke. Seine Hand suchte die Wange des toten Kindes und strich ganz leicht darüber. Dann erst sah er hinüber zu Soderbergh. Crinelli kannte den Ausdruck in dessen Augen, er hatte ihn schon viel zu oft gesehen, aber selten hatte er sich davon so eingenommen gefühlt. Trauer. Trauer und Resignation, mehr nicht.

Crinelli setzte sich neben Soderbergh. Nach einer Weile kam der Leichenbestatter und wollte den Sarg in den Wagen bringen. Crinelli stoppte ihn mit einem Blick. Er nahm die Zigaretten aus seiner Jacke und prüfte, welche davon überhaupt noch zu rauchen waren. Die restlichen schmiss er in den Rinnstein. Er hielt Soderbergh das Paket hin. Der Baron sah kurz zu ihm rüber und schüttelte dann den Kopf. Crinelli packte die Zigaretten wieder weg.

Gegen Mitternacht hatte die Spurensicherung ihre Arbeit beendet, und um halb eins waren die letzten Beamten vom Tatort verschwunden. Die Brücke wurde wieder für den Verkehr freigegeben. Gäbe es keine Presse, würde kein Pendler und kein Messebesucher am nächsten Morgen auch nur ahnen, was hier geschehen war.

Der Rettungswagen brachte Baron von Soderbergh zu seiner Frau in die Uniklinik. Beim Anblick ihrer toten Tochter hatte sie einen Nervenzusammenbruch erlitten. Böker begleitete Soderbergh.

Crinelli stand immer noch auf der Brücke.

»Na, Jerry, müde?« Julia Hammerschmidt hatte ebenfalls bis zum bitteren Ende ausgeharrt.

»Nein«, antwortete Crinelli. »Weiß nicht. Vielleicht.«

Eigentlich wollte er es damit bewenden lassen und endlich nach Hause gehen, obwohl er Angst vor dem Alleinsein hatte. Doch dann drehte er sich doch noch einmal um und fragte:

»Was ist eigentlich aus der Spurensicherung im Hochhaus geworden?«

»Die sind noch dran«, antwortete Hammerschmidt und deutete auf eine Reihe beleuchteter Fenster. »Elfter Stock. Die Kollegen haben den Raum eindeutig identifiziert. Von da oben hat der Mörder geschossen.«

»Und?«

»Und? Weiß nicht. Spiegel ist höchstpersönlich oben.«

Spiegel war der Leiter der Spurensicherung. Crinelli schätzte ihn. Er überlegte.

»Dann gehe ich nochmal da hinauf. Ist ja noch nicht so spät.«

Hammerschmidt wollte etwas entgegnen, überlegte es sich aber anders und sagte nur: »Na dann, gute Nacht, Jerry.«

∷

Die Fahrt mit dem Aufzug hinauf zur elften Etage dauerte nicht lange, aber die Zeit reichte aus, um das gesamte grausame Geschehen der letzten Stunden noch einmal im Zeitraffer vorbeirauschen zu lassen. Mit was für einem Menschen hatte er es hier zu tun? Welches Motiv konnte derart stark sein, um ein kleines Mädchen und einen Komplizen öffentlich hinzurichten? Was wollte der Täter ihm mit dieser perfiden Machtdemonstration mitteilen? Dass es etwas zu bedeuten hatte, das jedenfalls war Crinelli sofort klar gewesen.

Er stieg aus dem Aufzug. Wie es schien, hatten die Ermittlungen hier oben gerade erst begonnen – überall Menschen und Gerät. Spiegel und seine Leute hatten zuerst die Brücke untersucht. Den Raum hier oben hatte man direkt nach seiner Entdeckung gesichert. Trotz der Uhrzeit wirkte Spiegel frisch und konzentriert.

»Bleib da stehen, bitte. Wir untersuchen gerade den Teppich auf Fußspuren«, empfing er Crinelli.

»Kann ich nicht mal sehen, von wo geschossen wurde?«

»Dort, vom Nachbarraum aus.« Spiegel deutete auf eine offen stehende Verbindungstür. »Geh außen rum. Ich komme gleich rüber und zeig dir alles.«

Crinelli betrat den Raum und trat an die Scheibe vor. Kopfschüttelnd betrachtete er den Fensterrahmen.

»Ja, Crinelli, die Vorschriften und die Realität«, sagte Spiegel. »Da haben wir uns auch schwer gewundert.«

Man konnte in dieser Höhe doch tatsächlich die Fenster öffnen. Der Raum war unmöbliert, ebenso wie das Nachbarzimmer. Scheinbar unvermietet, seit die Hauptverwaltung der Lufthansa nicht mehr den ganzen Komplex einnahm. Bald würde sie das Gebäude vollständig verlassen haben. Crinelli ließ sich von Spiegel die bisherigen Ergebnisse erläutern und sah sich dabei in dem Zimmer um. Er stutzte, als er auf einer Metallbox eine verpackte Waffe entdeckte.

»Was ist das denn da?«

»Na, wonach sieht das wohl aus? Das, Herr Hauptkommissar, ist eine sichergestellte Mordwaffe. Ein wirklich schönes Stück, möchte ich hinzufügen. Eine G 22 – mit 659-mm-Lauf. Ein Präzisionswerkzeug mit erheblicher Durchschlagskraft. Und dazu noch das teuerste Modell, das ich kenne. Eigentlich viel zu schade, um es einfach so achtlos wegzuwerfen.«

»Wo …?«

»Direkt da, wo du jetzt stehst, Crinelli. Er hat's einfach am Fenster stehen lassen und ist abgehauen.«

»Das gibt's doch nicht. Was soll das alles bloß bedeuten?«

Crinelli sah kurz zu Boden, eine Marotte, wenn er beim Nachdenken schnell zu einem Ergebnis kommen wollte. Dann öffnete er das Fenster und lehnte sich hinaus.

Wie seltsam, dachte er – jetzt, wo alles vorüber ist, hörte es auf zu regnen. Er zündete sich eine Zigarette an und sah hinab auf die Brücke. Sie war schön, schlicht und schön. Ohne Schnörkel und ohne störende Aufbauten. Genau das mochte Crinelli. Sie war kein Bauwerk von touristischem Interesse, sie war eine Brücke, gebaut, um Menschen von einer Seite des Flusses auf die andere zu bringen. Sie drängte sich nicht in den Vordergrund und ließ den Blick für das spektakuläre Panorama in ihrem Rücken frei. Groß St. Martin, die kleinen Häuser der Altstadt und der majestätische Dom, der selbst in dieser Nacht dastand, als wäre nichts geschehen. Wie viele Morde wurden in ihm und um ihn herum im Laufe der Jahrhunderte begangen? Wie viel Schrecken hatten die steinernen Wasserspeier stumm mit angesehen? Crinelli mochte den Dom nicht.

Er sah auf die Uhr und dann wieder auf die Silhouette der Stadt. Eine Straßenbahn verließ die Haltestelle Heumarkt und rollte auf die Brücke hinauf. Jetzt war es wieder ein friedliches Bild.

»Nein!«

Die Mitarbeiter der Spurensicherung drehten sich erschrocken nach der Quelle des Schreis um. Spiegel reagierte als Erster und rannte nach nebenan, wo er den in Gedanken versunkenen Crinelli vor einer halben Stunde allein gelassen hatte. Er kannte das. Alle Kollegen kannten das. Auf einmal war Crinelli weg, für niemanden mehr zu erreichen, abgetaucht in eine Welt, an der er keinen teilhaben ließ. Spiegel hatte sich angewöhnt, den Ermittler in einer solchen Phase einfach stehen zu lassen. Jeder hatte halt so seine Methoden.

»Was ist los?«, rief Spiegel. Crinelli deutete hektisch in die

Nacht hinaus. Mit zwei Schritten stand er neben ihm. Sein Blick folgte Crinellis Zeigefinger. Er wusste nicht so recht, was er dort sehen sollte, und vermutete deshalb, dass die Geste für niemand anderen als für Crinelli selbst bestimmt war.

»Eine Straßenbahn, Crinelli«, versuchte Spiegel es. »Die Brücke ist doch wieder freigegeben. Was ist denn mit dir?«

Crinelli verdrängte ihn von seiner Seite. »Nichts! … Entschuldige … nichts.«

Er schloss das Fenster und legte seine Stirn gegen die Scheibe, so als könne das kalte Glas vergessen machen, welche Erkenntnis er soeben gewonnen hatte. *Eine Straßenbahn, Crinelli.* Was wusste dieser Spiegel schon? Jedenfalls nicht, was Crinelli jetzt ganz deutlich vor Augen stand, wie nämlich der Täter entkommen war. Von der Straße aus hatte man den Eindruck, die Bahnen seien ein ganz und gar geschlossener Körper, das Dach gewölbt, wie es die auslaufenden Rundungen der Seitenwände nahelegten, und somit wie Autodächer gestaltet. Aber das stimmte nicht. Auf den Waggons befanden sich wie eh und je die Gelenkstangen. Und dazwischen war Platz für eine ganze Fußballmannschaft. So simpel! So simpel!

∷

Crinelli hatte inzwischen die dritte Flasche Bier geleert, ohne dass sich dadurch das Wirrwarr aus Erinnerungen, Ideen und Ängsten in seinem Kopf abgeschwächt hätte. Er hockte noch immer mit angezogenen Knien auf dem Bett und blickte gegen die Fensterscheibe. Erst gegen drei Uhr hatte er das Licht gelöscht, doch schon zehn Minuten später stand er wieder vor der offenen Kühlschranktür und versuchte es mit einem weiteren Bier.

Schuldgefühle plagten ihn. Immer wieder fragte er sich, ob es richtig gewesen war, verdeckt zu ermitteln, die Spurensuche im Park und das Vernehmen der Personen auf der Liste des

Hausmädchens hatten einfach zu lange gedauert. Hatte Böker am Ende doch recht gehabt – hatte er den Fall insgeheim zu lax gehandhabt? Und warum war ihm immer noch nicht eingefallen, woher er diese Stimme kannte? Allein das hätte das Mädchen retten können. Er war gescheitert, und er fühlte sich schuldig. Dass ihm Soderbergh keine Vorwürfe gemacht hatte, war kein Hinweis auf das Gegenteil. Sie hatten auf der Brücke gar nicht miteinander gesprochen.

Und dann dieser Täter. Von Anfang an hatte Crinelli das Gefühl, es mit einem eiskalten Menschen zu tun zu haben, es lag in seiner Stimme. Crinelli fragte sich wieder und wieder, ob es für ihn einen Unterschied gemacht hätte, wenn sie das Kind einige Tage später in einem Wald tot aufgefunden hätten. Diese brutale, zynische Inszenierung an exponiertem Ort war einfach zu viel für ihn. Das ergab doch keinen Sinn. Es war einzig ein Zeichen von Brutalität. Welche Anstrengung hatte es bedeutet, das Bündel dort hinaufzuschaffen, es anzubinden. Wie lange zuvor konnte man so etwas tun? Crinelli wurde noch verrückt über diese Gedanken. Und dann ließ er auch noch das Gewehr einfach stehen. Er wagte fast nicht, das Unfassbare auszusprechen. Es gab nur eine einzige mögliche Schlussfolgerung aus all den Spuren, die der Täter absichtlich am Tatort hinterlassen hatte: Der Entführer gab sich ihnen zu erkennen! Er wollte, dass sie wussten, mit wem sie es zu tun hatten. Er suchte den Kampf mit offenem Visier, und mit den beiden Morden auf der Brücke hatte er ihnen gezeigt, dass er dabei bis zum Äußersten gehen würde. Crinelli hatte keinerlei Zweifel mehr. Die unverstellte Stimme, der handschriftliche Brief, das Funkgerät mit Seriennummer und jetzt auch noch die Tatwaffe.

Okay, dachte Crinelli, bevor die Müdigkeit ihn schließlich doch noch erlegte, dann wollen wir mal sehen, wer du bist und was du tatsächlich willst.

16

Kurz nach sieben klopfte er an der Tür und trat, ohne eine Aufforderung abzuwarten, ein.

»Guten Morgen, Crinelli. Ich hoffe, *Sie* haben wenigstens ein paar Stunden geschlafen«, sagte Böker, während er sich in seinem Stuhl drehte. In exakter 90-Grad-Position zu seinem Schreibtisch kam er zum Stillstand. Die Antwort auf seine Frage konnte er sich selbst geben. Crinelli sah fürchterlich aus, noch schlimmer als er selbst. Böker hatte die Nacht zusammen mit dem Baron im Krankenhaus verbracht. Er war ihm Beistand und versuchte gleichzeitig, das Schlimmste zu verhindern. Schließlich wusste er, wozu der Baron fähig sein würde, wenn er erst einmal den Schockzustand abgeschüttelt hatte. Es würde schrecklich werden. Dagegen war die Nacht vergleichsweise harmlos abgelaufen. Soderbergh hockte stundenlang apathisch im Wartezimmer, während sie gemeinsam auf die Ärzte warteten, die die Frau Baronin behandelten. Dabei sackte der schwere Mann Stunde um Stunde mehr in sich zusammen, während sein Gesicht allmählich die Farbe der grauen Wand hinter ihm annahm.

Crinelli war unrasiert, nicht einmal geduscht, seine widerspenstigen Locken zu bändigen hatte er gar nicht erst versucht. Außerdem – und das war in Bökers Augen das Schlimmste – hielt er eine brennende Zigarette zwischen den Lippen, was keine Ausnahme, sondern die Regel war.

Crinelli bemerkte den tadelnden Blick. Aber ihm war egal, dass Böker den Qualm im Zimmer nicht ertrug und den üblen Geruch in der Kleidung hasste. Irgendwann würde er deswegen wohl auf ihn schießen.

»Nein«, antwortete Crinelli einsilbig.

Er setzte sich vor den Palisanderschreibtisch, schlug die Beine übereinander und sagte erst einmal gar nichts. Er trug einen Sommermantel. Seine Winterjacke hatte den Einsatz auf der Brücke nicht überstanden. Sie hing jetzt in der Dusche und versuchte zu trocknen. Trotz eines dicken Pullovers hatte er auf dem Rad gefroren.

»Verdammter Mist, Crinelli, wir haben es verpatzt«, brach Böker das Schweigen schließlich. »Und würden Sie bitte diese Zigarette ausmachen, Sie wissen doch, dass ich den Rauch nicht vertrage.«

»Wir haben nichts verpatzt!« Crinelli reagierte aufgebracht. Seine Augen, die bis vor einer Sekunde noch tief im Gesicht lagen, traten ihm jetzt fast vor den Kopf. Eine blaue Ader schwoll auf seiner Stirn, und er dachte nicht daran, das Rauchen einzustellen. »Wie kommen Sie überhaupt darauf? Meine Männer haben sich den Arsch aufgerissen. Bohlen, Hammerschmidt, Gerretts sind alle bis ans Limit gegangen. Sie haben doch selbst gesehen, was wir alles in kürzester Zeit aufgefahren haben. Wir wussten doch bis um fünf noch nicht, was abgehen würde, und dann haben wir optimal reagiert. Jeder einzelne Polizist, die Gruppenleiter, alle haben eine Toparbeit abgeliefert. Und da kommen Sie und sagen als Erstes, wir hätten es verpatzt.«

»Der Täter hat doch Lunte gerochen«, versuchte Böker es erneut. »Das kann doch wohl nur daran liegen, dass er Ihre Leute entdeckt hat. Ob während des Einsatzes oder schon vorher im Haus des Barons, ist doch gleichgültig.«

Er streckte Crinelli auffordernd den Aschenbecher aus schwerem Muranoglas entgegen, ein Erbstück seiner Frau.

»Das ist doch Quatsch! Sie haben ja keine Ahnung!« Crinelli war laut, zu laut und übersah zudem die Geste seines Vorgesetzten.

»Hören Sie, Crinelli, etwas mehr Respekt, ja? Der Mann hat Sie angerufen. Persönlich. Er hat Ihnen doch selbst am Telefon gesagt, dass Sie es verpatzt haben. Nun tun Sie doch mal nicht so, als wären Sie der Einzige, der hier was von Polizeiarbeit versteht, und machen Sie endlich diese verdammte Zigarette aus. Jetzt ist Schluss! Ich will mich hier vernünftig mit Ihnen unterhalten, und Sie blaffen gleich los wie ein Straßenköter.«

Crinelli sah Böker an. Ganz langsam verzog sich sein Mund zu einem Lächeln, zu dem sich in seinen Augen allerdings keine Entsprechung fand. Er drückte den Stummel seiner Zigarette in das blaugrün schimmernde Muranoglas.

»Chef, wir beruhigen uns jetzt beide, einverstanden? Ich habe tierische Kopfschmerzen. Wo ist eigentlich Ihre Sekretärin?«

»Wüsste ich wohl auch gern«, antwortete Böker und sah auf die Uhr. Arbeitsbeginn seines Vorzimmers war um acht. Noch über eine halbe Stunde ohne Kaffee. Aber wo die Schmerztabletten waren, wusste er auch ohne sie. Er stand auf und öffnete die Wandtür, die ein kleines Waschbecken verbarg. Auf der Ablage unter dem Spiegel fand er, was er suchte. Er brachte ein Glas Wasser und das Aspirin zu Crinelli und klopfte ihm zaghaft auf die Schultern.

»Scheißfall, was, Jerry? Scheißfall, verdammter Mist.«

»Das können Sie wohl laut sagen. Ein Scheißfall und ein Horrorergebnis.«

»Sie haben es geahnt, stimmt's?«

Crinelli nickte und steckte sich die nächste Zigarette an.

»Wieso?«

»Weil von Anfang an alles darauf hinauslief. Wir haben es mit einer ganz ungewöhnlichen Sache zu tun, und der Kerl ist mir darüber hinaus absolut unheimlich, Chef. Ich kann Ihnen nicht sagen, was diese Riesenaktion auf der Brücke ihm bringen soll. Ich habe auch nicht die leiseste Ahnung, warum er die Kleine so theatralisch töten musste. Null Idee. Aber eines ist sicher – er will, dass wir ihn enttarnen.«

»Das kann er leicht haben«, sagte Böker im Tonfall eines beleidigten Kindes, »er braucht sich nur zu stellen.«

»Nein, er will nicht gefasst werden, da verstehen Sie mich falsch, er will lediglich, dass wir wissen, mit wem wir es zu tun haben.«

»Was soll das denn?«

»Genau das ist die Frage, die mich nicht schlafen lässt. Was soll das, beziehungsweise, was will er uns damit sagen? Das werden wir vermutlich erst geklärt haben, wenn wir seine Identität kennen.«

»Sie vermuten das alles, weil wir die Tatwaffe gefunden haben, nicht wahr? Aber kann das nicht auch andere Gründe haben, viel pragmatischere vielleicht? Zum Beispiel stelle ich es mir nicht gerade leicht vor, mit einem solchen Gewehr einfach zu verschwinden.«

»Es ist nicht nur das Gewehr. Er streut schon seit dem ersten Kontakt gezielte Hinweise.«

Crinelli legte Böker seine ganze Theorie haarklein auseinander.

»Und dann erschießt er zum Schluss das Kind und seinen eigenen Mann«, kam Crinelli zum Ende seiner Ausführungen.

»Ja?«, hauchte Böker und sah Crinelli erwartungsvoll an. Wahrscheinlich wartete er auf das Ende des Märchens.

»Ja, Chef, da stehen wir jetzt und müssen sehen, wie es weitergeht.«

»Weitergeht?«, rief Böker.

»Ja glauben Sie denn, das war's schon? Das war doch bloß die Ouvertüre, Herr Böker, der Kerl hat nur mal eben mit seinen Hosenträgern gespielt und uns gezeigt, was er draufhat. Er will sicherstellen, dass wir ihn beim nächsten Mal wirklich ernst nehmen. Alles geplant, Chef, alles geplant.«

»O Gott, das ist ja furchtbar. Wie soll ich das alles nur der Presse erklären?« Böker wirkte tatsächlich so, als wäre das nun ihr größtes Problem.

»Wann ist die erste Konferenz?«

»10:30.«

»Hmm«, Crinelli dachte fieberhaft nach. Wirklich keine leichte Sache für Böker. Vor allem nachdem der Anschlag auf den ICE gerade einmal eine Woche zurücklag. Und jetzt eine weitere Gewalttat. Ein Mord, noch dazu ein solch brutaler, mitten in der Stadt. Und dann war das Opfer auch noch die Tochter eines der einflussreichsten Männer der Stadt – nein, da wollte man nicht mit Böker tauschen. Crinelli fragte sich, was Böker von ihm erwartete. »Was heißt das für mich?«

»Podiumsplatz«, antwortete Böker knapp, »kann ich Ihnen nicht ersparen.«

Crinelli nickte. Das flaue Gefühl im Magen steigerte sich zu echten Magenschmerzen.

»Wie viel lassen wir raus?«, fragte er.

»Lassen Sie mich das machen. Ich werde versuchen, auf Zeit zu spielen.«

»Die zerreißen uns in der Luft. Irgendwas müssen wir ihnen hinschmeißen. Die werden wissen wollen, wie lange wir schon von der Entführung wissen, was Soderbergh tun wird, und vor allem wie es zu dieser Hinrichtung kommen konnte.«

»Und? Können Sie die Fragen beantworten?«

Crinelli schüttelte nachdenklich den Kopf. »Zumindest keine der relevanten.«

»Sehen Sie! Sicher werden die ausflippen, was nutzt das alles. Wir befinden uns mitten in der Untersuchung. Sehen Sie, Crinelli, wir können eh nichts tun. Sie werden alle schreiben, was sie wollen. Dabei ist es völlig egal, was sie von uns bekommen. Was glauben Sie, wie viele Reporter jetzt vor dem Haus des Barons herumlungern, und sei es auch nur, um ein aktuelles Foto von dem armen Mann zu machen? Und derjenige, der ihn als Erster vors Mikrophon bekommt, ist der König.«

»Sie glauben, er gibt ein Interview?«

»Das wohl kaum, aber wir können auch nicht darauf hoffen, dass er sich völlig verkriecht. Ich denke, es kommt auf uns und unsere Recherchen an. Wenn er zu irgendeinem Zeitpunkt den Eindruck bekommt, wir tun nicht genug oder das Falsche, dann können Sie sicher sein, dass er sich zu Wort melden wird. Er ist nicht der Mann, der den Dingen ihren Lauf lässt. Aber heute wird er nichts sagen, und auch nicht bevor das Kind unter der Erde ist. Es bleiben uns zumindest einige Tage, um Licht ins Dunkel zu bringen.« Crinelli stöhnte. »Richtig, Crinelli, es ist Eile geboten. Wir können von Glück sagen, dass die Geschichte mit dem Anschlag noch immer auf den ersten Seiten steht.«

»Na das beruhigt mich ja ungemein.« Crinelli rauchte inzwischen Kette.

»Sagen Sie, Crinelli, ich habe da noch eine Frage: Warum erschießt er auch noch seinen eigenen Mann?«

»Gute Frage. Ich glaube, das ist noch ein weiteres dieser Zeichen. Der ganze Fall besteht ja nur aus Hinweisen auf seine Stärke.«

»Was hat das mit Stärke zu tun, verstehe ich nicht?«

»Er zeigt uns, dass er über so viele Komplizen verfügt, dass er auf einen gut verzichten kann. Wenn etwas nicht reibungslos läuft – peng! Er hat alle Trümpfe in der Hand und will den Verlauf des Spiels genießen.«

»Das gibt's doch nicht. Mit wie vielen Tätern haben wir es denn zu tun?«

»Mit einem Täter, nur mit einem, das ist sicher. Aber ob der Typ einen oder zwei Komplizen hat oder gar über eine ganze Armee voller Gehilfen verfügt, weiß Gott allein.«

Das mit der Armee hatte Crinelli nur aus dramaturgischen Gründen angefügt. So hatte Böker etwas zum Nachdenken.

»Und was machen wir jetzt?«, fragte Böker nach einer ganzen Weile, die Crinelli schweigend und rauchend verbrachte.

»Jetzt finde ich erst einmal heraus, mit wem wir es zu tun haben. Dann sehen wir weiter.«

17

Crinelli stand in der Tür zur Gerichtsmedizin. 11 fahrbare Metalltische standen vor ihm im Raum, mit 11 toten Menschen darauf. Täter und Opfer, jetzt waren sie alle wieder gleich.

Aus dem Radio an der Wand dröhnte laute Musik. Die Akustik in dem vollständig gekachelten Raum glich der in einem Schwimmbad. Eine deutsche Band besang das Glück der ersten Liebe, frühe Euphorie und späteren Schmerz. Hier unten wirkte jede Art von Musik pietätlos. Zumindest für Außenstehende. Die Mediziner sahen das anders. Es war ihr Arbeitsplatz, und ihre Kundschaft bestand fast ausnahmslos aus hartgesottenen Polizisten. Für das Seelenheil der Hinterbliebenen fühlten sie sich nicht zuständig. Kam doch einmal ein Zivilist zur Identifikation eines Toten hier herunter, stellten sie das Radio ab – wenn sie es nicht vergaßen. Fast alle Gerichtsmediziner, die Crinelli kannte, waren Zyniker. Das bringt der Beruf wohl mit sich. Für sie gab es keine schlechten Pointen, Hauptsache sie hatten dem allgegenwärtigen Tod überhaupt etwas entgegenzusetzen. Weymann war anders. Weymann begegnete all dem mit Philosophie. Er mochte keine schlechten Scherze und ließ sich auch nicht gerne von Musik ablenken. Er dachte nach, während er sich an einem Toten zu schaffen machte. Über den Getöteten selbst, aber auch über den möglichen Täter oder die Gründe einer Tat. Die Frage nach dem Warum stellten sich die meisten seiner Kollegen nicht. Tätersuche lag außerhalb ihres Aufgabenbereichs. Weymann ließen die Bilder oft nicht schlafen, das hatte er mit Crinelli gemein.

Die meiste Zeit des Jahres konnte er seiner Arbeit exakt so nachgehen, wie er es für richtig hielt, denn die meiste Zeit des

Jahres war er hier unten mit seiner Assistentin allein. Nicht so an diesem Tag – genau genommen, schon seit dem Anschlag nicht mehr.

Seither wurde in der Gerichtsmedizin in drei Schichten rund um die Uhr gearbeitet. Und dennoch standen immer noch 11 Leichen herum, an denen irgendetwas untersucht werden musste.

Crinelli ging von Tisch zu Tisch und besah sich die Gesichter der Toten. Einige kannte er noch vom letzten Besuch. Andere waren neu hinzugekommen. Er kannte die Fälle alle, allerdings nur aus den Akten, die sich auf seinem Schreibtisch stapelten. Ein junger Türke. *Messerstecherei am Eigelstein*, wie das Fußschild besagte. Eine Frau, deren Gesicht aussah, als käme sie direkt aus der Abteilung Spezialeffekte eines Horrorfilmers, und doch war es nur die Leiche einer Obdachlosen. Ein Säugling, über dessen Todesumstände Crinelli nichts Genaues wissen wollte, und dann, immer noch im hintersten Eck, seine Leiche, der Tote vom Dach.

Der Grund für Crinellis aktuellen Besuch lag gerade unter den Händen von Arne Weymann. Die Operationslampen über dem Seziertisch zauberten eine Gloriole hinter den Kopf des Doktors. Die weiße Haarpracht auf seinem markanten Schädel schien von innen heraus zu leuchten. Weymann untersuchte den ermordeten Verbrecher von der Brücke und diktierte seiner Assistentin die Befunde. Crinelli umkurvte die Leichenwägelchen und trat näher an den Tisch heran. Er kicherte, was ihm einen tadelnden Blick von Weymanns Assistentin eintrug. Der Tote wirkte albern, irgendwie nicht mehr ernst zu nehmen, wie er da so ohne Kopf auf dem Tisch lag. Ein Torso wie aus einem Frankenstein-Film.

Crinelli hatte den Doktor gebeten, sich den Toten direkt vorzunehmen. Sie mussten den Unbekannten identifizieren, irgendetwas Signifikantes an ihm finden, ein Foto ergab ja keinen Sinn mehr, und die Fingerabdrücke hatten keinen Treffer ergeben. Der Mann war neben der Waffe und dem Funkgerät die einzige Verbindung zu dem Entführer, aber anscheinend war Crinelli zu früh dran.

Als das Telefon auf Weymanns Schreibtisch klingelte, sah der Mediziner erstmals, seit Crinelli den Raum betreten hatte, von seiner Arbeit auf.

»Ah, Crinelli, können Sie wohl mal rangehen? Ich komme heute nicht zum Telefonieren.«

Crinelli nickte und hob ab.

Es war ohnehin für ihn. »Jerry, kannst du bitte sofort nach oben kommen, wir haben das Funkgerät identifiziert. Und mach dich auf eine Überraschung gefasst.«

■■

»Das gibt es doch nicht!« Crinelli saß aufrecht hinter seinem Schreibtisch. Alle Farbe war aus seinem Gesicht gewichen. Er hatte sich für den Fortgang der Ermittlungen ja schon auf einiges gefasst gemacht, aber die Richtung, die der Fall jetzt nahm, kam für ihn völlig unerwartet.

Hammerschmidt und Bohlen hockten auf den beiden klapprigen Besucherstühlen und sahen ihn gespannt an. Wie einen toten Fisch mit Verwesungszertifikat hatten sie ihm das Funkgerät und den Bericht des Labors entgegenstreckt, als er keuchend in sein Büro gestürmt kam. Ein sicheres Indiz dafür, wie es in Crinellis Innerstem aussah, war die Art, wie sich sein Rauchen während der Lektüre veränderte. Er inhalierte in kurzen Zügen, hastig und ohne die Zigarette aus dem Mund zu nehmen.

Jetzt lag das Gerät auf den schriftlich fixierten Ergebnissen vor ihm auf dem Tisch, und er blickte von Hammerschmidt zu Bohlen und wieder zurück.

»Ist das nicht der pure Wahnsinn?«, fragte Hammerschmidt und nickte heftig mit dem Kopf. »Zuerst dachte ich ja noch, dass sich einer einen blöden Scherz mit uns erlaubt. Deshalb habe ich Eddy gebeten, sich das mal anzusehen. Aber an der Echtheit besteht kein Zweifel. Die Frage ist nur, was um alles in der Welt fangen wir jetzt damit an?«

Anstelle einer Antwort kratzte sich Crinelli am Hinterkopf, was seine Ratlosigkeit unterstrich. Er versuchte fieberhaft, alle möglichen Deutungen der neuen Faktenlage in der gebotenen Eile zu erfassen. Um sich besser konzentrieren zu können, malte er mit dem Kugelschreiber geometrische Figuren auf die Schreibtischunterlage, wie immer in solchen Situationen.

»Ist ein Irrtum hundertprozentig ausgeschlossen?«

Die Frage war rein rhetorisch und verschaffte Crinelli lediglich weitere Zeit zum Nachdenken. Wenn er mit diesem Ermittlungsergebnis zu Böker ginge, würde er seinen Vorgesetzten zu einem glücklichen Mann machen, er aber wäre den Fall los, daran bestand kein Zweifel. Und das durfte auf gar keinen Fall geschehen.

Er hatte den Gedanken noch nicht zu Ende gedacht, als Böker förmlich ins Zimmer hineinflog. Hammerschmidt rettete sich mit einem Sidestep, während Bohlen der Türstopper zu Hilfe kam. Die Einzelbüros im Präsidium waren nicht sehr groß.

»Crinelli«, schrie Böker. »Haben Sie schon das Neueste gehört? Verdammter Mist, wo ist das Gerät?«

Crinelli deutete auf Bohlen und Hammerschmidt.

»Oh, die Kollegen, Hammerschmidt, Bohlen, fein, fein. Hab Sie gar nicht gesehen. Wo haben Sie gesteckt? … Nicht so wichtig. Hören Sie, ich habe mit Hauptkommissar Crinelli einiges zu besprechen. Würde es Ihnen etwas ausmachen …?« Sein ausgestreckter Arm wies zur offenen Tür.

Die Kollegen erwarteten von Crinelli Rückendeckung, doch der zuckte nur mit den Schultern. Für das, was er nun vorhatte, musste er mit Böker unter vier Augen sprechen.

»Also?«, fuhr Böker fort, nachdem die Tür etwas zu laut ins Schloss gefallen war, »wo ist das Ding?«

Crinelli hasste es, wie schnell sich Neuigkeiten im Haus verbreiteten. Er schob ihm das Funkgerät über den Tisch. Böker betrachtete es voller Ehrfurcht. Er war beeindruckt, so als habe man ihm gerade die Nachricht überbracht, die Mona Lisa in seinem Schoß sei keine Replik, sondern das Original. Mit spitzen Fingern hielt er es am Antennenstummel hoch und drehte es hin und her. Seine Augen begannen zu leuchten.

»Die Seriennummer«, flüsterte er und deutete auf das Blechschild, »böse Sache, Jerry. Könnte es wohl ein Irrtum sein?«

Crinelli schüttelte den Kopf. »Die Kollegen haben es zweimal überprüft. Kein Irrtum. Das Gerät stammt eindeutig aus den Beständen des BKA.«

»Ja, aber bedeutet das …?«, jetzt flüsterte Böker so leise, dass er kaum noch zu verstehen war.

»Sie meinen, ob das BKA seine Finger in der Entführung hatte?« Crinelli lachte lauthals und wollte sich gar nicht mehr einkriegen. »Das wäre mal 'ne echte Story, was?« Er prustete noch immer. »Nein, Chef, das bestimmt nicht.«

»Dann rufe ich jetzt wohl besser den Kollegen Hueber an und erzähle ihm von dem Fund.«

Jetzt wurde es ernst. Genau das durfte nicht passieren, doch Crinelli hatte eine Idee.

»Ja, das wird wohl das Beste sein.« Böker sah überrascht auf – augenscheinlich hatte er mit Gegenwehr gerechnet. Crinelli legte eine Pause ein. »In Huebers Haut möchte ich nicht stecken, Mannomann. Sie wissen ja, dass die Presse Wind von der Sache bekommen hat, oder?« Crinelli spielte auf Bemerkungen während der Pressekonferenz an. Die ersten Berichte im Radio waren bereits gelaufen. Ein Informant hatte gesungen – es war immer das Gleiche –, inzwischen wurde heftig über die Herkunft des Gerätes spekuliert. »Ich wette einen Hunderter, dass es keine 24 Stunden mehr dauert, bis die wissen, woher das Ding stammt.«

»Auweia … Crinelli! … Hören Sie auf!«

»Arme Schweine. Dabei stehen sie weiß Gott schon genug unter Feuer – seit dem Anschlag, meine ich.« Böker nickte heftig. »Die Journalisten haben sich regelrecht festgebissen. Was da in Wiesbaden abläuft, gleicht einer Belagerung, und es sieht nicht so aus, als ob die Meute beabsichtigt, die Kollegen in der nächsten Zeit aus ihren Fängen zu entlassen. Aber es ist auch 'ne verdammte Sache, muss man schon sagen. Ich weiß ja nicht, wie Sie das sehen, aber mein Eindruck ist, dass die Öffentlichkeit nicht so recht an die Verhaftung der beiden Islamisten glaubt.«

»Dazu kann ich nichts sagen. Aber diese verdammten Verschwörungstheorien können einem den letzten Nerv rauben. Warum sollten uns die Kollegen belügen?«

»Keine Ahnung. Aber wir sollten in dieser Geschichte schon auch auf uns achten.«

»Wie meinen Sie das?«

»Wenn sich im Nachhinein herausstellen sollte, dass das Funkgerät wider Erwarten doch nicht vom BKA stammt, dann hätten wir die Kollegen unverantwortlicherweise auch noch zusätzlich in die Scheiße geritten. Und was die Presse dann daraus macht – ich meine, mir ist es ja ziemlich egal, aber ...«

Crinelli ließ den Satz in Bökers Kopf weiterarbeiten. Keine allzu große Leistung für den Juristen.

»Crinelli, Sie meinen, es steht gar nicht einwandfrei fest? Ja was denn nun? Hundert Prozent sicher, nicht ganz sicher ... Verdammt, dann hat man mir ja bewusst falsche Informationen zugespielt.«

Crinelli interessierte sich ohnehin sehr dafür, welcher der Kollegen mal wieder den Mund nicht hatte halten können.

»Nein, keine falschen Informationen, es könnte sich nur herausstellen, dass es nicht die ganze Wahrheit ist. Sehen Sie, das Gerät stammt einwandfrei vom BKA. Die Seriennummer ist exakt registriert, und Punkt. Aber es kann ja dort auch bereits als gestohlen gemeldet sein und sich schon seit einiger Zeit auf dem Schwarzmarkt befinden. Könnte immerhin möglich sein.« Crinelli wusste, dass er sich auf äußerst dünnem Eis befand, aber bei Bökers mäßigem Durchblick in Ermittlungsfragen könnte es reichen. Dennoch legte er zur Vorsicht noch etwas nach. »Und dann, Chef, gibt es da ja auch noch die andere Seite in diesem Fall, die eher persönliche, meine ich.« Böker rutschte auf seinem Stuhl nach vorne. »Glauben Sie nicht, dass es besser wäre, den Soderbergh-Fall im Hause zu behalten? Wir beide haben dem Baron gegenüber eine Verpflichtung. *Wir* wollen doch den Typen hinter Schloss und Riegel bringen, der Ihrem Golfpartner das alles angetan hat. Oder wollen Sie Soderbergh, nach allem, was er in der letzten Woche durchgemacht hat, auch noch zumuten, sich erneut mit den schlimmen Details der Entführung auseinanderzusetzen? Das müsste er nämlich ganz sicher, denn die Kollegen vom BKA werden unseren Ermittlungen keinesfalls trauen. Und Sie wissen, was das heißt: neue aufwühlende Fragen, erneute Verhöre, weitere Experten … Und das alles wegen dieses kleinen Fundstücks hier.« Er legte die Hand auf das Funkgerät. »Das wird dem Baron nicht gefallen, ganz bestimmt nicht. Und mir übrigens auch nicht.« Jetzt kehrte Crinelli zur Wahrheit zurück. »Ich will den Kerl schnappen, Dr. Böker. Ich habe dem Baron versprochen, dass seiner Tochter nichts geschehen wird, und nun ist sie tot. Hingerichtet vor meinen Augen, während der Täter mit mir telefonierte. Das ist mein Fall, unser Fall.«

Mehr war nicht mehr nötig. Böker war vollständig auf Crinellis Seite gewechselt.

Crinelli hatte sein Ziel zumindest fürs Erste erreicht, er hatte sich ein Zeitpolster verschafft, jetzt musste er nachdenken. Aber nicht auf dem Präsidium. Kurz vor dem Aufzug stoppte ihn ein aufgeregter Spiegel.

»Crinelli, du wirst es nicht glauben …«

»Warte«, antwortete Crinelli schnell und legte dem Spurenexperten die Hand auf den Arm. »Lass mich raten. Es geht um das Gewehr, richtig?« Spiegel wand sich aus dem Griff und nickte ärgerlich. »Das Gewehr, mit dem sowohl das Mädchen als auch der Komplize auf der Brücke erschossen wurde, trägt eine Seriennummer. Richtig?« Als Antwort kniff Spiegel lediglich die Lippen zusammen. »Richtig! Und jetzt kommt's, Spiegel. Die Nummer lässt sich einwandfrei zurückverfolgen.« Jetzt riss Spiegel die Augen auf. »Es gehört ebenso wie das Funkgerät in die Bestände des BKA.« Spiegel packte Crinelli am Revers. »Warte, nur eins noch«, stieß der hervor. »Die Munition, die Patronenhülsen, stammen aus der gleichen Quelle, nicht wahr? Und was gibt's sonst noch, Kollege?«

Spiegel ließ die Schultern hängen. Ihm war die Lust vergangen. »Wieso?«, war alles, was er noch wissen wollte.

»Ist doch nicht so schwer, Spiegel. Trotzdem, gute Arbeit. Wie lange bist du schon auf den Beinen?« Spiegel zuckte die Achseln. Man sah ihm die vielen Stunden konzentrierter Arbeit an. »Mach Feierabend, das war 'ne harte Schicht, und lass uns morgen wieder reden … Ach, eins noch, zu niemandem ein Wort, Spiegel. Nicht zu den Kollegen und auch nicht zu Böker, hast du mich verstanden? Ich leite die Ermittlungen. Ruf mich an, wenn du deinen Bericht fertig hast, ich hole ihn mir dann persönlich bei dir ab. Hat aber keine Eile, gar keine Eile. Schönen Feierabend und nochmals danke.«

∷

Crinelli hockte an dem kleinen Tisch in der Ecke der Küche. Er hatte keinen Hunger, obwohl er den ganzen Tag nicht zum Essen gekommen war. Langer stellte ihm trotzdem einen Teller Gulasch mit Salzkartoffeln hin und dazu ein kühles Singha. Crinelli trank zuerst das Bier und stocherte dabei lustlos im Gulasch herum. Dann versuchte er es doch. Während der ersten Bissen kam der Hunger zurück, und er stellte fest, wie dringend er eine warme Mahlzeit gebraucht hatte. Das Fleisch war nicht zu mager und hatte eine würzige Schärfe. Langer kochte jeden Morgen ein frisches Gericht für sich selbst – deutsches Essen. »Den Fraß aus dem Wok können die Reisaugen essen. Das ist doch nichts für unsereinen, Jerry«, antwortete er, wenn Crinelli ausnahmsweise einmal eines der 92 Gerichte der offiziellen Speisekarte bestellen wollte, und stellte ihm stattdessen Möhrengemüse mit Kartoffelbrei hin, schlug ihm Eier in die Pfanne und briet schnell ein Stück Leberkäse dazu, hatte frische Bratwurst, eine gebratene Hähnchenhälfte oder ein dickes Kotelett im Kühlschrank. Was die Chefs des Chinaimbisses dazu sagten, dass ihr Koch die Küche ihres Heimatlandes verschmähte, wusste Crinelli nicht. In den vielen Stunden, die er inzwischen in der Küche verbracht hatte, sah er von den Asiaten selten mehr als eine Hand oder ein Auge, vielleicht noch eine Hälfte des Mundes darunter – dann nämlich, wenn sie Langer die Bestellung durch die Durchreiche nach hinten brüllten.

Nachdem er auch noch eine zweite Portion mit reichlich Singha verputzt hatte, machte er sich endlich daran, seine Kladde auf den neuesten Stand zu bringen. Die Ereignisse aufzuschreiben holte sie noch einmal für ihn zurück. Mit dem Abstand von einigen Stunden betrachtete man die Vorgänge analytischer, man konnte das Erlebte ordnen und Zusammenhänge erkennen, wo vorher im Kopf nur Chaos geherrscht hatte.

Seine Notizhefte pflegte Crinelli wie andere Leute ihre Haustiere. Bevor er ein frisches in Gebrauch nahm, wischte er es sorgfältig mit einem weichen Tuch ab. Dann setzte er in seiner besten Schrift das aktuelle Datum auf den Umschlag und dahinter einen Gedankenstrich. War das Heft voll, vervollständigte er das Deckblatt mit dem Datum der letzten Eintragung und stellte die Kladde zu den übrigen in den Rollschrank in seinem Büro.

Crinelli war der Lösung des Falles nicht näher gekommen,

als er sich kurz vor Mitternacht mit einem letzten Bier von Paulchen Langer verabschiedete, aber er kannte zumindest seinen nächsten Schritt.

18

Zum ersten Mal in dieser Woche regnete es nicht. Dafür saß Crinelli jetzt im Auto und fuhr auf der Landstraße in südlicher Richtung aus der Stadt. Vorbei an SB-Einkaufsmärkten, Möbelcentern und Factory Outlets. Es herrschte starker Verkehr. Um sich abzulenken, stellte er den CD-Player laut. Er rauchte. In den Dienstwagen sollte nach Möglichkeit nicht mehr geraucht werden, so lautete die jüngste Anweisung der Fahrbereitschaft. Innerhalb der Belegschaft wurde erbittert darüber gestritten, selbst die Gewerkschaft hatte sich in den Disput eingeschaltet. Crinelli ahnte, wie es enden würde. Günstigstenfalls würden sie den Fuhrpark in Raucher- und Nichtraucherautos trennen, vermutlich wurde das Rauchen in den Fahrzeugen ganz verboten. Spätestens dann blieb für ihn nur noch der eigene Wagen oder das Fahrrad.

Die Straße führte ihn durch kleine Dörfer und an endlosen Ackerflächen entlang. Der Regen der letzten Tage lag noch auf den Feldern. Das fahle Licht der Wintersonne spiegelte sich in den Pfützen. Kurz vor einem Bahnübergang stand mitten in den Feldern ein riesiges Betonskelett. Crinelli erinnerte sich, dass man hier vor längerer Zeit ein Hotel bauen wollte, aber niemals damit fertig geworden war. An den Grund erinnerte er sich nicht mehr. Wahrscheinlich ein Abschreibungsobjekt, dachte er, von einer Bank oder einer Versicherung. Konnte gut zu der Art von Geschäften gehören, die Soderbergh so betrieb.

Als er wenige Meter weiter ein Schild passierte, das den Weg zu einer Mülldeponie wies, ahnte er zumindest den Grund für den Baustopp.

Der Verkehr nahm wieder zu. Die Straße war fast so stark

befahren wie in der Nacht des Anschlags. Die Zufahrt zum Acker versperrte eine Kolonne parkender Fahrzeuge. Verärgert setzte er zurück und stellte den Wagen auf dem Grünstreifen ab.

Crinelli wollte sich den Tatort nochmals anschauen, doch nun stand er vor einem Imbisswagen, es stank nach altem Fett. Der Rauch der Anschlagsnacht hatte sich verzogen. Daneben eine improvisierte Bildergalerie. Immer wieder das gleiche Motiv mit wechselnden Personen. Der Fotograf versuchte die Schaulustigen zu animieren, sich direkt auf den Gleisen von seinen Assistenten ablichten zu lassen, und hatte damit offenbar großen Erfolg. Die Bilder konnte man im Anschluss an den Rundgang gegen einen ordentlichen Betrag als Souvenir mit nach Hause nehmen.

»Hau ab«, fauchte Crinelli und bedachte den Fotografen mit einem wütenden Blick, als der auch ihm seine Dienste anbot.

Am Rand der Wiese blieb Crinelli stehen. An einem ganz normalen Donnerstag hatten sich an die 100 Menschen auf dem zertrampelten Acker versammelt. Menschen, die sich einen freien Tag genommen hatten, nur um sich den Ort anzusehen, an dem andere ihr Leben auf grausame Art und Weise verloren hatten. Crinelli hatte die Nummernschilder der Autos im Vorbeigehen registriert. Einige waren über 200 Kilometer gefahren. Es gab Momente, da hielt Crinelli ein baldiges Ende der Menschheit für gar keine so schlechte Idee.

Die ganze Sache mit dem BKA stank zum Himmel. Bis gestern Nachmittag hatte Crinelli ja noch ein gewisses Verständnis für das defensive Verhalten des Kriminalamtes aufgebracht. In der Nacht waren ihm die Bilder nochmals durch den Kopf gegangen, und er hatte sich an den Blickwechsel zwischen Hueber und seinem Kollegen während des ersten Meetings im Bef.KW erinnert, an die totale Funkstille an den Tagen danach und an das hysterische Terrorismusgeschwätz ohne jeden Anhaltspunkt. Und dann die Festnahme der angeblichen Täter, von denen bis zur Stunde noch niemand ein aktuelles Foto gesehen hatte, sowie das fehlende Bekennerschreiben. Das BKA hatte Dreck am Stecken, das stand für Crinelli spätestens seit dem Auffinden des Gewehrs und des Funkgerätes fest, und er fand, dass es an der Zeit war, sich einmal gründlich darum zu kümmern. Nicht weil er den Kollegen ans Bein pinkeln wollte, sondern weil es seinen Fall betraf.

Eine Beschäftigung mit dem BKA hieß für Crinelli zurückzukehren an den Anfang der Geschichte. Und aus einem Grund, der ihm selbst nicht ganz klar war, hielt er diesen Acker für den Anfang, obwohl der auf den ersten Blick nicht das Geringste mit seiner eigenen Ermittlung zu tun hatte. Sein ursprünglicher Plan sah vor, einige Zeit allein auf dem inzwischen wieder freigegebenen Tatort zu verbringen. Natürlich glaubte er nicht daran, hier noch irgendeinen konkreten Hinweis zu finden, aber sich allein und in aller Ruhe über einen Tatort zu bewegen hatte noch keiner Ermittlung geschadet. Vor Ort nahmen die eigenen Gedanken einen anderen Weg als im stillen Kämmerlein. In den besten Momenten gelang es ihm, die Tat aus der Sicht des Täters zu sehen. Wo war er hergekommen? Wo hatte er seinen Wagen versteckt? An welcher Stelle hatte er sein Gewehr aufgebaut? Es hatte geregnet in jener Nacht – wie hatte er sich vor der Nässe geschützt? Es gab viele offene Fragen, und zumindest auf einige davon hatte er sich von diesem Ausflug eine Antwort erwartet. Aber das war, bevor er in diese Versammlung geraten war.

Crinelli verstand auch die Kollegen von der Bundespolizei nicht. Das hier fiel doch eindeutig in deren Verantwortungsbereich. Und wenn sie sich schon nicht um das Andenken der Toten scherten, so müssten sie das Gelände doch wenigstens aus ganz banalem Sicherheitsdenken heraus noch so lange abgeriegelt lassen, bis wieder Ruhe eingekehrt war. Schließlich lief der reguläre Zugverkehr seit gestern wieder über diese

Strecke. Die Leute hier brachten sich selbst und den Schienenverkehr in Gefahr.

Er zog sein Handy aus dem Mantel und wählte eine gespeicherte Nummer. Den Kollegen konnte man doch etwas auf die Sprünge helfen und den Gaffern damit das Spiel verderben, zumindest ab morgen. Dann nämlich, wenn die größte Boulevardzeitung mit der Schlagzeile: *Gaffer schänden Friedhof* aufmachen würde. Das Gespräch war kurz und das Ergebnis befriedigend. Crinelli musste nur zusehen, dass er selbst innerhalb der nächsten Dreiviertelstunde vom Gelände verschwand.

Schon besser gelaunt ging Crinelli noch einige Meter weiter und lehnte sich etwas abseits des Getümmels an den Stamm einer alten Kopfweide. Er versuchte, die Menschen aus dem Bild vor seinen Augen auszublenden. Es gelang ihm nicht. Zudem hätte er sich für sein eigentliches Vorhaben bewegen müssen, auch das gehörte dazu. Den Schauplatz aus so vielen Perspektiven wie möglich in sich aufzunehmen und beim Gehen den Boden mit den Augen abzutasten – auf diesem Jahrmarkt konnte er das alles vergessen.

Gott sei Dank erspähte er wenig später seinen Freund Franz Liebermann, mit dem er sich hier verabredet hatte. Selbst über die Distanz hinweg konnte Crinelli die Überraschung auf dessen Gesicht erkennen. Liebermann erging es keinen Deut besser als ihm selbst. Um ihm den ganzen Rest zu ersparen und weil Crinelli tatsächlich nichts mehr tun konnte, bewegte er sich winkend auf ihn zu. Mitten in der Bewegung verharrte er. Er wurde aus der Wiese heraus von einem Stück Metall geblendet. Zeitgleich mit einem älteren Herrn bückte er sich, bekam aber die Patronenhülse als Erster zu fassen.

»Ich bin nicht sicher, ob ich sie nicht zuerst gesehen habe«, forderte der Mann Crinelli heraus.

Die Hülse hatte sich in den Matsch gedrückt. Nur so ließ sich erklären, dass die Spurensicherungsleute das Beweismittel übersehen hatten. Crinelli steckte sie schnell in die Tasche seiner warmen Jacke.

»Wissen Sie was?«, sagte er zu dem Mann mit der Schiebermütze, »ist das da neben Ihnen Ihre Frau? Packen Sie zusammen und verschwinden Sie von hier. Ach ja, und beten Sie dafür, dass dereinst die Menschen mit Ihrer letzten Ruhestätte pietätvoller umgehen werden.«

Mit diesen Worten hielt Crinelli dem Mann seinen Dienstausweis unter die Nase und wendete sich zum Gehen.

∷

Auf der Suche nach einem geöffneten Café, einer Gaststätte oder Dorfkneipe fuhren Liebermann und Crinelli fast den ganzen Weg zurück nach Köln. Am Ende blieb ihnen nur die Tankstelle am Bonner Verteiler. Im Restaurantbereich kauften sie belegte Brötchen und zwei Espresso. Während sie aßen, gingen sie mit keiner Silbe auf das Geschehen am Tatort ein. Crinelli zog zwei weitere Kaffees aus dem Automaten und begann zu rauchen. Durch die großen Scheiben betrachteten sie den nicht abreißenden Strom der Fahrzeuge. Liebermann deutete auf das kreisrunde Stück Rasen in der Mitte des Verteilers. Er lachte. Drei Hasen liefen umeinander, verharrten mitten in der Bewegung, stellten die Löffel auf, drehten die Köpfe und rannten wieder weiter.

Crinelli rauchte und nippte an seinem Kaffeebecher. Franz Liebermann sah ihm dabei zu. Er selbst paffte nur in gemütlicher Runde, aber niemals Zigaretten, sondern höchstens eine seiner langen Havannas, die er über geheime Kanäle bezog. Kanäle, die er früher für Informationen benutzt hatte. Während seiner Karriere bei einem Hamburger Nachrichtenblatt hatte er an vielen heißen Geschichten gearbeitet. Als die Recherchen immer gefährlicher wurden und er selbst mehr und mehr die Angst spürte, machte er Schluss und arbeitete seitdem nur noch gelegentlich als Journalist. Die dunklen Kanäle waren geblieben. Liebermann war so etwas wie ein trockener Alkoholiker: Das Gespür für den richtigen Zeitpunkt, den richtigen Gesprächspartner, die richtige Frage besaß er immer noch, nur fing er damit nichts mehr an. Als freier Journalist schrieb er jetzt über weniger brisante Themen. Eine Hasenfamilie im Würgegriff einer Autoschlange könnte ihn interessieren.

»Komischer Ort für ein privates Treffen, findest du nicht, Jerry?«

Crinelli lächelte. »Schon, aber du weißt ja, meine Bude taugt nicht.«

»Woher soll ich das wissen? Du hast sie mir ja noch nicht einmal gezeigt.«

»Würdest du mir dein Hotelzimmer zeigen?«

»Na komm, so schlimm wird es nicht sein.«

»Das ist nichts weiter als ein Hotel für mich, verstehst du? Etwas Vorübergehendes. Und so sieht es auch aus. Kein Ort, an dem man Freunde empfängt. Lass mal, Franz, das wird sich alles auch wieder ändern.«

»Hauptsache, wir sehen uns überhaupt.« Liebermann wusste, dass man Crinelli nicht in die Enge treiben durfte. »Wieso wolltest du dich eigentlich mit mir bei den Gleisen treffen?«

»Ach, nur so.«

»Jerry, bitte. Ich lebe zwar auf dem Land, aber … Glaubst du, von der Bahn wäre etwas über den Anschlag zu erfahren?«

»Wäre doch immerhin möglich, oder? Bohlen glaubt daran.«

»Und du?«

»Ich weiß es nicht. Meine Frage eben war auch eher theoretisch. Die Wahrheit ist, ich brauche jemanden zum Reden. Im Augenblick passiert einfach zu viel auf einmal. Ich bin durcheinander.«

»Du kannst jederzeit bei uns vorbeikommen.«

Crinelli ließ sich mit der Antwort Zeit. Zurück nach Niederkirchen, an den Ort, wo so viel Leid über ihn und seine Frau gekommen war, wo sie ihr Kind verloren hatten? Zu früh!

»Ich weiß, Franz, danke«, sagte er schließlich, »aber ich bin noch nicht so weit. Und außerdem hab ich zu viel zu tun.«

»Dann erzähl mir, was du gerade so machst, oder ist das geheim?«

»Geheim!« Crinelli lachte. »Aber nicht für dich.«

»Es geht um die Brückenmorde, nicht wahr?« Crinelli nickte bloß. »Ich habe die Bilder im Fernsehen und in der Zeitung gesehen – schrecklich.«

»Willst du wissen, was ich gesehen habe?«

»Willst du es denn erzählen?«

»Der Typ hat das Kind direkt vor meinen Augen erschossen.«

»Vor deinen Augen – was heißt das?«

»Ja, verdammt nochmal, der perverse Hund hat die Kleine in ein Bündel verpackt und an einen Fahnenmast gehängt. Dann hat er mich angerufen, meine Aufmerksamkeit darauf gelenkt und geschossen.«

Crinelli erzählte Liebermann mit leicht zittriger Stimme von der Nacht auf der Brücke, vom Stand der Ermittlungen und auch davon, dass sowohl Funkgerät als auch die gefundene Waffe aus den Beständen des BKA stammten. Am Ende seiner Ausführungen stand er auf und entnahm der Kühltheke zwei kleine Flaschen Bier. Eine stellte er vor Liebermann auf den Tisch, die andere trank er mit wenigen Schlucken leer, wischte sich mit dem Handrücken über den Mund und steckte sich eine weitere Zigarette an.

»Keinen Durst?«, fragte er Liebermann.

»Ist mir noch zu früh für Alkohol, und außerdem muss ich noch fahren.« Crinelli zuckte mit den Achseln. »Jerry, ich wusste ja nicht …«

»Das alles darf natürlich niemand wissen. Du kannst dir ja

vorstellen, was die mit uns machen, wenn sie erfahren, dass er die Kleine an einem Fahnenmast hochgezogen hat, verschnürt wie ein Paket, um sie dort oben öffentlich hinzurichten.«

»Das kann ich mir sogar sehr gut vorstellen. Sie häuten euch bei lebendigem Leib. Mann, das ist ja der Horror. Was ist das für ein Mensch? Und wie konntet ihr das alles vertuschen?«

»Der einzige Augenzeuge bin ich … und ein Radfahrer. Der liegt jetzt mit einem Schock im Krankenhaus und wird sich am Ende fragen, ob er alles nur geträumt hat. Wie lange wir das für uns behalten können, hängt nicht zuletzt von Soderbergh ab. Er hat den Mord an seinem Kind nicht mit ansehen müssen, dafür ist direkt vor seinen Augen der Kopf des Komplizen explodiert. Aber die beiden Toten reichen auch so schon aus, um die Stadt aus den Angeln zu heben. Da braucht es eigentlich keine weiteren Details.«

»Habt ihr das BKA schon mit der neuen Faktenlage konfrontiert?« Crinelli schüttelte den Kopf. »Willst du auch nicht, stimmt's?« Crinelli lächelte. »Richtig, hätte ich auch nicht gewollt. Aber was soll der ganze Kram? Welche Aktien könnten die Wiesbadener in der Sache haben?«

»Wenn ich das wüsste, wäre der Fall vermutlich kein Fall mehr. Die Wahrheit ist, ich habe nicht die leiseste Ahnung. Das Einzige, was ich mit Sicherheit weiß, ist, dass ich den Entführungsfall nicht verlieren darf – und genau das wird geschehen, wenn sie von den Indizien Wind bekommen.«

»Und du willst den Täter – diese Stimme, die du zu kennen glaubst, für dich, nicht wahr?«

Crinelli nickte. Er presste die Lippen aufeinander.

»Ja«, flüsterte er.

»Was ist mit Böker?«

»Er hat Angst vor Soderbergh, obwohl er ihn seinen Freund nennt. Außerdem ist diese Aufmerksamkeit selbst ihm zu viel. Du verstehst, heikle Fälle können sich bei schlechtem Ausgang negativ auf die Karriere auswirken. Ich fürchte, er würde den

Fall nur zu gerne nach Wiesbaden abschieben. Kennst du ihn eigentlich?«

»Wen? Den Baron?«

»Ja, kennst du ihn?«

»Hmm. Ist er wieder verheiratet?«

»Soderbergh? Ja, sicher«, sagte Crinelli ein wenig irritiert. »Er lebt mit einer Frau zusammen, der Mutter des Kindes, die seinen Namen trägt. Catherine von Soderbergh. Ein echter Drache und gute 30 Jahre jünger als der Alte. Irgendwann hat er auch mal von seiner ersten Frau gesprochen, keine Ahnung, was die heute macht.«

»Sie ist tot. Hat sich kaputtgesoffen. So wird es jedenfalls berichtet. Damals gab's 'ne Menge Gerüchte. Es hieß, sie habe sich die ganze Zeit Kinder von ihm gewünscht, aber er sei irgendwie unfruchtbar.«

»Ach ja? Interessant! Die Geschichte hab ich genau andersherum gehört. Soderbergh hat mir erzählt, er habe immer Kinder haben wollen, aber mit seiner ersten Frau habe es nicht geklappt. Und wie sehr er sich gefreut habe, als seine jetzige Frau, Catherine, endlich schwanger geworden ist.«

»Nein, nein. Über den Kinderwunsch haben sich die beiden entzweit, und Soderbergh hatte wohl mehr als nur eine Liebschaft nebenher. Seine Frau hat daraufhin mit dem Trinken angefangen und hing nach kürzester Zeit an der Flasche. Lag allerdings auch in der Familie.«

»Woher weißt du das alles?«

»Die Bank war damals in den Skandal um die Plaza-Pleite verwickelt. Ich habe mich ein bisschen umgehört und bin auf zahlreiche Verstrickungen der Soderbergh-Bank gestoßen. Dabei fiel die eine oder andere Information über das Privatleben des Barons und seiner Frau natürlich auch noch ab. Also, ich kenne den Baron, und deshalb verstehe ich Bökers Angst bis zu einem gewissen Grad. Was glaubst du, welche Geschütze der auffahren kann, wenn er will?«

»Böker soll sich nicht in die Hose scheißen.«

»Und vor allem den Fall nicht ans BKA rüberschieben.«

»Hey, das ist mein Text.«

»Ja, ich weiß. Jerry, du steckst knietief in der Scheiße.«

»Schön, dass du mein Problem verstehst.«

»Irgendwie werde ich das Gefühl nicht los, dass du glaubst, Anschlag und Entführung hingen zusammen?«

»Nein«, sagte Crinelli zögerlich, »dafür gibt es keine konkreten Indizien. Aber sie fallen zeitlich zusammen, und das macht mich nachdenklich.«

»Also ist die Antwort: Ja.«

»So scheint es. Es hätte natürlich auch sein können, dass sich die beiden Stränge in meinem Kopf durch diesen Ausflug wieder entwirren.«

»Ist aber nicht geschehen?«

»Keine Ahnung. Im Moment bin ich etwas überfordert.«

»Kann es sein, dass du diesem Fall hier nachtrauerst?«

»Quatsch! … Na ja … Nachtrauern ist das falsche Wort. Ich wüsste allerdings schon gerne etwas mehr über den Stand der Ermittlungen.«

»Und warum interessiert dich das alles noch, jetzt, wo die beiden Attentäter festsitzen?«

»Ehrlich gesagt, interessiert mich der Fall erst seitdem wieder. Ich glaube nicht an diese Terrorismuskiste.«

»Dein Gefühl?«

»Vorläufig nur mein Gefühl, ja.«

»Aber du zweifelst nicht an der Richtigkeit, dass Böker diesen Fall ans BKA übergeben hat?«

»Hat er ja gar nicht.«

»Der Generalstaatsanwalt, ja, aber Böker war doch sehr einverstanden damit.«

»Ich zunächst auch. Obwohl – glaubst du, wir könnten das nicht? Es gibt keine Methoden, keine Möglichkeiten, über die wir nicht ebenso verfügen wie das BKA.«

»Technisch gesehen vielleicht, aber dieser Anschlag hat eine politische Dimension …«

»Ich weiß. Deshalb war ich doch auch froh, dass wir damit nichts zu tun haben. Tatsache ist, dass die Kollegen etwas zu vertuschen haben, und wenn es nur ein schwerer Diebstahl ist. Das allein reicht schon, um sich die Sache einmal genauer anzusehen. Und genau das werde ich tun. Hast du vielleicht noch irgendwelche Beziehungen nach Wiesbaden?«

»Oh nein, Jerry. Reden gerne, aber aktives Eingreifen – nein.«

»Ist ja schon gut.« Crinelli winkte ab. »Lassen wir das, entschuldige, dass ich gefragt habe. Vergessen wir die Sache. Nicht so wichtig. Ich wollte nur ein wenig reden, kein Problem. Wie geht es Ophelia?«

Liebermann sah Crinelli mit einem leichten Schmunzeln an. Abrupter hätte ein Themenwechsel nicht sein können, und dass sein Freund sauer war, konnte ihm nicht verborgen bleiben.

»Ihr geht's gut«, sagte er und versuchte, seine Stimme ruhig und ausgeglichen klingen zu lassen. »Jerry, gibt es keine anderen Möglichkeiten, um an Informationen zu kommen? Ich kann es nicht machen. Du weißt, weshalb.«

»Lass gut sein. Ich schaff's schon allein.«

»Nun werd nicht kindisch.«

Ein Truckfahrer schob sich durch die automatische Schiebetür. Die mächtige Wölbung seines Bauchs spannte den alten Bundeswehr-Jogginganzug. Auf der Höhe der beiden Männer blieb er stehen und starrte sie ungeniert an. Crinelli bemerkte den schlecht rasierten Kerl und zuckte auffordernd mit den Schultern: »Is' was?« Der Mann entblößte eine lückenhafte Zahnreihe und lachte meckernd, während er ungerührt weiter zur Theke schlurfte.

»Was wollte das Arschloch?«, fragte Crinelli, wieder an Liebermann gewandt.

»Beruhige dich, Jerry, er wollte vermutlich auch noch den Rest der Geschichte hören.«

»War ich zu laut?«, fragte Crinelli und sah sich in der Tankstelle um. Die Rothaarige von der Drehsäule mit den Landkarten sah ebenso zu ihm herüber wie der Anzugträger bei den EDV-Zeitschriften. Selbst der junge Bursche hinter der Food-Theke hielt die Situation fest im Blick. Er tänzelte auf Zehenspitzen und schien sich an seinem Tresen hochzudrücken, nur um besser hören zu können. Als sich ihre Blicke trafen, ließ er sich allerdings schnell wieder zurück hinter seine Auslagen sinken. »War ich wohl«, beantwortete Crinelli seine Frage.

»Jerry, nochmal zurück zu deinem Ansinnen.« Crinelli sah Liebermann direkt an. War er doch noch bereit, ihm zu helfen? Wenn er mit von der Partie wäre, könnte das die Recherchezeit deutlich verkürzen. »Du kannst mir nicht erzählen, dass ich deine einzige Chance bin, an Informationen zu kommen.«

»Nicht meine einzige, aber es würde Zeit sparen«, antwortete Crinelli und wusste bereits, dass die Sache verloren war.

»Scheiße! Ich würde ja gerne, glaub mir, aber ich kann einfach nicht – nicht mehr.«

»Ja, ja, schon gut«, unterbrach ihn Crinelli, »sagtest du ja bereits. Ich versuch's bei Holzhäuser.«

»Holzhäuser?«

»Sorry, ich kann nicht über meine Informanten sprechen«, sagte Crinelli und sprang vom Hocker. In seinem Kopf ging inzwischen alles durcheinander – er musste hier weg, allein sein, endlich Ordnung in das Chaos bringen. Er murmelte irgendeinen belanglosen Abschiedsgruß und ließ Liebermann stehen. Wenn er ihm nicht helfen wollte, hatte er eben Pech gehabt.

19

Crinelli durchwühlte Akten, schlug in seinen alten Kladden nach und fragte einige seiner Kollegen. Niemand kannte Holzhäusers Handynummer.

Crinelli hatte schon lange nichts mehr mit seinem ehemaligen Chef zu tun gehabt. Alles, was einen guten Polizisten ausmachte, hatte er von Holzhäuser gelernt. Warum dieser dann im Alter von 52 Jahren zum BKA wechselte, darüber existierten im Präsidium bis zum heutigen Tag nur Spekulationen. Selbst Crinelli hatte er nur ausweichend geantwortet. Später hörte er, dass Holzhäuser sich etwa zur gleichen Zeit von seiner Frau getrennt hatte und seither allein in einem Zweieinhalb-Zimmer-Apartment wohnte.

Auf das Naheliegende kam man immer erst zum Schluss. Oder die Unordnung in seinem Kopf war eine Nachwirkung der vergangenen Stunden.

Das aufwühlende Gespräch mit Liebermann hatte ihm eine weitere schlaflose Nacht beschert. Schon im Wagen hatte er seine überstürzte Flucht aus der Tankstelle bereut. Er hatte in einer Parkbucht angehalten, vor Wut über sich selbst auf das Steuer eingedroschen und Liebermann danach eine Entschuldigungs-SMS geschickt. Es waren diese Momente – in denen er genau wusste, dass er sich falsch verhielt und doch nicht anders konnte –, die ihn an sich selbst zweifeln ließen.

Zu Hause hatte er dann zu viel getrunken. Lange vor Tagesanbruch hatte er sich aus den zerwühlten Laken hochgequält und war früh ins Büro geradelt. Seit dem Aufwachen plagte ihn ein heftiger Kopfschmerz. Er hasste diese pochenden Schläge hinter den Augen – sie stahlen ihm die Konzentration. Die drei aufgelösten Schmerztabletten sorgten schließlich dafür, dass der Druck etwas nachließ, dafür überfielen ihn krampfartig auftretende Bauchschmerzen. Verzweifelt durchforstete er die Auslagen in der Kantine nach etwas Leichtem, nach etwas, das man essen konnte, ohne den Magen zu belasten. Aber das Restaurant eines Polizeipräsidiums war dafür schlicht der falsche Ort.

»Anja, ich bin's, Jerry.«

»Jungchen!« Anja Salowskis Stimme klang fröhlich. »Dass du aber mal daran denkst, und dann auch noch vor allen anderen … ach, da freue ich mich aber ganz besonders. Und das heißt doch sicher auch, dass du heute Abend vorbeikommst, nicht wahr? Ach, mein kleiner Jerôme, welch eine Freude – das ist schon jetzt mein schönstes Geschenk.«

Crinelli schluckte. Als das Wort Geschenk fiel, fegte er alle Unterlagen vom Schreibtisch und strich mit dem Finger über den Papierkalender. Was war er doch für ein Idiot? Schon im Januar hatte er die »6« im Dezember rot eingekreist und daneben die Initialen A.S. gekritzelt, nur um den Geburtstag genauso zu vergessen wie im vergangenen Jahr.

»Ja«, sagte er und dehnte dabei das a, »ja, ich dachte, bevor ich es in all dem Wirbel wieder vergesse, gratuliere ich dir lieber gleich. Du bist doch hoffentlich schon auf den Beinen?«

»Bist du verrückt? Ich liege im Bett, denkst du, ich würde mit 72 noch meine Gewohnheiten ändern? Um nichts in der Welt, Jungchen.«

»Herzlichen Glückwunsch, Mamutschka. Glück, Gesundheit und ein langes Leben.«

»Och«, rief sie verzückt, »Mamutschka … mein Süßer, wie lange hast du mich nicht mehr so genannt?«

Crinelli hatte einen Kloß im Hals. Es war so einfach, in das Herz der Menschen, die man liebte, zu gelangen. Warum, um alles in der Welt, tat er es dann nicht öfter?

»Was sagst du?« Crinelli war für einen Moment unachtsam gewesen.

»Du kommst doch später vorbei?«, wiederholte sie. »Vielleicht machst du schon etwas früher frei, dann können wir noch ein bisschen schwatzen.«

Anja Salowski hatte die Angewohnheit, jeden ihrer Geburtstage zu feiern. Als sie noch ihr Bordell betrieb, steckte durchaus geschäftliches Interesse dahinter. Zwar ging an ihrem Ehrentag das erste Glas Champagner aufs Haus, aber danach wurde gezahlt, und die Mädchen waren ohnehin niemals kostenlos. Die fast öffentliche Feier ihres Geburtstages hatte Anja in den Ruhestand herübergerettet. Mit einem Unterschied. Seit sie sich zurückgezogen hatte, ließ sie auf eigene Kosten mächtig auffahren, und niemand ging hungrig oder nüchtern nach Hause. »Wer weiß, wie lange ich noch habe«, sagte sie immer. Nur käuflichen Sex gab es keinen. Und wie immer galt: Sie lud nicht ein, nein, sie erwartete, dass man sich an ihren Geburtstag erinnerte und unaufgefordert und pünktlich erschien. Am 6. Dezember, am Nikolaustag, ging man am Abend zur Salowski. Das war einfach zu merken, für alle anderen, außer für Crinelli.

»Natürlich komme ich, was denkst du denn? Meinst du etwa, ich lasse mir das Buffet entgehen? Wann geht's los, sagst du?«

»Ach Jungchen, wie kannst du mit dem Gedächtnis nur bei der Polizei arbeiten?« Sie lachte. »Um 19 Uhr, wie jedes Jahr.«

»Genau, 19 Uhr. Also, ich versuche früher zu kommen, so gegen sechs vielleicht?«

»Herrlich. Ich freue mich ja so. Dann wünsch ich dir einen schönen Tag.«

»Ja, ich dir auch, Anja, und iss nicht so viel Torte heute Mittag.« Torten waren Anjas Achillesferse. »Bis heute Abend dann … ach, Mamutschka?«

»Ja?«

»Damit ich dich nicht nachher in all dem Trubel fragen muss: Ich habe irgendwo die Nummer von Thomas Holzhäuser verbaselt. Die Handynummer meine ich, kannst du mir aushelfen?«

»Thomas? Sicher, Jungchen. Moment, ich hole flott mein Buch und meine Lesebrille.« Anja Salowskis Adressbuch enthielt Nummern und Adressen, die jeden Polizisten von der Nordsee bis zu den Alpen nervös machen konnten. Sie hütete ihren Schatz wie kostbare Diamanten. »So, hier ist sie, schreib auf … und sag ihm einen schönen Gruß, wenn du ihn dranhast. Und sag ihm auch, er soll mich anrufen – ich habe inzwischen, was er wollte. Er weiß dann schon Bescheid, Jungchen.«

■■
■■

Zweimal hatte er Holzhäuser aufs Band gesprochen. Er hatte ihn um Rückruf gebeten und versucht, seiner Stimme einen dringlichen Unterton zu verleihen. Doch Holzhäuser reagierte nicht.

Crinelli hatte unterdessen ausreichend zu tun. Neben einem Wohnungsbrand, bei dem ein Rentnerehepaar und der vierjährige Sohn einer sudanesischen Familie verbrannten, beschäftigte er sich, nur leidlich interessiert, mit dem Überfall auf einen Baumarkt. Irgendein Depp war gegen 11 Uhr in die Verwaltungsräume des Marktes gestürmt und hatte die Kassenkraft mit einer Pistole zur Herausgabe der Einnahmen des vergangenen Tages gezwungen. Ganz offensichtlich war der Mann mit den Räumlichkeiten ebenso vertraut wie mit den Dienstplänen, was den Täterkreis stark einengte. Von den Alarmsystemen hatte er hingegen keine Ahnung. Unmittelbar nachdem der Bursche in den fensterlosen Raum eingedrungen war, löste die Oberkassiererin den Alarm aus, der zuerst in der Deutschlandzentrale des Unternehmens und im Büro der zuständigen Polizeidienststelle auf das Problem aufmerksam machte. Exakt

13 Minuten später fuhren die ersten Einsatzwagen auf den Hof des Baumarktes.

Inzwischen war die ganze Maschinerie vor Ort: MEK, die Verhandlungsgruppe, das B-Team, Sanis. Und das alles nur wegen eines verzweifelten Mannes, dachte Crinelli. Wie konnte man für schlappe 15 000 Euro – mehr war nach Aussage des Marktleiters zur Stunde nicht im Tresor – sein Leben ruinieren?

Auf der einen Seite tat Crinelli das arme Schwein leid, auf der anderen nervte ihn dessen amateurhaftes Vorgehen. Für gewöhnlich beschäftigte er sich mit solchen Fällen nicht mehr, aber als Kleinertvertretung blieb die Sache an ihm hängen. Er harrte am Schreibtisch aus und ließ sich ständig über die neuesten Entwicklungen der Geiselnahme auf dem Laufenden halten.

Als er endlich an Anjas Tür klingelte, war die Party schon fast vorbei. Im Bahnhof hatte er noch schnell einen überteuerten Blumenstrauß gekauft, damit er nicht mit leeren Händen dastand. Der Salowski schien das nichts auszumachen. Für ihr hohes Alter noch äußerst gut anzuschauen, öffnete sie ihrem Jungchen die Tür im kobaltblauen Kostüm und gewohnt hochhackig. Sie strahlte über das ganze Gesicht.

»Haben sie dich wieder so lange festgehalten? Komm rein und gib mir einen Kuss.«

Nichts machte die Salowski stolzer, als sich mit ihrem Jerry zu zeigen. Allein sein Erscheinen degradierte die anderen Anwesenden zu Statisten. Crinelli war alles, was sie an Familie hatte.

»Hallo, Maria«, Crinelli hatte seine Frau sofort unter den Partygästen ausgemacht.

»Hallo, Jerry. Blumen – wie originell.«

Es war wie immer. Maria konnte er nichts vormachen. Sie durchschaute ihn, ohne hinzusehen.

»Ja, ich hatte wenig Zeit heute, na ja …«

»Setzt euch beide doch rüber in den Wintergarten.« Die Salowski spielte den Friedensengel. Eine Rolle, die ihr sehr gefiel. »Den habe ich extra für die Familie freigehalten. Ich komme gleich zu euch, und dann plaudern wir noch ein bisschen. Jerry, du bist sicher hungrig. In meinem Schlafzimmer stehen noch zwei Platten, damit du in jedem Fall noch was zu essen kriegst.«

»In deinem Schlafzimmer sind die Schnittchen ja sicher wie in Fort Knox.« Crinelli grinste unverschämt.

»Werd nicht frech, Jungchen. Ab mit euch, ich lass dir einen schönen Teller vorbeibringen.«

Crinelli begrüßte einige der Anwesenden und ging dann unsicher hinüber zum Wintergarten. Maria stand mit einem Glas Wein in der Hand am Fenster neben der großen Zimmerpalme.

»Wie geht's dir, Maria?«

»Gut, danke. Ich arbeite zu viel, aber sonst gut.«

»Ich hab ein paarmal versucht, dich anzurufen.«

»Ja, ich weiß.«

»Du hast dich nicht gemeldet. Ich hab mir schon Sorgen gemacht.«

»Brauchst du nicht. Es ist nur die Arbeit, sagte ich ja schon.«

»Aber du hättest doch ruhig …«

»Willst du mir gleich wieder Vorwürfe machen?«

Crinelli hob die Arme in die Luft und hätte dabei fast sein Bier verschüttet. »Entschuldige, entschuldige! Ich wollte ja nur … Egal. Geht's dir gut?«

»Das hast du schon gefragt, Jerry. Ja, es geht mir gut.«

»Und du findest nicht, wir sollten unsere Probleme lösen?« Crinelli gelang es nicht, auch nur für wenige Minuten mit seiner Frau einfach nur zu reden. »Ich meine nicht hier, nicht vor all den Leuten. Können wir uns nicht mal treffen und alles besprechen?«

»Doch, das müssen wir sogar, aber irgendwie bin ich noch nicht bereit dazu. In meinem Kopf sieht's immer noch aus wie in einem Gespensterhaus.«

Da solltest du in meinen mal reinschauen, wollte Crinelli entgegnen, sagte aber nur: »Das glaube ich dir.«

»Weißt du, ich dachte, wir könnten uns ja mal Hilfe suchen, aber ich traue mich gar nicht, dir das vorzuschlagen. Ich glaube nämlich …«

»Warum denn nicht, Maria? Ich mache alles, was uns aus der Krise holt. Das ist doch kein Leben …«

»Werd nicht laut, Jerry.«

»Entschuldigung. Aber wirklich, ich will doch …«

Plötzlich klingelte Crinellis Handy. Er hätte den Anruf ignorieren sollen, er hätte warten können, bis die Mailbox anspringt. Am einfachsten aber wäre gewesen, Maria um Verzeihung zu bitten und das Telefon für die Dauer ihres Gesprächs einfach auszustellen. Er tat nichts von alledem. Er riss das Gerät aus der Jacketttasche und blaffte seinen Namen in den Hörer.

»Jerry, hier ist Thomas Holzhäuser. Sie haben versucht, mich zu erreichen. Was gibt's denn so Dringendes? Ich komme erst jetzt dazu, Sie zurückzurufen.«

»Thomas, das ist nett, dass Sie sich melden. Nur ist es im Moment gerade ganz schlecht. Kann ich vielleicht zurückrufen?«

Thomas Holzhäuser schien Crinellis Vorschlag zu überhören. Hilflos sah Crinelli auf. Er wollte Maria zu verstehen geben, dass er doch schon den ganzen Tag auf dieses Gespräch gewartet hatte und dass er unbedingt mit Holzhäuser sprechen musste, weil er doch nur so endlich mit seinem Fall weiterkommen würde, aber da, wo eben noch seine Maria saß, stand nur mehr ein leerer Korbsessel.

»Also, Thomas, dann eben jetzt«, sagte er gequält. »Was wissen Sie über einen Einbruch in die Waffenkammer des BKA, bei dem etliches an Munition, Gewehren und technischem

Equipment gestohlen wurde? Inoffizielle Anfrage. Sie würden mir damit sehr helfen.«

»Ich rufe Sie in zwei Stunden an«, stammelte Holzhäuser noch, dann war die Leitung tot.

∷

Crinelli fluchte laut vor sich hin, während er sein Fahrrad durch den schmalen Durchgang aus grob zusammengeschraubtem Holz und metallenen Bodenplatten trug, den die riesige Baustelle gnädig für die Fußgänger gelassen hatte.

Manchmal hasste er die Stadt, besonders dann, wenn er auf sich selbst wütend war. Den Gestank, den bleiernen Himmel im Winter, die staubige Schwüle des Sommers, die ständigen Verkehrsstaus und die Gewalt, die, wie eine ständig wachsende Krake, mit ihren aggressiv zuckenden Tentakeln die Straßen und Häuser der Viertel zu erdrücken schien. Aber zurück aufs Land? Niemals!

Als sein Handy klingelte, stand er gerade vor seiner Wohnungstür. Er fingerte eine Zigarette aus dem Paket und hockte sich rauchend auf das kleine Mäuerchen, das das Rosenbeet umfasste. Erst dann nahm er den Anruf entgegen.

»Ja, Thomas?« Er versuchte seine Stimme hart klingen zu lassen. Es fiel ihm nicht schwer.

»Jerry? Ja, ich bin's, Thomas. Ich konnte nichts herausfinden. Tut mir leid.«

Holzhäuser log. Crinellis aufgestaute Wut hatte ein Ziel gefunden.

»Passen Sie auf, Holzhäuser.« Und schon wusste sein Gegenüber, dass mit Crinelli in dieser Nacht nicht zu spaßen war. Sie nannten sich immer beim Vornamen – Vorname und Sie, das waren die Regeln und ein Zeichen freundschaftlichen Respekts. Mit der jetzt gewählten Anrede kündigte Crinelli den Vertrag einseitig auf, zumindest für die Dauer dieses Gesprächs. »Das glaube ich Ihnen nicht. Sie haben die Information, aber Sie dürfen sie nicht weitergeben. Oder Sie wollen nicht. Vergessen Sie nicht, dass ich bei Ihnen gelernt habe, Holzhäuser. Aber das ist jetzt alles gleichgültig. Sparen Sie sich Ihre Verse für die Presse oder für Leute wie Böker auf, ich will die Wahrheit wissen. Sie haben nur diese eine Möglichkeit, ansonsten …«

Crinelli brauchte den Satz nicht zu vervollständigen. Holzhäuser war Profi und wusste, dass Crinelli keinen Moment zögern würde, ihnen die Hölle heißzumachen, wenn er nicht erfuhr, was er erfahren wollte. Er hätte es genauso gemacht.

Die Pause zwischen Crinellis letztem Wort und Holzhäusers Antwort war lang genug, um sich in Ruhe eine neue Zigarette anzuzünden. Er zog sich die Mütze gegen den Wind tiefer ins Gesicht und wartete ab.

»Na schön, aber zuerst will ich wissen, wie Sie darauf gekommen sind.«

Das hätte Crinelli wissen können. Holzhäuser verlangte für seine Auskünfte einen Gegenwert. Das bedeutete, er selbst war nicht in die Ermittlungen eingeschaltet. Und indem Crinelli Teile seines Puzzles preisgab, sicherte Holzhäuser seinen Verrat ab. Crinelli hatte nichts zu verlieren. Selbst wenn er sich irrte und Holzhäuser die Informationen an die Kollegen weitergab, lange würden sie ihm den Fall sowieso nicht mehr lassen. Wenn es keine entscheidenden Ergebnisse gab, würde Böker einknicken, und dann wäre das BKA am Zug.

»Gut, dann hören Sie zu. … Holzhäuser? Hallo? Sind Sie noch dran?«

Die Leitung war tot. Hatte er zu lange mit seiner Antwort gezögert, oder warum war der plötzlich weg? In einem schlechten Agentenfilm würde man Holzhäuser am nächsten Tag mit einer Kugel im Kopf finden oder mit einem langen Telefonkabel erdrosselt, an dessen Ende der Hörer noch baumelte. Crinelli grinste. Im Film, aber so schlecht war die Wirklichkeit ja nun doch nicht.

Sein Telefon klingelte erst wieder nach einer halben Stunde.

»Die verdammte Karte ist leer, und es gibt ja kaum noch Münztelefone. Fangen Sie an.« Holzhäuser benutzte Telefonkarten, damit ihn keiner abhören konnte. Vielleicht war ja die Wirklichkeit doch bloß ein Abziehbild Hollywoods.

Crinelli begann und erzählte Holzhäuser die ganze Geschichte der Entführung. Fast die ganze Geschichte. Er bemühte sich nach Kräften, entscheidende Details auszulassen. Doch der alte Fuchs stellte die richtigen Fragen.

»Na schön, Jerry. Und hier kommt mein Teil der Vereinbarung. Ja, Sie haben recht. Es hat einen Diebstahl gegeben. Vor etwa zwei Jahren. Genau können wir es nicht sagen. Aufgefallen ist es erst bei der jährlichen Revision. Die Kollegen haben dreimal alles durchgezählt, dann mussten wir plötzlich alle mit unseren Waffen im Büro erscheinen. Es herrschte ein ziemlicher Aufruhr, und gleichzeitig wurde die Chose heruntergespielt. Angeblich handelte es sich um eine reine Routineprüfung. Nichts Außergewöhnliches.«

»War es aber dann doch. Erzählen Sie weiter.«

»Zuerst sind sie wohl beim Zählen auf erhebliche Fehlmengen an Munition gestoßen. Dann haben sie genauer nachgesehen und festgestellt, dass drei MG 4, zwei sehr teure Repetiergewehre und einige Handfeuerwaffen fehlten. Und damit steckten die Jungs ganz schön in der Scheiße. Wegen ein paar Päckchen Munition macht keiner ’nen Aufstand, aber die Gewehre sollten nicht in die falschen Hände gelangen, obwohl es sich bei der Munition natürlich auch nicht um Patronen für Kleinkaliberpistolen handelte. Es passte schon alles zusammen. Da hatte jemand ’nen richtig feinen Einkaufszettel.«

»Und was stand sonst noch drauf?«

»Funkgeräte, Schalldämpfer, Zielfernrohre, Nachtsichtgeräte, Wanzen, von allem ein bisschen.«

»Mein lieber Mann, Thomas.« Zeit, wieder versöhnlichere Töne anzuschlagen. »Woher wissen Sie davon?«

»Ich dachte, Sie hätten was bei mir gelernt, Jerry?«

»Schon gut, ich verstehe.« Aus einer Quelle durfte immer nur einer trinken. »Aber so viel Dreck kann man doch nicht vollständig unter den Teppich kehren. Da bleiben doch Spuren zurück. Und da soll niemand drüber gestolpert sein?«

»Natürlich gab es Spuren. Wir haben da schließlich gewisse Methoden. Aber im Endeffekt hat keine zu einer Festnahme geführt.«

»Und damit wurde die Geschichte dann zu den Akten gelegt, ja? Kommen Sie.« Keine Antwort. »Jetzt wird's ein bisschen kläglich, Kollege. Ich helfe Ihnen nochmals auf die Sprünge. Es gab keine Spuren, und das war die dickste Fährte, stimmt's. Oh Mann, Holzhäuser, wenn die Presse von dem Diebstahl Wind kriegt und dann auch noch mutmaßt, dass es sich nämlich bei dem Dieb um einen eurer eigenen Männer handelt, dann brennt aber die Luft. – Hallo? Thomas?«

Die Leitung war wieder tot.

20

Crinelli stand vor dem Kleiderständer und sah feindselig auf den Anzug, als könne die schlaff herabhängende, körperlose Hülle etwas für ihr Schicksal, nur an Trauertagen getragen zu werden. Er hatte wieder nicht gut geschlafen, aber das war angesichts dessen, was er erlebt hatte und was ihm heute bevorstand, kaum verwunderlich.

Um 11 Uhr an diesem Morgen sollte das Begräbnis von Lisa Soderbergh stattfinden. Im engsten Familienkreis, wie die schlichte Todesanzeige betonte. Crinelli würde dennoch hingehen, er hielt es für seine Pflicht.

Er zog Hemd und Anzug an, band sich die Krawatte vor dem Badezimmerspiegel und zwängte sich in die inzwischen wieder trockene Winterjacke. Sein volles Haar versteckte er unter einer Wollmütze. Handschuhe, Schal, Wohnungsschlüssel, ein letzter Blick in den Spiegel. Das Jackett lugte um einige Zentimeter unter der Jacke hervor. Er war bereit, so bereit, wie man für eine Beerdigung eben sein konnte, aber nicht ohne Kaffee. Die Zeit blieb ihm noch.

Am Stadttor stieg er vom Rad. Das morgendliche Durcheinander ging ihm auf die Nerven. Das laute Geschwätz der Taxifahrer, der weiße Lieferwagen der Dönerbude – verkehrsbehindernd in der zweiten Reihe geparkt –, schimpfende Radfahrer, meckernde Autofahrer im Stau, der stinkende Bus, die Hundehaufen. Zwischen allem sein Bettler. Na ja, nicht sein Bettler, das arme Schwein eben, das seit einiger Zeit bei jedem Wetter hier hockte und versuchte, ein paar Münzen gegen die Kälte zu sammeln. Seit ihrem Zusammenprall warf er ihm jeden Morgen etwas Kleingeld auf die Zeitung. Nicht die eine gute Tat des Tages – mehr ein Reflex.

Der Bettler wollte sich gerade mit einem Becher Kaffee wieder in den Hauseingang setzen, als ein junger, gut gekleideter Geschäftsmann aus dem Kiosk hinaus auf die Straße stürmte. Gegenüber fuhr ein Bus in die Haltestelle. Der Mann trug einen beigen Wintermantel über einem grauen Anzug und einen flatternden Seidenschal um den Hals. Was er bei all seiner Hast übersah, war der Bettler mit seinem Kaffee, der sich nur Sekunden später über den Mantel ergoss.

Crinelli stoppte und beobachtete, wie der Geschäftsmann ausrastete. Er stieß den erschrockenen Penner gegen die Brust, sodass dieser hinfiel. Fast schon erschrocken zog er seine Hand zurück, doch als er sich darüber klar wurde, dass der Kaffee seinen Mantel ruiniert hatte, trat er den Obdachlosen in die Seite. Der kauerte sich zusammen. Ein nächster Tritt. Dann noch einer.

Die Taxifahrer machten sich gegenseitig auf die Szene aufmerksam. Keiner von ihnen griff ein. Crinelli ließ sein Rad fallen, machte einen großen Satz, umfasste den Leib des Schlägers von hinten und schleuderte ihn gegen die Hauswand. Dort rutschte er aus und fiel rückwärts in einen Hauseingang. Nur einen Wimpernschlag später stand Crinelli über dem Mann und hielt ihm seinen Dienstausweis unter die Nase. Der Zorn in den Augen des Geschäftsmannes brach augenblicklich in sich zusammen. Angst trat an seine Stelle. Crinelli beugte sich zu dem Kerl hinunter und flüsterte ihm einige Sätze ins Ohr. Ganz kurz nur schüttelte der Mann den Kopf. Crinelli zog die Augenbrauen hoch, dann nickte sein Gegenüber. Der Bettler saß inzwischen wieder mit dem Rücken zur Wand. Nicht einen Laut hatte er während der gesamten Zeit von sich gegeben. Er hinterließ vielmehr den Eindruck, als habe er den Vorfall bereits wieder vergessen.

Mit gesenktem Kopf und ohne sein Opfer anzusehen, ging

der Geschäftsmann auf den Bettler zu und streckte ihm am langen Arm einen 50-Euro-Schein entgegen. Als dieser keinerlei Anstalten machte, das Geld anzunehmen, stopfte er es ihm angewidert in die Brusttasche des schäbigen Wollmantels und verschwand, ohne sich noch einmal umzublicken.

Crinelli nahm zufrieden sein Rad wieder auf, warf dem Bettler einige Münzen auf die Zeitung. Der Mann reagierte nicht. Er blickte schon wieder teilnahmslos vor sich auf den Asphalt.

Jerôme Crinelli war kein frommer Mann. Seine leibliche Mutter Mathilde schon eher. Aber der eigentlich Gläubige im Hause Crinelli war sein Vater Guido gewesen. Jetzt hockte er vor dem Grab seiner Eltern. Er hatte die niedrig gewachsene Buchsbaumhecke vom Laub befreit, die verwelkten Blumen zum Kompostkasten getragen und einen frischen Strauß in die grüne Steckvase gestellt.

Crinelli kam nur noch selten hierher. Seine Eltern lebten eher in seinen Gedanken fort. Er war noch keine 17 Jahre alt gewesen, als auch seine Mutter starb. Es war schon so lange her.

Anja Salowski hatte das Grab seinerzeit gekauft und vor wenigen Jahren den Vertrag nochmals um 20 Jahre verlängert. Für sie gab es nur den Friedhof Melaten, und es musste natürlich die Millionärsallee sein. Die zentrale Achse des Geländes mit dem jahrhundertealten Baumbestand gehörte den alten Kölner Familien, den Industriellen, städtischen Würdenträgern, Schauspielern, Unterweltgrößen.

Crinelli trug an diesem Morgen drei unterschiedliche Blumengebinde unter dem Arm. Das größte hatte er seinen Eltern gebracht. Die einzelne Blume wollte er dem Opfer der Entführung mit ins Grab geben. Blieb noch ein kleiner bunter Strauß. Dessen Bestimmungsort lag in der hintersten Reihe des

Friedhofs, unterhalb der dicken Steinmauer. Dorthin wandte er sich, nachdem er ungeübt das Kreuz geschlagen und sich von seinen Eltern durch ein stummes Nicken verabschiedet hatte. Und dorthin ging er heute erst das dritte Mal überhaupt. Auch dieses Grab hatte die Salowski erstanden und es ihrem Jungen geschenkt. Ihm und seiner Frau Maria, als Ort für ihre gemeinsame Trauer. Crinelli erinnerte sich nicht mehr, wer auf die Idee gekommen war, das ungeborene Kind zu beerdigen, aber sie hatte ihm gefallen.

Sein Schmerz machte ihm die Schritte schwer, raubte ihm den Atem. Vielleicht lag es an dem schlichten Kreuz, dieser einfachen Wahrheit. Seine Knie zitterten, als er die Blumen auf die nasse Erde legte. Als ihm schwindelig wurde, wandte er sich ab und setzte sich zwei Wege weiter auf eine Bank.

Mit versteinerter Miene rauchte er eine Zigarette. Er spreizte die Finger der linken Hand und wartete, bis das Zittern aufhörte. Dann ging er zur Beerdigung von Baron Soderberghs Tochter.

21

Crinelli fühlte sich besser. Zum zweiten Mal an diesem Tag hockte er an der Bar und sah den Automatenjunkies bei der Vernichtung ihrer knappen Geldreserven zu.

Der schwere Gang zum Friedhof hatte ihm den gesamten Morgen über sehr zu schaffen gemacht. Jetzt war er froh, dass er nicht gekniffen hatte. Er spürte neue Energie.

Während er den heißen Kaffee schlürfte, dachte er nach. Der Entführer und Mörder der kleinen Lisa war ein ehemaliger Beamter des BKA. So viel konnte er immerhin aus dem Gespräch mit Holzhäuser ableiten. Im BKA brannte es derzeit an allen Ecken und Enden. Ein Skandal wäre das Letzte, was die Kollegen gebrauchen konnten. Und ein Einbruch in die eigene Waffenkammer, in dessen Folge mehrere Menschen mit einer der entwendeten Waffen erschossen wurden, war ein höchst beunruhigender Tatbestand. Allerdings ahnte das BKA bislang noch nichts von dem Schwelbrand. Die Medienvertreter hatten Bökers Ausführungen auf der PK ausnahmslos geschluckt. Ein Funkgerät ungeklärter Herkunft. Keine weiteren Anhaltspunkte. Man stecke mitten in den Ermittlungen. Und dann sein Name: Crinelli, einer unserer Top-Ermittler, so schrieben es die Zeitungen, als ob dieser Name allein schon für eine sorgfältige Ermittlung und schnelle Aufklärung sorge.

Der Einbrecher in die Waffenkammer des BKA war also identisch mit seinem Täter. Ein Ex-BKAler? Dass er ein Ehemaliger war, konnte man nicht mit Sicherheit sagen. Vielleicht arbeitete dieser Mann ja immer noch für die Mister-Wichtig-Kollegen. Eine theoretische Möglichkeit – sicher. Je länger Crinelli über seinem Espresso brütete, desto sicherer wurde er, dass es sich um einen Ehemaligen handeln musste. Hinter den Taten stand ein Rachegedanke, da trumpfte einer auf. Crinellis Meinung von den Wiesbadener Kollegen war nicht sonderlich gut, aber von so einem Charakter hätten sie sich sicher getrennt.

Ehemalige gab es viele. Allein die Schar der Pensionäre. Aber nur wenige schieden vorzeitig aus dem Dienst aus. Das konnte ein Ansatz sein. Er würde so etwas wie eine Liste brauchen. Eine Liste mit ehemaligen BKA-Beamten, die den Dienst auf eigenen Wunsch oder auch zwangsweise quittiert hatten. Zwangsweise! Ja, nicht auf eigenen Wunsch. Zwangsweise!

Crinelli malte Kuben, Quadrate, gleichschenklige Dreiecke vor sich auf den Bierdeckel und verlor sich immer mehr in den Tiefen seines Falls. Nach einer Weile hob er den Kopf. Die Lösung des Problems war doch so einfach.

Zumindest hatte er sie sich einfach vorgestellt. *Das Problem ist die Lösung,* ging es ihm ein ums andere Mal durch den Kopf. Und das Lösungswort hieß: Böker. Sein Chef litt unter nichts mehr als seinem mangelnden Stallgeruch. Er war zwar Leiter der ZKB, Chef über Hunderte von Polizisten, aber er verstand doch eigentlich nie, was genau in seinem Haus vorging. Polizeiarbeit war für Böker selbst nach all den Jahren an der Spitze des Apparats immer noch ein Mysterium. Dieses fehlende Verständnis für die Aufgabe war seine Achillesferse, und genau da musste man ihn treffen.

Voller Energie war Crinelli in Bökers Büro gestürmt und saß nun, einige Minuten später, unruhig und rauchend auf dessen Couch. Böker war stinksauer, benahm sich aber nicht wie ein wütender Erwachsener, sondern eher schon wie ein beleidigter Sextaner. »Crinelli«, hatte er bei seinem Eintreten mit spitzen Lippen gerufen. Crinelli wusste sofort, dass etwas vorgefallen sein musste, nur was es war, blieb ihm erst einmal verborgen. Den Umgang mit schwierigen emotionalen Augenblicken gewohnt, setzte er sich still auf die Couch und zündete sich eine Zigarette an. Glücklicherweise stand der Murano-Ascher direkt vor ihm auf dem Beistelltisch.

Dieses Stillleben zweier Polizisten, die sich im Schweigen miteinander maßen, hielt nun schon eine Weile an. Böker saß scheinbar konzentriert über seinen Papieren und nahm keinerlei weitere Notiz von Crinelli. Der wiederum hatte ausreichend Kippen in der Tasche, sodass auch er keinen Grund verspürte, frühzeitig zu reden. Ein Schachspiel? Bitte schön!

Während Crinelli scheinbar gelangweilt aus dem Fenster sah, arbeitete sein Verstand fieberhaft. Was konnte Böker so gegen ihn aufgebracht haben? Was die Beerdigung anging, so hatte er versäumt, sich mit ihm abzustimmen, und für einen Augenblick war es Crinelli gewesen, als hätte er etwas Tadelndes in Bökers überraschtem Blick erkannt, als sie sich am Grab wortlos grüßten. Aber das konnte es doch wohl nicht sein. Natürlich! Er hätte es sich eigentlich denken können. Spiegel, der Kollege von der Spurensicherung, war ein netter Kerl, und er war loyal. Nur leider nicht ihm gegenüber, sondern seinem obersten Dienstherrn. Böker hatte durch ihn Wind von den Ermittlungen bekommen und wusste nun auch von dem Gewehr und der Munition. Aber das änderte eigentlich gar nichts. Ob nun nur das verwendete Funkgerät aus den Beständen des BKA stammte oder auch noch der ganze Rest, war unerheblich. Aber nicht für einen Mann wie Böker, er fühlte sich einmal mehr von Crinelli hintergangen. Dabei hätte jeder erfahrene Ermittler sich – wie Crinelli am Vortag – die Fakten selbst zusammenreimen können. Aber Böker war eben nicht erfahren.

»Bevor wir hier noch lange sitzen, Chef«, brach Crinelli das Schweigen schließlich, »fang ich mal mit dem Stand der Ermittlungen an. Sie können ja derweil weiterarbeiten. Sagen Sie mir einfach, wenn etwas unklar bleibt: Spiegel hat das Gewehr und die Munition untersucht.« Crinelli wich Bökers zornigem

Blick aus. »Das Gewehr und die Munition stammen, wie schon das Funkgerät, aus den Beständen des BKA.« Crinelli sah Böker mit Unschuldsmiene an. »Tja, Chef«, fuhr er fort, »und ich habe gestern Nacht noch etwas herausgefunden.« Er drückte sich aus dem tiefen Sitzmöbel hoch und ging betont langsam zur ledergepolsterten Tür, die Bökers Büro mit seinem Vorzimmer verband. »Kann ich wohl einen Espresso haben, Frau Wächter? Doppelt, zwei Stück Zucker, bitte?«, rief er in das Nebenzimmer.

»Sehr gern, Jerry«, flötete die Wächter zurück.

Hannelore Wächter, die Chefin über Bökers Terminkalender, mochte Crinelli. So sehr, dass man ihm auf den Fluren schon Geschichten mit ihr andichtete.

»Und der Chef auch was?«

»Chef?« Crinelli drehte sich zu Böker.

»Wasser«, bellte der und sah Crinelli jetzt zumindest schon mal wieder an.

»Ein Wasser für Herrn Dr. Böker, bitte. Danke, Frau Wächter. Schickes Kostüm übrigens.«

Crinelli ging zurück zur Couch und sah erneut aus dem Fenster auf den bleigrauen Himmel und die darüber hinwegrasenden Wolken. Er war heute noch kein einziges Mal nass geworden. Immerhin.

»Darf man auch erfahren, was Ihre nächtlichen Geheimrecherchen ergeben haben, oder halten Sie mich dessen für unwürdig?« Eine Mischung aus Beleidigtsein und Zorn klang in Bökers Stimme mit.

»Wie kommen Sie denn darauf, Chef? … Ich vermute mal, Sie kennen Thomas Holzhäuser? Nicht persönlich, aber doch zumindest dem Namen nach, oder?« Böker zuckte die Achseln, was sowohl *Selbstverständlich* bedeuten als auch *Interessiert mich nicht, machen Sie schon weiter* heißen konnte. »Holzhäuser hat mich seinerzeit ausgebildet und arbeitet jetzt beim … BKA.«

»Wie großartig.« Ein sarkastischer Unterton war nicht zu überhören.

»Na ja, geht so. Ich glaube, er fühlt sich da überhaupt nicht wohl. Ich habe ihm ein wenig auf den Zahn gefühlt. Was ich Ihnen jetzt erzähle, Chef, muss absolut unter uns bleiben. Habe ich Ihr Ehrenwort darauf?«

»Was soll das? Ehrenwort, pah! Ich frage, und Sie haben mir gefälligst Bericht zu erstatten.«

Crinellis aufgestellte Augenbrauen wiesen seinen Chef in die Schranken. Selbst Böker wusste, dass seine Männer nur äußerst widerwillig einen ihrer Informanten enttarnten. Und wenn Crinelli es jetzt tat, dann erwartete er dafür etwas von Böker.

»Na gut, Sie haben mein Wort. Was hat Ihre Quelle denn so Tolles ausgesprudelt?«

»Es hat einen Einbruch in die Waffenkammer des BKA gegeben …«

Nachdem Crinelli die komplette Geschichte ausgepackt hatte, schwiegen beide eine Zeit lang. Dann fuhr Crinelli mit nüchterner Stimme fort:

»Und das bedeutet, dass unser Mörder nicht nur ein BKA-Mann ist, sondern vermutlich einer, der rausgeworfen wurde. Und jetzt, Chef, kommen Sie ins Spiel.« Angriff statt Verteidigung. »Sie können mir eine Liste mit den in Frage kommenden Personen besorgen. Vertraulich und ohne dass das BKA davon erfährt … Was meinen Sie, kommen Sie da ran?«

Böker hatte genau zugehört. Das, was Crinelli herausgefunden hatte, brachte sie in dem Entführungsfall erheblich weiter. Und dass Crinelli ihn in die Polizeiarbeit mit einbezog, schmeichelte ihm. Vergessen war die Wut auf den Ermittler. Dieser Fall gehörte jetzt seiner Dienststelle, und er wollte, dass er genau dort auch gelöst wurde. Ein Mörder aus den Reihen des BKA!

»Was genau soll ich tun, Jerry?«

Crinelli konnte sich ein Lächeln nicht verkneifen, als er Bökers Büro verließ. Er zwinkerte Hannelore Wächter zum Abschied zu und bedankte sich artig für den hervorragenden Espresso.

Crinelli radelte nach Hause und war froh, endlich den schwarzen Anzug wieder an den Ständer hängen zu können. Er zog eine Cordhose und dicke Wollsocken an und nahm die warme Fleecejacke vom Haken.

Er suchte im Keller seine Angelsachen zusammen und fuhr zum Fluss.

Als er zwei Stunden später in den Taschen der Fleecejacke nach einem frischen Paket *Nil* suchte, stieß er auf etwas, das er völlig vergessen hatte. Er zog das kalte Stück Metall hervor. Nachdenklich betrachtete er die Patronenhülse in seiner Handfläche, bevor er sie sorgfältig im Münzfach seiner Geldbörse verstaute.

22

Wie ein Braunbär tapste Crinelli durch das Foyer des Präsidiums auf die Aufzüge zu. Nass bis auf die Knochen war er im Regen geworden. Trotzdem ging er nicht in sein Büro, sondern direkt ins Untergeschoss zur Ballistik.

Max Schindel blickte überrascht von seiner Arbeit auf, als er Crinelli in der Tür stehen sah. Sein Gesicht kannte man hier unten nur aus der Zeitung. Mit der Ballistik kommunizierte Crinelli ausschließlich per Telefon. Und die meisten Telefonate waren unerfreulich. Er beschwerte sich, weil er immer noch auf ein Ergebnis wartete, ohne das er in seiner Arbeit nicht weiterkam. In den meisten Fällen lagen diese Berichte allerdings schon auf seinem Schreibtisch. Er hätte nur einige der Papierstapel zu verschieben brauchen, und schon läge alles fein säuberlich vor ihm. Einige Kollegen waren deshalb dazu übergegangen, die Ergebnisse ihrer Arbeit mit einem Aschenbecher beschwert mitten auf den übrigen Akten, Dossiers und Papieren zu platzieren, in der Hoffnung, dass Crinelli sie noch vor einem Drohanruf finden würde.

Crinelli zog seinen Ausweis und streckte ihn dem jungen Kollegen entgegen.

»Crinelli«, stellte er sich vor. »Ich brauche eine Untersuchung. Schnell und unauffällig. Sind Sie dafür der richtige Mann?«

Schindel grinste. So war ihm hier noch keiner gekommen. Eigentlich erhielt er ja seine Aufgaben direkt von Spiegel oder einem der anderen Langgedienten, aber der Westentaschen-Columbo in den nassen Klamotten gefiel ihm. Und natürlich kannte er den Namen und wusste, dass er es nicht mit irgendwem zu tun hatte.

»Sicher«, sagte er ohne zu zögern.

»Schauen Sie sich das hier mal an.« Crinelli reichte ihm die Patronenhülse. »Ich möchte wissen, ob der Vergleich mit anderen Projektilen ein Ergebnis erbringt. Vor allem interessiert mich dabei der Fall Soderbergh. Das sagt Ihnen doch was, oder?« Der Beamte nickte. »Wie lange brauchen Sie?«

»Zwei Stunden, wenn ich alles andere liegen lasse.«

»Und, können Sie das?«

»Sicher, mein Chef ist auf Fortbildung.«

Jetzt grinste auch Crinelli. *Guter Mann*, dachte er.

Oben verschloss er seine Bürotür und zog sich bis auf die Unterhose aus. Als es an der Tür klopfte, schrie er nur: »Geht jetzt nicht«, und fuhr unbeirrt fort, seine Kleidungsstücke zum Trocknen über den Heizkörper zu legen.

Nach einer Stunde enervierender Schreibtischarbeit hatten die dampfenden Klamotten das enge Büro in ein türkisches Dampfbad verwandelt. Um den unangenehmen Geruch zu überdecken, rauchte Crinelli noch mehr als gewöhnlich. Das Fenster konnte er nicht öffnen, weil er sich sonst den Tod geholt hätte.

Als seine Jeans nicht mehr nass, sondern nur noch feucht waren, zwängte er sich hinein. Schließlich konnte er ja nicht den ganzen Tag halb nackt in seinem Büro herumsitzen. Das Unterhemd ging schon wieder, aber der Kapuzenpullover war wirklich noch nicht so weit.

Er musste dringend auf die Toilette. Auf Socken und im Unterhemd schlurfte er über den Flur. Wagte es jemand, sich nach ihm umzudrehen, zischte er ihn giftig an.

»Crinelli!« Böker stand in seiner Tür und winkte ihn heran.

»Chef …«, hob er an und verstummte unter den zur absoluten Ruhe mahnenden Gesten Bökers. Crinelli deutete mit dem Finger zuerst auf sich und dann in die offene Tür hinein. Böker nickte entschieden. Drinnen zog er Crinelli hinter sich her aufs Sofa und legte ihm, kaum dass er saß, vertraulich die Hand aufs Knie. Kurz darauf die Entwarnung. Böker rieb sich leicht angewidert die feuchte Hand am Sofa ab. Crinellis erbarmungswürdiges Äußeres schien ihm bis hierher noch nicht einmal aufgefallen zu sein.

»Hat man Ihnen die Kleider gestohlen, Jerry?«

»Wenn's recht ist, lache ich später, ja?«

»Ich verstehe Sie nicht. Sie können doch jederzeit ein Dienstfahrzeug benutzen. Sie vertreten Kleinert, es steht Ihnen doch zu. Außerdem haben Sie einen eigenen Wagen. Stattdessen fahren Sie wie ein Oberschüler mit dem Rad durch die Gegend. Pubertär! Ein Polizist auf einem Fahrrad? Sie sehen zu viel Fernsehen, Crinelli.« Er schüttelte den Kopf.

»Ich habe nicht einmal einen Fernseher, und das mit dem Rad ist meine Privatsache.«

»Ja, ja, ist ja schon gut. Nun werden Sie nicht gleich wieder fuchsig. Ich meine es ja nur gut mit Ihnen. – Egal jetzt. Hören Sie zu.« Er setzte eine theatralische Pause. »Ich bin ganz nah dran!«

Crinelli sah ihn mit großen Augen an. »Nah dran?«

»Jaaa. An unserer Sache, Jerry, unsere Ermittlung. Ich hab meine Angeln ausgeworfen …« Böker wurde rot wie ein Junge vor dem ersten Kuss, »… und ich glaube, ich fange einen dicken Fisch. Verstehen Sie, ich greife von drei Seiten gleichzeitig an.«

Langsam dämmerte es Crinelli. »Toll, Chef, das ist ja großartig. Und was haben Sie herausgefunden?«

»Moment, Moment. Noch kein Ergebnis. Ich wollte Ihnen lediglich mitteilen, dass wir auf der Spur sind. Wird klappen. Ich informiere Sie unmittelbar, wenn ich das Ergebnis auf dem Tisch habe.«

Crinelli besorgte sich bei der Wächter, die wenigstens den Anstand hatte, über sein Aussehen ohne ein Wort hinwegzugehen, noch einen Espresso und schlich mit einem kleinen Umweg über die Toilette zurück in sein Büro. *Ein Glück, dass*

Böker kein Codewort für die weitere Kontaktaufnahme vereinbart hat, dachte er und war sich nicht mehr sicher, dass sein Chef wirklich die Lösung seines Problems sein sollte.

Das Telefon auf seinem Schreibtisch klingelte.

»Crinelli? Hier Schindel, Ballistik.«

»Ja, Schindel, schießen Sie los.«

»Den Scherz kannte ich schon ...« Crinelli wusste nicht, was der Kerl meinte. »Ich habe das Ergebnis, und es ist ein Treffer. Wollen Sie es schriftlich?«

»Nicht nötig. Ich bin in zwei Minuten bei Ihnen.«

Als Crinelli in der Ballistik ankam, winkte ihn Schindel direkt aufgeregt zu sich.

»Volltreffer, Herr Crinelli. Ist Ihnen eigentlich nicht kalt? Sie können von mir ein sauberes Sweatshirt haben, so lange, bis Ihre Sachen trocken sind.« Er zog den Pullover aus einer Sporttasche.

»Sind Sie Leichtathlet?«, fragte Crinelli und deutete auf den Aufdruck.

Schindel nickte. »Was ist nun mit dem Shirt?«

»Geben Sie schon her. Danke.« Crinelli zog den Pullover über den Kopf. »Bisschen groß, finden Sie nicht?« Er lachte.

»Aber trocken.« Auch Schindel lachte.

Dieser Schindel war ein echt sympathischer Bursche. »Jetzt aber! Was haben Sie herausgefunden?«

»Besser, Sie machen erst mal die Tür zu. Das hier ist ziemlich heiß. Das Projektil stammt aus einer militärischen Waffe. Soweit ich weiß, sind diese Waffen auf Militärhubschraubern montiert. Es handelt sich um ein DU-Geschoss. Schon mal gehört?« Crinelli schüttelte den Kopf. »Es hat eine verheerende Durchschlagskraft und wird nicht von vielen Leuten benutzt. Im freien Handel ist es nicht erhältlich. Die Amerikaner haben die Munition erstmals in den Irakkriegen eingesetzt. Im Wesentlichen besteht sie aus Abfällen der Atomindustrie. Abgereichertes Uran. Das Zeug ist praktisch wertlos. Man schätzt, dass zurzeit etwa 1,1 Tonnen weltweit auf Halde liegen«, dozierte Schindel. »Es ist also billig zu bekommen, und die Geschosse durchschlagen selbst Stahl wie Watte.«

»Schön, schön – weiter.«

»Na, Ihr Projektil wurde aus der gleichen Waffe abgefeuert, mit der der Anschlag auf den Zug verübt wurde.«

Das wusste Crinelli, schließlich hatte er das Projektil auf der Wiese gefunden, aber woher hatte der Junge die Daten?

»Und das haben Sie herausgefunden, ja? Darf ich erfahren, wieso Sie noch an Unterlagen zu diesem Fall herankommen? Ich habe gehört, dass das BKA alles, was damit zusammenhängt, gesperrt hat.«

»Jetzt schon, aber zuerst haben doch wir da auf der Wiese sauber gemacht.«

»Und Sie meinen …« Schindel zuckte schelmisch mit den Achseln. Crinelli grinste. »Nicht schlecht! Wir sollten öfter zusammenarbeiten. Übrigens kannst du dir das Sie für deine Schwiegermutter aufsparen. Jerry.«

Crinelli streckte ihm die Hand entgegen. Schindel schlug ein.

»Man weiß ja schließlich nie, wofür man einmal gesammelte Daten noch gebrauchen kann. Und Rechnerkapazität haben wir ohne Ende. Wegschmeißen kann man den Kram immer noch. Aber du wolltest ja eigentlich wissen, ob die Kugel auch was mit dem Mord an dem entführten Kind zu tun hat? Nein! Es ist definitiv nicht die gleiche Waffe gewesen, aber die bei der Entführung verwendeten Kugeln gibt's auch nicht im Supermarkt. Ich habe keine schlüssigen Beweise, aber meiner Vermutung nach stammen sowohl Munition als auch Waffen aus einer eher militärischen Umgebung, und da liegt die Vermutung nahe …«

»… dass der Täter ein und dieselbe Person gewesen ist«, vollendete Crinelli den Satz.

Crinelli brauchte Luft und eine Zigarette und am besten gleich auch noch etwas Hochprozentiges dazu. Zur Gerichtsmedizin war es nicht weit. Er bedankte sich bei Schindel und bat ihn, die Untersuchung und auch die Vermutung für sich zu behalten.

∷

»Schöner Pullover, Crinelli. Ich wusste gar nicht, dass Sie unter die Leichtathleten gegangen sind.«

»Lassen Sie die Späße, Doc. Ich brauche einen doppelten *Carlos,* 'ne Zigarette und ein Gespräch. Draußen, auf dem Flur.«

Weymann meinte es gut mit Crinelli und auch mit sich selbst. Die Cognacschwenker gut drei Viertel gefüllt und eine Zigarre zwischen den schmalen Lippen, hockte er sich neben Crinelli auf die Bank. Er zündete die Zigarre an, indem er sie über der Flamme eines langen Streichholzes hin und her drehte.

»Na dann, Crinelli, ich bin bereit für eine spannende Geschichte – und ich freue mich über die Ablenkung. Kann ich gut gebrauchen.«

»Es war einmal …«, begann Crinelli und nahm einen kräftigen Schluck. Der Alkohol betäubte die Zunge und brannte die Speiseröhre frei. Für einen Moment nahm er ihm den Atem. »… ein ziemlich böser Bursche. Nun gibt es viele Schurken unter der Sonne, aber die wenigsten von ihnen arbeiten fürs, nein, beim BKA – so hoffe ich zumindest. Nun, eines schönen Tages begeht der Beamte eine schlimme Dummheit und wird dafür entlassen. Er beschließt, bevor er für immer von Bord geht, seinen Club noch einmal kräftig zu ärgern. Er bricht ins Waffenarsenal ein und klaut genug seltenes und teures Spielzeug, um damit eine kleine Privatarmee auszustatten. Kein Kinderkarneval, Doc, echt amtliche Ware. MGs, hochexplosive Munition, Handfeuerwaffen, seltene Repetiergewehre, Ortungsgerät, technisches Material. Fragen Sie mich nicht, wie man mit solchem Übergepäck da einfach so mir nichts, dir nichts rausmarschieren kann, und fragen Sie auch nicht, wieso der Diebstahl erst bei der Revision am Ende des Jahres bemerkt wurde. Das wirft ein ziemlich schlechtes Licht auf die Kollegen in Wiesbaden, finden Sie nicht? Für unsere Betrachtungen spielt das aber vorerst keine Rolle.

Zwei Tage nach dem Anschlag auf den Zug setzt mich Böker – und zwar persönlich – auf die Entführung Soderbergh an. Okay, wir tun, was getan werden muss, und warten ab. Wir erhalten einen Anruf des Entführers mit unverstellter Stimme, wir bekommen Post von ihm, eine handschriftlich verfasste Anweisung zur Geldübergabe und ein Funkgerät mit Seriennummer. Der Entführer tötet ein Kind und einen seiner Komplizen. Am Tatort lässt er ein Repetiergewehr sowie zwei Patronenhülsen zurück.

Tags darauf identifizieren wir das Funkgerät. Es stammt, Überraschung, Überraschung, aus ebenjenem Einbruch beim BKA. Auch das Gewehr und die verwendete Munition lassen sich eindeutig bis in den Keller des Bundeskriminalamtes zurückverfolgen – Irrtum ausgeschlossen. So schön, so schlecht. Aber jetzt wird's gleich richtig finster. Neulich war ich nochmal zufällig …« – bei dem Wort zufällig räusperte sich Weymann vernehmlich, schwieg aber – »… an der Anschlagstelle und finde zufällig eine Patrone. Eigentlich hat mich das Projektil nicht weiter interessiert. Auch die Schlamperei der Spurensicherung nicht, die das Metallstück im Matsch übersehen hat. Ich habe es nur deshalb eingesteckt, weil einer der Katastrophentouristen sich danach gebückt hat, und ich fand, dass ihm für sein unrühmliches Verhalten nicht auch noch ein Erinnerungsstück gebührt hätte. Ich habe das Ding in meine Jacke gesteckt und dort vergessen. Gestern, beim Angeln, halte ich es wieder in der Hand, und ganz plötzlich habe ich so ein komisches Gefühl. Ich hab's gleich heute Morgen in der Ballistik abgeliefert, und siehe da: Es stammt aus der gleichen Munitionsfabrik.«

Das mit der Munitionsfabrik hatte er nur gesagt, um die Sache zu erleichtern. Für ihn waren die Vermutungen des Ballistikers Tatsachen, schließlich deckten sie sich nicht nur mit seinem Gefühl, sondern erklärten auch die aufgeregte Heimlichtuerei des BKA.

Er zündete sich eine neue Zigarette an und nahm einen weiteren Schluck *Carlos.* Der Doc hatte sich während der ganzen Ausführung keinen Millimeter bewegt. Er saß bequem, die langen Beine in den Gang gestreckt, und paffte den Zigarrenrauch gegen die Decke.

»Leider«, fuhr Crinelli fort, »habe ich keine handfesten Beweise. Aber wenn ich mich irre, lasse ich mich freiwillig ans Kreuz schlagen. Wir haben es mit einem Typen zu tun, der zuerst einen Anschlag auf einen Zug verübt und fast zeitgleich eine Entführung durchführt. Ein Mann, der am Telefon eiskalt seinen Todesschuss ankündigt und nebenbei seine eigenen Leute killt. Der dann seelenruhig in einem U-Bahn-Tunnel verschwindet und auf dem Dach einer Bahn liegend entkommt, während ein riesiger Polizeiapparat, angeführt von einem bemitleidenswert schlecht operierenden Crinelli, alle Steine umdreht, nur um das Naheliegende zu übersehen. Wir haben einen Täter, der bei allem, was er tut, mit einer riesigen Fahne winkt, auf der in großen Lettern steht: Ich kann machen, was ich will, ihr kriegt mich nicht. Und das Allerschlimmste von allem, Doktor: Als ich seine Stimme hörte, war ich plötzlich wie elektrisiert. Nicht weil er die Tötung des Mädchens auch noch ankündigt, sondern weil ich den Kerl kenne.«

»Sie kennen ihn?« Weymann richtete sich auf.

»Nein, nicht ihn, seine Stimme. Seither zermartere ich mir das Hirn. Aber glauben Sie, mir fällt ein, wo ich diesen angsteinflößenden Klang, dieses Metallische gepaart mit einer Eiseskälte, dass einem das Blut gefriert, schon einmal gehört habe?

Natürlich nicht. Darüber werde ich schier wahnsinnig.« Crinelli machte eine Pause. »So, Doc«, fing er schließlich wieder an, »das ist meine Geschichte. Jetzt sagen Sie mir, was das für ein Typ ist. Was bedeuten die Fakten? Was will er? Er ist vermutlich kein Psychopath, aber wahnsinnig ist er schon, oder?«

»Wahnsinn, Geisteskrankheit, ein Psychopath, alles nur Begriffe, mein lieber Crinelli. Was sagt das schon? Wir haben es mit einem Täter zu tun, der eine Aufgabe zu haben scheint, irgendeine Art von Mission. Der Mann weiß genau, was er will, und auch, was er tut. In der Story könnte mehr Sprengstoff stecken, als Sie vertragen können. Haben Sie darüber schon nachgedacht?«

»Keine Sekunde. Ist mir vollkommen egal!«

»Dachte ich mir.« Weymann paffte weiter und überlegte.

»Doktor, ich kann den Tätern nicht die Lösung des Falles übergeben.«

»Jetzt übertreiben Sie aber.«

»Nicht so sehr. Natürlich hat das BKA nicht geschossen, aber sie scheinen alles dafür tun zu wollen, dass diese Geschichte nicht auffliegt.«

»Polizistenehre!«

»Scheißdreck!«

»Was auch immer. Es gibt doch keinen Zweifel, dass es am besten ist, die ganze Akte ans BKA abzugeben. Es ist ein Fall, ein Mörder, das alles gehört zusammen, Crinelli. Lassen Sie die Jungs doch den eigenen Fehler vertuschen, Hauptsache, die finden den Kerl, und zwar möglichst bevor noch mehr passiert.«

»Ja, aber das tun sie nicht, das ist es doch gerade. Das BKA weiß all das längst, was ich in den letzten Tagen mühsam zusammengetragen habe. Zwar haben sie noch keine Ahnung, dass Anschlag und Entführung zusammenhängen, weil ihnen meine Informationen fehlen, dafür wissen die aber längst, wer der Mann ist.«

»Und das ist bedeutend?«

»Logisch! Das macht die Sache sogar noch schlimmer. Sie haben es während der ganzen Zeit nicht geschafft, einen ihnen bekannten Täter zur Strecke zu bringen. Wenn ich denen jetzt erzähle, was ich weiß, ist der Fall Soderbergh weg. Zumal Böker froh wäre, aus der Schusslinie zu kommen. Ich hab ihn ruhiggestellt, für den Augenblick zumindest, aber wenn er unter Druck gerät, da wissen wir beide doch, wie er reagiert. Nein, ich muss den Fall behalten, und ich schaff das schon irgendwie. Wie schätzen Sie den Täter ein?«

Weymann überlegte lange, bevor er antwortete.

»Die Sache ist meiner Meinung nach ziemlich eindeutig. Psychologisch scheint mir sein Vorgehen nicht allzu schwer zu erklären. Vor allem, wenn wir davon überzeugt sind, dass er ein klar denkender, strukturiert vorgehender Mensch ist und eben kein Psychopath.«

»Dann ist er ein eiskalter Mörder. Einer, der ohne Motiv Leute umbringt.«

»Ohne Motiv würde ich nicht sagen. Sein Grund könnte Rache sein, verletzter Stolz, so was in der Richtung.«

»Ein Killer. Ein Mann ohne Gewissen und ohne Skrupel.«

»Wie auch immer wir ihn nennen, Sie müssen den tiefer liegenden Grund für seine Verbrechen herausfinden, wenn Sie ihn kriegen wollen. Der Täter war beim BKA. Er muss dort eine Stellung gehabt haben, die ihm zumindest einen Zugang zur Waffenkammer gewährt hat.«

»Ja, er hatte einen Schlüssel, vielleicht war er sogar selbst für die Verwaltung der Waffen zuständig. 90 Prozent aller Überfälle auf Geldtransporter werden von Mitarbeitern der Sicherheitsfirmen selbst begangen.«

»Oder er hatte dauerhaften Zutritt.«

»Dauerhaft hat nur Zutritt, wer in einer Spezialeinheit tätig ist. Der normale BKA-Beamte geht so oft in die Waffenkammer wie ich: alle Jubeljahre mal, wenn die Knarre klemmt oder man auf ein neues Modell gesetzt wird … *Dauerhafter Zutritt*, das ist nicht schlecht, Doc. Wenn er zum Einsatzkommando gehört, vielleicht sogar zu den Maskierten, dann kann er auch mit den ganzen geklauten Waffen umgehen. Unser Täter kann das nämlich.«

»Das ist kein Beweis, fürchte ich. Es steht ja nicht fest, dass der Mann selbst geschossen hat. Er ist nicht allein, vergessen Sie das nicht, Crinelli.«

»Er lässt keinen anderen schießen. Tut er nicht, definitiv nicht. Er lässt auch niemand anderen die Anrufe erledigen oder die Briefe schreiben. Er hat zwar Helfer, aber die wirklich wichtigen Positionen seiner Operationen besetzt er selbst.«

»Crinelli-Eingebung?«

»Nennen Sie es, wie Sie wollen. Ich weiß es einfach.«

»Na schön, dann nehmen wir Ihre Theorie für den Moment als gesetzt. Dann gilt aber auch Folgendes: Der Typ ist kein einfacher Mitläufer in dieser Truppe oder Einheit, er ist ein Leader. Wenn alles, was Sie da eben geschildert haben, sein Werk sein soll, hat er sowohl Befehls- als auch ausreichend Praxiserfahrung. Und dann folgt daraus auch noch etwas Weiteres: Einsatzleiter von Spezialeinheiten müssen eiskalte Analysten sein. Sie sind trainiert, ihre Gefühle auszuschalten und exakt nur das zu tun, was die jeweilige Situation erfordert.«

»Die Besten der Besten.«

»Wie bitte?«

»Das hat Thomas Holzhäuser immer gesagt. ›Beim BKA haben wir die Besten der Besten‹.«

»Na ja, jeder Staat der Welt bildet solche Leute aus. Ob wir sie tatsächlich brauchen, darüber gibt es verschiedene Meinungen. Wenn wir es mit so einer Kampfmaschine zu tun haben, Crinelli, dann haben Sie dieses Mal einen mindestens gleichwertigen Gegner. Müsste Ihnen doch eigentlich liegen.«

»Ich suche keine Gegner.«

»Weiß ich doch, dennoch haben Sie ihn, falls Sie den Fall behalten können.«

»Hmm, keine Ahnung, ich habe eigentlich gar keine Meinung über unsere Sondereinheiten. Die Jungs von SEK, MEK und GSG 9 haben mir mehr als einmal den Arsch gerettet, allerdings ist es ziemlich gefährlich, wenn einer von denen ausbricht und dabei auch noch die halbe Waffenkammer mitnimmt. Je länger ich jetzt darüber nachdenke, einen Mann zum Feind zu haben, der eine ähnliche Ausbildung hat wie man selbst – Gott verdammt, Doktor, das ist nicht einfach.«

»Das gilt aber für beide Seiten. Eigentlich sollten seine Kollegen genau wissen, was der Typ wann tut. So viele unterschiedliche Verhaltensweisen in Krisensituationen gibt es nicht.«

»Das spricht dann entweder gegen unsere Theorie oder gegen die Klasse des BKA. Weshalb führt er diesen Krieg?«

»Man wird sich von ihm getrennt haben, und er scheint damit nicht einverstanden gewesen zu sein. Eine Frage der Ehre, verletzter Stolz, zu große Eitelkeit.«

Crinelli nickte und nahm noch einen Schluck. Der Doktor hatte inzwischen nachgefüllt, und seine Zigarre brannte im letzten Drittel. »Was bezweckt er mit der Abfolge seiner Verbrechen? Was sollen ein sinnloser Anschlag auf einen fahrenden Zug und eine Entführung, deren Ende er von Anfang an geplant hatte? Ich kapier's nicht.«

»Ich fürchte, dabei kann ich Ihnen nicht helfen. Polizeiarbeit ist nicht meine Baustelle. Wieso glauben Sie, dass das Drama unausweichlich war?«

»Weil er von Anfang an vorhatte, das Kind zu töten.«

»Und warum dann der ganze Budenzauber?«

»Ich vermute, weil er uns einschüchtern wollte. Er hat uns gezeigt, wozu er fähig ist. Dass er keine Skrupel kennt, dass ihm Menschenleben nichts bedeuten, dass er sogar seine eigenen Leute erschießt und dass er jederzeit entkommen kann, weil er alle unsere Schritte bereits kennt, bevor wir sie tun.«

»Aber dann …«

»Genau! Das war erst die Ouvertüre.«

»Und das Geld?«

»Passt nicht ins Schema.«

»Irgendwie nicht. Eine Machtdemonstration – na schön. Rache – auch gut. Aber Geld? Soll das von etwas ablenken?«

»Darüber denke ich auch schon die ganze Zeit nach. Vielleicht will er es uns zuerst allen zeigen, und dann haut er ab, taucht unter, allerdings mit den Taschen voller Geld. Selbst wenn *er* es aus Rache tut, seine Helfer können ja nicht auch alle Ehemalige sein. Die wird er mit Geld geködert haben.«

»Fragt sich nur, wie lange die noch stillhalten.« Crinelli sah Weymann an. »Na ja, er hat einen von ihnen getötet. Auf jedem Schiff würde das zu einer Meuterei führen.«

»Stimmt. Die Sache mit den Komplizen habe ich noch nicht bedacht.«

»Was wollen Sie jetzt machen, Crinelli?«

»Irgendwie kann ich doch mal wieder nur abwarten.«

»Sie meinen, bis er sich das nächste Mal meldet?«

»Was soll ich sonst tun? Entweder die Kollegen finden den Mann, dann ist auch unser Fall gelöst, oder ich warte auf weitere Leichen, so bitter es ist, oder …«

»Oder?«

»Böker.«

»Böker?«

»Ich weiß – ganz wohl ist mir dabei auch nicht. Aber ich musste ihn ruhigstellen, und ich brauche diese Liste.«

»Liste?«

»Ja. Eine Liste aller unehrenhaft Entlassenen beim BKA in den letzten Jahren. Wenn ich wüsste, wer der Kerl ist, wenn ich die gleichen Informationen wie die Kollegen vom BKA hätte, müsste ich nicht tatenlos zusehen. Böker ist meine einzige Chance, um an so was heranzukommen.«

»Sie schicken Böker ins Rennen? Jetzt, wo Sie diesen Link zu dem Attentat gefunden haben? Crinelli, es geht mich ja nichts an, aber an Ihrer Stelle würde ich meine ganze Kreativität daransetzen, Ihren Chef zurückzupfeifen. Selbst wenn die Kollegen drüben so blöd sind, wie Sie es glauben, für einen unbeholfenen Menschen wie Böker reicht deren kriminalistische Gabe immer noch aus.«

»Sie meinen …«

»Ja. Auf wen auch immer Böker zugegangen ist, er wird sich schon beim ersten Wort selbst verraten haben. Böker kann nicht ermitteln. Wenn er mit seinem Auftrag schon begonnen hat, dann wissen die ersten Leute inzwischen Bescheid. Und es würde mich doch sehr wundern, wenn die daran Gefallen finden, dass hier bei uns Informationen existieren, die eigentlich ihnen gehören. Und die Chance, dass einer von Bökers angeblich sicheren Kontakten dichthält, ist nicht sonderlich hoch.«

23

Ohne anzuklopfen stürmte Crinelli in Bökers Büro. Auf der Schwelle blieb er abrupt stehen. Drei Augenpaare starrten ihn ungläubig an. Im Türrahmen erblickten sie eine ziemlich heruntergekommene Person mit wildem Haarschopf und gehetztem Blick, auf Socken und mit einem mindestens drei Nummern zu großen ASV-Sweatshirt – ein äußeres Erscheinungsbild, das insgesamt eher an einen entlaufenen Psychopathen erinnerte als an einen Polizisten im Dienst.

Crinelli kannte Bökers Besucher nicht, aber aus welchem Stall sie stammten, wusste er sofort. Er fischte sich die Kippe von der Unterlippe. Es schmerzte, das Zigarettenpapier war bereits angetrocknet. Bevor er auch nur einen Satz herausbrachte, ergriff Böker das Wort.

»Crinelli, da sind Sie ja endlich. Das, meine Herren«, fuhr er an die beiden BKAler gewandt fort, »ist Hauptkommissar Jerôme Crinelli, der Leiter der Ermittlungen im Fall Soderbergh.« Die beiden Gestalten schauten noch eine Spur konsternierter. »Crinelli, die Kollegen hier sind vom BKA, und sie erheben schwerste Vorwürfe gegen Sie und Ihre Beamten. Sie sollen Beweismaterial unterschlagen haben. Hinweise, die die Dienststelle der Kollegen direkt betreffen, nicht weitergeleitet. Wichtige Ergebnisse, die für die Ermittlungen der Herren von entscheidender Bedeutung sind, wenn ich Sie recht verstanden habe?« Die beiden nickten eifrig. »Mir ist es eben erst wie Schuppen von den Augen gefallen, Crinelli, schließlich haben Sie mich selbst auch noch in die Bredouille gebracht, mit dieser Anfrage von gestern Abend. Hätte ich auch nur geahnt, dass Sie einen Alleingang versuchen, Crinelli, ich hätte Sie auf der Stelle von dem Fall abgezogen. Aber das werde ich jetzt nachholen, und nicht nur das. Hauptkommissar Crinelli, Sie haben sich im höchsten Maße falsch verhalten. Ich werde prüfen, inwieweit Sie alles wissentlich verschleiert haben und aus welchen Gründen dies geschah. Und sollten sich die Vorwürfe gegen Sie erhärten, droht Ihnen durchaus Schlimmeres als nur der Entzug dieses Falls. Wie konnten Sie so unverantwortlich handeln, Crinelli? ... Schließen Sie endlich die Tür und erklären Sie sich. Sofort!«

Am Ende seiner Brandrede sah Böker seinen Besuch mit einem Augenaufschlag an, der zeigen sollte, welch harter Hund er war und zu welchen Sanktionen er fähig wäre, wenn er herausgefordert wurde.

»Nun wollen wir mal alle ganz ruhig bleiben«, war alles, was Crinelli herausbrachte. Er sprach laut und betonte jedes Wort. Während er sprach, machte er drei Schritte auf Bökers Schreibtisch zu und sah seinem Vorgesetzten direkt in die Augen. Genug war genug.

Böker schlug die Augen nieder. Er wusste, wozu sein Ermittler imstande war, wenn er Unrecht witterte. Böker entschied sich, erst einmal zu schweigen und zu beobachten, wie sich der angeschossene Crinelli aus dieser Situation zu befreien gedachte.

Crinelli wandte sich den Ermittlern des BKA zu. Er musterte sie von oben bis unten, so wie sie es vor wenigen Minuten mit ihm gemacht hatten. Nur dass Crinellis abschätzender Blick die beiden nervös machte, während er die ihren weggesteckt hatte wie ein gut trainierter Boxer harte Körpertreffer. Die zwei Gestalten hatten sich ihren Ausflug zum Kölner Präsidium mit Sicherheit anders vorgestellt. Keinesfalls waren sie auf Crinellis Ausbruch vorbereitet gewesen.

»Und nun zu euch.« Crinelli verzichtete in seiner Ansprache ganz bewusst auf jede Höflichkeit. »Was wollt ihr?« Er machte eine längere Pause, so als erwarte er tatsächlich eine Antwort auf seine Frage. »Wir bearbeiten hier einen Fall von Kindesentführung mit tödlichem Ausgang, und ich habe weder Zeit noch Lust, mich auch nur eine Sekunde mit etwas zu beschäftigen, das nicht direkt im Zusammenhang mit diesem Verbrechen steht. Sagt mir, was ihr wollt, und dann verschwindet wieder und lasst mich meine Arbeit tun.«

Böker hielt die Luft an.

»Kollege Crinelli, wir verlangen von Ihnen alle Unterlagen, die den Fall Soderbergh betreffen. Außerdem sämtliche Ermittlungsergebnisse, die auf einen angeblichen Einbruch in die Waffenkammer des BKA hinweisen. Beides sind unsere Fälle, und Sie wissen das. Sollte sich herausstellen …«

»Was? Sollte sich was herausstellen? Dass mein Mörder einer von euch ist? Ja? Sollte sich das herausstellen, was dann?«

»Sie überinterpretieren. Ein weiterer Grund, weshalb Sie den Fall abgeben werden. Wir können damit besser umgehen.«

»Sie können besser den Deckel draufhalten, ja, das verstehe ich«, zischte Crinelli. »Aber jetzt mal Butter bei die Fische, Kollegen …« Crinellis Ton wurde eine Spur aggressiver, was vortrefflich zu seinem Aussehen passte. »Ihr habt Scheiße gebaut. Und das, wo ihr doch ohnehin schon genug davon am Hacken habt. So viel, dass eure ganze Umgebung bereits stinkt. So viel, dass wir es bis hierher riechen können. Und wisst ihr, was wir hinter dem Gestank entdecken? Dass ihr unfähig seid, euren eigenen Mann zu stellen.«

»Euer eigener Mann …?«

Crinelli brauchte nur einen scharfen Blick, um Böker wieder auf leise zu stellen.

»Crinelli – passen Sie auf, was Sie sagen. Sie haben es bei mir nicht mit einem Ihrer Beamten zu tun.« Die Stimme des BKAlers klang weniger stark als seine Worte.

»Ganz sicher nicht. Dafür bist du zu schlecht, du Pfeife. Der Fall Soderbergh ist mein Fall, und dabei bleibt es auch. Findet euren Attentäter, damit habt ihr genug zu tun. Und wenn ihr noch Zeit übrig habt, checkt doch mal eure Leute und zählt die Munition.«

Crinelli zündete sich eine Zigarette an, ohne dabei den Blickkontakt zu den Beamten abreißen zu lassen.

»Crinelli, hören Sie zu. Sie wissen eine ganze Menge, aber lange noch nicht alles …«

»Dann erzählen Sie mir den Rest. Zigarette?« Er hielt dem verdutzten Beamten sein Päckchen unter die Nase.

»Danke. Ich rauche nicht. – Nein, genau das werde ich nicht tun, kann ich nicht und darf ich auch nicht. Sie wissen das, Crinelli. Hören Sie, es bringt gar nichts, wenn wir uns hier gegenseitig zerfleischen. Die Sache ist längst beschlossen. Der Fall Soderbergh liegt ab sofort in unserer Zuständigkeit. Und zwar, weil – wie Sie ja sicherlich wissen – unser Täter mit dem Ihren identisch ist.«

Böker starrte hilflos Crinelli an. »Identisch«, brabbelte er vor sich hin, doch nun beachteten ihn nicht einmal mehr die Besucher des BKA.

»Ja, das weiß ich. Und wenn das an die Öffentlichkeit gelangt, sind Sie geliefert. Ist doch so, oder?«

»Vermutlich. Aber so weit werden Sie nicht gehen, Crinelli. Wir sind keine Gegner, wir wollen ebenso wie Sie nur den Täter stellen.«

»Wer ist es?«

»Negativ. Keine Aussage dazu. Das wissen Sie.«

»Wieso habt ihr euch von ihm getrennt?« Crinelli sprach mit deutlich erhöhter Lautstärke.

»Negativ! Negativ, Crinelli.«

»Negativ, negativ. Was ist das hier? Eine beschissene Agentenparodie? Negativ, negativ. Sie machen sich lächerlich, Kollege. Kommen Sie, packen Sie aus. Wenn Sie den Kerl wirklich fassen wollen, brauchen Sie mich.« Jetzt wirkte sein Gegenüber wirklich überrascht. »Ich hab in einer Woche mehr herausgefunden als ihr in der ganzen Zeit. Was ist mit der Bahn? Was wollte er mit dem Anschlag auf den Zug erreichen? Terroristischer Anschlag, pah, das ist doch Schwachsinn. Wie lange soll euch die Presse diesen Mist noch glauben? Und wer sind die armen Würstchen, die ihr da verhaftet habt? Ich sag euch was: Ihr seid dabei, den ganzen Fall zu vergeigen, und ich werde nicht dabei zusehen, wie ein brutaler Mörder weiterhin frei herumläuft und in aller Ruhe sein nächstes Verbrechen plant. Ihr wisst genau, dass er weitermachen wird. Was will er von der Bahn? Geht es um Kohle? … Ja? … Um wie viel? … Wann? … Wo?«

Jetzt war Crinelli in seinem Element. Verunsicherung stand deutlich in den Gesichtern der beiden Männer, und allein durch ihr Schweigen bestätigten sie jede seiner Vermutungen. Sie lagen am Boden. Der Fall würde trotzdem ans BKA gehen.

Mitten hinein in die Überlegung, was um Himmels willen er Crinelli antworten könne und wie er aus dieser misslichen Lage wieder herauskommen könnte, klingelte das Handy des Langen. Umständlich fingerte er das Gerät aus der Tasche. Er klappte es auf und meldete sich mit einem knappen »Ja«. Man konnte sehen, wie sein ohnehin blasses Gesicht in Sekunden die Farbe von Bökers kalkweißen Wänden annahm. Die Hand, die das Gerät ans Ohr drückte, zitterte leicht. Mehrmals hintereinander nickte er, dann klappte er das Handy wieder zu.

Der Anruf veränderte die Stimmung im Raum. Irgendetwas war geschehen.

»Wir setzen unser Gespräch zu einem anderen Zeitpunkt fort. Im Frankfurter Hauptbahnhof ist soeben eine Bombe explodiert.«

24

Neue Terrormorde!

Frankfurt a.M. Zwei Wochen nach dem unfassbaren Terrorschock von Köln erschüttert eine neue Gewalttat ganz Deutschland. Gestern Abend gegen 17 Uhr detonierte mitten im belebten Frankfurter Hauptbahnhof eine Bombe. Das Ergebnis dieser erschütternden Bluttat: 2 Tote und annähernd 20 zum Teil schwer verletzte Menschen.

»Plötzlich zerfetzte es den Mann vor mir. Überall war Blut und Geschrei.« In drastischen Worten berichtet ein Augenzeuge von der Explosion. »Ich bin nur glücklich, dass ich meine Tochter retten konnte«, flüstert eine Mutter, bevor sie selbst blutüberströmt zusammenbricht. »Diese Panik, all die Menschen, die plötzlich in alle Richtungen davonrennen. Ich hatte Todesangst«, so ein Rentner, den die flüchtende Menge überrannte.

Die Menschen in Deutschland sind entsetzt. Ist unser Leben hier bald so gefährlich wie im Nahen Osten, fragen sie sich und unsere Politiker.

»Wir müssen jetzt Ruhe bewahren«, sagte der deutsche Innenminister, der unmittelbar nach Bekanntwerden des Anschlags eine Konferenz in Hannover unterbrach, um sich selbst vor Ort ein Bild vom Ausmaß der Katastrophe zu machen. »Sollten es wieder Terroristen gewesen sein«, so der Minister weiter, »haben die Anschläge heute eine neue Qualität erreicht. Nach London, Madrid und zuletzt Köln müssen wir uns nun in Deutschland der grausamen Wahrheit stellen. Den Terroristen geht es nicht darum, politische Ziele durchzusetzen, sondern letztlich ist allein Terror ihr Hauptanliegen. Wir werden diese gezielten Anschläge auf die Zivilbevölkerung mit aller Härte bekämpfen.«

Über einen Zusammenhang zwischen Köln und Frankfurt wollte der Minister sich nicht äußern. »Das ist Sache der Ordnungskräfte. Vorerst sind meine Gedanken bei den Opfern und deren Angehörigen.«

Der Terror ist in Deutschland angekommen. Wo liegen die Gründe dafür? Liegt es an der Unterstützung der Israelis im Nahostkonflikt, am neuerlichen Schulterschluss der Bundesregierung mit den Amerikanern oder ganz einfach an Deutschlands neuer Rolle in der Nato? Oder ist die erneute Bluttat lediglich ein Racheakt für die Festnahme der beiden Attentäter von Köln?
Fest steht, mit diesem Anschlag haben wir das Ende der Unschuld erreicht. Jetzt müssen unsere Politiker handeln, schnell handeln, um weiteres Leid von der Bevölkerung abzuwenden. Noch ist es zu früh, um die Drahtzieher des Anschlags zu benennen, aber man muss kein Wahrsager sein, um deren Herkunft in der arabischen Welt zu vermuten. Die Handlanger des Terrors stehen, zu allem bereit, in allen Ländern der westlichen Welt in den Startlöchern. In diesen Tagen scheint Deutschland in ihr Visier geraten zu sein. Das kommende Weihnachtsfest wird das traurigste in der jüngeren Geschichte sein.

Crinelli faltete die Zeitung zusammen und warf sie in den Papierkorb. Gedankenverloren sah er aus dem Fenster. Halbstündliche Sondersendungen im Fernsehen, im Rundfunk Liveschaltungen in die Machtzentralen der westlichen Welt und das alles beherrschende Thema der schreibenden Presse weltweit. Kommentare, Gespräche mit Nahost-Experten, Interviews mit Augenzeugen. Vergleiche mit anderen schrecklichen Anschlägen der Vergangenheit, mit dem Bahnanschlag von Madrid, dem U-Bahn-Anschlag in London, ja sogar mit dem Giftgas-Attentat in Japan und natürlich immer wieder der Verweis auf den ICE-Anschlag von Köln. Alles wie gehabt. Crinelli bewunderte die BKA-Kollegen für die Finte mit dem Racheakt. Er war sich ziemlich sicher, dass sie die Information gezielt gestreut hatten. Nach den aufkeimenden Zweifeln an der Richtigkeit der ersten Verhaftungen waren sie zum Handeln gezwungen. Und der Ausweg aus der Misere des BKA war denkbar einfach gewesen, so einfach, dass Crinelli selbst niemals darauf gekommen wäre. Aber was lag näher und war zugleich weniger überprüfbar als ein geheimes Rachekommando für die beiden mutmaßlichen Täter. Crinelli lachte bitter, die Öffentlichkeit wollte wohl betrogen werden.

Gegen 10 Uhr tauchte das erste Amateurvideo auf – Crinelli hätte Wetten darauf angenommen. Wer waren eigentlich diese so genannten Amateurfilmer, die sich immer zur richtigen Zeit an genau den richtigen Stellen aufzuhalten schienen? Alles bloßer Zufall? – Danach endlose Wiederholungen, erneute Sondersendungen mit neuen Diskussionen, Mutmaßungen und massiven Forderungen nach entschlossenem Durchgreifen der Regierung, nach harter Bestrafung und neuen, verschärften Gesetzen. Um 11:30 Uhr hielt das BKA eine erste Pressekonferenz im überfüllten Frankfurter Polizeipräsidium ab.

Crinelli verstand die Aufregung der Zivilbevölkerung. Leider kannte er aber auch die vorhersehbaren Reaktionen verantwortlicher Politiker auf die Verunsicherung und zunehmende Nervosität der Bürger. Was er in all dem Durcheinander vermisste, war eine besonnene Stimme, waren konkrete Aussagen zu den gefundenen Spuren. Irgendeinen stichhaltigen Beweis für all die hysterisch geäußerten Theorien. Einen Hinweis, um welche Täter es sich tatsächlich handelte und wie man zu dieser Einschätzung gelangt war. Die Vorhersagbarkeit der Meinungen und der darin deutlich zutage tretende Fremdenhass ärgerten ihn, nicht einmal so sehr aus gesellschaftspolitischen Gründen, sondern weil solche sinnlosen Mutmaßungen seiner Auffassung von Gerechtigkeit widersprachen. Es war dumm und half letztlich nur den Verbrechern.

Crinelli hatte sich noch nie für die Nationalität eines Täters interessiert. Mord war Mord, ein Verbrecher so schlecht wie jeder andere, warum Unterschiede machen? Er interessierte sich für seine Täter, das musste er, nur so konnte er sie verstehen, hinter das Motiv für die Tat kommen und sie letztlich festnehmen. Die Schicksale der Täter selbst ließen ihn kalt.

Crinelli saß am Schreibtisch und blätterte lustlos in seinen Unterlagen. Seine Gedanken beschäftigten sich ausschließlich mit dem Erpresser, dem Entführer, dem vielfachen Mörder – aber seit gestern hatte er keinen Fall mehr. Noch in der Nacht hatten die Beamten des BKA alle Informationen zum Fall Soderbergh übernommen und aus dem Präsidium geschleppt. Crinelli blieben im Grunde nur seine Erinnerung und seine Kladde.

Er rauchte, stützte seinen Kopf immer wieder auf die geballten Fäuste und versuchte sich zu konzentrieren. Er trank zu viel Kaffee. Dass er auf dem Gang einem äußerst aufgeräumten Böker begegnet war, der die Ereignisse des vorangegangenen Tages mit keiner Silbe erwähnte, hellte Crinellis Stimmung nicht gerade auf.

Einsilbig ging er mit Hammerschmidt einen Fall durch. Ein betrunkener Fahrgast hatte einen Taxifahrer mit einem Stich in den Hals lebensgefährlich verletzt. In den frühen Morgenstunden war der 62-jährige Mann seinen Verletzungen erlegen. Ihnen lag eine ziemlich gute Täterbeschreibung vor, und damit sollten Hammerschmidt und ihr Team keine großen Probleme haben, den Typ in den nächsten Tagen festzusetzen. Die meisten Morde wurden schneller aufgeklärt, als die Bevölkerung glaubte. Schwierige Fälle, sorgfältig geplant und perfekt inszeniert, gab es eher im Fernsehen. Die wenigen tatsächlich vertrackten landeten immer auf Crinellis Schreibtisch. Er selbst hatte nichts dagegen, schließlich versetzte er sich immer noch lieber in die Psyche eines intelligenten Killers, als einen Affekttäter wie diesen Besoffenen zu suchen.

Auch in den übrigen drei Dezernaten, denen er im Augenblick vorstand, gab es ausreichend Routineuntersuchungen. Crinelli machte brav die Runde, hörte sich die Fakten an, stimmte der eingeschlagenen Ermittlungsrichtung zu oder gab Tipps, wie man seiner Meinung nach schneller zum Erfolg kommen könnte. An diesem Morgen zwang er sich in die Rolle des vorbildlichen Vorgesetzten. Ruhig, konzentriert und sachlich. Und das alles nur, um nicht an seiner inneren Unruhe zu verzweifeln.

Zu Mittag ging er in die Kantine, wo er sich allein an einen der langen Tische setzte. Er aß bewusst langsam und trank dazu zwei Gläser Wasser. Seine Umgebung blendete er aus. Nachdem er sich mit einem Zahnstocher den Rest des zähen Schnitzels aus den Zähnen gepult hatte, stellte er das Resopaltablett mit dem schmutzigen Geschirr in einen der Rollwagen und ging zurück ins Büro.

Zwei Stunden später klingelte sein Telefon.

»Crinelli?« Weymann. »Sind Sie eigentlich immer noch an dieser Leiche interessiert?«

Am liebsten hätte er die Frage verneint. »Ja«, sagte er mürrisch. Er wusste nicht einmal, von welcher Leiche der Gerichtsmediziner sprach.

»Elisabethstraße. Der Tote vom Dach.« Weymann hatte sofort bemerkt, dass Crinelli keine Ahnung hatte. »Ja, Crinelli, wir vergessen hier unten keinen. Wenn es auch schon mal ein Weilchen dauert.«

»Ach der ...« Die Enttäuschung in Crinellis Stimme war nicht zu überhören. »In Ordnung, Doktor, ich komme nachher mal zu Ihnen runter.«

Tatsächlich erinnerte er sich erst bei der Nennung des Straßennamens wieder an den Totengräber, die erste Leiche in all dem Durcheinander. Der Fall kam ihm ungelegen, wie im Moment eigentlich jeder Fall, der nichts mit dem Attentäter zu tun hatte.

Alles änderte sich auf dem Weg zu Weymann. Er spürte, wie sich seine Erstarrung löste. Der Fall war ihm sogleich wieder präsent, und er fühlte regelrecht die wiedererwachte Lust am Ermitteln. Endlich ein Mord, den ihm Böker nicht abnehmen würde, ein ganz und gar harmloser Fall, wie geschaffen, um aus der Verwirrung herauszukommen.

Weymann erwartete ihn bereits im Gang zur Gerichtsmedizin, mit Zigarre hockte er auf der Holzbank. Die Gläser waren gefüllt, und er grinste Crinelli freundlich an.

»Was denn, Doc, entspannte Miene und Zigarre?«

»Tja. Muss auch schon mal sein. Ich habe etwas zu feiern. Ob Sie es glauben oder nicht, der Keller ist fast leer. Und das ist eine Zigarre wert und natürlich einen schönen *Carlos I.* Und wollen Sie auch wissen, was das Beste an all dem ist?«

»Also?«

»Endlich bin ich auch die Kollegen wieder los. Es gibt kein größeres Glück, als hier unten, ganz in Ruhe, seiner Arbeit nachzugehen.«

»Das ist natürlich ein Grund zu feiern. – Hören Sie, bevor wir zur Elisabethstraße kommen, würde mich noch interessieren, was mit dem Komplizen von der Brücke ist. Konnten Sie denn gar nichts rauskriegen?«

»Natürlich. Aber alle meine Ergebnisse liegen jetzt ebenso beim BKA wie die Leiche selbst.«

»Soll das heißen, die haben tatsächlich die Leiche überführt? Ist das nicht total unüblich?«

»Doch. Aber es ist auch unüblich, dass die zuständige Polizeibehörde von dem Verbrechen abgezogen wird, oder?«

»Ja, in diesem Fall läuft eine ganze Menge anders. Und daran ist unser großer Böker übrigens nicht ganz unschuldig.«

»Ich hatte recht, nicht wahr?«

»Und wie. Nicht mehr zu ändern … Nochmal im Klartext, Sie haben nichts festgestellt, und nun ist die Leiche weg, richtig?«

»Ich habe nichts festgestellt, was zu einer Identifizierung beitragen wird. Vom Gesicht war nichts mehr übrig, und das Foto eines Torsos wird Ihnen als Ermittler nichts nützen. Die genommenen Fingerabdrücke haben die Kollegen. Inklusive der Dateien.«

»Die Dateien? Selbst das BKA kann die Abdrücke nicht aus der Datenbank löschen.«

»Na sicher können die das. Mit einer entsprechenden Verfügung wird der Print in ein sicheres Verzeichnis verschoben, auf das nur gewisse Gruppen mittels Passwort Zugriff haben. Sie und ich gehören im Augenblick nicht zu dieser privilegierten Schar. Es stand nicht einmal ausreichend Zeit zur Verfügung, um eine Kopie des Ergebnisses auszudrucken, so wie in den guten alten Zeiten. Ich dachte mir ja schon, dass Sie nochmal damit ankommen, aber in diesem Falle waren die Jungs vom BKA einfach schneller. Vielleicht haben die bei der Fahndung ja noch was, was Ihnen weiterhilft. Bei mir: leider Fehlanzeige. Außer dass ich Ihnen sagen kann, dass der Mann für sein Alter ziemlich schlecht in Schuss war. Der Tote war nicht älter als 40, aber sein Körper war der eines alten Mannes. Verdammt mitgenommen, wenn Sie mich fragen.«

»Ein Säufer?«

»Dafür habe ich keinen Beweis. Eher nicht. Nein, einfach ausgezehrt. Früher sahen viele 40-Jährige so aus. Heute ist das selten geworden.«

»Scheiße, das bringt mich in der Tat nicht wirklich zurück ins Spiel. Egal, ich darf ja eh nicht weiter ermitteln. Im Augenblick ist die Sache wirklich zu heiß.«

»Glauben Sie eigentlich, dass unser Mann hier auch für Frankfurt verantwortlich ist?«

»Sie meinen unseren Entführer? Um wie viel wollen Sie wetten?«

»Gegen Sie? Bei einer Ermittlung? Keinen Cent! Dafür verdiene ich mein Geld zu hart.«

»Natürlich war er es, ganz sicher sogar. Das Arschloch führt einen richtigen Krieg. Aber für die Öffentlichkeit waren es ja die Mullahs. Es lebe das geheiligte Vorurteil … Aber lassen Sie uns lieber über die Elisabethstraße sprechen. Ich habe mich schon den ganzen Tag über Böker geärgert, vielleicht kann ich ja jetzt wenigstens das kleine Fällchen hier in Ruhe lösen. Da dürfte selbst Kollege Böker nichts mehr dagegen haben.«

»Also, der Tote ist seinen Verletzungen nach zu urteilen aus einer Höhe von etwa fünf bis sechs Metern gestürzt oder gestürzt worden. Ob ihn dieser Sturz allein tatsächlich umgebracht hätte, ist nicht sicher. Das klingt zwar hoch, aber wir haben Dutzende von Fällen, bei denen Menschen Stürze aus noch größerer Höhe überlebt haben. Das ist insofern wichtig, als damit nicht zweifelsfrei belegt ist, ob man ihn tatsächlich umbringen wollte. Es ist ja nicht davon auszugehen, dass der Mörder glaubte, er könne den Mann auf der Antenne wie auf einen Schaschlikspieß aufspießen. So was ist Pech und keine Berechnung.«

»Sie meinen, es könnte ein Kampf stattgefunden haben, in dessen Verlauf der Typ aus dem Fenster fällt und in der Antenne landet?«

»Ja, davon muss man ausgehen, solange das Gegenteil nicht bewiesen ist. Obwohl ich keinerlei Spuren gefunden habe, die auf einen Kampf hindeuten. Keine Hautpartikel unter seinen Fingernägeln, kein Blut, keine fremden Haare, nichts. Bei der momentanen Beweislage würde ich nicht von Mord sprechen wollen.«

»Könnte demnach Selbstmord gewesen sein?«

»Ja, aber irgendwie glaube ich das nicht. Weiß nicht, nur so ein Gefühl.«

»Fangen Sie jetzt auch noch damit an?« Beide lachten. »Aber ich glaube auch nicht an Selbstmord.« In diesem Augenblick erinnerte sich Crinelli auch wieder, irgendwem den Auftrag gegeben zu haben, die obskure Firma zu checken. Er dachte kurz darüber nach. Leider fiel ihm der Name des Kollegen nicht mehr ein. »Ich gehe weiter von einem Mord aus. Wäre es ein Unfall gewesen, hätte der andere die Polizei davon in Kenntnis setzen können …«

»Kommen Sie, Crinelli, mir gegenüber müssen Sie nicht

nach Erklärungen für Ihre Gefühle suchen. Dafür lagen Sie schon zu oft richtig.«

»Okay … Gab es sonst nichts Auffälliges? Was ist mit den Fingerabdrücken?«

»Keine Ahnung, ich bin auch eben erst fertig geworden. Yildaz hat sie eben abgeholt. Morgen, spätestens übermorgen wissen wir mehr. Ich glaube, die Kollegen haben viel zu tun.«

»Yildi ist wieder da?«

»Ja, heute war sein erster Arbeitstag. Der Bursche sieht dramatisch gut erholt aus.«

»Gott sei Dank! Dann muss ich diesen Idioten, diesen Mettler, wenigstens nicht länger ertragen.«

»Bökers Mann.«

»Hören Sie bloß mit dem auf. – Schade, Doc, dass Ihre Obduktion sonst nichts erbracht hat.«

»Wer sagt denn das?«

»Na Sie.« Crinelli sah überrascht auf.

»Ich sagte, dass es keine Hinweise auf einen gewaltsamen Tod gibt.«

»Und dass Sie glauben, dass es doch Mord war. Was gibt es sonst noch – schießen Sie los.«

»Also erstens – das kann natürlich ein riesiger Zufall sein – sieht dieser Patient um keinen Deut besser aus als der Tote auf der Brücke …«

»Schlechter Allgemeinzustand, meinen Sie?«

»Ja. Und zweitens, aber das hätte euch eigentlich eher auffallen müssen als mir …« Er machte eine Kunstpause.

»Nun machen Sie es doch nicht so spannend, herrje.«

»Und zweitens kam mir der Anzug des Toten seltsam vertraut vor.« Crinelli begann leicht an der Zurechnungsfähigkeit des Arztes zu zweifeln. Er blinzelte hinüber zur Flasche und sah dann Weymann wieder an. »Ich kannte den Anzug. Ich dachte nach, und kurz bevor ich Sie angerufen habe, fiel es mir wieder ein. Es ist exakt der gleiche, den der Komplize des Mörders auf der Brücke getragen hat. Was ich Ihnen nur deshalb nicht beweisen kann, weil der sich natürlich jetzt auch drüben beim BKA befindet.«

Crinellis Augenlider zuckten. Gleichzeitig wurde ihm heiß. »Was heißt der gleiche?«, fragte er, und seine Stimme klang rau.

»Gleiche Farbe, gleicher Stoff, gleiches Fabrikat, identisch, gleich, verstehen Sie? Bewerten Sie es selbst, mir ist es halt nur aufgefallen.«

Spätestens in dieser Sekunde fiel auch noch das letzte bisschen Taubheit, das Crinelli den Tag über gelähmt hatte, von ihm ab. Er war zurück. Zurück im Spiel, das er schon verloren geglaubt hatte. Nur würde er jetzt von einer Seite kommen, aus einer Richtung, aus der niemand der anderen Spieler ihn erwarten konnte.

25

Ein weiterer Tag in feuchten Klamotten war auch für Crinelli zu viel. Und da es wieder wie aus Eimern goss, ließ er am Morgen sein Fahrrad kurzerhand stehen. Dicht an die Häusermauern gedrängt, schlich er zwischen all den anderen Berufspendlern die wenigen Meter bis zur Haltestelle der Straßenbahn. Aber als er auf dem Bahnsteig ankam, war er trotzdem völlig durchnässt – zu stark peitschte der Regen durch die Straßen.

In der Bahn war es unerträglich stickig. Das Gebläse stieß heiße Luft über die Köpfe der Fahrgäste. Die Scheiben beschlugen, und Crinelli begann unter seiner dicken Jacke zu schwitzen.

Trotz der offensichtlichen Fehlentscheidung, die Bahn zu benutzen, blieb Crinelli erstaunlich gelassen. Er wechselte die Linie, wurde erneut nass und lief schließlich nach Erreichen seiner Endhaltestelle, ohne weitere Deckung zu suchen, mitten auf dem Gehsteig zum Ziel seines Ausflugs.

Crinelli betrat das Foyer der Hausnummer 74. Er entledigte sich seiner Jacke und schlug sie einmal kräftig aus. Als er auf die Aufzüge zuging, blieb dort, wo er gestanden hatte, eine Pfütze zurück.

Crinelli fuhr in die fünfte Etage hinauf und fand die Tür der Immofonds verschlossen vor. Nach zweimaligem Klingeln und Klopfen zog er sein Handy aus der Tasche, wischte es an einem Zipfel seines Unterhemds trocken und rief Hammerschmidt an. Er bat sie herauszufinden, was aus seiner damaligen Rechercheanfrage geworden war. Er musste sich eingestehen, dass ihn eine gewisse Mitschuld daran traf, dass er immer noch ohne die gewünschten Informationen dastand. Hammerschmidt war nicht sonderlich begeistert von dem Auftrag, versprach aber, sich so bald wie möglich darum zu kümmern. Crinelli insistierte nicht allzu sehr. Wahrscheinlich machte der Taximörder doch mehr Schwierigkeiten als erwartet. In einer ohnehin angespannten Situation tat man besser daran, Hammerschmidt nicht noch zusätzlich unter Druck zu setzen. Wenn sie gereizt wurde, konnte sie beißen. Das gefiel Crinelli.

Er lief die Stufen hinunter in die vierte Etage. Die Tür zur Tanzschule war nur angelehnt. Drinnen stieß er auf die Putzfrau, die kein Deutsch verstand. Dafür röhrte das Radio in voller Lautstärke. Volksmusik – sehr deutsch. *Gutes bleibt*, dachte er und lächelte bitter. Er sah auf die Uhr. Es war auch übertrieben optimistisch, um neun Uhr morgens schon schwingende Röcke und seidene Halstücher auf der Tanzfläche zu erwarten.

Besser erging es ihm da schon bei der türkischen Filmproduktion von gegenüber. Herr Ergan erkannte Crinelli sofort wieder und lud ihn zu einem Glas süßen Tee ein. Crinelli nahm das Angebot dankbar an. Er fühlte sich noch immer etwas klamm. Aber abgesehen von einer zweiten Tasse Tee ergab die Befragung des Türken nichts. Ja, manchmal höre man Geräusche in der oberen Etage, und nein, gesehen oder gesprochen habe er noch mit niemandem. Und auch für ein Verhör des Tanzlehrerehepaares wollte ihm Ergan keinen richtigen Mut machen. Herr Wilfried sei gute 70 Jahre alt und Frau Helene eher noch etwas älter. Beide seien schwerhörig, weshalb Ergans Frau mutmaßte, die Alten würden sich allein nach der Musik in ihrem Kopf – einem Erinnerungswert gewissermaßen – bewegen, wenn sie die nur wenige Tage jüngeren Kunden unterrichteten. Ergan konnte sich nicht vorstellen, dass die beiden etwas gehört hatten.

Draußen setzte sich Crinelli auf die Treppenstufen und überlegte. Sein Problem bestand weniger in der Untersuchung selbst als vielmehr darin, dass er sie wie eine ganz normale, einfache

Routineermittlung aussehen lassen musste. Verbündete innerhalb des Präsidiums konnte er in dieser heiklen Phase nicht rekrutieren. Schließlich wollte er die Kollegen nicht in einen Loyalitätskonflikt bringen. Weymann war ein Eingeweihter und unterstand nicht Böker, sondern der Staatsanwaltschaft.

Crinelli hockte auf dem kalten Terrazzo-Boden und rauchte. Er schnippte die brennende Kippe auf die Stufen und sah zu, wie die Funken stoben, während der Glimmstängel die Treppe hinabrollte. Als die Glut schließlich erlosch, hatte er eine Entscheidung getroffen: Das Büro der Immofonds musste überwacht werden. Schließlich bestand begründeter Verdacht, dass ein Mann aus den Räumen der Firma in den Tod gestürzt war, und das allein reichte schon aus, um eine Observierung des Gebäudes zu rechtfertigen. Crinelli beorderte einen Mann vors Haus, mehr wäre auffällig gewesen, dafür aber sollte der Posten rund um die Uhr besetzt bleiben. Seine Anweisungen waren klar und eindeutig: alle Bewegungen innerhalb der Räume dokumentieren und Fotos machen von allen Personen, die das Gebäude betreten oder verlassen. Unter gar keinen Umständen durfte ein Zugriff ohne seine Erlaubnis erfolgen. Er verlangte, über jede Auffälligkeit sofort informiert zu werden, zu jeder Tages- oder Nachtzeit.

■■
■■

»Wieso melden Sie sich eigentlich nicht, Crinelli?«, fragte Weymann. Er erreichte den Kommissar auf dem Rücksitz eines Polizeifahrzeugs. Crinelli war es leid. Gegen jede Gewohnheit hatte er die Fahrbereitschaft angerufen und einen Dienstwagen nebst Fahrer zur Elisabethstraße bestellt. Und dieses warme Fahrzeug, mit dem er trocken durch den Regen rollte, war die erste gute Sache an Kleinerts Vertretung. Crinelli nahm sich vor, den Komfort ab jetzt häufiger in Anspruch zu nehmen. Obwohl er sich vorbehielt, seine Meinung bei einigermaßen anständigem Wetter auch wieder zu ändern. Von der Elisabethstraße war er erst nach Hause gefahren, um sich umzuziehen. Nun befand er sich auf dem Weg ins Präsidium.

»Entschuldigen Sie«, antwortete Crinelli überrascht, »ich wusste nicht, dass wir verabredet waren.«

»Nicht verabredet, Crinelli, die Fingerabdrücke. Haben Sie die Unterlagen auf Ihrem Tisch denn noch nicht gesehen?«

»Nein. Ich fahre gerade erst ins Büro.«

»Was ist denn mit Ihnen los? Sind Sie krank?«

»Ja. Ich war beim Zahnarzt.« Manchmal kannte sich Crinelli selbst nicht. »Was haben Sie herausgefunden?«

»Der Mann ist erkennungsdienstlich erfasst. Keine großen Sachen. Diebstähle vor allem, Hausfriedensbruch und Alkohol am Steuer.«

»Was für Diebstähle?«

»Das ist es ja gerade – Lebensmittel. Nur Dinge des täglichen Bedarfs. Was man halt so zum Leben braucht, mehr nicht.«

»Sonderbar, aber doch nun auch wieder nicht so spektakulär, dass Sie mich allein dafür anrufen müssten. Oder irre ich mich?«

»Ja.«

»Ja, was?«

»Ja, Sie irren sich. Der Mann war obdachlos gemeldet und ist dann plötzlich verschwunden. Seine Spur verliert sich im Nichts.«

»Auch nicht spektakulär. Ich habe wohl eine Ladehemmung. Können Sie mir mal aufs Pferd helfen, Doc?«

»Ich fand das sehr interessant. Ihr Toter zeigt doch einige Übereinstimmungen mit dem Opfer auf der Brücke. Würde es nicht ihren miserablen Allgemeinzustand erklären, wenn beide obdachlos gewesen wären?«

»Schon. Aber was soll das? Obdachlos? Ich suche keine Penner, sondern einen BKA-Mitarbeiter, einen Spezialisten, einen brutalen Killer. Ich sehe da irgendwie keine Zusammenhänge … Passen Sie auf, Doc. Wir sind gleich am Präsidium, und dann komme ich zu Ihnen in den Keller, wir trinken ein Glas, rauchen eine und sprechen weiter, okay? Es gibt da ohnehin noch so eine Angelegenheit, über die ich mit Ihnen reden will.«

∷

Zwanzig Minuten später saßen die beiden Männer sich an Weymanns Schreibtisch gegenüber. Nur eine einsame Leiche stand verloren in dem großen unterirdischen Laborraum. Das Radio war abgestellt, und das Echo der eigenen Worte schlug von den hohen Decken des Raumes zurück. Weymann nutzte die unerwartete Ruhe zum jährlichen Reinemachen, was bedeutete, dass er seinen riesigen Eichenholzschreibtisch von allem befreite, was sich dort angesammelt hatte. Der meiste Papierkram erledigte sich ohnehin durch bloßes Liegenlassen.

»Ich denke noch immer über das nach, was Sie mir da eben erzählt haben, und ehrlich gesagt, Doktor, einen Sinn ergibt das für mich nicht. Aber ich wollte Sie etwas fragen.« Weymann nickte ihm auffordernd zu, während er einen weiteren Papierstapel dadurch abarbeitete, dass er einige wenige Blätter in die Ablagemappen seiner Hängeregistratur einsortierte, während der Großteil des Papiers im Abfalleimer landete. Mülltrennung schien in der Gerichtsmedizin kein Ding von Interesse zu sein. »Warum sollte sich ein so präzise arbeitender Mörder obdachlose Komparsen suchen? Die meisten sind Säufer und innerhalb fester Strukturen nicht mehr zu gebrauchen. Außerdem waren sie körperlich in schlechtem Zustand. Auch das hilft ihm nicht weiter.«

»Treffend, Crinelli. Aber erstens waren es keine Säufer, und zweitens lässt sich so ein schlechter Allgemeinzustand in bescheidenem Maße wieder beheben.«

»Der braucht doch richtige Kerle. Was soll das denn?«

»Crinelli, vergessen Sie die Sache. Es war mir nur so eingefallen. Es sind einfach ungewöhnliche Übereinstimmungen. Vielleicht ist ja nichts dran. Es ist Ihre Sache, das herauszufinden. Was wollten Sie sonst noch? Sie sprachen von einem Gefallen.«

»Ja. Sie erinnern sich, dass ich Böker dämlicherweise auf diese Liste angesetzt hatte.« Weymann nickte. »Und was daraus geworden ist, wissen Sie auch. Aber dennoch brauche ich die Liste, weil ich wissen muss, wer der Typ ist, nach dem ich suche. Ich brauche mehr Informationen über ihn, sonst bringen die ganzen Ermittlungen mich nicht weiter.«

»Und was soll ich dabei tun?«

»Sie sollen mir die Liste besorgen.«

»Ich und das BKA? Crinelli, ich glaube, Sie verwechseln mich. Ich hocke hier unten, schneide Leichen auf und nähe sie wieder zu. Sie kommen schon mal hier runter, und wir reden über Morde, Täter und deren psychische Disposition. Die anderen geben einen Scheiß auf meine Meinung, verstehen Sie, ich meine, niemand ist an mir als Ermittler interessiert.«

»Und dabei sind Sie besser als ein Großteil von meinen Kollegen.«

»Ach kommen Sie, Sie brauchen mir keinen Honig ums Maul zu schmieren, Crinelli. Ich helfe Ihnen auch so. Bloß weiß ich nicht, wie.«

»Ich meine das ernst, Doc. Und das wissen Sie auch. Sonst käme ich nicht so oft zu Ihnen, um zu reden. Sie sind der Einzige, mit dem ich mich wirklich austausche. Weiß nicht, warum, aber das ist so.«

»Und wann ziehen Sie bei mir ein?«

Crinelli schien zu überlegen, ob der Doktor ihn mit dieser Bemerkung verletzen wollte. Dann lachte er.

»Würde ich. Ehrlich. Vielleicht stelle ich einen Antrag auf Versetzung.«

»Bloß nicht. Das halten meine Brandy-Vorräte nicht aus.

Nun sagen Sie schon, wie Sie auf die Idee kommen, ich könnte Ihnen diese Liste besorgen.«

»Sie haben doch sicher Kontakt zu anderen Kollegen oder nicht?«

»Pathologen meinen Sie? Gerichtsmediziner, Zahnärzte, oder was?«

»Zu Ärzten überhaupt.«

Weymann lachte. »Was soll ich denn herausfinden, und wieso glauben Sie, einer meiner Kollegen könnte uns helfen?«

»Weil ich nicht annehme, dass unser Mann so einfach mir nichts, dir nichts den Dienst quittiert hat. Er hat Scheiße gebaut, und dann hat es Ärger gegeben. Und wenn das so war, dann haben die ihn erst mal zum Psychiater geschickt. Die können einen so gut ausgebildeten Mann nicht einfach auf die Straße setzen, ohne zu wissen, wie es um ihn steht. Also möchte ich, dass Sie herausfinden, wie viele Leute in den letzten fünf Jahren aus dem Dienst ausgeschieden sind, nachdem sie – vermutlich zwangsweise – einen Psychiater konsultiert haben.«

»Und Sie meinen, der Arzt würde mir eine solche Liste so einfach aushändigen, wenn ich denn überhaupt einen bei denen kenne? Und wenn es so eine Liste tatsächlich gibt …«

»Die Liste gibt es, da bin ich mir absolut sicher. Überlegen Sie, Doc. Und Sie kennen doch einen Haufen Leute.«

Weymann dachte nach. Plötzlich hellte sich seine Miene auf. »Ich habe da tatsächlich eine Idee.«

»Und?«

»Es gibt da so einen Stammtisch. Er ist nicht so ganz offiziell, und wenn ich Ihnen erkläre, über was dort gesprochen wird, verstehen Sie auch, weshalb das so ist.«

»Ich höre Ihnen zu.«

»Einmal im Monat treffen sich Wissenschaftler, die für Polizei, Staatsanwaltschaft, BKA, LKA und was nicht noch alles arbeiten, um bei einem Glas Wein richtig abzulästern.«

»Sie meinen, über uns? Die Beamten?«

»Ja, genau. Verstehen Sie – Sie sind Beamter, wir sind nur Externe, und ob Sie es glauben oder nicht, das lässt man uns auch Tag für Tag spüren. Die Treffen sind meist sehr nett und wirken auf eine besondere Art auch befreiend.«

»Geschenkt. Und da sitzen die Ärzte zusammen?«

»Natürlich. Gleich und Gleich … ja, Sie wissen schon. Ich habe ein ganz nettes Verhältnis mit dem Amtsarzt, und der …«

»Jaaa, genau, der …« Crinelli lachte laut und schlug Weymann über den Schreibtisch hinweg auf die Schulter. »Sehen Sie. Und wenn Sie die Liste bekommen, ziehe ich hier unten ein.« Crinelli lachte noch lauter. »Jetzt aber nochmal im Ernst. Es ist sehr wichtig, und die Uhr tickt. Ich muss den Vorsprung des BKA endlich aufholen.«

»Mensch, Crinelli, normalerweise schaffen Sie so was auch ohne mich. Irgendwie ist dieses Mal alles anders.« Crinelli sah ihn fragend an. »Ist es denn nicht egal, wer den Kerl schnappt?«

26

Liebermann parkte seinen dunkelblauen Passat direkt vor der großen Scheibe der Ferrari-Bar. Seit er sich hier mit Crinelli zum ersten Mal getroffen hatte, kam er öfters auch allein her, um einen guten Espresso zu trinken. Lorenzo, der Besitzer, behandelte ihn schon wie einen Stammgast.

»Was für ein Scheißwetter«, begrüßte Liebermann den Kommissar. Wahrscheinlich der meistgewählte Gesprächsanfang in diesen Tagen.

»Das hast du mitgebracht, aus dem Bergischen. Hier schien bis eben noch die Sonne.« Crinelli war aufgestanden.

»Sicher! … Hallo, mein Lieber, lass dich umarmen.« Liebermann drückte Crinelli herzlich an seine Brust, bevor er sich den Mantel auszog. »Geht es dir gut?«

»Ja, ganz ordentlich, eigentlich. Und bei dir?«

»Danke. Es geht so.«

»Was ist los? Du siehst irgendwie, weiß nicht, traurig aus.«

»Ja, das bin ich auch. Aber ich möchte nicht darüber reden. Privatsache.«

»Ist was mit Ophelia?«

»Nein, Gott sei Dank. Nein, mit uns beiden ist alles in Ordnung.«

»Liegt es an der Sache mit der Schule? Hat sie die Angelegenheit geklärt?«

»Leider nicht. Du weißt ja, wie die Frauen sind. Entscheidungen sind nicht ihre Sache.«

»Kann ich von Maria nicht behaupten. Ophelia macht mir aber auch nicht den Eindruck, als bräuchte sie dich zum Atmen.«

»Erlaube mal. Wen den sonst? Hör auf, Jerry, du verstehst nichts von Frauen … Einen Espresso und einen Grappa, bitte. Trinkst du einen mit?«

»Gerne, ja, und noch einen Kaffee.«

Liebermann gab die Bestellung auf und sah Crinelli dann erwartungsvoll an.

»Du willst wissen, warum ich dich hergebeten habe?«

»Gebeten ist das richtige Wort. Du hast mich angefleht, sodass ich den ganzen Weg über gegrübelt habe, was du jetzt wieder von mir willst.«

»Franz, die Sache ist ein wenig delikat, heikel gewissermaßen.«

»Ach, heikel gewissermaßen? Red nicht drum herum, das steht dir nicht. Aber erst mal prost, und schön, dass wir uns sehen, auch wenn ich den Anlass dafür noch nicht kenne.«

Sie stießen an. Der milde Grappa tat gut. Selbst nach einer Weile im Warmen steckte einem die feuchte Kälte noch in den Knochen. Oder es war nur die Erinnerung daran, aber auch die brannte der Schnaps weg. Sie bestellten ein weiteres Glas, und dann kam Crinelli ohne Umschweife zum Thema.

»Ich erzähle dir jetzt mal 'ne Geschichte. So knapp wie möglich, und dann wirst du schon wissen, was ich von dir will … nein, sag nichts, hör erst einmal zu, bitte.«

Crinelli fing noch einmal ganz vorne an. Obwohl Liebermann schon Teile der Story kannte, war es für Crinelli auf diese Weise einfacher. Und es half ihm selbst, den Kern seines Falles noch genauer zu erfassen. Er endete damit, dass außer Liebermann nur noch Weymann davon wusste.

»Und nun zu meiner eigentlichen Frage.« Crinelli atmete durch. »Willst du nicht doch noch einmal in den Ring steigen?«

»Nein!«

Crinelli kannte Liebermanns Entscheidung, und ihm war

bewusst, wie schwer es fallen würde, ihn umzustimmen, aber diese barsche Ablehnung traf ihn doch hart.

»Das kannst du doch nicht machen, Franz.«

»Ach, und weshalb nicht? Das ist doch wohl meine Entscheidung. Du fragst, ich antworte. Außerdem haben wir darüber schon beim letzten Mal Krach gekriegt.«

»Moment, so einfach geht das nicht. Ich stecke echt in der Klemme, und du weißt noch nicht mal, was genau ich von dir will.«

»Das muss ich nicht wissen. Ich soll wieder recherchieren, und ich sage nein, so einfach ist das.«

»Franz, so einfach ist das eben nicht. Ich brauche dich, absolut. Du musst mir helfen. Du verstehst nicht. Der Typ hat bisher lediglich die Ouvertüre gespielt. Das ist doch eindeutig. Er hat ein Kind getötet und auf das Geld verzichtet. Warum wohl? Weil seine echte Forderung erst noch kommt. Noch ein weiteres unschuldiges, totes Kind, willst du das?«

»Stopp. Du bist nicht fair, Jerry.«

Crinelli ging nicht auf Liebermanns Einwurf ein. »Und es wird weitergehen: Tote, Tote, Tote! Er hat den Anschlag auf die Bahn verübt und jetzt die Bombe in Frankfurt gezündet …«

»Moment mal, Jerry.« Liebermann hatte ihm die Hand auf den Arm gelegt. Mit einem Mal war sein Gesicht weiß, und sein Blick hatte sich verdunkelt. »Frankfurt geht auch auf sein Konto, sagst du? Davon hast du nichts erwähnt.«

»Ja, Frankfurt auch. Irgendetwas braut sich da zusammen, der Typ hat seinen großen Auftritt noch nicht gehabt, verstehst du? Und wenn das alles nur die Vorspeise war, wie fällt dann der Hauptgang aus, frage ich dich?«

Crinelli trank seinen Grappa mit einem Schluck aus und sah zu Liebermann hinüber. Er erkannte die Veränderung in dessen Gesicht, fuhr aber erst einmal fort.

»Du könntest mir bei der Sache mit dem Einbruch helfen.

Ich verschweige dir nicht, dass ich auch Weymann auf die Sache angesetzt habe. Er versucht eine Liste aller Mitarbeiter zu bekommen, die in den letzten Jahren beim BKA rausgeflogen sind. Ich brauche die Namen dringend, verstehst du? Der Doc hat gewisse Kontakte zu anderen Medizinern – da könnte was gehen. Aber du hast nochmal ganz andere Möglichkeiten. Ich muss es von allen Seiten probieren. Für dich ist es keine große Sache, Franz. Ich weiß doch, was ich dir zumuten kann und was nicht. Ich kenne und verstehe deine Verletzungen und würde dich niemals in Verlegenheit bringen, glaub mir. Das hier ist eine rein technische Ermittlung. Es braucht einen Informanten, ein paar Telefonate und einen gewieften Taktiker wie dich. Du kannst das tun. Ich muss so schnell wie möglich herausfinden, wer der Kerl ist. Ich brauche ein Bild von ihm, muss ihm in die Augen sehen können. Wenn ich sein Leben kenne, werde ich ihn stellen. Ich weiß das. Ich muss nur herausfinden, wie er tickt, und dann ist seine Zeit abgelaufen. Hilf mir, Franz, ich selbst kann im Moment nichts tun, bitte, Franz, ich bitte dich darum.«

Die Phase des Schweigens, die darauf folgte, schien endlos zu dauern. Crinelli hatte sein Pulver verschossen, wenn Liebermann bei seiner Absage blieb, war Schluss. Dann würde er einen Plan B brauchen, von dem er allerdings in dieser Sekunde weiter entfernt war als vom Mond.

»Frankfurt auch, sagst du, ja?« Die Frage kam für Crinelli unerwartet, und er sah seinen Freund überrascht an. Tränen standen in Liebermanns Augen.

»Du weißt doch, wie das BKA so was handhabt. Sie schieben irgendwas vor, wenn sie keine Ahnung haben, wer's war, oder aber ihr Wissen unter der Decke halten wollen. Aber ich weiß es. Köln und Frankfurt auch. Glaube mir, auch wenn ich dir noch keine gerichtstauglichen Beweise vorlegen kann – ich bin mir 100 Prozent sicher … Was ist mit dir? Du weinst ja.«

Liebermann wischte sich die Augen und kniff die Lippen

zusammen. Er schüttelte den Kopf. Bei den nächsten Worten zitterte seine Stimme noch leicht, danach sprach er wieder klar und deutlich.

»Und du bist erst auf die Sache gekommen über die beiden Obdachlosen, ja?«

»Na ja, der Doc meint, es könnte sich in beiden Fällen um Obdachlose handeln. Ich weiß nicht, ob uns das weiterführt. Nein, die Klamotten waren es – und übrigens, noch zu Frankfurt: Ich bin zwar nicht an der Ermittlung beteiligt, aber ich bin absolut sicher, wenn die Toten im Hauptbahnhof nebeneinanderliegen, wird eine der Leichen einen schwarzen Anzug tragen, und wir, der Doc und ich, kennen das Fabrikat. Dafür lege ich meine Hand ins Feuer. So macht er das. Er opfert seine Leute am Tatort.«

»Wie die Hamas, meinst du?«

»Ja, wie die Hamas, wie die Hisbollah, wie all die Wahnsinnigen, denen nicht mehr zu helfen ist. Insofern ist die Geschichte mit den Terroristen nicht so weit hergeholt – aber da ist so viel, was ich nicht verstehe. Wer lässt sich freiwillig abschlachten? Außer den Gotteskriegern, meine ich? Wenn ich wenigstens politische Ziele hinter den Taten entdecken könnte, so wie damals bei der ersten Generation der RAF. Verstehst du, Franz, wenn es wenigstens um so was ginge, aber es sind reine Terrorakte, sie sind durch gar nichts begründet. Der Typ will die Kohle und hat außerdem irgendein beschissenes Rachespiel am Laufen. Gut! Das habe ich verstanden. Aber all die anderen, wofür wollen die sich rächen?«

»Vielleicht haben sie keine andere Wahl?«

Crinelli stutzte und überlegte. Dann atmete er tief durch. »Ich habe eindeutig zu viele Fragen und zu wenige Antworten, nicht wahr?« Er lächelte müde. Inzwischen hatte der Wirt erneut eingeschenkt und sich diskret wieder abgewandt. Er begriff, dass es sich um ein ernsthaftes Gespräch handelte. Sie stießen an und tranken still.

»Und?« Crinelli hielt beim Sprechen die Luft an. »Was meinst du, kannst du mir helfen?«

Wenn Crinelli sich nicht sehr täuschte, war das, was Liebermann da soeben als Antwort geflüstert hatte, ein Ja. Er stand auf, ging auf die andere Seite des Bistrotisches und legte seinem Freund die Hand sanft auf die Schulter.

»Du hast ja gesagt, oder?«

Liebermann nickte langsam.

»Danke, Franz, vielen Dank.« Als er ihn losließ, waren Liebermanns Augen feucht. »Franz, sieh mich an. Was ist los mit dir? Wenn es dich so sehr mitnimmt, vergessen wir das Gespräch einfach. Ist doch nicht schlimm, ich schnappe mir den Kerl schon.« Crinelli war es peinlich, in einer Kneipe zu stehen und einen Mann zu umarmen, noch dazu, wenn der weinte. Verstohlen sah er sich um und stellte erleichtert fest, dass keiner der übrigen Gäste sich um ihn kümmerte. »Nun sprich doch bitte mit mir.« Auch wenn man keinen Laut vernahm, Liebermann weinte. Crinelli entschloss sich, einfach still bei seinem Freund sitzen zu bleiben. Es dauerte eine ganze Weile, bis er sich beruhigt hatte, und noch eine Strecke darüber hinaus, bis er sprach.

»Weißt du, Jerry«, sagte er, und jedes Wort zog Kreise wie Kieselsteine, die in ruhiges Wasser fielen, »eine der Toten in Frankfurt kenne ich. Es war die Tochter meiner Schwester, mein Patenkind … Vera … mein Patenkind.«

27

Wieder wurde Crinelli mitten in der Nacht wach. Er setzte sich rauchend ans Fenster. Auf der Straße brüllte sich ein junges Paar an. Sie noch keine dreißig und gut gekleidet. Er mit dunkler Hornbrille, Halbglatze und durchnässtem Trenchcoat. Crinelli sah dem Treiben ungerührt zu. Selbst als die Frau begann, auf den Mann einzuschlagen, sah er keinen Grund, sich einzumischen. Es war doch nur eine nächtliche Straßenszene von vielen, befeuert vom Alkohol.

Das Treffen mit Liebermann hing Crinelli nach. Er machte sich große Vorwürfe. Aber das hätte er unmöglich ahnen können. Tausende Menschen bevölkerten den Kopfbahnhof zu fast jeder Uhrzeit, und es traf ausgerechnet Franz Liebermanns Nichte. Die Tochter seiner Schwester Selma, der Ersten Geigerin der Münchner Philharmoniker. Crinelli hatte sich nicht für die Namen der Opfer interessiert, er wusste nicht einmal, ob sie überhaupt schon öffentlich gemacht worden waren. Aber selbst wenn, er kannte den Nachnamen von Franz' Schwester nicht. Vielleicht sollte er auf Liebermanns Hilfe verzichten. Rache war nie ein gutes Motiv. Aber er brauchte die Informationen.

Crinelli grübelte darüber nach, wie er aus der misslichen Lage herauskommen könnte. Am Ende sah er ein, dass Liebermann nicht der Mann war, den man jetzt noch zurückpfeifen konnte. Crinelli hatte den ersten Dominostein angestoßen, indem er seinen Freund überhaupt um Mithilfe bat, jetzt musste er dabei zusehen, wie die Reihen nach und nach umfielen.

Er verzog sich für zwei weitere Stunden unter die Decke, bevor er endgültig aufstand. Es regnete nicht, und so fuhr er zum

Rhein. Es war ein seltsames Jahr gewesen. Der viele Schnee des Winters hatte den Pegel des Flusses von Mitte März bis weit in den Mai hinein ansteigen lassen. Die Farbe des Stroms wechselte von Eisgrau über Graublau hin zu einem trägen Braun, sowie die Temperaturen in dem langen und heißen Sommer stiegen. Im August fehlte es an Wasser. Dann kam der Regen zurück, und die alten Flussarme liefen wieder voll. Der Fluss riss die Landzungen, die wie denunzierende Finger auf das Niedrigwasser deuteten, wieder an sich. Jetzt war die Farbe des Wassers eins geworden mit dem Steingrau des Himmels. Bald würde die erste Hochwassermarke erreicht sein. So mochte Crinelli seinen Fluss. Das träge Wasser des Sommers war nicht seine Sache. Nicht die beiden Türme des gotischen Doms waren die Attraktion der Stadt, dieser unaufhaltsam fließende, sich keiner menschlichen Notwendigkeit beugende Strom war für Crinelli das eigentliche Wahrzeichen.

Er hockte sich in die Wiese und sog die kalte Winterluft in seine Lungen. Der Fluss roch mineralisch wie erhitzter Stein, brackig wie Moos und salzig wie frischer Fisch.

Irgendwann wurde es Zeit, zur Arbeit zu gehen. Er stieg aufs Fahrrad und trat kräftig in die Pedale, um seine steif gewordenen Knochen wieder geschmeidig zu machen. Die Läden auf der Einkaufsstraße waren noch geschlossen. Der obere Teil gehörte den großen Ketten. Weiter unten gab es noch Einzelhändler, die frische Waren und ein Schwätzchen verkauften. Hier mochte Crinelli die Gegend, trotz all der Penner, der vielen Autos und der Hundescheiße, hier hatte ein bisschen von dem Gefühl überlebt, das er aus den Tagen seiner Kindheit kannte. Am Tor stieg er wie immer ab und schob sein Rad über den Bürgersteig. Auch sein Bettler saß wieder an der wohlbekannten Stelle. In den vergangenen Tagen hatte Crinelli ihn vermisst. Man gewöhnte sich sogar an das Almosengeben. Er griff in die Tasche und rundete das eingesparte Geld großzügig auf.

»Lügt unsere Polizei?«, stand in dicken Lettern auf der Zeitung, die vor dem Bettler im Schmutz des Bürgersteigs lag. Crinelli warf sein Geld darauf. Dabei besah er sich den Mann etwas genauer. Irgendwie kam er ihm verändert vor. Positiv verändert. Das Haar gewaschen und ganz anständig angezogen. Wahrscheinlich hatten die Kollegen ihn aufgegriffen, für einige Tage von der Straße geholt und anschließend in die Kleiderkammer geschickt, wo ihn die Sozialarbeiter neu eingekleidet hatten. Egal, jetzt war er ja wieder da.

»Guten Morgen. Geht es Ihnen gut?«

Crinelli wartete einen Augenblick ab. Als der Mann keine Anstalten machte, ihn anzusehen, und auch nicht antwortete, setzte er seinen Weg fort.

Vor der Bäckerei auf der gegenüberliegenden Straßenseite wurde er jäh aus seinen Gedanken über den verstörten Bettler gerissen. Er stierte unvermittelt auf Marias Hintern, während sie anscheinend etwas in ihrem Volvo suchte, bevor sie dann das Auto mit der Fernbedienung verriegelte und auf den Eingang der Bäckerei zusteuerte.

Crinelli machte mit der Fahrradklingel auf sich aufmerksam. In der Sekunde bekam er einen staubtrockenen Mund. Nur schon an Maria zu denken versetzte ihm einen Stich. Sie direkt vor sich zu sehen war fast schon zu viel.

»Hallo, Maria, was tust du denn hier?« Er lehnte sein Rad gegen die Litfaßsäule.

»Jerry, hallo«, sie kam ohne Umschweife auf ihn zu und gab ihm einen Kuss. Crinelli schwindelte. Es war der erste Kuss seit dem Unfall. Wieso gerade heute und gerade hier? Da verstehe einer die Frauen. »Ich muss schnell noch Brot kaufen. Ich hab die Jungs von der letzten Produktion zum Abschluss der Arbeit zu 'nem kleinen Essen eingeladen. Geht es dir gut?«

Er nickte, weil er immer noch nicht sprechen konnte. Dafür sah er sie mit großen Augen an. Da war sie wieder, die schlechteste Rolle, die man Frauen gegenüber einnehmen konnte:

die Rolle des Sextaners. Crinelli hatte damit lebenslange Erfahrung.

»Was schaust du denn so?« Sie sah an sich hinab. »Ist was mit meinen Klamotten?«

Man konnte nicht viel sehen. Maria trug einen dunklen Wintermantel, hohe Stiefel und einen dicken Schal um den Hals gebunden. Ihre schönen roten Haare hielt sie unter einer Schlägermütze verborgen.

»Nein.« Endlich ebbte die Blockade ab. »Im Gegenteil, du siehst phantastisch aus.«

»Danke für das Kompliment. Dabei habe ich nur zwei Stunden geschlafen. Ich bin erst heute Nacht aus Stavanger in Norwegen zurückgekommen.«

»Eine Food-Reportage?«

»Ja, wie immer. Wenn du im Sender einmal einen Stempel trägst, wirst du nicht mehr anders besetzt. Aber mich stört es nicht. War ganz nett da oben, aber schweinekalt. Das hätte dich übrigens auch interessiert. Wir haben einen Film über den Unterschied von Zuchtlachs und wildem Lachs gedreht. Da wird eine Sauerei gezüchtet, wenn ich dir davon erzähle ...«

»Würde mich sehr interessieren. Bestimmt. Weißt du, dass es sogar wieder Lachse im Rhein geben soll?«

Da war Marias Lachen, das ihm so sehr gefiel. Es lag etwas Hemmungsloses in ihrer Freude. »Weißt du, wie oft du mir das schon erzählt hast? Ich glaube, sogar schon an unserem ersten Abend, nach dem Interview.«

»Is' wahr?« Crinelli grinste. »Entschuldige, ich wollte dich nicht langweilen. Aber ernsthaft, warum erzählst du mir nicht davon?« Sie antwortete nicht. »Sollen wir vielleicht mal essen gehen? Zusammen? Ich lade dich ein. Vielleicht hast du ja Zeit, jetzt, wo du den Film abgedreht hast?«

»Nein, tut mir leid, Zeit habe ich definitiv keine. Genauso wenig wie du, nehme ich an, aber wenn du dich wirklich mit mir treffen willst, du und ich allein, dann nehme ich mir die Zeit. Wann wollen wir uns sehen?«

Da sehnte er diesen Augenblick seit Monaten herbei, und jetzt ging es ihm entschieden zu schnell.

»Morgen«, hörte er sich sagen und hatte doch keine Sekunde darüber nachgedacht.

»Einverstanden, und wo?«

»Bei unserem Sarden?«

»Gegenüber der Ferrari-Bar, einverstanden, sagen wir gegen neun?«

Ihm war schwindelig, und seine Hände waren feucht. Sag sieben Uhr morgens oder drei Uhr in der Nacht, sag barfuß oder mit Turban, dachte er. Anstelle einer Antwort nickte Crinelli nur und sah Maria hinterher, auch noch, als sie schon lange in der Kassenschlange der Bäckerei verschwunden war. Diesen Termin würde er nicht verpassen.

28

Auf Hammerschmidt war Verlass. Mitten auf Crinellis zugemülltem Schreibtisch lagen ihre Recherchen zur Immofonds GmbH fein säuberlich ausgerichtet und vorsorglich auch noch mit einem pinkfarbigen Post-it versehen. Leider beschränkten sich die Auskünfte über die Firma auf den Handelsregisterauszug. Als Inhaber war ein gewisser Paul Gering eingetragen. Unter dem ersten Blatt fand Crinelli eine weitere, für ihn nicht uninteressante Zusatzinformation. Hammerschmidt hatte auch den Namen und die Adresse des Hauseigentümers ermittelt. Das Gebäude gehörte der Willenbrock Consulting in Stuttgart. Einer Investorengruppe, die in der Hauptsache in weltweit verstreute Immobilien und Flughäfen investierte. Den Zusammenhang verstand Crinelli nicht, aber das war ohne Belang. Viel interessanter fand er die Adresse der Kölner Dependance des Unternehmens. Zur Deutzer Freiheit gelangte man vom Präsidium aus in wenigen Minuten.

Während Crinelli die vielbefahrene Straße entlangging, war er mit seinen Gedanken jedoch schon wieder bei Maria. Erst zweifelte er, ob er sie überhaupt getroffen hatte, hielt es nur für einen Traum, überredete sich selbst schließlich aber, den Realitätsgehalt nicht länger anzuzweifeln, und wurde über diese Erkenntnis unglaublich nervös. Das äußerte sich nicht zuletzt in der Absurdität der Fragen, die er sich seither stellte: Was sollte er zu dem Treffen anziehen? Wirkte es besser, Maria mit Blumen zu überraschen, oder sollte er eher cool und wie selbstverständlich erscheinen? War es ratsam, während des Essens die Themen Beziehung oder gemeinsame Zukunft überhaupt anzuschneiden? Würde er nicht wesentlich glaubwürdiger erscheinen, wenn er Maria einfach nur über ihre Arbeit erzählen ließ und sie sich statt über Vergangenes lieber über die Salowski, die Liebermanns oder das neue Leben in der Stadt austauschen würden? Wie müsste er reagieren, wenn Maria nochmals das Thema Paartherapie aufbrächte, obwohl sie ja an diesem Punkt nicht konkret geworden war? Er würde zustimmen, auf jeden Fall. Bringen würden solche Sitzungen zwar nichts, vermutlich nicht, er hatte keine Erfahrungen. Aber wenn Maria es wollte, würden sie sich 1000 Meter unter der Meeresoberfläche in einer Taucherglocke treffen, dort vier Wochen schweigend ausharren und anschließend in einer Maltherapie das Erlebte verarbeiten. Er war zu allem bereit.

Inzwischen hatte er die Deutzer Freiheit erreicht und hielt nach der Firmenadresse Ausschau. Durch die Einfahrt zwischen einem Supermarkt und einer Drogerie gelangte er in einen der zahlreichen Hinterhöfe der Gegend. Die Willenbrock Consulting war in einem einzeln stehenden Pavillon untergebracht, der in der Mitte des Innenhofs stand. Das Gebäude lag im Schatten der höheren Gebäude der Umgebung. Im Winter stieg die Sonne nicht hoch genug, um dem Hof Licht zu spenden. Deshalb brannten hinter den großen Glasscheiben des Pavillons selbst um die Mittagszeit die Leuchtstoffröhren.

Crinelli blickte in schmucklose Zimmer mit je zwei Schreibtischen, die sich in der Mitte des Raums gegenüberstanden. Die Wände entlang reihten sich volle Aktenschränke. Funktional. Crinelli war mit dem Stil der Inneneinrichtung bestens vertraut, selbst die graue Farbe der Einheitsschreibtische glich der Farbwahl im Präsidium aufs Haar.

Wilbert Kleinmann verdiente seinen Namen wie sonst kaum einer. Keine eins siebzig groß, hätte man diesen Burschen auf der Straße glatt übersehen. Auch sonst fand Crinelli auf den ersten Blick wenig Bemerkenswertes an dem Leiter der Niederlassung. Vielleicht war das sogar das Außergewöhnliche an dem Mann, dass er nämlich so durchschnittlich erschien, dass allein dieser Umstand ihm schon wieder auffiel. Und wahrscheinlich schaute Crinelli ihn sich deshalb besonders genau an. Kleinmanns Gesicht war ebenmäßig geformt, seine eng anliegenden Ohren waren mittelgroß, wie auch die Nase. Die schmalen Lippen zeigten keinerlei Besonderheit, selbst seine hellgrauen Augen vergaß man schon beim Umdrehen wieder. Die Augenbrauen waren mittelstark und braun wie das Haupthaar, und kein Muttermal erleichterte ein Wiedererkennen. Sein tadellos sitzender Anzug unterstrich nur mehr den Eindruck seiner Physiognomie. Ein grauer Winteranzug, zweireihig geknöpft mit dezentem Nadelstreifen. Ein weißes Hemd und eine dunkelblaue Krawatte vervollständigten das Bild des perfekten Büroleiters. Kleinmann empfing Crinelli höflich reserviert.

»Was kann ich für Sie tun, Herr Kommissar?«, fragte er, nachdem Crinelli sich ausgewiesen hatte. Er sprach leise, fast schon ein wenig zu leise.

»Ich möchte Ihnen gerne ein paar Fragen stellen. Können wir uns irgendwo kurz hinsetzen?« Der Mann hatte ihn gleich im funktionalen Eingangsbereich abgepasst.

»Entschuldigen Sie. Kommen Sie doch herein. Bitte sehen Sie mir den etwas informellen Empfang nach. Hätte ich gewusst, dass Sie kommen, hätte ich einen Konferenzraum reserviert.«

»Nun machen Sie sich mal keine Umstände. Und das mit dem Anmelden, wissen Sie, das liegt nun mal nicht im Wesen der Polizei.«

»Ja, ich verstehe. Kommen Sie doch bitte mit in mein Büro. Möchten Sie eine Tasse Kaffee?«

»Nein, danke. Machen Sie sich keine Umstände. Kommen wir gleich zum Grund meines Besuchs. Ihrer Firma gehört das Haus Elisabethstraße 74, richtig?«

Der Mann saß aufrecht hinter seinem unauffälligen Schreibtisch.

»Wenn Sie das sagen.«

»Wie bitte?«

»Nun, die Firma besitzt 43 Liegenschaften im Großraum Köln, die alle von hier aus betreut werden. Das sind über 300 Mieteinheiten. Ich müsste nachsehen, ob ein Haus in der Elisabethstraße dazugehört. Aber mir ist so, ja.«

»Prima, worauf warten Sie, sehen Sie nach.«

»Ja, gern.«

Umständlich machte sich der kleine Herr Kleinmann an seinem PC zu schaffen. Nach einer Weile bestätigte er die Liegenschaft.

»Korrekt, Elisabethstraße 74, neun Einheiten. Seit 1994 im Besitz der Firma. Wir wollen uns aber wohl von dem Objekt trennen.«

»Freut mich. Mich interessiert die Firma, die das komplette Obergeschoss belegt. Fünfte Etage. Die Immofonds GmbH. Anlageberatung. Was können Sie mir über diesen Mieter sagen?«

»Was möchten Sie wissen, Herr Kommissar?«

»Alles. Wer sind die Leute? Kennen Sie sie persönlich? Was für ein Geschäft betreiben die genau? Seit wann sind sie Mieter in dem Objekt? Wie heißt der Inhaber der Firma? Zahlt er seine Miete pünktlich? Alles eben, verstehen Sie?«

»Ja, das verstehe ich. Dann wird es wohl das Beste sein, ich ziehe mir die Akte, nicht wahr?«

»Ausgezeichnet, Herr Kleinmann. Das ist eine tolle Idee. Die Akte löst sicher alle meine Probleme.«

Crinelli überlegte kurz, ob er den Typ erschießen sollte, musste sich aber allein schon mangels Dienstwaffe dagegen entscheiden.

»Also«, begann Kleinmann, als die Akte endlich auf seinem Schoß ruhte, und das *Also* dehnte sich in seinem Mund wie Kaugummi. »Hier haben wir den Mieter. Die Immofonds GmbH. Jawohl.« Crinelli wippte mit dem Fuß und steckte sich eine Zigarette an, obwohl er nirgends einen Aschenbecher sah. »Der Mieter, quasi der Geschäftsführer, ist ein Herr Gering, Paul Gering.« Kleinmann sah Crinelli stolz an.

»Gering, schön. Und, kennen Sie Herrn Gering?«

»Natürlich.«

Die Antwort kam Crinelli zu schnell. »Hören Sie, eben wussten Sie noch nicht einmal, ob Sie in der Elisabethstraße ein Haus haben, und nun wissen Sie blitzartig, dass Sie diesen Gering kennen.«

»Wir kennen alle unsere Mieter. Das ist ein ehernes Gesetz der Firma. Mietverträge müssen hier, im Beisein des Zweigstellenleiters, unterzeichnet werden. Sehen Sie, Herr Kommissar, hier ist der Vertrag mit der Unterschrift.«

»Ja und, wie sieht dieser Gering aus?«

Kleinmann sah ihn beleidigt an. »Ja, woher soll ich das denn wissen? Wissen Sie, wie viele Unterschriften wir hier beurkunden? Was glauben Sie, was für eine Fluktuation bei den gewerblichen Immobilien herrscht. Da kann ich Ihnen aber Geschichten erzählen.«

»Die will ich aber nicht hören. Hören Sie, Kleinmann, kennen Sie den Burschen jetzt oder nicht?«

»Im Augenblick erinnere ich mich nicht an ihn. Aber das ist eher ein gutes Zeichen.«

»Wieso?«

»Das bedeutet, der Mieter überweist seine Miete pünktlich und ist auch sonst unauffällig. Nur über säumige Mieter werden wir von der Zentrale informiert. Dann müssen wir raus und uns den Kerl vorknöpfen.« Er machte ein wildes Gesicht.

»Die klappern sicher alle mit den Zähnen«, sagte Crinelli mehr zu sich selbst.

»Wie bitte?«

»Nichts.«

Crinelli musste sich wohl oder übel mit den spärlichen Auskünften zufriedengeben. Er erbat eine Kopie des Vertrages, um die Unterschrift mit der Schrift des Entführers vergleichen zu lassen, und erhielt diese nach einer sanften Drohung auch.

Dann notierte er in seiner Kladde noch den Namen und die Telefonnummer des zuständigen Kollegen im Stuttgarter Stammhaus, bevor er die Räume der Willenbrock Consulting wieder verließ.

Noch im Hof gab er Anweisung, einen Durchsuchungsbefehl für die Räume der Immofonds zu erwirken.

29

Über Nacht war das Thermometer auf unter null Grad gesunken, und leichter Schneefall hatte die Dächer und Straßen weiß gepudert. Kein Wetter zum Radfahren, zumal sich die geschlossene Schneedecke spätestens bis Mittag in Matsch verwandeln würde. Schneematsch versaute einem Radfahrer die Klamotten, und das durfte, besonders heute, nicht sein. Schließlich hatte der auffällig gut gekleidete Kommissar an diesem Abend noch eine Verabredung mit der Frau seines Herzens.

Crinelli fuhr mit dem Dienstwagen vom Präsidium zum Zugweg, was ihm eine Verspätung von über einer halben Stunde einbrachte. Köln war für solches Wetter nicht gemacht.

»Ganz schön schick, Jerry. Gut siehst du aus. Gibt es einen Grund dafür?«

Liebermann erwartete ihn schon, als er die Bar betrat. Das verkrampfte Lächeln in Verbindung mit einer leichten Röte im Gesicht verriet Crinelli.

»Du triffst Maria? Oh Mann, dass ich das noch erleben darf. Freut mich riesig«, rief Liebermann. Die dunklen Schatten unter seinen Augen passten nicht zu seinen Worten.

»Wir haben uns gestern zufällig getroffen, beim Bäcker.«

»Und habt euch gleich verabredet?«

»Ja, für heute Abend.« Crinelli deutete mit dem Finger auf das gegenüberliegende sardische Restaurant.

»Da schleicht ihr monatelang umeinander rum, und ihr trefft euch einfach so beim Bäcker und bums.«

»So einfach ist es auch wieder nicht. Franz, ich bin selbst am meisten überrascht, das kannst du mir glauben. Maria war völlig verändert. Sie war so … so offen mir gegenüber. Du weißt schon. Bisher brauchte ich doch bloß ein Wort zu sagen, und schon brach der Krieg aus. Gestern Morgen war es ganz anders, ganz neu, na ja, irgendwie so halt.«

»Ich muss es gleich Ophelia auf die Mailbox sprechen. Wenn ich ihr das nicht sofort erzähle, wird sie stinksauer sein.«

»Nun mach mal halblang, ja. Vielleicht habe ich Maria einfach in einer guten Minute erwischt. Sie hatte gerade ihren neuen Film abgedreht, alles ist prima gelaufen, und da gerät man schnell mal in eine Euphorie und so …«

Liebermann sah Crinelli an und schüttelte den Kopf.

»Nein«, sagte er bestimmt, »Maria doch nicht. Nein, nein, das weiß keiner besser als du. Maria ist zwar kontrolliert – kontrolliert und verlässlich –, aber so eine Frau ist nicht plötzlich gut drauf und gibt sich völlig anders. Sie vermischt die Dinge nicht. Da läuft was, Jerry, das spüre ich.«

»Ruhe«, sagte Crinelli leise, »zerrede es nicht. Es wäre wirklich toll, wenn wir eine zweite Chance bekämen, aber ich hab echt Schiss. Was heißt Schiss …«

»Ist schon in Ordnung. Ihr habt beide viel durchgemacht, da sollte man nicht zu viel erwarten. Trotzdem, versuch keine Angst zu haben, sei einfach nur vorsichtig.«

»Ja, vorsichtig werde ich sein … Und jetzt genug von meinen Geschichten. Wie geht es dir? Ich wollte mich übrigens noch dafür entschuldigen, dass ich dich in diese Sache reingezogen habe, aber ich konnte ja nicht wissen …«

Liebermann legte ihm die Hand auf den Arm. »Du brauchst dich nicht zu entschuldigen. Du konntest ja nicht ahnen, dass Vera unter den Opfern ist. Und dass du mich überhaupt gefragt hast, nun ja, aber so bist du nun mal. Geärgert habe ich mich, das stimmt schon. Andererseits, mich kann man zu nichts mehr überreden. Ich bin lange genug dabei, um zu wissen, was mir guttut und was nicht. Und so eine Entscheidung muss jeder für sich selbst treffen, und normalerweise bleibe ich bei meinen Entscheidungen. Diese Regel habe ich nun allerdings gebrochen.«

»Ja, und dafür danke ich dir. Und wenn du es dir nochmal anders überlegen würdest – kein Problem.«

»Das glaube ich dir nicht.«

Crinelli lächelte. »Doch, doch, bei dir schon.«

»Danke. Aber jetzt lass uns zur Sache kommen, ich denke, du hast wenig Zeit und musst zurück aufs Präsidium.« Crinelli zuckte nur mit den Achseln. »Leider habe ich noch nichts über diesen BKA-Einbruch herausgefunden. Es dauert einfach ein paar Tage, bis meine alten Kontakte wieder eingespult sind. Erste Gespräche habe ich geführt, und nun muss man abwarten, aber das kennst du ja.«

Warten zählte nicht zu Crinellis Stärken. Selbst wenn er nur eine Minute auf eine Antwort warten musste, versuchte er sich währenddessen mit anderer Arbeit abzulenken. Liebermanns Stimme hatte am Telefon so verheißungsvoll geklungen, nun war Crinelli enttäuscht. Aber er ließ sich nichts anmerken.

»Dafür habe ich mit einem Menschen von der Bundesbahn gesprochen«, fuhr Liebermann fort. »Da gab es mal einen Abteilungsleiter vor langer, langer Zeit, dem ich in einer für ihn sehr wichtigen Angelegenheit behilflich sein konnte.«

»Die Unregelmäßigkeiten bei der Lok-Beschaffung.«

»Genau. Mittlerweile hat dieser Mensch sein Ohr ganz dicht am Bahn-Vorstand und sein Büro noch immer mitten im Frankfurter Hauptbahnhof. Der Anschlag war die passende Gelegenheit, wieder Kontakt aufzunehmen.«

»Franz!«

»Keine Sorge … Ich kann die Frage in deinen Augen lesen, Jerry. Und natürlich hat der große Kommissar recht. Ich hatte bereits mit den Nachforschungen angefangen, bevor wir beide gesprochen haben. Es war so unfassbar, dass Vera unter den Toten war. Zuerst habe ich wie erstarrt dagesessen. Ich konnte nicht einmal meine Schwester trösten, ich war einfach für eine Weile nicht mehr auf der Welt. Dann musste ich heulen, und dann, urplötzlich, spürte ich eine fast schon überirdische Ruhe in mir. Ich habe gehandelt wie ferngesteuert. Ich rief meinen Kontaktmann an, als wäre es nach all der vergangenen Zeit das Normalste von der Welt. Ich wollte wissen, was genau geschehen war, worum es bei der Sache ging, wer dahintersteckte. Dabei kann ich dir selbst heute noch nicht sagen, was ich mit all den Informationen angefangen hätte. Wahrscheinlich wäre ich irgendwann ohnehin zu dir gekommen, aber so …« Liebermann zitterte. »Hör zu, Jerry. Die Informationen haben keinen direkten Wert für dich, aber sie runden vielleicht dein Täterbild ab. Also: Die Bahn wird erpresst, und das schon seit geraumer Zeit. Anfangs hielten sie es tatsächlich für einen schlechten Scherz und haben folglich nicht auf die Drohungen reagiert. Eine tragische Fehleinschätzung, wie wir inzwischen wissen. Nach dem Attentat von Köln erkannten sie das Problem in vollem Umfang an. Eine hektische Fehlersuche begann. Man schob die Schuld weiter wie eine heiße Kartoffel, suchte Fehler immer bei dem anderen und verlor sich in unsinnigen Abwehrstrategien. Niemand wollte plötzlich etwas gewusst haben, weil derjenige, der den Wahrheitsgehalt der Drohung falsch eingeschätzt hat, nun Tote und Verletzte zu verantworten hatte. Und das Allerschärfste: Diese Idioten haben die Polizei nicht eingeweiht. Kannst du dir das vorstellen? Die bekommen eine Attentatsdrohung und versuchen das mit Bordmitteln zu lösen. Irrwitzig, oder? Wenn die Geschichte vorbei ist, werden ordentlich Köpfe rollen … Na gut! Nach dem Attentat erhielten sie ein Schreiben mit einer deutlich erhöhten Lösegeldforderung. Natürlich hatten sie sich inzwischen mit der Bundespolizei zusammengetan, beziehungsweise mit dem BKA, aber das weißt du ja. Und jetzt kommt's: Angeblich stehen sie seitdem mit dem Erpresser in ständiger Verbindung. Sie haben das Geld beisammen, aber sie verhandeln noch endlos mit ihm über die Bedingungen der Übergabe.«

»Du meinst ...?«

»Genau, die Schwachköpfe haben versucht, den Mann hinzuhalten.«

»Das kann man mit dem absolut nicht machen ...« Crinelli sprang vom Barhocker, setzte sich aber wieder, nachdem er die aufmerksam gewordenen Augenpaare der übrigen Gäste auf sich spürte. »Riesenfehler!«, zischte er.

»Ich vermute, sie haben nicht damit gerechnet, dass der Typ so eiskalt ist und bei der kleinsten Verzögerung mit einer solchen Brutalität reagiert. Sie haben ihn abermals falsch eingeschätzt.«

»Was sind das nur für Nieten. Deine Nichte würde noch leben, verdammte Scheiße. Sie können ihn nicht falsch einschätzen, schon deshalb nicht, weil das BKA den Mann genauestens kennt. Es ist einer von ihnen. Und es existiert eine dicke Akte über ihn, so wie über jeden unserer Männer. Sie können ihn nicht falsch einschätzen«, wiederholte er nochmals. »Er hat die Bombe in Frankfurt nur gezündet, weil sich Bahn und BKA falsch verhalten haben. Prima! Die Menschen könnten noch leben.«

»So habe ich auch reagiert.« Liebermann versuchte entschlossen zu klingen, damit sich Crinelli nicht noch mehr in seine Wut hineinsteigerte. »Aber wenn man fair bleibt, könnte er es natürlich genauso gemacht haben wie bei der Entführung. Vielleicht wollte er, dass es genau so geschieht, wie auch immer die andere Seite reagiert. Einfach eine weitere eindrucksvolle Demonstration seiner Fähigkeiten und seiner Stärke.«

»Die im Wesentlichen darin besteht, dass er außerhalb jeder Moral handelt.«

»Das macht ihn zu einem besonders gefährlichen Gegner.«

»Um wie viel Geld geht es?«

»20 Millionen.« Liebermann stockte. »Jerry, an dieser Stelle unseres Gesprächs muss ich dich zu absolutem Stillschweigen verpflichten. Das habe ich meinem Mann zugesagt. Kannst du mir das bitte versprechen?«

»Ja. Na ja … Okay. Ich meine, was soll's, ich bin ja eh Alleinunterhalter und in dieser Sache weit außen vor. Ich verspreche es. Es genügt, wenn ich es weiß.« Crinelli steckte sich eine Zigarette an und bestellte noch eine Runde Espresso. »20 Millionen, nicht schlecht. Und ich bin sicher, nach dieser erneuten Warnung werden sie zahlen. Dem Arschloch geht es nur um die Kohle.«

»Ich bin noch nicht fertig, Jerry. Inzwischen sind alle Bänder der Überwachungskameras vom Hauptbahnhof vollständig ausgewertet, und der Hergang der Tat ist ziemlich exakt rekonstruiert. Interessiert dich das?«

»Du kannst Fragen stellen!«

»Ich mache es kurz. Die Beamten haben von der Explosion aus rückwärts ermittelt. Das konnten sie, weil sie die Explosion natürlich auf den Überwachungsbändern haben. Der Sprengstoff steckte in einer Plastiktüte, und die haben sie dann rückverfolgt.«

»Die Tüte? Wie soll das gehen?«

»Den Träger der Tüte natürlich.«

»Wie denn, doch ein Selbstmordattentäter?«

»Willst du die Geschichte nun hören oder nicht?«

»'tschuldige.« Crinelli sog hektisch an seiner Kippe.

»Demnach betritt gegen 16:52 Uhr ein Mann im schwarzen Anzug …«

»Pah! Hab ich es nicht gesagt?«

»… den Hauptbahnhof durch das westliche Seitenportal. Er trägt trotz der Kälte nur diesen Anzug, darunter ein weißes Hemd und einen schwarzen Pullunder. Schwarze Krawatte, na, du weißt schon. In der Hand hält der Mann eine Plastiktüte. Er geht gemäßigten Schritts quer durch die Halle und steuert direkt neben Gleis 6 auf einen Müllbehälter zu. Dort bleibt er das erste Mal stehen und sieht sich schnell um, bevor er die Tüte hochhebt und in den Müllcontainer schmeißt. In diesem Augenblick detoniert die Bombe und …« Liebermanns Stimme wurde wieder dünn und brüchig. Vor seinem geistigen Auge lief die Szene weiter, die er in seiner Erzählung gerade angehalten hatte.

»Ein Fehler in der Zündung. Oder absichtlich zu kurz eingestellt?« Crinelli nickte.

»Nein«, flüsterte Liebermann, »nichts davon. Eine Kugel, besser gesagt ein Explosivgeschoss, traf die Tüte exakt in dem Moment, in dem der Mann im schwarzen Anzug sie hochhielt. Und dann flog die ganze Schose in die Luft. Von dem Bombenleger ist nichts mehr übrig.«

»Verdammte Scheiße«, zischte Crinelli, »haben sie herausgefunden, von wo der Schuss kam?«

»Es gibt keine Bilder vom Schützen, wenn du das meinst. Aber sie haben den Raum, von dem aus geschossen wurde, gefunden. Es handelt sich um das Büro eines der Sicherheitsleute. Am Ende eines Gangs, aber mit direktem Blick in den Bahnhof.«

»Bitte was?«

»Nach der Auswertung war die Aufregung folglich noch größer, wenn das überhaupt noch zu steigern gewesen wäre. Ja, ein leitender Mitarbeiter des Sicherheitspersonals ist an dem Anschlag beteiligt, vielleicht ist er sogar der Erpresser. So dachte man zumindest in der Minute der Entdeckung. Allerdings führte diese Spur in eine Sackgasse. Sie entdeckten kein Leck im Sicherheitssystem und auch keinen Abweichler. Man konnte den Mann ausfindig machen. Nur fragen konnte man ihn nichts mehr.«

»Tot?«

»Sie haben ihn mit durchtrennter Kehle neben seinem Bett gefunden. In einem Reihenhäuschen am Stadtrand, allein mit seiner Katze.«

»Verdammt«, sagte Crinelli, doch trotz des inneren Aufruhrs konnte er nicht umhin, den skrupellosen Mörder für seine eiskalte Präzision zu bewundern. »Der Kerl kannte sich im Frankfurter Bahnhof aus. Nicht auszuschließen, dass er dort selbst schon einmal einen Einsatz geleitet hat und aus dieser Zeit die Räumlichkeiten genau kennt. Ein perfekter Plan, perfekt ausgeführt. Und erneut den eigenen Mann geopfert. Wo nimmt das Schwein die Leute her, sag mir das, Franz? All die Opferlämmer, die er scheinbar ganz nach Lust und Laune zur Schlachtbank führen kann. Und *einen* Toten kann man den eigenen Leuten ja noch als Unfall verkaufen, aber das ist jetzt schon der dritte – von dem wir wissen.«

»Von dem du weißt.«

»Ja, Gott sei Dank nur ich. Das ist meine große Chance.«

»Ich habe auch keine Idee, wie oder womit er seine Leute bei der Stange hält. Das ist tatsächlich sonderbar. Jedenfalls würde es mich nicht überraschen, wenn die Handlanger über die Untaten ihres Chefs gar nicht so genau Bescheid wissen. Die sind vermutlich nicht eingeweiht. Da muss es irgendeine Art von Abhängigkeit geben, anders ist das nicht zu erklären. Ich glaube nicht, dass sie Geld bekommen, und ihre Motivation ist weder politisch noch religiös begründet. Was bleibt da noch? Abhängigkeit! Ich wüsste nicht, was sonst.«

»Mmm«, grummelte Crinelli. »Und er? Er ist ein Killer, er operiert ohne jeden moralischen Skrupel. Er verfolgt nur sein Ziel, eiskalt. Sieht nicht nach links und nicht nach rechts. Ich wette, in dem ganzen Chaos musste er noch nicht einmal improvisieren. Das ist wie im Marionettentheater, und er ist ein verdammt guter Strippenzieher.«

»Aber damit hast du doch schon alles gesagt. Was fehlt noch in deinem Puzzle? Er kennt sein Ziel und verfolgt es mit einer gnadenlosen Strategie. Er hat zwei Ziele: das Geld und die Genugtuung. Alles verbindet sich für ihn auf das Wunderbarste. Indem er geradewegs auf das Geld zusteuert, erstarren seine

Gegner vor seiner kaltschnäuzigen Professionalität. Du hast es gerade gesagt, Jerry: sieht nicht nach rechts und nicht nach links.«

Crinelli dachte kurz nach, dann trat ein Lächeln auf sein Gesicht. »Und genau das wird ihm zum Verhängnis werden.«

»Wieso?«

»Weil ich ihn genau von dort angreifen werde.«

30

Es gibt Tage im Leben eines Polizisten, an denen nur der Papierkram vor lähmender Langeweile rettet. Und es gibt die Tage, an denen sich die Leichen im Keller der Gerichtsmedizin stapeln. Es gibt die öden Tage, an denen man als Ermittler endlose Befragungen durchführt, ohne der Lösung des Falles auch nur um einen Zentimeter näher zu kommen. Und dann wieder gibt es Tage, an denen sich die Ereignisse innerhalb von lächerlichen 24 Stunden überschlagen.

Einen Tag der zweiten Sorte hatte Crinelli erwischt. Nach dem Gespräch mit Liebermann war er gerade erst im Büro angekommen, als Weymann auch schon vor ihm stand.

»Ich habe, was Sie wollten, Crinelli«, sagte er, nachdem er sich zuvor gebührend über Crinellis Äußeres ausgelassen hatte, was im Übrigen jeder tat, der ihn in seiner einzigen Designerjeans, dem gebügelten weißen Hemd – eine Leistung der Textil-Reinigung an der Ecke – und dem lässigen Sakko zu Gesicht bekam. Und jeder schien den Grund für die Verkleidung zu erraten.

»Sie haben die Liste? Sie haben es tatsächlich geschafft?« Crinelli sprang auf und stand mit zwei Sätzen neben Weymann. »Zeigen Sie her!«

Die Auflistung passte auf nur eine Seite. Als Crinelli die wenigen Namen überflog, kamen ihm Zweifel.

»Das können doch nicht alle sein, Doc?«

»Tut mir leid. Das müssen alle sein. Der Kollege hat lediglich eine bestehende Datei ausgedruckt. Unwahrscheinlich, dass dabei Namen verloren gegangen sind. Es könnte allenfalls noch eine zweite Liste existieren, aber warum sollte das der Fall sein? Was erstaunt Sie denn daran so? Dass es so wenige sind, oder suchen Sie etwa schon nach einem bestimmten Namen auf der Liste?«

»Nein. Aber, warten Sie«, Crinelli zählte die Positionen, »Zwölf Abgänge in fünf Jahren, das scheint mir wenig zu sein. Klingt nicht plausibel. Fragen Sie mal bei uns in der Personalabteilung nach, dann verstehen Sie, was ich meine.«

»Aber es sind zwölf *unfreiwillige* Abgänge, das ist nochmal was anderes.«

»Stimmt auch wieder. Vielleicht haben Sie recht. Vielen Dank, Doktor. Sie haben einen gut bei mir.«

»Geschenkt! Oder sagen wir, wenn Sie mir versprechen, vor Weihnachten keine neuen Leichen mehr anzuschleppen, würde ich das als Zeichen Ihres guten Willens und der Dankbarkeit deuten.«

»Ich werde mich bemühen, Doktor. An mir soll's nicht liegen.«

»Dann mach ich mich mal in den Feierabend. Viel Glück heute Abend, Jerry.«

Zum ersten Mal nannte Weymann den Kommissar beim Vornamen. Crinelli ahnte, weshalb, und berührte zum Abschied dankend mit der rechten Hand sein Herz.

Er stand vor einem neuen Problem. Die Liste zu bekommen war ja schon schwer genug gewesen, aber wer sollte sie jetzt auswerten? Die Arbeit war zeitintensiv und duldete keinen Aufschub. Er brauchte Hilfe aus seiner Abteilung. Dafür müsste er allerdings jemanden einweihen, um was es ging, und damit riskieren, dass seine neuerliche Kompetenzübertretung aufflog. Julia Hammerschmidt wäre die Idealbesetzung. Zwar prangerte sie Crinellis Alleingänge bei jeder sich bietenden Gelegenheit an, aber insgeheim bewunderte sie ihn für seine kompromisslose Art. Auf sie hätte er sich hundert Prozent verlassen können. Bevor Julia zu Böker ging, um ihn zu denunzieren, würde sie eher ihre Kündigung aufsetzen. Sie nannte den Chef einen *blasierten Affen* und sprach verächtlich von *unserem Rechtsverdreher*. Schade nur, dass sie derzeit nicht zur Verfügung stand. Der Fall des Taximörders hatte inzwischen eine unerwartete Wendung genommen. Es hatte sich herausgestellt, dass der Täter kein No-Name-Besoffener, sondern der schwerst drogenabhängige Spross einer einflussreichen Familie war. Deshalb wurde nun Julias Arbeit durch Bökers dauerhaftes Interesse an dem Fall zusätzlich erschwert. Crinelli musste mit der zweitbesten Lösung vorliebnehmen. 80 Prozent Vertrauen brachte er seiner Wahl entgegen, die übrigen 20 Prozent versuchte er sich durch eine gezielte Taktik zu erkaufen.

»Hallo, Jerry. Mensch, siehst du schick aus«, begrüßte Edgar Bohlen seinen Vorgesetzten, als dieser ohne anzuklopfen plötzlich mitten im Raum stand.

Crinelli lächelte gequält. »Ja, stell dir vor – Maria. Wir gehen heute Abend aus.«

»Ist ja Wahnsinn«, rief Bohlen, der das Drama um den Unfall damals aus direkter Nähe miterlebt hatte. Seine Freude schien aufrichtig. Wenn da nur diese Karrieregeilheit nicht wäre, dachte Crinelli, weshalb Bohlen immerzu Bökers Nähe suchte.

»Ja, ich bin auch schon ziemlich aufgeregt. Sag mal, das ist auch der Grund, weshalb ich gekommen bin. Du könntest etwas für mich erledigen.«

Bohlen war nicht dumm. Wenn der leitende Hauptkommissar etwas wollte, brauchte er es nur zu befehlen. Gerade Crinelli war kein Mann, der durch allzu höfliche Bitten auffiel. Er gab Anweisungen oder – vielleicht noch schlimmer – machte gleich alles allein. Deshalb fragte er vorsichtig: »Ist doch nichts Illegales, oder?«

»Wo denkst du hin, nein. Ich hab hier 'ne Liste. Die Personen darauf müssen überprüft werden. Fleißarbeit, nichts weiter.«

»Überprüft werden, okay. Um welchen Fall geht es?«

»Pass auf, ich hätte mich ja selbst darum gekümmert, aber ich kann diese Verabredung mit Maria nicht verschieben, die Sache hier kann aber anderseits auch nicht warten. Eddy, es ist ein wenig pikant.«

»Illegal!«

»Scheiße, nein, nicht illegal, ich mache nichts Illegales. Die Typen, die wir jagen, die sind illegal unterwegs, nicht wir, Eddy. Wann wirst du das endlich begreifen? Wir versuchen, Verbrechen zu verhindern, und wenn uns das schon nicht gelingt, wenigstens den Mörder zu schnappen. Eddy, ich habe ziemlich lange überlegt, wen ich mit dieser Aufgabe betrauen kann. Willst du wissen, wieso ich gerade auf dich gekommen bin?«

Bohlen nickte nur.

»Eddy, du warst im schlimmsten Fall meiner Karriere an meiner Seite. Dafür konntest du nichts, und ich wollte dich zuerst auch nicht haben. Ich habe mich dir gegenüber nicht immer richtig verhalten, aber du sollst wissen, dass ich dir vertraue. Und das ist keine Selbstverständlichkeit. Du kennst auch meine Ansicht über die Art, wie du deine Karriere vorantreibst, und weißt, dass ich finde, dass du ein wenig zu sehr nach oben peilst, anstatt erst mal auf der Straße den Job zu lernen. Aber es braucht solche Leute wie dich, die einen Karriereplan in der Tasche haben. Du wirst deinen Weg machen, davon bin ich überzeugt. Auf meine Unterstützung kannst du dabei zählen. Mein Wort darauf.« Crinelli machte eine kurze Pause. »Heute, mein Lieber, heute machen wir nichts Illegales, aber es sollte nicht Schule machen, sonst ist es um die Moral im Haus geschehen, verstehst du? … Und jetzt erfährst du, was es mit den Namen auf dieser Liste auf sich hat. Jeder von den Typen ist beim BKA rausgeflogen. Aus den unterschiedlichsten Gründen. Aber immer infolge eines negativen psychologischen Gutachtens. Und einer von denen rächt sich jetzt dafür. Dieser Typ hat den Anschlag auf den Zug geplant und eiskalt durchgeführt, er hat ein kleines Mädchen entführt und es bei der Lösegeldübergabe kaltblütig ermordet, und er hat vor einigen Tagen den Terror mitten in die City von Frankfurt gebracht …«

»Jerry …«

»Nein, hör mir erst mal zu. Das sind nur die Fälle, von denen ich sicher weiß, vielleicht gibt es noch andere, ganz sicher aber wird es weitere geben, wenn der Mann nicht gestoppt wird. Ich erzähle dir gleich alles, was ich weiß, doch zunächst noch ein Hinweis – in eigener Sache sozusagen: Die Ermittlung zu dem Anschlag fiel ans BKA, und der Entführungsfall wurde uns auch entzogen. Das letzte Verbrechen in der Reihe, Frankfurt, ist nicht einmal bis zur Frankfurter Kripo gelangt. Alles in der Hoheit des BKA … Und an dieser Stelle jetzt noch einige Sätze zu den Kollegen vom BKA, damit du mich besser verstehst. Alles hat mit einem Einbruch in deren Waffenkammer begonnen. Die entlassen einen Typ, und der beginnt sich zu rächen. Er verübt den Anschlag auf einen Zug, der die ganze Welt in Angst und Schrecken versetzt, und das BKA spricht von Terrorismus, obwohl die Verantwortlichen den Täter genau kennen, nur aus Angst, dass ihr schlampiges Verhalten auffliegt, und natürlich weil es sich letztlich um einen der ihren handelt. Sie verhaften sogar zwei Attentäter – wenn die ganze Aktion nicht überhaupt reine Fiktion war, nur um die Öffentlichkeit zu täuschen. Wer die Typen wirklich sind, wissen wir bis heute noch nicht.«

»Jetzt übertreibst du aber, Jerry. Hör mal …«

»Nein, Edgar Bohlen, du hörst mir zu. Danach verlange ich nur noch, dass du darüber nachdenkst, bevor du deine Entscheidung fällst. Du weißt genau, dass ich kein Spinner bin. Hör dir die Geschichte zu Ende an, ich erzähle sie dir kein zweites Mal. Bei der Soderbergh-Entführung finden wir heraus, dass die verwendeten Waffen aus den Wiesbadener Beständen stammen. Es gelingt mir anfänglich, die Dinge unter der Decke zu halten, bis ich den Fehler begehe und Böker um diese Liste hier bitte. Der baut Scheiße, und weg ist der Fall. Und dann Frankfurt.«

»Du glaubst tatsächlich, das war der gleiche Täter?«

»Ja, das war er. Von wegen islamistischer Racheakt für die beiden Inhaftierten.«

»Aber das wäre doch kriminell.«

»Das Vorgehen des BKA? Ja, das ist es, und es wird Konsequenzen haben.«

»Und du denkst, die ganze Behörde ist eingeweiht?«

»Unsinn. Aber ich wette, Hueber ist direkt beteiligt und wahrscheinlich noch ein paar andere Leute unter ihm. Die spielen das alte Spiel, verstehst du?«

»Nein.«

»Wir sind das Gesetz, uns unterlaufen keine Fehler, und wenn doch, dann regeln wir das schon intern. Und keiner soll sich unterstehen, die eigenen Leute anzupissen. Es gibt bei uns Typen, Edgar, die glauben, es ist besser, eine Sache zu vertuschen, als einen Fehler zuzugeben. Wir sind doch die Guten und damit unfehlbar. Und wenn die ersten Lügen erst einmal unters Volk gebracht wurden, kannst du nicht mehr zurück. Nach der ganzen Vertuscherei, nach allem, was passiert ist, gibt es für die kein Zurück mehr. Nur geht mein Verständnis von Loyalität nicht so weit, dass ich beabsichtige, dabei ruhig zuzusehen.«

»Wahnsinn«, hauchte Bohlen und war sichtlich blass um die Nase geworden. Sie schwiegen eine Weile. »Wie bist du denn jetzt an die Liste gekommen?«, fragte er schließlich.

»Weymann hat sie mir besorgt. Erinnerst du dich noch an meine Leiche?«

»Du meinst den Typ auf der Antenne?«

Crinelli lächelte. »Genau. Denk nicht, ich wäre übergeschnappt, aber der gehört auch dazu. Verlang jetzt bitte nicht, dass ich dir das alles erkläre, dafür reicht die Zeit nicht, aber über diesen Fall bin ich zurück ins Spiel gelangt. Ich kann den

Mörder stoppen, bevor er sein nächstes Verbrechen begeht. Bei aller Aufregung in der Öffentlichkeit ist das der Ausweg. Danach müssen sich die Herren offenbaren, aber das ist dann nicht mehr meine Baustelle.«

»Müsste nicht irgendeiner die Öffentlichkeit informieren? Ich meine, die da draußen verschärfen gerade die Gesetze, es scheint auf der Welt nur noch um diese Anschläge zu gehen, jedenfalls wenn man die Medien als Gradmesser für den Pulsschlag in der Bevölkerung heranzieht, und in Wirklichkeit haben wir es nur mit einem einzigen Mörder zu tun.«

»Das könnte man sicher tun. Aber nicht ich! Ich werde den anderen Weg gehen. Wir schnappen uns den Typ, Eddy, und lassen die Bombe dadurch hochgehen. Jetzt aber zurück zu meiner Liste. Eine von diesen zwölf Personen ist unser Täter, wie schon gesagt. Wir brauchen von allen, die hier draufstehen, einen vollständigen Lebenslauf. Alles, Eddy. Die normalen Daten und die Auffälligkeiten. Welche Noten sie auf der Schule hatten, mit wem sie sich geprügelt haben, ob sie sich mit links oder rechts die Zähne putzen, schon mal arbeitslos waren, ob sie Frau und Kinder schlagen oder in dubiosen Clubs abhängen – so genau wie eben möglich. Wir müssen die Namen auf dieser Liste reduzieren auf zwei, drei, höchstens vier Personen. Und das alles muss schnell gehen. Es ist ein Wettlauf gegen die Uhr.«

»Mich wundert, dass du trotzdem Zeit für Privates hast.« In Bohlens Stimme lag kein Vorwurf, er wunderte sich tatsächlich.

»Ich sag es dir ganz ehrlich, Edgar, wenn du mich hier und heute vor die Wahl stellst, lasse ich den ganzen Fall sausen, bevor ich auch nur eine Minute zu spät zu meinem Treffen mit Maria komme, verstehst du? Zurück zur Sache: Drei Personen kannst du sofort von der Liste streichen. Unser Täter ist männlich. Bleiben noch neun. Davon werden sich einige von selbst erledigen. Vielleicht sind sie tot, vielleicht leben sie bei der Tochter in Übersee oder fliegen durch deine Recherchen schnell von der Liste. Okay, Eddy, ich brauche deine Zusage, dass du mir hilfst, und dein Ehrenwort, dass niemand von dieser Operation erfährt.«

Während Crinellis Rede hatte sich Bohlen in den jungen, unerfahrenen Polizisten zurückverwandelt, der er noch vor wenigen Monaten gewesen war. Plötzlich leuchteten seine Augen. Crinelli hatte seine 100 Prozent.

31

Crinelli betrat das kleine Restaurant um kurz vor neun Uhr und setzte sich an den reservierten Tisch. In der Stunde davor hatte er Espresso getrunken und war anschließend zweimal wie ein Dieb auf der Suche nach Beute um den Block geschlichen.

Maria verspätete sich. Um die Wartezeit zu verkürzen, hatte Crinelli einen halben Liter Hauswein bestellt und getrunken. Die leere Karaffe ließ er abräumen. Als Maria schließlich gegen halb zehn ins Lokal rauschte, saß er vor einer Flasche Mineralwasser und rauchte.

Sie entschuldigte sich wortreich und strich ihm dabei sanft über die Schulter. Zeit für eine richtige Begrüßung nahm sie sich nicht. Sie wirkte überdreht.

Crinelli erfuhr Neues über Marias Chef, ihre Kollegen und die Arbeit. Er setzte sein Pokerface auf und versuchte sich nicht anmerken zu lassen, wie wenig ihn diese Begleitumstände ihres Lebens momentan interessierten. Für sein Gefühl hätte es keine Aufwärmphase gebraucht. Diese konzentrischen Kreisbewegungen in Form ellenlanger Gespräche machten ihn verrückt. Aber was hatte er sich gedacht, wie das hier heute Abend ablaufen würde? Dass Maria ihn überfallartig umarmen, sich entschuldigen würde und sie ab dann nur mehr die technischen Umstände einer erneuten Lebensgemeinschaft klären müssten? So konnte es natürlich auch nicht laufen.

Ehe er sich versah, steckte er mitten in einer Diskussion über Personalführung – Autorität versus Kollegialität. Danach streiften sie das Thema Arbeitszeit – zumutbare und unzumutbare –, Drehgenehmigungen und Personenschutzbestimmungen, die Marias Meinung nach die journalistische Freiheit behinderten. All das Gerede erlaubte doch nur der Uhr, schneller zu ticken, als sie es in konzentrierter Stille vermocht hätte.

Erst nach einer Stunde waren sie bereit zu bestellen. Die Küche riet zu einem ganzen Wolfsbarsch auf Fenchelgemüse, und Maria beschloss, dass sie sich den Fisch teilen würden. »Wie in alten Zeiten«, bemerkte Crinelli laut, nachdem sie die Bestellung aufgegeben hatten. Seine Geste schloss den Tisch, das Restaurant und sie beide mit ein.

Doch Maria wollte noch immer nicht darüber reden, weshalb sie Crinellis Meinung nach hier saßen. Vorerst blieben sie bei den neutralen Themen. Marias Freundinnen, das Essen für die Kollegen, der Absturz in einer Bar der Nachbarschaft bis hin zu einem sündhaft teuren Kleid, das sich Maria für den Presseball gekauft hatte. Crinelli hörte meist nur zu. Er belächelte oder bestöhnte ihre Geschichten, je nach Wunsch. An diesem Abend war er ein mustergültiger Zuhörer.

Maria fand ihren Mann selten aufgeräumt und freute sich über den regen Gedankenaustausch. Das war einer der Punkte in ihrer Partnerschaft, den sie so oft beklagt hatte. Wenn Jerry an einem Fall arbeitete – und das tat er ja eigentlich ständig –, existierte außerhalb dieser Untersuchung nichts mehr für ihn. Sie selbst und ihre Welt eingeschlossen. Sie wusste, dass dieses Verhalten Teil seiner Persönlichkeit war. Und sie schätzte sein Engagement. Für andere Männer war der gewählte Beruf nur eine notwendige Zumutung, um den Lebensunterhalt zu verdienen. Bei Crinelli war das anders. Er war zutiefst vom Sinn seiner Arbeit überzeugt. Von Gehaltserhöhung oder verdienten Ferien hatte sie ihren Mann noch nie sprechen hören. Geld interessierte ihn nicht und Freizeit auch nicht wirklich. Für einen Mann wie Crinelli existierte das Leben nur als Ganzes, und in seiner Zeit auf Erden musste der Mensch etwas Sinnvolles tun. So dachte er eben, und Maria mochte dieses Denken. Ihr selbst war es schließlich auch nicht ganz fremd, und vor allem gewährte ihr ein Mann mit diesen Eigenschaften genau jene Freiheit, die sie so sehr brauchte.

Das war nämlich Crinellis andere Seite. Er war kein Mann, der klammerte, der forderte oder die Vorgänge in der Partnerschaft bestimmen wollte. Archetypisches Rollenverhalten verachtete er. Er ließ ihr alle Freiheiten, so wie er sie für sich auch reklamierte. Crinelli beschwerte sich nicht, wenn abends niemand mit dem Essen auf ihn wartete, er hielt ihr keinen unaufgeräumten Haushalt vor oder verlangte die volle Aufmerksamkeit, sobald er die Haustür öffnete. Crinellis Vorstellung von Partnerschaft wurde von der Idee beherrscht, dass Menschen ihr Leben im Grunde allein meistern müssen. Manchmal übertrieb er es allerdings mit dieser Idee.

Sie tranken, schon bevor der Hauptgang gebracht wurde, eine Flasche Wein und bestellten zum Fisch eine weitere. Crinelli rauchte, und zu seiner großen Überraschung bediente auch Maria sich gelegentlich aus seinem Päckchen. Damals, als seine Frau schwanger wurde, hatten sie gemeinsam den Entschluss gefasst aufzuhören. Er hatte heimlich wieder angefangen – auch so ein Streitpunkt zwischen ihnen –, weil ihm ohne Kippen das Nachdenken so schwer fiel.

Vielleicht lag es ja am Alkohol, dass Crinelli sich langsam mit dem Verlauf des Abends anzufreunden begann. Wahrscheinlicher aber daran, dass er sich in Marias Gegenwart aufgehoben fühlte, ganz gleich, über was sie sprachen. In jedem Fall ermöglichten Marias Erzählungen es ihm, sie unauffällig zu betrachten. Sie trug ihr Haar jetzt kürzer, was ihr gut stand. Es wirkte struppig, irgendwie ungebändigt, und die Frisur machte sie jünger. Außerdem sah man so mehr von ihrem Gesicht. Die scharf geschnittenen Linien, die deutlich hervortretenden Wangenknochen, die dünnen, exakt gezupften Augenbrauen über den großen Augen mit den kleinen Lachfältchen zu den Seiten hin. Und wie es in diesen Augen blitzte – sie waren tatsächlich ein Spiegel ihrer Seele. Crinelli konnte darin alles lesen, was Maria bewegte – wenn sie sich aufregte und im gleichen Augenblick drei steile Falten von der Nasenwurzel aus die Stirn teilten, während sich die funkelnden Augen langsam verengten. Zwar hatte er den italienischen Namen in die Familie eingebracht, aber Maria redete mit dem ganzen Körper und entsprach so dem Stereotyp des Südländers viel eher. Diese Frau war alles, was er je gewollt hatte. Ihre innere und äußere Schönheit betörte ihn. Nichts hatte sich an seiner Liebe zu ihr geändert. Crinelli wusste, dass er kein Frauentyp war. Nicht weil er schlecht aussah, sondern weil er sich im entscheidenden Moment nicht verstellen konnte. Seine schroffe Art schreckte viele Frauen ab. Maria war anders. Sie besaß alle Eigenschaften, um es mit einem Mann wie ihm auszuhalten. Sie gab ihm Geborgenheit und das Gefühl, verstanden zu werden. Er liebte sie und vertraute ihr. Und nur wegen des Babys war alles schiefgelaufen.

Plötzlich klingelte Crinellis Handy. Marias Erzählfluss geriet ins Stocken. Tausend schlechte Erinnerungen.

»Entschuldige«, flüsterte er mit gesenktem Blick, »ich habe vergessen, das Telefon abzuschalten, nachdem du gekommen bist.« Das unerwünschte Klingeln war ihm derart peinlich, dass er versuchte, das Handy auszuschalten, ohne es aus der Tasche zu ziehen. Es gelang ihm. Trotzdem erwischte er sich während der nächsten Minuten beim heimlichen Gedanken daran, wer ihn wohl so spät noch zu erreichen versuchte. Außer Liebermann fiel ihm niemand ein.

»Maria«, sagte er, nachdem der Kellner die Teller der Nachspeise abgeräumt hatte, »wollen wir über uns sprechen? Ich würde dir gerne etwas sagen. Hör mir mal für einen Augenblick zu, ja?«

Maria befand sich keine Sekunde im Unklaren darüber, was nun folgen würde. Crinelli hatte sich schon viel zu lange zurückgehalten. Weil sie das wusste, lächelte sie und sagte: »Nur zu.«

»Maria, ich mache es kurz: Ich will dich zurückhaben. Du bist alles, was ich je wollte, und ich liebe dich.« Er sprach mit sehr leiser Stimme. So wie er es immer tat, wenn es intim wurde. »Ich glaube, dass wir beide uns, jeder auf seine Weise, lange genug an der Sache abgearbeitet haben. Ich habe dir alles, was ich fühle, geschrieben, damals, als du mich … nicht mehr sehen konntest oder wolltest. Im Prinzip hat sich bis heute daran nichts geändert. Mir fehlt unsere Tochter, aber ich kann die Uhr nicht zurückdrehen und, ganz ehrlich, ich kann dir auch nicht versprechen, dass ich alles anders machen würde, wenn ich es noch einmal zu tun hätte. Ich habe eine Tochter verloren, aber was für mich tausendmal schlimmer ist, ich habe den einzigen Menschen verloren, dem ich jemals ganz und gar vertraut habe: dich. Und jetzt will ich nur eines, ich will wissen, ob wir eine Zukunft haben oder nicht. Wenn ja, bin ich zu allem bereit. Wir können eine Therapie machen und die Schwächen unserer Beziehung ausloten, wir können uns langsam wieder annähern, alles möglich, aber ohne dich kann ich es nicht mehr aushalten.«

Er sah Maria direkt an. Mit diesem Blick, dem nichts entging. In seinen Augen stand deutlich zu lesen, dass er jedes Wort genau so meinte, wie er es gesagt hatte.

Marias Stimme zitterte, als sie antwortete.

»Ich bin in ein tiefes Loch gefallen, Jerry …« Maria nahm seine Hand. »In dieser Zeit hatte ich die eigenartigsten Gedanken. Ich habe dich gehasst und mich selbst auch. Und uns als Familie. Es gab Tage, da wollte ich nicht mehr leben, und es gab Tage, da hätte ich dich töten können, weil du nicht neben mir gesessen hast, um mich zu trösten.« Sie verstärkte ihren Druck auf seine Hand. »Ich bin so tief in meine Trauer gesunken, dass ich nicht mehr reden konnte. Du wirst das nicht verstehen, aber ich hätte den Mund nicht öffnen können, es ging einfach nicht. Ophelia hat mir sehr geholfen. Sie kam und war einfach nur da. Nach einer Weile konnte ich in ihrer Gegenwart weinen, schlafen und schweigen. Geredet haben wir nur selten, und wenn, dann über ganz belangloses Zeug. Ich musste es wohl mit mir allein ausmachen. Was dich angeht, Jerry, ich weiß, dass es dich hart getroffen hat. Aber es lag zu Anfang nicht in meiner Macht, das zu ändern. Dieses Niederkirchen und dieser Mörder haben einen Strick um unsere Hälse gelegt und immer fester zugezogen, bis keine Luft zum Atmen mehr blieb. Vielleicht arbeiten wir das eines Tages auf. Im Grunde aber glaube ich, was du eben auch schon angedeutet hast: Wir wissen beide, was geschehen ist und was wir falsch gemacht haben. Manchmal muss man wohl akzeptieren, dass die Umstände gegen einen sind. Ich werfe dir nichts mehr vor. Nur, damals ging es nicht, und auch heute ist es noch schwer.« Crinelli, der kurzzeitig Hoffnung geschöpft hatte, sackte wieder in sich zusammen. »Es ist wohl so, dass einen die Umstände verändern. Und so seltsam das klingen mag, selbst die eingebildeten Umstände verändern etwas. Ich habe dir die Schuld an dem Unfall gegeben, ja, Jerry, das ist wahr, auch wenn ich es damals immer geleugnet habe. Nicht an dem Unfall unmittelbar, aber doch an der Lebenssituation, in die wir durch den Umzug hineingeraten sind. Ich wollte dich nicht sehen. Mir wurde körperlich übel, wenn ich nur an dich gedacht habe. Ich weiß, dass dich das jetzt verletzt, aber es ist die Wahrheit. Und inzwischen weiß ich auch, dass dieses Gefühl der Wirklichkeit nicht lange standhalten konnte. Doch dieses Wissen allein macht das Geschehene nicht vergessen. Ich habe es mir ja nicht eingebildet, sondern all diese fürchterlichen Zustände tatsächlich durchlebt. Und heute …« Sie dachte nach. »Heute liebe ich dich wieder, aber es fühlt sich so anders an.« Sie begann zu weinen. »Es hat einen Bruch gegeben, und es wird noch lange dauern, bis er gekittet ist. Vielleicht können wir nochmal von vorne anfangen – vielleicht. Ich würde es wohl gerne wollen, aber ich weiß nicht, wie es gehen soll, ganz ehrlich nicht.«

Sie bestellten noch einen Espresso, und Crinelli trank einen Grappa dazu. Sie sahen sich in die Augen. Es gelang Crinelli, das Positive aus Marias Worten herauszufiltern und alles andere erst einmal zurückzustellen. Sie liebte ihn, an diesem Strohhalm würde er sich jetzt festhalten.

Vor der Tür tobte sich der Dezember aus. Sie gingen nebeneinanderher. Mit der einen Hand schob Crinelli sein Fahrrad. Der Regen prasselte auf sie nieder. Kurz bevor sie ihr Ziel erreichten, spürte Crinelli, wie Maria sich bei ihm unterhakte.

∷

Ein Gefühl von Schwerelosigkeit hatte von Crinelli Besitz ergriffen. Ein Kuss auf beide Wangen und eine herzliche Umarmung zum Abschied – der Abend hätte schlechter laufen können.

Kurz bevor er das alte Präsidium passierte, erinnerte er sich an den Anruf. Er stellte sich unter das Schutzdach einer Bushaltestelle und tippte seinen PIN-Code ein. Drei kurze Pieptöne, dann rief er seine Nachrichten ab.

»Hallo, Herr Hauptkommissar, hier Edel. Ich observiere die Immofonds, und Sie wollten ja unterrichtet werden, sobald sich hier was tut. Vor etwa zehn Minuten ging plötzlich oben das Licht an. Allerdings habe ich vorher niemanden das Gebäude betreten sehen. Ich bin nun unsicher, ob ich einschreiten soll oder nicht. Ich hoffe Sie hören das Band bald ab und rufen mich zurück. Danke.« Und dann noch seine Nummer.

Die Nachricht war fast drei Stunden alt. Crinelli hatte weder die Tiefgarage noch den Hintereingang des Gebäudes vergessen. Es war kein Fehler gewesen. Er konnte in der momentanen Phase nur nicht mehr als einen Mann für diesen Fall abstellen, sonst würde er auffliegen. Der oder die Täter, wenn es sich überhaupt um diese handelte, hatten sich einfach zu einem falschen Zeitpunkt bewegt.

Er wählte die Nummer und wartete, bis der Kollege sich meldete. Das Licht hatte etwa eine Stunde gebrannt, bevor es wieder erlosch. Niemand hatte daraufhin das Haus verlassen. Seitdem war alles still. »Wahrscheinlich nur die Putzfirma«, mutmaßte der Ermittler am anderen Ende der Leitung, und Crinelli beendete lieber rasch das Gespräch.

Er lehnte sich mit dem Rücken gegen das Werbeplakat, das die gesamte Rückwand des Wartehäuschens einnahm, und zündete sich eine Zigarette an. In scheinbarer Ruhe inhalierte er den Rauch, bis die Glut fast den Filter berührte, dann schnippte er den glimmenden Rest auf die Straße, wo der Stummel mit einem leisen Zischen in einer Pfütze erlosch. Er verließ den Schutz des Daches, schien kurz nachzudenken und trat dann dreimal mit aller Gewalt gegen das Plexiglas des Unterstandes.

32

Zusammen mit vier Polizisten und zwei Leuten von der Spurensicherung verschaffte sich Crinelli am nächsten Morgen Zutritt zum Büro der Immofonds. Er hatte verschlafen und wäre fast zu spät gekommen.

Zeitgleich mit den Kollegen vom Präsidium erreichte er sein Ziel. Allerdings zahlte er auch den Preis für diese sportliche Höchstleistung. Er sah schon zu dieser frühen Stunde derart geschafft aus wie andere nach einem langen Arbeitstag nicht.

Crinelli stand mitten im größten Raum der Büroetage und sah sich nach allen Seiten um. Ein Schreibtisch, zwei wackelige Bürostühle, ein Telefon, ein Anrufbeantworter. Er zog seine Jacke aus und sah kurz aus dem Fenster auf das Flachdach hinunter. Niemand hatte die abgebrochene Antenne repariert. Arme Frau Muhrmann, dachte Crinelli, wie gestaltete sich ihr Leben wohl ohne die Ablenkung? Er ließ seinen Blick über die Fensterbrüstung streifen. Die Kollegen der Spurensicherung hatten inzwischen ihre Arbeitskluft angelegt, die Instrumente ausgebreitet und blickten erwartungsvoll zu ihm herüber. Durch ein kurzes Kopfnicken gab er die Räume frei, sie konnten ihre Untersuchung beginnen. Die ersten Minuten sah er den Männern wortlos bei der Arbeit zu. Wie beruhigend musste es sein, dachte er, wenn man sich ganz auf den technischen Teil eines Problems konzentrieren konnte und mit der emotionalen Seite nichts zu tun hatte? Die beiden Grünen, die vorsichtshalber mit angerückt waren, standen gelangweilt im Flur herum und wussten nicht, was in diesen menschenleeren Räumen von ihnen erwartet wurde.

Nass geschwitzt von der anstrengenden Fahrradtour durch

den Berufsverkehr und unrasiert hockte sich Crinelli nach einer Weile teilnahmslos im Treppenhaus auf den Boden und paffte dort eine nach der anderen. Die tiefen Ringe unter seinen Augen verwiesen auf die inneren Kämpfe der vergangenen Nacht.

Eine Stunde später packte die Spurensicherung ihre Koffer. Die beiden Männer verabschiedeten sich von Crinelli mit einem entschuldigenden Achselzucken. Mit ihnen verschwanden auch die Grünen und ließen einen äußerlich teilnahmslos wirkenden, innerlich aber kochenden Crinelli zurück.

Als kurz darauf das Handy klingelte, bellte er seinen Namen in den Hörer. Es klang wie ein Husten.

»Crinelli, bist du noch in der Elisabethstraße?«

»Julia! Ja, warum?«

»Dann bleib da, ich schicke dir mal jemanden rüber. Du wirst dich wundern.«

»Bist du der Weihnachtsmann? Ich brauche keine Überraschungen. Wer ist es?«

»Paul Gering. Er sitzt in einem Streifenwagen und wird in etwa 20 Minuten bei dir sein. Das wollte ich dir nur eben sagen. Ich muss los, Pressekonferenz mit Böker.«

»Gering?«, brüllte Crinelli. Er war aufgesprungen. »Hallo, hallo, Julia?«

Die Leitung war tot. Hammerschmidt musste den Verstand verloren haben. Er drückte hektisch auf die Rückruftaste, stieß aber nur noch auf die freundliche Stimme ihrer Mailbox. Unsicher, was er mit der Nachricht anfangen sollte, lief er rauchend zwischen den Räumen hin und her, bis er schließlich vor dem Fenster stehen blieb. Für eine Weile beobachtete er die bedrohliche Wolkenformation, die der Wind von Westen hereintrieb, und versuchte dabei seine Gedanken zu ordnen. Gering. Er ärgerte sich, dass ihnen der Besucher der Immofonds – wer auch immer es gewesen sein mochte – in der vergangenen Nacht durch die Lappen gegangen war. Die Kollegen hatten keine Spuren gefunden, nicht einen einzigen Fingerabdruck. Was allerdings weitaus verräterischer war als ein Haufen unterschiedlicher Prints, Haare und Hautpartikel. Von Greifbarem wie Ausweisen, Bildern und Dokumenten ganz zu schweigen. Die Burschen hatten Hausputz gehalten und waren offenbar recht geschickt dabei vorgegangen. Ein paar Haare auf dem Boden und in der Toilette, mehr hatten sie nicht gefunden.

Mitten hinein in seine Überlegungen überfiel ihn ein Gedanke. Mit einem Mal fühlte er sich, als ob er auf einem Bett aus heißen Kohlen stünde. Abrupt drehte er sich auf dem Absatz um. Wie durch ein Vergrößerungsglas aufgeblasen, nahm das Telefon auf dem Schreibtisch sein gesamtes Sichtfeld ein. Unmerklich sackten seine Schultern nach unten. Die Spannung entwich aus seinem Körper, und er schüttelte ungläubig den Kopf. Wie in Trance ging er quer durch den Raum und fingerte die Kladde aus seiner Jacke. Mit feuchten Fingern tippte er die Nummer in sein Handy und musste nur eine Sekunde warten, bis das absurd laute Klingeln des Apparates auf dem Schreibtisch die Stille zerschnitt.

Guten Tag, Sie haben die Firma Immofonds in Köln erreicht. Der Fachmann für Ihre Geldanlage. Leider sind derzeit alle Leitungen belegt. Bitte hinterlassen Sie Ihren Namen und Ihre Rufnummer, der nächste freie Mitarbeiter wird Sie umgehend zurückrufen. Bitte sprechen Sie nach dem Signalton. Vielen Dank.

Crinelli schloss die Augen. Eine Gänsehaut überzog weite Flächen seines Körpers. Die Kopfhaut zog sich unangenehm zusammen, und er schwitzte und fröstelte zur gleichen Zeit. Da war es, wonach er so lange gesucht hatte: die schnarrende Stimme und diese fast schon teilnahmslose, verstörende Kälte. So nah, dachte er erschrocken, so einfach. Diese Fehlleistung würde er sich so bald nicht verzeihen. Wie viel wertvolle Zeit hatte er verloren, wie weit könnte er heute schon sein? Ihn schwindelte, und als Magensäure durch seine Speiseröhre aufstieg, öffnete er das Fenster und sog die feuchtkalte Luft in seine Lungen. Er fühlte einen Brechreiz, und gleichzeitig war ihm nach Heulen zumute.

Welch ein elender Morgen! Er musste aufpassen, nicht in Selbstmitleid zu versinken. Er durfte nicht zulassen, dass die Fehler der Vergangenheit sein Urteilsvermögen in der Gegenwart beschädigten. Er musste nach vorne schauen, jetzt erst recht, und das Erste, was hinter dem Schwindel in sein Bewusstsein drang, war ein Name: Wilbert Kleinmann. »Zieh dich warm an, du Gnom«, flüsterte er grimmig.

Fast besinnungslos vor Wut rannte Crinelli aus dem Haus. Vor dem Parkverbotsschild blieb er wie angewurzelt stehen. Von seinem Rad war nur noch das Gerippe übrig – das aber gut gesichert. Ein abgenagtes Hühnerskelett. Die beiden Reifen und der teure Sportlenker waren ebenso geklaut wie der Sattel – trotz Spezialsicherung. Crinelli blickte verzweifelt die Straße hinauf und hinunter. Zwei alte Frauen standen auf dem Bürgersteig und redeten. Und auch der streunende Hund war zu weit entfernt, um ihn als Blitzableiter für seine Wut gebrauchen zu können. Er stieß ein hysterisches Lachen aus und wusste nicht, was er jetzt tun sollte.

Der um die Ecke biegende Streifenwagen erlöste ihn aus seiner Erstarrung. Ein kleiner Mann in korrektem Trenchcoat stieg aus und lief, ohne ihn eines Blickes zu würdigen, auf die große Tafel zu, die im Eingang des Hauses Nummer 74 die Mieter aufführte. Als Gering den Namen seiner eigenen Firma dort stehen sah, drehte er sich fragend zu dem Streifenpolizisten um, der ebenfalls ausgestiegen war und in der offenen Fahrertür stand. Der Beamte zuckte nur mit den Schultern und deutete mit ausgestrecktem Arm auf Crinelli.

Dieser unscheinbare Zwerg mit seinem struppigen Vollbart und der feinen Hornbrille war nicht der Mann, den Crinelli nach dem Showdown auf der Brücke durch den U-Bahn-Schacht gejagt hatte. Ein Gespräch mit diesem hilflos dreinblickenden Herrn würde ihn keinen einzigen Schritt voranbringen. Das sollte Paul Gering sein, der echte Paul Gering? Wie nannte man so was wohl? Virtueller Firmenklau? Tja, dachte Crinelli, dem einen klaut man das halbe Fahrrad, dem anderen gleich die ganze Firma, und wieder anderen nimmt man einfach das Leben. Freundlich war die Menschheit nicht gerade. Statt einer langen Vorrede zog Crinelli seinen Ausweis und hielt ihn Gering unter die Nase.

»Sie sind Paul Gering?« Der Mann nickte. »Und die Immofonds ist Ihre Firma, richtig?« Erneutes Nicken. »Und der Sitz Ihrer Firma?«

»Ja, das ist es doch eben!« Der Mann bekam einen knallroten Kopf. Wahrscheinlich Bluthochdruck, diagnostizierte Crinelli. »Ja, ich bin Paul Gering, und die Immofonds ist meine Firma. Ich habe sie doch erst seit etwas über einem Jahr«, fügte er fast schon entschuldigend hinzu, so als ob das etwas erklären würde. »Aber doch nicht hier«, er deutete angewidert mit einer Rundumbewegung auf die schäbigen Häuserzeilen der engen Straße. »Hier kann man doch kein Finanzunternehmen installieren. Ich habe meine Büros in der Innenstadt, da wo die Geschäfte gemacht werden.«

»Und von dieser Firma hier haben Sie wie erfahren?«

»Ja, ich habe doch überhaupt nichts erfahren. Heute Morgen stehen plötzlich diese Polizisten in meinem Vorzimmer.«

»Ja, ja, schon gut. Haben Sie jemals vorher von dieser Adresse gehört, oder erinnern Sie sich an jemanden, der mit Ihnen über Ihre Firma gesprochen hat – über einen Ableger oder so was, kein Kunde, verstehen Sie mich richtig?«

»Aber nein. Niemand!« Das Männlein hüpfte vor Erregung auf und ab. »Ich verstehe das alles überhaupt nicht. Wie kann es denn zwei Firmen mit gleichem Namen geben? Das geht doch nicht.«

Offenbar hatte ihm noch niemand erzählt, worum es hier tatsächlich ging. Crinelli startete noch einen letzten Versuch. Er schleppte den Mann zurück auf die fünfte Etage und ließ ihn den Anrufbeantworter anhören. Die Stimme war ihm nicht vertraut, er hatte sie niemals zuvor gehört.

Die Idee war simpel. Der Täter hatte sich einen Firmennamen samt dazugehörigem Inhaber aus den für jedermann einsehbaren Unterlagen beim Amtsgericht herausgesucht und ganz selbstverständlich Büroräume unter dem Namen angemietet. Nur, wofür brauchte er diese Scheinfirma?

Crinelli rannte die Treppen nach unten, den hechelnden Mann immer im Schlepptau, bestellte ihm unten ein Taxi, kettete das Gerippe von der Stange, schmiss es in den Kofferraum des Streifenwagens und setzte sich auf den Beifahrersitz.

»Deutzer Freiheit. Mit Blaulicht!«

Am inneren Ring stockte der Verkehr zum ersten Mal. Freitag der 15. Dezember und nur noch neun Tage bis zum Fest. Zu dieser Zeit des Jahres waren die Straßen selbst um 10 Uhr morgens verstopft. Über diese erste Blockade half ihnen das Blaulicht noch hinweg, ab dem Beginn der Nord-Süd-Fahrt ging nichts mehr.

»Schalt die Sirene aus, Kollege, wir wollen das Chaos nicht noch größer machen, als es schon ist.«

Crinelli sah aus dem Fenster. Leichtes Schneetreiben hatte eingesetzt. Glaubte man den Prognosen – was er sich längst abgewöhnt hatte –, so stand ihnen ein harter Winter bevor. Die letzten Tage hatten sich als ein Wechselspiel aus Regen, Graupel und leichtem Schneefall präsentiert. Dabei frischte der Wind immer wieder böig auf. Jede Art von Wetter beeinträchtigte den Kölner beim Autofahren. Aber Schnee und Platzregen rangierten ganz vorne in der Chaostheorie der Stauforscher. Schnee in der Wettervorhersage bedeutete Verstopfung und Chaos von frühmorgens bis weit in die Nacht hinein.

In den Kindheitserzählungen von Crinellis Mutter hatte im Winter häufig dichter Schnee gelegen. Regelrecht eingeschneit seien sie in manchen Wintern gewesen, hatte sie behauptet. In der Stadt wohlgemerkt. Der Vater behauptete sogar, früher auf dem Rhein Schlittschuh gelaufen zu sein. Die Vorstellung gefiel Crinelli. Aus heutiger Sicht erschien es ihm wahrscheinlicher, dass eines schönen Tages das Meer zu Füßen des Doms plätschern würde, als dass eine Eishockeymannschaft ihre täglichen Trainingseinheiten auf dem Fluss absolvieren könnte.

Als der Wagen endlich die Rampe zur Cäcilienstraße erklomm und ihn nur noch wenige Ampelschaltungen von der Deutzer Brücke trennten, kehrten Crinellis Gedanken zurück zur Immofonds und zu Kleinmann. Einer plötzlichen Eingebung folgend befahl er dem Fahrer, unterhalb von St. Maria im Kapitol anzuhalten. Den Kerl konnte er auch später noch durch die Mangel drehen. Viel interessanter erschien ihm auf einmal, vorher noch ein paar Informationen über Kleinmann einzuholen. Und immerhin fand sich dafür in seiner Kladde auch ein Eintrag.

Unter der notierten Nummer in Stuttgart meldete sich ein Herr Eberle in breitestem Schwäbisch. Es gibt doch tatsächlich noch schlimmere Dialekte als Kölsch, schoss es Crinelli durch den Kopf. Er erklärte dem Buchhalter der Willenbrock Consulting in kurzen Worten, wer er war und um was es ging.

»Wie, sagten Sie, soll der Mieter heißen?« Crinelli hatte Eberle gebeten, seinen Eintrag zur Elisabethstraße 74 zu prüfen. Ihm war schon im Vorhinein klar, wie das Ergebnis dieser Prüfung ausfallen würde.

»Immofonds GmbH. Fünfte Etage.«

»Buchstabieren Sie.«

Buchhalter! Aber Crinelli tat wie befohlen. Obendrein, um der Form zu genügen, bemühte er dazu die in Fachkreisen übliche Art und Weise der Buchstabierung.

»Ida, Doppel-Martha, Otto, Friedrich, Otto, Nordpol, Dora, Samuel GmbH.« Er grinste über beide Backen. Den Fahrer freute es, endlich einen gut gelaunten Kommissar im Auto sitzen zu haben.

»Sind Sie sicher, dass Sie den Namen richtig buchstabiert haben?«, fragte Herr Eberle, dessen Computerrecherche anscheinend keinen Treffer zeigte.

»Vollkommen. Sie haben keinen Eintrag, nicht wahr? Dachte ich mir«, fuhr Crinelli fort, ohne auf eine Antwort zu warten.

»Warten Sie, ich checke das mal eben mit der entsprechenden Liegenschaft gegen.«

Liegenschaft checken, wow, dachte Crinelli und sagte: »Sehr freundlich, Herr Eberle.«

Keine Minute später kam die Antwort. »Jetzt, Herr Kommissar, negativ. Die entsprechende Etage ist seit September 2004 unvermietet. Unproduktiver Leerstand, wenn Sie verstehen, was ich meine.«

»Absolut!« Sein Gefühl hatte ihn also nicht getäuscht. Der kleine Kleinmann hatte großen Mist gebaut. »Sagen Sie, Ihr Zweigstellenleiter, Herr Kleinmann, was können Sie mir zu dem sagen?«

»Da bin ich total der Falsche. Mir haben hier bloß des Zahlenwerk. Zu dene unsre Leut kann ich hier nix sage.«

»Und wer könnte das?«

»Nur der Kollege Tschirner. Soll ich Sie flux verbinde?«

»Ja, großartig und vielen Dank für die Unterstützung.«

Tschirner sprach kein Schwäbisch und war auch sonst von anderer Natur.

»Mein Kollege sagt mir eben, Sie seien von der Kripo Köln?«

»Korrekt. Hauptkommissar Crinelli.«

»Sie verstehen sicher, dass ich diese Information erst überprüfen möchte?«

»Sicher. Rufen Sie mich im Kölner Präsidium an. Verlangen Sie Jerôme Crinelli, Mordkommission. Warten Sie noch zwanzig Minuten, dann bin ich in meinem Büro, danke.«

Crinelli legte auf. Bei diesen Typen musste man darauf achten, nicht in die Defensive zu geraten. »Jetzt kannst du das Horn wieder anstellen und mich ins Präsidium fahren, Kollege.«

Crinelli hatte sein Büro kaum erreicht, als der Apparat auf dem Schreibtisch auch schon klingelte.

»Danke für Ihren Rückruf, Herr Tschirner. Passen Sie auf, es geht um Ihren Kölner Zweigstellenleiter Wilbert Kleinmann. Ich benötige einige Informationen über den Mann, ohne Ihnen zu diesem Zeitpunkt Näheres zum Grund unserer Ermittlungen sagen zu können. Nur so viel – die Untersuchung muss nicht gegen Herrn Kleinmann sprechen. Wir ermitteln gegen ein Unternehmen, das in einem Ihrer Objekte als Mieter geführt wird, in Ihren Unterlagen in Stuttgart aber nicht existiert. Seit wann beschäftigen Sie Kleinmann? Können Sie das bitte nachsehen?«

»Das brauche ich nicht. Herr Kleinmann ist seit etwa eineinhalb Jahren bei uns und seit ziemlich genau sieben Monaten Zweigstellenleiter. Kommissarischer Zweigstellenleiter, sollte ich vielleicht korrekterweise hinzufügen.«

»Alle Achtung, das nennt man wohl ein gutes Gedächtnis. Sie haben doch sicher einige hundert Menschen in Ihrer Personalabteilung zu verwalten.«

»Sechshundertsiebzehn, um genau zu sein. Sie sollten allerdings bei mir nicht zu jedem dieser Leute einen gleich guten Kenntnisstand voraussetzen. Kleinmann ist ein Spezialfall.«

»Wieso das?«

»Na ja, Sie müssen wissen, dass wir ihn eigentlich gar nicht haben wollten. Aber es macht sich als so großer Arbeitgeber, wie die Willenbrock Consulting es hier am Ort nun einmal ist, ganz besonders gut, wenn man außer der gesetzlichen Quote an Behinderten und einer erhöhten Zahl an Ausbildungsstellen auch noch versucht, den ein oder anderen Langzeitarbeitslosen ins Arbeitsleben zurückzuführen. Als großer Arbeitgeber hat man schließlich auch ein soziales Gewissen. Damit nehmen wir es hier sehr genau.« Crinelli stand kurz davor, für die Willenbrock Consulting zu spenden oder eine Kerze im Dom anzuzünden, aber er dachte nicht daran, die von Tschirner angebotene Gesprächspause zur erwarteten Lobhudelei zu nutzen. Nachdem Tschirner sicher sein musste, dass seine Rede bei dem Kommissar aus Köln nicht gezündet hatte, kam er wieder auf Kleinmann zu sprechen. Am anderen Ende der Leitung nickte Crinelli gelangweilt. »Kleinmann war ein solcher Langzeitarbeitsloser und mehr noch, er war eine ganze Zeit lang obdachlos, auf der Straße, wenn Sie verstehen, was ich meine.« Crinelli antwortete auch auf diese Frage nicht. Wie aus weiter Ferne hörte er den Wahlstuttgarter weiterreden. »Der Mann ist über ein Hilfsprogramm zu uns gekommen. Sie hätten ihn damals sehen sollen, kein Vergleich zu heute. Es ist interessant, solche Menschen einzustellen. Der Mann hat mit der Zeit eine dramatische Veränderung durchgemacht, allein dadurch, dass er plötzlich wieder gebraucht wurde. Kritiker werfen uns vor, wir würden nur die steuerlichen Vorteile bei so einer Einstellung abgreifen, aber das ist lediglich eine weitere von diesen üblen Nachreden, die erfolgreiche Unternehmen wie uns ständig verfolgen. Na ja – eigentlich nicht weiter erwähnenswert. Dann aber verschwindet plötzlich auf bisher ungeklärte Weise unser Zweigstellenleiter Horst Hölzel, der ein Fürsprecher von Kleinmann war. Stellen Sie sich vor, lässt einfach seine Frau und die drei Kinder im Stich. Von heute auf morgen, einfach so weg. Und bis heute gibt es von ihm kein Lebenszeichen. Nach einer Weile mussten wir reagieren und – ich bin stolz, das sagen zu können – haben uns zu einer mutigen Entscheidung durchgerungen. Einer unserer Vorstände und ich sind persönlich nach Köln gefahren und haben mit Kleinmann gesprochen, schließlich ist das ein Vertrauensposten. Beide waren wir anschließend der Meinung, dass man das Risiko eingehen könne, zur Probe, versteht sich. Und schließlich haben wir ihm im Nachbargebäude auch noch eine Wohnung besorgt. Kleinmann hat fast geheult nach dem Gespräch. So, Herr Kommissar, jetzt wissen Sie, warum ich so gut über Kleinmann Bescheid weiß. Aber, was hat er denn nun getan, oder was soll er getan haben? … Hallo? … Herr Kommissar, hören Sie mich? … Hallo! …«

∷

Crinelli stürmte die Büroräume der Willenbrock Consulting. Kleinmanns Zimmer war leer. Gleiches galt für die Schreibtischplatte. Er erinnerte sich, dass ihm die penible Ordnung schon bei seinem ersten Besuch aufgefallen war. Das allein war noch kein Zeichen für Flucht. Er lief zurück ins Foyer.

»Wo ist Kleinmann?«, schrie er.

»Und wer sind Sie?«, antwortete die Frau in dem schlecht sitzenden Hosenanzug schnippisch.

In der Mitte ihrer Frage tanzte Crinellis Ausweis schon vor ihren Augen.

»Also?«, bellte er ungehalten.

»Wir wissen es auch nicht, er ist heute Morgen nicht zur Arbeit gekommen.« Die Dame war deutlich eingeschüchtert. Ihr ohnehin dünnes Stimmchen glich jetzt eher einem Säuseln. »Gestern gegen vier ist er verschwunden, ohne einem von uns zu sagen, wohin.«

»Und haben Sie es schon in seiner Wohnung versucht?«

Sie sah ihn mit einem Blick an, der verriet, dass sie es für ganz und gar unangebracht hielt, bei einem Vorgesetzten privat zu klingeln, und schüttelte den Kopf.

Crinelli verließ den Pavillon und traf kurz nach dem bestellten Techniker vor Kleinmanns Wohnungstür ein.

»Und, ist er da?«, bellte Crinelli den Mann an, der in aller Seelenruhe, an die Flurwand gelehnt, von einem Mehrkornbrötchen abbiss.

»Ääh …«

»Schon gut«, knurrte er und schlug dröhnend gegen die Wohnungstür. Er begleitete seine Attacke mit einem Dauerklingeln. Schließlich griff er zum Schlüsselbund und öffnete mit dem anhängenden Dietrich das Schloss. Alles unter den Augen des extra für diese Arbeit angeforderten Technikers.

Das Innere der Wohnung war in puncto Ordnung und unpersönliche Atmosphäre ein exaktes Spiegelbild von Kleinmanns Büro. Vermutlich waren die beiden Zimmer vor der Flucht noch einer gründlichen Reinigung unterzogen worden. Ein Blick in den Kleiderschrank verriet, dass Kleinmann nicht vorhatte, hier weiterhin zu wohnen. In diesen Räumen brauchte es keine Spurensicherung, keine Versiegelung und keinen Kommissar Crinelli mehr.

»Brauchen Sie mich noch?«, hörte Crinelli den Techniker durchs Treppenhaus rufen, als er, schon wieder zwei Etagen tiefer, die Klinke der gläsernen Haustür in der Hand hielt.

»Mach wieder zu, du Clown«, brummelte Crinelli und warf die Tür hinter sich ins Schloss.

Während der kurzen Fahrt zurück ins Präsidium jagten Unmengen an Informationen durch Crinellis Kopf. Er saß auf dem Rücksitz und hielt die Augen geschlossen. Gespräche klangen in seinem Hirn nach, Fetzen nur, aber sie warfen Fragen auf. Eine davon lautete: Konnte es ernsthafte Zweifel daran geben, dass Kleinmanns auf angeblich so mysteriöse Weise verschwundener Vorgesetzter Hölzel ebenso tot war wie all die anderen ermordeten Mitwisser des großen Unbekannten? Und da es sich bei Kleinmann ganz sicher auch nicht um den

Boss handelte, lief der jetzt da draußen rum und ahnte vermutlich nicht einmal, in welcher Gefahr er sich befand, dass er nur ein weiterer willfähriger Helfer gewesen war, der nun seine Schuldigkeit getan hatte, ein Exobdachloser, der sich in Lebensgefahr befand.

Obdachlos! Bisher hatte er die Gedanken daran jedes Mal, wenn sie aufkamen, schnell wieder niedergerungen. Er fand allein schon die Idee absurd. Obdachlose, die gemeinsame Sache mit einem brutalen Schlächter machten. Noch vom Wagen aus schrieb er Kleinmann zur Fahndung aus.

33

»Obdachlose«, Crinelli stöhnte gequält, »kannst du dir darauf einen Reim machen?« Er hatte Franz Liebermann am Telefon mit wenigen Worten auf den letzten Stand gebracht.

»Schwere Frage. Aber nach Lage der Dinge bleibt dir nichts anderes übrig, als dich der Thematik anzunehmen.«

»Das tue ich, keine Sorge, nur habe ich davon nicht die leiseste Ahnung. Bist du während deiner Zeit mit so was mal in Berührung gekommen?«

»Nein, noch nie. Ich überlege auch schon die ganze Zeit, während wir hier reden, ob ich einen der alten Kollegen anzapfen könnte, aber mir fällt tatsächlich keiner ein. Lass uns doch mal gemeinsam nachdenken: Da draußen läuft ein skrupelloser Verbrecher rum, ein Typ, der mit modernster Technik und großkalibrigen Waffen bestens vertraut und ausgerüstet ist. Ein hervorragend ausgebildeter Mann, der, ausschließlich auf seinen eigenen Vorteil bedacht, eine Blutspur quer durch die Republik zieht. Ein solcher Einzelgänger … das ist er doch wohl, oder?«

»Weiß ich nicht einmal. Wenn er beim BKA ein Einsatzkommando geleitet hat, muss er doch eigentlich teamfähig sein.«

»Falsch, Jerry, da wiederum kenne ich mich aus. Paramilitärische Truppen mit Teamgeist wären wie Fußballmannschaften mit Abitur. Eine solche Einheit besteht zu 100 Prozent aus Befehlsempfängern. Blinder Gehorsam ist das Wesen jeder schlagkräftigen Einheit. Eigenes Denken schadet da nur. Diese Führungsposition bei einer Eliteeinheit ist gerade für einen Egomanen wie geschaffen. Trotzdem hast du natürlich recht: Vordergründig passt eine Truppe aus am Leben gescheiterten Menschen nicht zu unserem Mann. Ohne Ausbildung, ohne Moral, da vermutet man zunächst einmal eher einen Sauhaufen als einen gut funktionierenden Verband. Andererseits klammern sich gescheiterte Menschen vielleicht an jeden Strohhalm. Wenn man die richtige Ansprache finden könnte, wer weiß?«

»Die Entrechteten«, Crinelli lachte schallend, »damit geht man nur dann an die Öffentlichkeit, wenn man sich mal so richtig lächerlich machen will. Stell dir bitte mal vor, du würdest so einen Mist in der Zeitung lesen, was würdest du denken? Dass die sie nicht mehr alle haben!«, beantwortete er sich seine Frage selbst. »Warte, Franz, ich hab's! Jetzt weiß ich auch, wo wir sie finden können: im Sherwood Forest kurz vor Rösrath.« Er verzog das Gesicht zu einem schelmischen Grinsen.

Liebermann blieb ernst. »Vielleicht spielt der Typ ja genau mit deiner Ungläubigkeit. Und so wie du denkt ihr doch alle. Überleg mal. Er fühlt sich vollkommen sicher, weil er weiß, dass du und deinesgleichen eine solche Spur niemals ernsthaft in Erwägung ziehen würdet, schon allein weil es so melodramatisch klingt.«

Crinellis kurzzeitige Heiterkeit verflog. Wenn Liebermann die Sache richtig einschätzte, dann hatten sie sich wie absolute Anfänger benommen. Und der Killer hatte gezeigt, wie genau er all ihre Mechanismen, selbst die möglichen und unmöglichen Denkmuster, vorausahnen konnte. Dieser Typ wurde ihm immer unheimlicher.

»Womit soll er sie denn geködert haben? Was verspricht er ihnen? Stachelt er sie gegen den Staat auf? Geht das? Die Entrechteten holen sich, was ihnen die Gesellschaft vorenthält. So etwa?« Er stockte. »Ach, was. Das ist doch Schwachsinn, ich bleibe dabei!«

»Ehrlich gesagt, glaube ich auch nicht, dass wir so weiterkommen. Du brauchst professionelle Unterstützung, jemanden, der sich in diesem speziellen Umfeld und mit diesen Leuten auskennt.«

»Obdachlos«, sagte Crinelli und schaute dabei einigermaßen ratlos gegen die Decke, »obdachlos, wer kennt sich mit so was aus? Was gibt es da überhaupt auszukennen? Das meiste wird man sich doch wohl mit ein bisschen gesundem Menschenverstand ausmalen können, oder?« Am anderen Ende der Leitung blieb es still. Crinelli dachte weiter laut nach. »Sommer wie Winter ohne Wohnung, kein Geld, auf Almosen angewiesen, der blanke Horror.«

»Du sagst es. Früher wurden Verbrecher in Kolonien verschifft. Heute liegt diese Kolonie mitten vor unserer Haustür.«

»Obdachlose sind aber keine Verbrecher.«

»Danke für den Unterricht, Jerry, das weiß ich auch. Das Prinzip ist aber das Gleiche. Wir verschieben die Leute nicht, wir isolieren sie einfach innerhalb der Gesellschaft. Und es geht viel schneller, als man ahnt. Nimm meinen Bruder. Dem hat bis zu seinem 47. Geburtstag die Sonne ins Gesicht geschienen. Dann hat dieser Idiot sich eine Freundin zugelegt und nichts Besseres zu tun gehabt, als seiner Ehefrau direkt davon zu erzählen. Damit nicht genug, kündigt er seinen gut dotierten Job, um mit der neuen Frau ein Pub zu eröffnen. Hört sich nach einem schlechten Film an, nicht wahr?«

»Nach einem ziemlich schlechten.«

»Aber denk doch mal nach, wie häufig du den Realitätsgehalt einer Geschichte anzweifelst, wenn sie dir anstatt auf der Straße in einem Buch oder einem Film begegnet, weil sie wie an den Haaren herbeigezogen klingt. Und bei meinem Bruder ging's noch weiter. Scheidung, Haus und Kinder weg, Geld schnell im Pub verbraten, Schulden, Krach mit der neuen Frau, noch mehr Schulden, Privatkonkurs, die neue Frau wieder weg, kein neuer Job in Sicht. An dieser Stelle des Dramas kam ich übrigens ins Spiel und versuche seither, den Dummkopf wieder auf die Füße zu stellen.«

»Nicht jeder hat so einen netten Bruder, das ist nicht die Regel.«

»Genau, Jerry, und dann ist die Straße nicht mehr fern. Und es kann tatsächlich jeden treffen, das ist das Perfide an der Geschichte. Bei meinem Bruder kann man ja noch von einem gewissen Selbstverschulden sprechen. Man sagt immer so schön, das Leben sei eine Achterbahn, aber das ist nicht die ganze Wahrheit. Wenn du in deinem Leben zum falschen Zeitpunkt auch noch die falsche Entscheidung triffst, sitzt du nicht auf der Achterbahn, sondern auf einer Rutschbahn und die führt dich direkt hinab in die Hölle. Kein Nothalt, kein Zwischenstopp.«

»Werd nicht melodramatisch, Franz, ich versteh's auch so. Aber ich denke schon, dass man eine Mitschuld trägt. Die Nummer – die Gesellschaft ist an allem schuld – ist doch wohl etwas zu billig.«

»Natürlich trägt man eine Mitschuld an seinem Schicksal, aber unsere heutige Gesellschaft verzeiht keinen Fehltritt mehr, das ist der Unterschied.«

»Der Unterschied zu wann?«

»Keine Ahnung, zu den 50er Jahren. Damals hatten wir eine soziale Marktwirtschaft, die den Namen noch verdiente.«

»Ach, und was haben wir heute?«

»Rüden Kapitalismus.«

»Franz …«

»Aber es stimmt doch wirklich. Unser System erscheint auf den ersten Blick freundlich und gerecht und ist in Wahrheit nicht besser als der alte Manchester-Kapitalismus. Alte und Fußkranke raustreten, so ist es heute auch schon wieder. Entlässt du Tausende von Arbeitern, klatschen die Aktionäre Beifall, und der Kurs schießt in die Höhe. Das ist nicht ideologisch verblendet, Jerry, genauso wenig wie ich ein Weltverbesserer bin, sondern die schlichte Wahrheit. Bist du im Team, kannst du das Beste daraus machen. Bist du aber erst einmal draußen, stoppt nichts und niemand mehr den freien Fall.«

»Franz!«, sagte Crinelli nochmals und ließ durch die Betonung erkennen, was er dachte.

»Ja, ich weiß, ich weiß. Ich reg mich halt immer noch darüber auf. Was ich nur sagen wollte, du und ich, wir können es uns nicht vorstellen, wie das ist, draußen zu sein, und deshalb werden wir uns auch nicht in die Köpfe dieser Leute versetzen können.«

»Und er, wieso kann er das?«

»Der Mörder? Das ist wirklich eine gute Frage, Jerry. Ja, eine sehr gute Frage ist das.«

Crinelli überlegte, von wem er eine Antwort auf diese Frage erhalten könnte. Er konnte zumindest Bohlen anhalten, darauf bei seiner Recherche ein besonderes Augenmerk zu legen.

»Ich hab's, Jerry.« Crinelli konnte fast durch den Hörer Liebermanns glänzende Augen sehen. »Du gehst zu Charly Dörfler. Das ist dein Mann, Jerry. Da hätte ich aber auch gleich draufkommen können. Charly saß in der Schule neun Jahre lang neben mir. Eigentlich wollten wir gemeinsam studieren, aber dann kam es anders. Am Ende machte er Sozialwissenschaft und Pädagogik. Er hat sogar promoviert und einige Zeit als Dozent gearbeitet – dann ist er aber doch in die praktische Sozialarbeit eingestiegen. Er hat zwei oder drei Bücher veröffentlicht und ist – oder war, das weiß ich nicht so genau – Leiter einer Obdachloseninitiative. Ja, Charly ist der Richtige. Und wenn du ihm sagst, dass ich dich geschickt habe, wird er dir helfen, da bin ich mir sicher.«

»Sehr gut, Franz, Charly Dörfler, sehr gut. Du kannst dabei sein, wenn du möchtest.«

Liebermann überlegte kurz. Dann lehnte er ab. Er gab Crinelli die Telefonnummer.

»Ach, Jerry, was ich noch sagen wollte, die Sache mit dem Diebstahl. Ich habe meinen alten Kontakt aufwärmen können.

Ist ein wenig heikel die Geschichte, aber das muss dich nicht interessieren. Ich bin dran.«

∷

»Schönen Feierabend, Eddy.«

»Ganz schön früh für deine Verhältnisse.«

»Ja. Ich muss nachdenken, und das geht hier nicht. Die Dinge überschlagen sich gerade. Wie kommst du mit der Liste voran?«

»Besser als gedacht. Wenn du noch eben Zeit hast …«

»Du bist nicht etwa schon fertig, Eddy?«

Crinelli war echt beeindruckt. Jetzt, wo er wusste, was Bohlen geleistet hatte, sah er ihm die Erschöpfung auch an. Ohne eine Nachtschicht wäre er jetzt niemals fertig. Respekt, Herr Bohlen, dachte Crinelli und folgte dem Youngster in sein Büro. Er steckte sich eine Zigarette an, pflanzte sich rittlings auf den Besucherstuhl und sah seinen Kollegen erwartungsvoll an.

Die Liste lag auf Bohlens Schreibtisch. In seiner mikroskopisch kleinen Schrift hatte er hinter jeden Namen seine Bemerkungen geschrieben.

»Also«, begann Bohlen, »um die drei Frauen auf der Liste habe ich mich – weisungsgemäß – nicht gekümmert. Blieben noch neun Personen. Im Laufe der Recherche haben sich einige Kandidaten selbst von der Liste geholt. Horst Körfgen zum Beispiel ist vor einem Jahr im Skiurlaub gestorben. Oben lebendig losgefahren, unten tot angekommen. Herzinfarkt. Thorsten Korbmacher liegt zurzeit in einer Reha-Klinik am Chiemsee, wo er sich von einer vierstündigen Operation erholt. Bypässe, wie viele, weiß ich nicht. Wolfram Edel arbeitete in der Zentrale in Wiesbaden als Buchhalter. Ich habe nicht herausfinden können, weshalb genau er geflogen ist, aber ich vermute, er hat irgendwelche krummen Dinger gedreht. Edel gilt als spielsüchtig – Pferdewetten. Seither wird er immer mal wieder von der Polizei aufgegriffen. Zurzeit sitzt er eine Haftstrafe ab.

Die nächsten wären zwar theoretisch als Verdächtige denkbar, ich halte es aber für eher unwahrscheinlich.

Mit Werner Liewald habe ich persönlich gesprochen. Er lebt bei und vermutlich auch von seiner Mutter in Rostock. Die alte Dame ist vermögend und hat keine weiteren Erben. Er selbst ist ehrenamtlich im Kirchenvorstand und in zahlreichen weiteren Vereinen tätig. Eher nicht als Täter zu gebrauchen.

Karl-Heinz Olligschläger arbeitet seit seinem Austritt aus dem BKA bei der Feuerwehr. Er ist bei den Autos geblieben, wie man sieht. Keine Fehlzeiten, zuverlässiger Mann, sagen seine Vorgesetzten.

Dieter Lachmaier war bei der Fahrbereitschaft, bevor er rausgeflogen ist. Er ist Alkoholiker und selbst nach Aussage seines Arztes zu nicht mehr viel fähig. Sicher kein Mann mit eisernen Nerven.

Ernst Thomé war schon vom Außen- in den Innendienst degradiert worden, bevor sie ihn wegen sexueller Belästigung aussortiert haben. Muss ein ziemlich schlimmer Finger sein. Jetzt macht er in Prostitution, illegalem Glücksspiel etc. Er ist kriminell – aber auch sehr beschäftigt. Er passt einfach nicht in unser Profil. Thomé ist kein Strippenzieher, eher der Typ brutaler Mitläufer.

Bleibt noch Fabien Thouveny, der ein ganz seltsamer Vogel ist. Der Typ war so durchgeknallt, dass er anstatt der gesuchten Verbrecher die eigene Frau abgehört hat. Und das auch noch nach ihrer Scheidung. Übrigens war das Scheidungsmotiv Eifersucht, die bei Thouveny pathologische Formen angenommen haben soll. Erst vergangene Woche hat die Frau ihn wieder angezeigt. Ihr neuer Mann hat beim Staubwischen den Spiegel angeknackst und beim Ausbauen dahinter eine Minikamera entdeckt. Thouveny hat das ganze Zeugs beim BKA geklaut, was zwar zu unserem Verdächtigen passt, aber meiner Meinung nach ist er viel zu sehr mit seiner Alten beschäftigt, als dass er noch Zeit zu Kindesentführungen und Attentaten hätte. – So, das waren erst mal die, die wir vergessen können.«

»Super Job«, sagte Crinelli. Schnelle und präzise Arbeit. Er teilte jede von Bohlens Ansichten. »Wenn ich richtig mitgezählt habe, verbleiben noch drei Personen auf der Liste. Was ist mit denen?«

»Exakt! Wir haben noch Jan-Karl Schreiber, Mike Kos und Michael Hautzer. Und das Besondere ist, dass ich über keinen der drei bisher etwas herausgefunden habe. Während bei allen anderen der Grund ihrer Entlassung leicht zu ermitteln war, gibt es zu diesen dreien keinerlei Einträge. Was ich aber recherchieren konnte, ist ihre jeweilige Tätigkeit beim BKA.« Crinelli begann unruhig auf dem Stuhl hin und her zu rutschen. »Kos und Schreiber gehörten beide zum MEK des BKA, also zur bewaffneten Eingreiftruppe. Ob zusammen oder getrennt, konnte ich nicht herausfinden. Genauso wenig, welche Positionen die beiden innehatten. Und dieser Michael Hautzer …«

»Moment mal, Eddy, Michael Hautzer sagst du?«

»Ja, du kennst doch die Liste.«

»Ich hab sie überflogen. Hautzer, der Name kommt mir irgendwie bekannt vor. Weißt du schon mehr über ihn?«

»Er war – zumindest eine Zeit lang – bei der Materialbeschaffung in Wiesbaden beschäftigt. Ein Mann, der vermutlich Zugriff auf die Waffenbestände hatte.«

»Ist vielleicht zu einfach, oder?«

»Ja, möglich. Aber bei den dreien ist schwer zu ermitteln. Zumal ich ja sehr vorsichtig vorgehen muss. Könnte ich eine offizielle Anfrage an die Kollegen richten …«

»Vergiss es, Eddy.« Crinelli stand auf. »Du hast mir wirklich sehr geholfen. Das ist mehr, als jeder andere in der Kürze der Zeit herausgefunden hätte. Nachtarbeit, oder?«

»Ein bisschen schon. Macht aber nichts.«

»Und heute Abend?«

»Arbeite ich das ab, was dafür letzte Nacht liegen geblieben ist.«

»Polizeidienst!«, sagte Crinelli, als ob das etwas erklären würde. »Kann ich noch 'ne Kopie von den Ermittlungen bekommen?«

»Kannst du meine Klaue lesen?«

»Ich gebe mir Mühe. Hauptsächlich geht es um die Namen. Den Rest habe ich gespeichert. Wenn du noch was rausfinden solltest, ruf mich bitte sofort an. Und danke nochmal für die Hilfe.«

Crinelli hatte endgültig genug Informationen, die er nun bei einem Singha-Bier verarbeiten musste. Seine letzte Amtshandlung des Tages bestand darin, Franz Liebermann anzurufen und ihn zu bitten, die drei letzten Namen auf der Liste seinem Informanten zu präsentieren.

34

Sonntag, der dritte Advent. Wieder war das Wetter in der Nacht umgeschlagen. Nach dem vergleichsweise warmen Samstag fiel das Thermometer während der Nacht bis auf minus fünf Grad. Als die Sonne aufging, schien sie erstmals seit Wochen von einem stahlblauen Himmel. Crinelli zog die trockene Winterkälte dem stürmischen Regenwetter eindeutig vor. Er mummelte sich in seine dicke Daunenjacke, zog die Wollmütze tief ins Gesicht und die Handschuhe über, bevor er sein inzwischen wieder repariertes Rad vor die Tür schob.

Am Dom legte er einen Zwischenstopp ein. Spätes Frühstück mit Anja Salowski. Ein Ritual, auf dessen Einhaltung seine Ziehmutter achtete. Die alte Dame gelüstete es schon am sehr frühen Nachmittag nach Kuchen, obwohl sie gerade erst aufgestanden war, während Crinelli eher der Sinn nach einem leichten Mittagessen stand. Beides war in dem Café im alten Stil möglich. Sie saßen zusammen, quatschten über Gott und die Welt und rauchten dabei.

Die Salowski aß ihre Erdbeer-Sahne und, nach zwei Tassen Kaffee, noch ein kleines Stück Sachertorte hinterher, während Crinelli seiner heimlichen Leidenschaft frönte. Wo anders als in diesen letzten verbliebenen Traditionsbetrieben fand man noch Pastetchen mit Ragout fin auf der Karte? Er träufelte sich reichlich Worcestershiresauce auf das dampfend heiße, zähfließende Ragout und aß die beiden knusprigen Blätterteiggebilde mit sichtlichem Genuss. Dazu trank er ein großes Bier, etwas anderes kam nicht in Frage. Den Kaffee in diesem Haus verschmähte er sowieso.

Sie verabschiedeten sich am benachbarten Taxistand, nachdem Crinelli der Salowski wieder und wieder vom Treffen mit Maria berichtet hatte. Sie war mit dem, was sie hörte, sehr zufrieden. Marias Sichtweise des Rendezvous hatte die Salowski längst bei ihrer Schwiegertochter eingeholt.

∷

Die Alte Feuerwache galt als Treffpunkt der alternativen Szene. Hier saßen Elterninitiativen bei der streng protokollierten monatlichen Sitzung neben alleinerziehenden Müttern. Junge Männer, deren Füße in grob gestrickten Wollsocken und ausgetretenen Clogs steckten, Frauen mit Rastalocken und Lippenpiercings neben Jungbankern, deren Zeit nach der Arbeit nicht mehr gereicht hatte, um schnell noch in die alten Klamotten zu steigen. Kunststudenten, Leute aus dem Viertel und Sozialarbeiter wie Charly Dörfler.

Crinelli bildete sich ein, dem Mann seine Profession auch ohne jedes Vorwissen angesehen zu haben. Er verkniff sich ein Lachen, als er zielstrebig auf den Ecktisch zuging. »Sie werden mich schon erkennen«, hatte Dörfler am Telefon vieldeutig gesagt, und er hatte keinesfalls übertrieben.

Dörfler war eine imposante Persönlichkeit – und riesig. Schütteres hellblondes Haar hing ihm bis zu den Schultern, während sich die Tonsur auf seinem Kopf unaufhaltsam in Richtung Glatze ausdehnte, ein dichter Vollbart und große braune Augen. In diesem Augenblick stand Dörfler aufrecht hinter einem Tisch und unterhielt sich mit einer Schönheit, die den Koloss anhimmelte. Wenn Dörflers Lachen erklang – tief, dunkel –, spürte man, welche Stimme dieser Hüne besaß.

Der jungen Schönheit kam die Störung durch Crinelli sichtlich ungelegen. Sie hatte ganz offensichtlich noch Größeres vor mit dem gewaltigen Charly Dörfler, so widerwillig, wie sie sich nun von ihm verabschiedete. Dörfler winkte ihr hinterher. Sie antwortete mit einer Kusshand, bevor er, ohne ein Wort der

Begrüßung, auf den freien Stuhl ihm gegenüber deutete und sich selbst auf seinen Platz fallen ließ. Der Stuhl hielt.

Mit einer ausladenden Geste winkte er die Kellnerin heran. Crinelli bestellte eine große Apfelschorle. Dörfler trank Tee, der ihm unaufgefordert nachgebracht wurde.

»Sie sind Stammgast.«

»Merkt man das?«

Crinelli hielt sich an der Tischkante fest, damit ihn die Erschütterung von Dörflers Lachen nicht hinwegtrug. Er lächelte verkniffen zurück. Er gedachte dem Mann einen gewissen Bonus zuzugestehen, weil Liebermann ihn empfohlen hatte und weil er ihn für seine Ermittlung brauchte.

Mitten in dieses erste Abtasten hinein klingelte Crinellis Handy. Er entschuldigte sich und nahm das Gespräch an. Nach den ersten Worten wendete er sich von Dörfler ab. Er hörte lediglich zu, während er durch die Scheiben auf das sonntägliche Treiben auf dem Hof der ehemaligen Feuerwache sah. Ganze Heerscharen von Fußgängern, die sich bei Trockenheit endlich einmal wieder aus dem Haus wagten. Auf gefrorenen Pfützen schlitternde Kinder, dazwischen Radfahrer und Jogger.

Das friedlich anmutende Bild korrespondierte nicht mit dem Inhalt von Crinellis Telefonat. Was er sich anhören musste, unterstrich nur noch die Dringlichkeit einer schnellen und vor allem effektiven Zusammenarbeit mit dem Sozialarbeiter. Kleinmann war wieder aufgetaucht. Die Kollegen hatten ihn auf einer Parkbank gefunden, mit weit offen stehenden Augen und einem Loch in der Stirn. Um das Loch herum war das Gesicht regelrecht verbrannt, was die Vermutung nahelegte, dass sein Mörder direkt vor ihm gestanden haben musste, als er abdrückte. Eine Hinrichtung, Auge in Auge. Der Killer machte keine Geschenke.

Als Crinelli sich Dörfler wieder zuwandte, stand eine grimmige Entschlossenheit in seinem Gesicht, die diesem nicht verborgen blieb.

»Sagen Sie, Herr Kommissar, darf ich Sie, bevor wir zum Grund Ihres Besuchs kommen, etwas fragen?« Crinelli nickte stumm. »Ich habe der Zeitung entnommen, dass Sie in gewisser Weise auch mit diesem Anschlag zu tun hatten – auf den Zug meine ich. Meine Frage ist folgende: Glauben Sie, dass es sich bei dem zweiten Anschlag in Frankfurt tatsächlich um einen Rachefeldzug handelt?«

Crinelli verschluckte sich fast an der Apfelsaftschorle. »Wie kommen Sie denn darauf?«

»Ich habe gerade noch mit meiner Freundin darüber geredet, und eigentlich hat die mich auch darauf gebracht. Sie hat iranische Freunde, und die sind echt entsetzt, was hier abgeht.«

»Wundervoll. Aber das ist kein Beweis fürs Gegenteil. Hören Sie, ich weiß nichts über die Sache, und ich habe gerade den Kopf mit ganz anderem voll.«

»Lächerlich!«, rief Dörfler und schien echt empört. »Dann wären Sie der einzige Mensch, der nicht permanent an diese Anschläge denkt. Alle reden doch seit Wochen über nichts anderes mehr. Wo ich derzeit auch hinkomme, sind die Anschläge das alles beherrschende Thema, selbst bei Leuten, die eigentlich genug eigene Probleme haben. Das glaube ich Ihnen nicht. Sie dürfen nicht darauf antworten, nicht wahr? Passen Sie auf: Ich glaube kein Wort von dem allen. Keine Ahnung, was wirklich vorgefallen ist, aber die Sache stinkt.« Er machte eine Pause, um sich eine Zigarette zu drehen, Neuankömmlingen zuzuwinken und sich immer wieder mit der rechten Hand durch den Bart zu streichen. »Also dann, Kommissar Crinelli«, hob er wieder an, als wäre nichts geschehen, »was kann ich für Sie tun?«

»Ich bearbeite derzeit einen etwas komplizierten – oder sagen wir besser – einen ziemlich komplexen Fall. Im Laufe meiner Recherchen bin ich auf eine ungewöhnliche Spur gestoßen, der ich zunächst wenig Bedeutung beigemessen habe.

Doch inzwischen häufen sich die Anzeichen, dass es sich lohnt, dieser Spur nachzugehen. Und deshalb bin ich hier.«

»Liebermann schickt Sie, wie geht es ihm?«

»Gut – glaube ich. Hören Sie, noch ist alles nur eine Theorie, für die ich eine fachkundige Bestätigung suche. Ich warne Sie vor. Was Sie hören werden, klingt absurd, und doch lässt die Ermittlungslage keinen anderen Schluss zu. Liebermann hat mir dringend geraten, mich Ihnen anzuvertrauen. Sie wissen sicher, dass ich das eigentlich nicht darf. Mich an einen Zivilisten wenden, meine ich, immerhin handelt es sich um eine laufende Ermittlung. Ich werde mich bei den harten Fakten eher zurückhalten, was Sie sicher verstehen werden. Mir scheint es ohnehin sinnvoller zu sein, das Problem theoretisch zu diskutieren. Ist das in Ordnung für Sie?«

»Das ist mir sogar lieber. Ich möchte so wenig wie möglich mit einer polizeilichen Ermittlung zu tun haben. Meine eigenen Projekte reichen mir völlig aus. Fremde Probleme verstopfen mir nur unnötig mein Hirn. Ich gehöre nämlich zu den Leuten, die sich nicht gut abgrenzen können. Und, weil wir gerade die Claims abstecken, natürlich erfahren Sie auch von mir keine Geheimnisse, aber – so wie ich Franz verstanden habe – wollen Sie ja wohl auch eher ein Verhaltensmodell durchdenken als konkrete Hinweise erhalten. Normalerweise arbeite ich nicht mit der Polizei zusammen, das sollten Sie wissen. Aber Franz hat Sie derart positiv beschrieben, dass ich schon allein deshalb Lust hatte, Sie zu treffen. Mein alter Freund Liebermann ist ja nicht gerade für seine Zutraulichkeit berühmt. Ja, Sie können mir vertrauen. Legen Sie los.«

Crinelli begann stockend. Umständlich umkreisten seine Schilderungen den Fall, seine Verästelungen sowie die darin verwickelten, zumeist toten Personen. Immer bemüht, nur gerade so viel von den Fakten offenzulegen wie eben nötig.

»Entschuldige«, unterbrach ihn Dörfler nach einer Weile, »aber ich sagte doch, ich möchte nichts mit deinen Ermittlungen zu tun haben. Ein totes Kind, tote Berber, noch mehr Tote, was kommt als Nächstes? Erzähl mir doch einfach von deinen Theorien, geradeheraus, nur zu.«

Crinelli war schon bewusst, dass er seine Vermutung nicht offen ansprach, wohl weil ihm die Theorie selbst immer noch so abenteuerlich vorkam, aber war das allein schon ein Grund, ihn von einem Satz auf den nächsten zu duzen? Er entschied, der Änderung der Höflichkeitsformen keine tiefere persönliche Bedeutung beizumessen und außerdem endlich Klartext zu reden.

»Glauben Sie«, hob er an, »dass es unter ganz speziellen Bedingungen möglich wäre, einen Obdachlosen – oder sagen wir, gleich eine ganze Gruppe Obdachloser – zu instrumentalisieren? Zu einem Verbrechen zu bewegen, meine ich?« Er wartete vergebens auf eine Antwort. Der Koloss wollte mehr hören. »Sagen wir, diesen Leuten wird von einem smarten Typ suggeriert, er könne ihre desolaten Lebensumstände zum Positiven verändern, von einem Tag auf den nächsten, wenn sie sich ihm nur anschlössen. Er verspricht, sie von der Straße zu holen, gibt ihnen ein Dach überm Kopf, hört ihnen zu oder was weiß ich … Glauben Sie, dass die Obdachlosen ihn dann, sozusagen aus Dank, unterstützen würden? Ich sag Ihnen jetzt mal, was *ich* denke: Ich glaube, dass da draußen …«, er deutete mit der Hand durch die Fensterscheibe auf den Hof, so als ob dort die Soldaten des Mörders soeben in Stellung gegangen wären, »… eine unsichtbare Truppe existiert. Eine Gruppe von Obdachlosen, meinetwegen auch weiter gefasst, aus Obdachlosen und anderen … Entrechteten – mir fällt gerade keine bessere Bezeichnung ein –, aus Menschen, die außerhalb der Gesellschaft stehen. Diese Truppe, von der ich nicht weiß, wie groß sie tatsächlich ist, wird, aus welchen Gründen auch immer, von einem kriminellen Mann gelenkt. Er setzt sie für seine Ziele ein, und nach getaner Arbeit opfert er seine Leute ganz nach Bedarf.« Wieder sah Crinelli zu Dörfler hin. Der saß zurückgelehnt auf seinem Stuhl und zupfte sich nachdenklich am Bart. »Ist das vorstellbar?«

Dörfler atmete schwer und schüttelte schließlich energisch den Kopf. »Nein! Unmöglich, absolut!«

»Und weshalb?«

Dörfler ließ sich erneut Zeit mit seiner Antwort. »Ich bin mir gerade unschlüssig, ob ich doch noch mehr über den Grund für diese doch wohl ernst gemeinte …«, bei diesen Worten blickte er Crinelli prüfend in die Augen, »… Theorie wissen sollte oder ob ich dir stattdessen erst mal was zum Leben auf der Straße erzähle.«

»Du, entschuldige, *Sie* können mir gerne zu mehr Wissen verhelfen. Ich habe Zeit.«

Charly Dörfler lachte, und Crinelli spürte, wie sich die Tischplatte rhythmisch in seinen Bauch drückte.

»Sie! Du! Ich komme immer durcheinander. Tut mir leid, wenn ich Sie versehentlich geduzt habe. In meinem Beruf, in der Arbeit mit Obdachlosen, gibt es kein Sie. Wir duzen die Berber, die duzen uns.« Er lachte wieder.

»Da kann ich ganz gut mithalten. Mir geht's, ehrlich gesagt, ähnlich. Belassen wir es beim Vornamen.«

»Pass auf, Herr Crinelli.«

»Jerry, Herr Dörfler.«

»Charly. Es gibt einen Grund, der mich so sicher macht. Obdachlose sind Gestrandete. Sie sind durch einen langen Prozess der Erniedrigung gegangen und am Ende kraftlos. Es sind gebrochene Menschen, die ihrer Ehre beraubt wurden. Sie kämpfen nicht mehr, nicht einmal wehren tun sie sich noch. Sie haben ihr Schicksal längst akzeptiert und versuchen nur noch, den Tag zu überleben. Diese Leute lassen sich mit niemandem mehr ein, warum sollten sie sich ausgerechnet mit einem Kriminellen zusammentun? Nicht einmal untereinander gibt es so etwas wie Zusammenhalt, eher noch im Gegenteil.«

»Rache?«

»Rache? An wem? An der Gesellschaft meinst du? Aha, jetzt verstehe ich. Du glaubst, es ist eine Gruppe, in der jeder das gleiche Ziel verfolgt, ist es so? Gleichgesinnte, wie Terroristen, unter der Regie einer starken Führungspersönlichkeit?« Crinelli nickte und zuckte dabei mit den Schultern. »Dann lautet meine Antwort erst recht: nein! Wenn du auf der Straße landest, ist alles kaputt, deine Arbeit, deine Freundschaften, deine Beziehung, deine Familie, dein gesamtes früheres Leben, alles weg.«

»Ja, aber das ist es doch gerade. Und darüber soll man nicht wütend werden? Wir Menschen suchen doch immer nach einem Schuldigen. So sind wir nun mal.«

»Wir? Du und ich vielleicht. Und auch nur, solange wir uns im sozialen Netz sicher fühlen können. Die Obdachlosen stehen aber draußen, sie leben nicht mehr in unserer Welt, verstehst du, wir teilen uns zwar noch die gleichen Bürgersteige, aber unsere Realitäten unterscheiden sich so dramatisch voneinander, das glaubst du nicht. Sie brauchen ihre ganze Kraft zum Überleben. In 40 Grad Hitze ebenso wie bei 20 Grad minus. Einsamkeit und Alkohol bestimmen ihr Leben.«

»Ja, das mit dem Saufen …«

»Was sollen sie denn sonst tun? Du hast da draußen gar keine andere Möglichkeit. Wer Platte macht, trinkt. Fast ohne Ausnahme. Und das ist nur normal.«

»Ich wollte nicht urteilen, sondern lediglich einwerfen, dass ich darüber auch schon nachgedacht habe«, sagte Crinelli besänftigend. »Ein Haufen Besoffener taugt weder zum Kriegführen, noch dürfte er gruppendynamisch reibungslos funktionieren.«

»Eben, sag ich ja. Wenn du jemals mit dieser Gruppe zu tun gehabt hättest, wüsstest du, dass ihre Mitglieder nicht mehr zur Revolution taugen. Obwohl man sich das eigentlich wünschen sollte.«

»Wie bitte?«

»Weißt du, wie viele Obdachlose es gibt? Registrierte, meine ich?« Crinelli zuckte die Schultern. »So um die 400 000 sind es. Menschen aller Altersstufen, obwohl in den letzten Jahren der Altersdurchschnitt der auf der Straße Lebenden drastisch gesunken ist.«

»Wie das? Die meisten Penner sehen ziemlich alt aus.« Crinelli errötete wegen seiner Wortwahl.

»Brauchst nicht rot werden, so nennen sie sich selbst. Auf der Straße zählt ein Jahr wie sieben Jahre. Ein echtes Hundeleben.« Er lachte. »Die Leute sind deutlich jünger, als sie aussehen. Früher konnte man irgendwann im Laufe seines Lebens arbeitslos werden, und wenn dann noch private Probleme dazukamen, geriet man schnell mal auf die Straße. Die typische Geschichte: Arbeit weg, Frau weg, Geld weg, Wohnung weg – so in etwa. Heute hat sich das geändert. Es geraten zunehmend mehr Menschen ohne Umweg über eine Erwerbstätigkeit direkt in die Obdachlosigkeit.«

»Jugendarbeitslosigkeit, stimmt, habe ich mir noch gar nicht so klargemacht.«

»Ich erzähl dir mal, was ich gestern erlebt habe. Ist nicht weiter spektakulär, aber diese Art Schicksale nehmen immer mehr zu. Da lebt ein Junge mit seiner Mutter in Dänemark. Der Vater verdünnisiert sich noch vor der Geburt des Jungen. Sie heiratet einen anderen, der haut ebenfalls ab. Von da ab wechseln die Männer im Bett der Mutter wöchentlich. Das macht den Jungen halb wahnsinnig, er wird verhaltensauffällig und kommt in eine Jugendhilfeeinrichtung nach Flensburg. Dort wird er kriminell. Sie klauen Autos, bringen die Kisten nach Berlin und verschieben sie von dort aus nach Polen. Mit der Kohle kaufen sie sich Drogen und sind bereits abhängig, noch bevor sie straffähig werden. Anschließend haben sie dem Jungen zur Erholung ein bisschen Erlebnispädagogik verordnet, die er aber nicht zu schätzen wusste. Mit 16 bezieht er die erste eigene Wohnung, weil mit der Mutter gar nichts mehr geht. Sein Leben ist jetzt eine einzige Party: Kiffen, Saufen und zwischendrin auch schon mal ein Minijob. Schließlich geht er doch zurück zur Mutter, die inzwischen wieder verheiratet ist. Er nimmt sogar eine Lehrstelle an, fliegt aber bald schon wieder raus, weil er sich mit dem Chef nicht versteht. Der Stiefvater schmeißt ihn daraufhin aus der Wohnung, dann folgt die Notunterkunft, ein Männerwohnheim am Bahnhof, und so landet er schon mit Anfang 20 in der Gosse. Wie gesagt, nichts Atemberaubendes, es gibt weitaus dramatischere Fälle. Ein Viertel der Obdachlosen ist heute unter 28 Jahren, das sind über 100 000 Menschen, die gar nicht erst in die Gesellschaft reingekommen sind. So, und wenn die sich nun alle zusammentun würden, um ihr Recht einzufordern, dann hätte die Gesellschaft ein ernsthaftes Problem.«

»Genau das sag ich doch.« Crinelli wäre am liebsten aufgesprungen.

»Aber sie tun es nicht, weil sie ein Zusammenstehen in ihrer Sozialisation nicht kennen gelernt haben. Stattdessen zerstören sie sich selbst«, sagte Dörfler.

»Aber jetzt überleg doch mal. Diese Jungs …«

»Und Mädels.«

»Von mir aus auch Frauen – die verbünden sich trotzdem, nicht weil sie selbst draufgekommen wären, sondern weil da plötzlich einer ist, der sie aufstachelt, der sie davon überzeugen kann, dass das, was er vorhat, ihnen zu ihrem Recht verhilft. Dass sie eben nicht in selbstverschuldetem Elend hocken, sondern dass es dafür Schuldige innerhalb der Gesellschaft gibt, Schuldige, die man zur Verantwortung ziehen kann. Der Mann trägt diesen Vergeltungsgedanken in ihre gleichgültig gewordenen Köpfe. Er bringt sie dazu, sich zu wehren. Sich alles mit Gewalt zu holen, was ihnen freiwillig nicht gewährt wurde. Da wird es doch einige geben, die dabei mitspielen?«

Dörfler schüttelte den Kopf. »Nee, ich glaube es einfach nicht. Vielleicht klingt es nur zu sehr nach Räuberpistole, und ich kann mich deshalb nicht richtig auf den Gedanken einlassen. Sorry, aber ich kann's mir einfach nicht vorstellen. Diese Jugendlichen haben nie etwas anderes als das Ausgeschlossensein kennen gelernt. Sie haben kein klassisches Verlustgefühl, eher schon ein Gefühl der Ohnmacht. Natürlich laufen diese Art Lebensläufe nicht zwangsläufig in die Obdachlosigkeit, das ist auch stark vom jeweiligen Typ abhängig. Mindestens genauso viele werden schlicht kriminell. Die verfügen über die notwendige Aggressivität, die wehren sich mit den einzigen Mitteln, die ihnen zur Verfügung stehen. Sie stehlen, werden Hehler, Drogendealer, Autoschieber, Zuhälter und töten am Ende vielleicht sogar einen Menschen. Mit kriminellen Karrieren kennst du dich besser aus. Aber diese Gruppe organisiert sich zum eigenen Profit, nicht zur Verbesserung der Gesellschaft. Sie haben auch keinen Hass auf die, denen es besser geht. Sie holen sich ihren Anteil lediglich auf die einzig ihnen vertraute Weise. Die weniger starken, labileren Gestalten geraten dagegen irgendwann auf die Straße und neigen, weil sie sich im Endeffekt selbst für ihre Lage verantwortlich machen, nicht zur Rebellion. Politisch ist übrigens keine dieser Gruppen.«

»Einverstanden. Sagen wir, diese 100 000 kommen für meine Theorie nicht in Frage. Bleiben noch 300 000 andere, was ist mit denen? Die hatten vermutlich mal ihren Anteil am Wohlstand und sind dann eben aus der Spur geraten. Was ist mit denen?«

»Ja, ja, die gibt es. Und natürlich gibt es sie gerade jetzt, wo unser Sozialsystem sich rückwärts entwickelt. Und dennoch gilt für diese Gruppe das Gleiche wie für die Jüngeren. Zuerst ist da keine Wut, sondern eine riesige Scham. Und das kann man sich doch auch vorstellen.«

»Moment – ich nicht. Diese Scham, wofür soll sich jemand schämen, der rausgeflogen ist?«

»Du gehst viel zu sehr von dir aus, und entschuldige – ich glaube, dir fehlt jede Vorstellungsgabe. Geht übrigens vielen so, genau deshalb ist es nochmal doppelt schwer, wenn's dich trifft. Stell dir einfach vor, du verlierst deinen Job. Du hast irgendwas Ehrenrühriges getan und bist draußen. Natürlich findest du keinen neuen mehr, willst aber auch nicht kriminell werden. Plötzlich hast du Zeit im Überfluss und treibst dich draußen rum. Du rennst am helllichten Tag, während alle anderen arbeiten, ziellos durch die Gegend und siehst plötzlich ein bekanntes Gesicht – und du glaubst nicht, wie viele du am Anfang noch kennst. Du wechselst unbewusst die Straßenseite, weil es doch keiner erfahren soll, dass du keine Arbeit mehr hast. Zu Hause gibt es zunehmend Ärger, deine Frau wirft dir immer offener den Verlust des Arbeitsplatzes vor, dann endet das Arbeitslosengeld und es kommt zur Trennung. Jetzt wird die Kohle richtig knapp, und immer mehr Finger zeigen auf dich, bis du schließlich die Stadt wechselst. Bald stehst du ohne jedes Bargeld dar. Und nun verspielst du deine Würde. Du fängst an zu betteln, durchwühlst die Container vor den Supermärkten nach abgelaufenen Lebensmitteln, schläfst auf der Straße, fängst an zu stinken, wirst krank, immer mehr offene Stellen am ganzen Körper, keine medizinische Versorgung. Du beginnst nach unten zu schauen, und nach kurzer Zeit ist das die einzige Richtung, in die dein Blick geht. Du siehst niemandem mehr in die Augen.« Crinelli sah seinen Bettler vor sich. Er fühlte sich von Dörflers Schilderung seltsam berührt. »Und weil das Leben so ist, wie es nun einmal ist, hat es sich die schlimmste Sache bis ganz zum Schluss aufgehoben: die Einsamkeit. Du kannst sprechen, mit wem immer du willst. Am allermeisten leiden sie alle unter dieser Einsamkeit. Du wirst langsam verrückt, sagen sie. Glaubst du, die vielen Berber, die auf der Straße lautstarke Selbstgespräche führen, sind nur durch den Alkohol da hingekommen? Es ist genau umgekehrt. Sie reden mit sich selbst, um nicht zu vergessen, wie die menschliche Stimme klingt. Schließlich fangen auch die Letzten unter ihnen an zu saufen – um alles zu vergessen. Und jetzt sag mir, wo da noch Platz für Aggressionen ist? Vor allem: Wie sollte so ein Rattenfänger überhaupt an diese Elenden herankommen?«

Crinelli mochte Gegenwehr im Gespräch. Es war wie in einem guten Fall. Man musste ruhig bleiben, schnell denken und aus der Situation heraus richtig reagieren.

»Lass uns doch mal eine Hypothese wagen«, setzte Crinelli erneut an, »nur so, als Gedankenspiel. Es gibt unter all den vielen verkrachten Existenzen einige, die anders sind. Sagen wir, sie ahnen, was auf sie zukommt. Alles geschieht genau so, wie du es eben beschrieben hast, mit einer klitzekleinen Änderung: Diese wenigen sind so intelligent, ihren freien Fall vorauszudenken. Sei es, dass sie schon einmal davon gehört haben, ein Buch darüber gelesen haben oder einen Film gesehen ...«

»Niemand bezieht Bücher wie ›Fegefeuer der Eitelkeiten‹ oder schlechte Filme auf sich, niemand tut das.«

Crinelli kannte das Buch nicht. »Nun lass doch mal. Spiel doch einfach mal mit. Diese Gruppe geht sehenden Auges in die Katastrophe, und – meiner Meinung nach ist das der springende Punkt – sie glauben tief drinnen noch an eine zweite Chance. Diese Leute saufen eben nicht, und zwar ganz bewusst nicht. Um eine solche Idee vor sich selbst glaubhaft aufrechterhalten zu können, braucht man doch Wut, oder sehe ich das falsch?«

»Ja, in diesem sehr konstruierten Entwurf könnte Wut solchen Menschen helfen.«

»So«, Crinellis Augen funkelten angriffslustig, »da sind wir doch schon mal ein Stück weiter. Bei dieser Wut könnte ein geschickter Manipulator sie doch abholen, nicht wahr?«

»Auch das. Aber was soll das bringen?«

»Nein, nein, nun warte mal. Da kommt also ein charismatischer Mensch vorbei und schürt zunächst ihren Hass, um sich ihnen selbst, nur wenige Augenblicke später, als Retter aus der Not zu präsentieren.«

»Und wie macht er das?«

»Keine Ahnung! Ehrlich nicht, aber es gibt Tausende von Möglichkeiten, Menschen zu verführen. Die einfachste: Gib ihnen, was sie am meisten wollen. Gib ihnen meinetwegen zu essen. Es geht natürlich auch subtiler, aber für den Anfang wären ein Dach überm Kopf, drei Mahlzeiten am Tag und so etwas wie zurückgegebene Würde doch ausreichend.« Bei dem Wort Würde zuckte Dörfler ein wenig zusammen. Crinelli entging die Gemütsregung nicht. »Was denkst du, wenn einer die richtige Ansprache findet und den richtigen Zeitpunkt erwischt, würdest du unter diesen Voraussetzungen glauben, dass es möglich wäre, eine Truppe um sich zu scharen?«

»Eine, die zu so was wie Mord und Terror bereit ist? Nein!« Dörflers Faust landete zur Unterstützung seiner Absage auf der Tischplatte.

»Moment, Moment. Überhaupt erst einmal eine Truppe?«

»Ja, das vielleicht.« Dörfler überlegte. »Aber du müsstest sie wirklich exakt in dieser Situation abpassen, in diesem kurzen Moment der Wut.«

»Wann ist der genau?«

»In dem Augenblick, in dem ihnen bewusst wird, dass sie dabei sind, ihre Würde zu verlieren, da hast du schon recht. Da kann die Wut kurz aufflammen, aber die Flamme erlischt, ehe du dich versiehst.«

»Aha, es gibt die Phase also … sehr gut … dann braucht er doch lediglich einen Gehilfen, der genauestens über diese Männer Bescheid weiß, oder nicht? Einen, der tagtäglich mit ihnen zu tun hat.«

»Jetzt geht die Geschichte hier ein bisschen zu weit, Herr Crinelli. Fehlt nur noch, dass du von mir Namen haben willst, ich glaube, du spinnst. Willst du jetzt auch noch die Sozialarbeiter in deine Theorie mit einbeziehen?«

Crinelli hatte tatsächlich nur seine Ideen zu Ende gesponnen, ohne dabei zu bedenken, dass er mit dieser Andeutung Dörfler selbst treffen könnte. Schnell ruderte er zurück.

»Quatsch. Ich habe nicht so weit gedacht. Aber sag selbst, es könnte doch immerhin so sein, irgendwie muss unser Täter ja herausfinden, wann dieser Moment der Wut eintritt.«

»Vielleicht sollte ich das alles etwas relativieren. Wenn ich von einem Moment spreche, dann meine ich eine Spanne von wenigen Wochen, nicht von Tagen. Auf dem langen Weg nach unten ist es eine eher kurze Zeitspanne, das wollte ich damit sagen. Ich hätte nicht mit dir reden sollen.«

»Zuerst hast du meine Theorie rundweg abgelehnt – und jetzt? Nicht jeder Obdachlose ist ein dumpfer Penner, sagst du, die meisten, nicht aber alle sind dem Alkohol verfallen, es gibt Gestrandete, die durchaus eine Wut gegenüber der Gesellschaft verspüren, und die Existenz von gerissenen Volksverhetzern steht sowieso nicht in Frage. Damit sind die theoretischen Möglichkeiten einer solchen Konstellation doch durchaus gegeben. Und mehr wollte ich nicht wissen. Nach unserem Gespräch bin ich recht sicher, dass diese ominöse Truppe tatsächlich existiert, und ich glaube noch etwas, und das würde auch erklären, weshalb mein Täter ungehindert seine eigenen Leute töten kann: Dieser Mann führt ein Terrorregime. Sie können ihm nicht mehr entkommen. Es ist zehnmal schlimmer als auf der Straße.«

»Ach, Herr Crinelli, nichts ist zehnmal schlimmer als die Straße, was weißt du schon davon?«

»Vergiss nicht, ich kenne die Straße auch, nur eben einen anderen Ausschnitt. Die Straße hat mehr als nur ein Gesicht und auch mehr als ein Gesetz.«

Dörfler hörte auf, an seinem Bart zu fusseln, und sah sich nach einer neuen Packung Tabak um. Man war um sein Seelenheil besorgt und ersparte ihm das mühsame Aufstehen. Ebenso wie den Tee bekam er auch ein frisches Päckchen gebracht, das er sofort anbrach.

»Zumindest würde dieses Terrorregime vieles erklären«, sagte Dörfler, nachdem er die krumme Selbstgedrehte angezündet hatte. »Wenn er genug Helfer hat und ausreichend brutal gegen die eigenen Leute vorgeht, wird er wohl am Ende sogar so was Ähnliches wie Disziplin hinbekommen, Disziplin, um sie zu den schlimmsten Verbrechen anzustiften. Dann hilft ihm sogar ihr Zustand. Sie werden sich fragen, was sie schon zu verlieren haben. Und, wer weiß – manchmal ist der Tod auch eine Erleichterung.«

»Aber du hast noch niemals etwas von einer solchen Gruppierung gehört, oder?«

Anstatt eines durchaus möglichen Wutausbruchs schüttelte Dörfler nur den Kopf. Man sah ihm an, dass ihm die Entwicklung, die ihr Gespräch genommen hatte, nicht gefiel. Er wirkte niedergeschlagen. Es war unnötig, Dörfler weiter zuzusetzen. Wenn er wirklich etwas wusste, würde er es jetzt nicht mehr erfahren. Aber Crinelli wollte wenigstens einen Namen.

»Kannst du mir Kontakt zu deinen Kollegen in öffentlichen Hilfsprojekten verschaffen? Obdachlosenheime, Cafés, Kirchen, Kleiderkammern. Ich muss mich umhören, sonst schaffe ich es nicht. Und ich muss mich beeilen, bevor es weitere Tote gibt.«

»Versteh mich nicht falsch, aber die Zusammenarbeit mit der Polizei fällt mir sehr schwer.«

»Mir auch – zunehmend.« Crinelli lächelte. Dörfler sah ihm in die Augen. Dann lächelte auch er wieder.

»Ich denke nach und rufe dich an, einverstanden? Gib mir deine Handynummer.«

Crinelli zog eine Visitenkarte aus der Tasche und mit ihr das Foto von dem Toten auf dem Dach.

»Den kennst du nicht zufällig?« Dörfler besah sich das Bild sehr genau, bevor er den Kopf schüttelte und Crinelli das Foto über den Tisch zurückschob. »Hast du eine Idee, wem ich es sonst noch zeigen könnte? Er ist eines der Opfer, und auch er hat längere Zeit auf der Straße gelebt.«

Crinelli ging davon aus, auch auf diese Antwort warten zu müssen.

»Frag Dankwart.«

»Dankwart?«, fragte Crinelli überrascht.

»Ja, Dankwart kennt sie alle. Er ist einer der erfahrensten Kollegen der Stadt, und gleichzeitig hat er die schwerste Aufgabe von uns allen.« Crinelli spendierte Dörfler einen aufmunternden Blick. Mit einem resignierenden Schulterzucken kommentierte Dörfler seine Kooperation. »Dankwart führt das Obdachlosenheim von St. Kunibert. Kennst du das Heim?« Crinelli nickte. »Sicher kennst du das. Es ist das schlimmste Notschlafheim überhaupt. Da kannst du dir das Ende ansehen. Wer drin ist, ist draußen, sagen sie da. Dort gehen nur noch die ganz Fertigen hin. Und Dankwart macht diesen Job seit mehr als 20 Jahren. Bewundernswert, sage ich dir. Ihn kannst du fragen. Sag ihm meinetwegen, ich hätte dich geschickt, darauf kommt es jetzt auch nicht mehr an.«

»Dankwart? Dankwart und wie weiter?«

»Keine Ahnung. Nur Dankwart.«

35

Die Sonne war längst untergegangen, als Crinelli endlich vor St. Kunibert eintraf. Er war nicht der Typ, der sich mit Befragungen schwertat. Um diese hier wäre er trotzdem gerne herumgekommen. Er widerstand dem heftigen Drang, einfach an dem großen Tor vorbeizugehen, wie all die anderen Passanten, die nicht selten kurz vor der Pforte noch schnell die Straßenseite wechselten. Zögerlich setzte er einen Schritt über die Schwelle und blieb erst einmal wieder stehen. Von der beleuchteten Straße gelangte man direkt in einen dunklen, engen Innenhof. Leere Flaschen, Plastiktüten und aufgeweichte Kartons lagen verstreut auf einem feuchten Bett aus grauem Beton. Fensterlose Hauswände ragten zu beiden Seiten steil in die Höhe. Nur ein winziges Stück Nachthimmel war oben zu sehen.

Kein Zweifel, in diesem Innenhof bestand dringender Renovierungsbedarf. Von den Mauern blätterte der Putz in großen Stücken ab. Die darunter zum Vorschein kommenden Backsteine waren ebenfalls bereits stark verwittert. Crinelli überkam ein fast irreales Gefühl an diesem Ort, mit nur einem kleinen Schritt gelangte man aus der gut funktionierenden bürgerlichen Gesellschaft in die Welt der Abgeschobenen, eine Art Unterwelt, in der einen das Gemurmel Hunderter menschlicher Kehlen erwartete, das mit jedem Schritt, den Crinelli jetzt näher auf das höher gelegene Hauptportal zu machte, stärker anschwoll, um sich hinter der eisernen Eingangstür zu einem beinahe körperlich spürbaren bedrohlichen Lärm zu steigern.

Drinnen umfingen ihn dichte Rauchwolken. Ein beißender

Uringestank lag in der Luft. Irgendwo hinten brüllte ein Fernseher. In der Ecke zum Schlafraum stand ein junger, vielleicht 35-jähriger Mann. Sein Körper zuckte heftig. Neben ihm ein Zweiter, deutlich Kleinerer, der versuchte, ihn zu beruhigen, ohne ihm dabei zu nahe zu kommen. Hinter diesen beiden wogte eine dichte Traube aus menschlichen Leibern. Niemand schien eine Richtung zu verfolgen, dennoch war der Pulk in ständiger Bewegung, eine Betriebsamkeit wie in einem Ameisenhaufen. Die Köpfe der Masse wendeten sich kurz dem Spektakel zu, als der Mann anfing, synchron zu seinen Spasmen auch noch kurze, spitze Schreie auszustoßen, Sekunden später erlosch ihre Aufmerksamkeit wieder. Nichts hatte sich verändert. Eilig kamen zwei Pfleger die Treppe hinabgelaufen und bauten sich vor dem Mann auf. Einer der beiden legte ihm beruhigend die Hand auf die Schultern. Als handele es sich dabei um ein vereinbartes Zeichen, verharrte der Spastiker augenblicklich in seinen Bewegungen und ließ sich ohne weiteres Gezappel wegführen. Der Mann, der vergeblich versucht hatte, den Kerl zu beruhigen, begab sich zurück in einen kleinen Verschlag, eine Art Beichtstuhl, direkt unterhalb der ziemlich baufällig wirkenden Treppe.

Bis zu diesem Zeitpunkt hatte noch niemand von Crinelli Notiz genommen. Weder die Obdachlosen noch das Personal hatten sich auch nur nach ihm umgedreht. In gewisser Weise verunsicherte ihn das. Aber immerhin konnte er so das Treiben aus sicherer Entfernung beobachten. Von seiner Position, im Halbdunkel neben der Eingangstür, hatte er alles gut im Blick. Er blieb noch so lange in Deckung, bis ihm klar wurde, dass es sich bei dem Beichtstuhl um den Empfang des Schlafheims handelte. Ständig schlurften Neuankömmlinge durch die schäbige Eingangstür und wankten, ohne ihn zu beachten, zum Schalter, wo sie sich registrieren ließen. Sie erhielten ein Bett zugewiesen und wurden aufgefordert, ihre Sachen in der Gepäckaufbewahrung abzugeben. Dort lagen sie, die Schätze der Berber, in zerschlissenen Plastiktüten, fein säuberlich übereinandergestapelt. In jeder einzelnen ein ganzes Leben. Keiner der nächtlichen Gäste durfte mehr als eine Tüte mitbringen, wie ein Schild an den Regalen vorschrieb. Würden sie all ihr Hab und Gut hier anschleppen, so vermutete Crinelli, gäbe es keinen Platz mehr für die Betten.

Seinem Gefühl folgend, hatte er den Besuch nicht vorher angemeldet, auch wenn er damit riskierte, Dankwart zu verpassen. Als die Flut der Obdachsuchenden für einen Moment abebbte, ging Crinelli die wenigen Schritte über den Gang und trat vor den Beichtstuhl. Er wies sich aus und hatte Glück. Der Mann in der Anmeldung war Dankwart höchstpersönlich. Klein und drahtig, mit grauen Locken und dichtem Bart, Jeans und grob gestricktem Pullunder.

»Was suchen Sie? Alkoholiker? Drogenabhängige? Beides zusammen? Mietschwindler? Wahnsinnige? Ladendiebe? Alkoholabhängige Mütter, die ihre Neugeborenen in Mülltonnen entsorgen? Sehen Sie sich gerne um, sie sind alle hier. Nehmen Sie ruhig ein paar von ihnen mit, wir sind eh hoffnungslos überfüllt.«

Crinelli überging den unfreundlichen Empfang und auch die sarkastischen Äußerungen und legte stattdessen das Bild des Toten auf den Tresen. Nach diesem mehr als spröden Beginn des Verhörs hielt er es seinerseits nicht mehr für nötig, einen positiven ersten Eindruck zu vermitteln – die Fronten waren geklärt.

»Schon mal gesehen?«

»Nein!« Dankwart würdigte das Bild keines Blickes. Seine Augen blieben starr auf Crinelli gerichtet.

»Keine Lust, das Bild wenigstens mal anzusehen? Es zeigt einen Obdachlosen, der getötet wurde. Und ich würde gerne wissen, von wem.«

»Weiß ich nicht.«

»Natürlich nicht.« In manchen Situationen bewunderte

Crinelli sich selbst für seine Geduld. »Aber Sie könnten mir dabei helfen, es herauszufinden.«

»Man kann nicht jedem helfen.«

»Das werden Sie wohl müssen.«

»Ich habe mich vor langer Zeit entschieden, wem ich helfen will, Herr Polizist. Heute Nacht sind es etwa 240 Männer und Frauen, die meine Unterstützung brauchen. Wir haben maximal Platz für 200, aber ich helfe auch den letzten 40 noch, und wenn es sein muss, auch noch weiteren, weil sie da draußen nämlich sonst erfrieren.«

»Find ich gut.«

»Ach ja? Das freut mich aber, richtig toll von Ihnen. Vielleicht wollen Sie uns ja helfen?«

»Bedaure, ich habe mich vor langer Zeit entschieden, der Gesellschaft von einer anderen Seite aus zu helfen. Tja, zu blöde, Charly meinte, dass Sie mir behilflich sein würden, aber da hat er sich wohl geirrt.«

Crinelli drehte sich ab. Pokern gehörte zum Handwerk.

»Hey, Moment mal, Charly Dörfler hat Sie geschickt? Das glaube ich Ihnen nicht.«

»Rufen Sie ihn doch an. Wollen Sie seine Nummer?«

Die beiden Männer taxierten sich über den Abstand von vielleicht drei Metern hinweg. Dann bemerkte Crinelli ein leichtes Nicken bei dem unfreundlichen Zeitgenossen. Er trat abermals an den Schalter heran und legte das Foto erneut auf das abgegriffene Holz. Dieses Mal nahm Dankwart das Bild in die Hand und besah es sich, wenn auch mit deutlichem Widerwillen. Crinelli konnte sich nicht erklären, wo die Abneigung der Sozialarbeiter gegenüber der Polizei herrührte. Bei Dörfler war sie nur gebremst zu spüren gewesen, bei Dankwart war es gelebte Feindschaft.

»Nein, kenne ich nicht.«

»Sind Sie ganz sicher?«

»Ja, ziemlich. Hören Sie, hier kommen jeden Tag einige Hundert Menschen durch, da kann ich mich unmöglich an jedes Gesicht erinnern. Außerdem ist der da ja wohl schon eine Weile tot. So fein zurechtgemacht wie auf Ihrem Bild hat er hier bei uns sicher nicht ausgesehen.«

»Kennen Sie sich mit Toten aus?«

»Nein, obwohl ich schon genügend rausgeschleppt habe. Wenn die Männer hier reinkommen, sind sie verschwitzt oder dick vermummt, je nach Jahreszeit, immer aber schmutzig. So wie Ihr Toter hier sehen unsere niemals aus.«

»Ich hätte Ihnen einen gewissen Grad an Abstraktionsfähigkeit zugetraut.«

»Da sehen Sie, wie man sich irren kann. Kann ich sonst noch was für Sie tun?«

Crinelli überlegte kurz. Seinen ursprünglichen Plan, Dankwart ebenso in seine Theorie einzuweihen wie zuvor Dörfler, hatte er längst verworfen. Dennoch, er ließ sich ungern abservieren wie ein lästiger Staubsaugervertreter.

»Ich würde mich hier gerne einmal etwas umsehen.«

»Sie wollen die Männer befragen, das wollen Sie.« Dankwart lachte schallend. »Na, das möchte ich erleben. Okay, Kommissar, Sie können mich auf meinem Rundgang begleiten.« Er sah auf die Uhr. »Ist sowieso Zeit dafür.«

In der Kleiderkammer war es zwar so eng, dass Crinelli mit Platzangst zu kämpfen hatte, aber dafür war es einigermaßen sauber, und es stank weniger als draußen auf den Gängen. Eine kurze Verschnaufpause, wie sich bald zeigen sollte. Dankwart wechselte einige Sätze mit der Frau hinter der Ausgabestelle, bevor er die Sauna, wie er den dahinter liegenden Raum nannte, betrat. Hier wurden die Kleider der Berber für die Nacht zum Trocknen aufgehängt. Crinelli hatte schon Probleme, hinter einem Müllwagen herzulaufen. Der Geruch des Abfalls war allerdings nichts gegen den Gestank, der dieser feuchten Höhle entstieg. Dankwart bemerkte, wie Crinelli gegen den aufsteigenden Brechreiz ankämpfte, und lachte verächtlich.

»Ja, Kommissar, nettes Lüftchen hier drin, nicht wahr?«

»Was ist das?«, presste Crinelli zwischen geschlossenen Lippen hervor.

»Wir erhitzen die Klamotten unserer Gäste auf über 80 Grad. Das tötet wenigstens die schlimmsten Tierchen ab, keimfrei ist zwar was anderes, aber mehr gibt es nicht.«

Dankwart ging doch tatsächlich noch tiefer in den Raum hinein, schob die Kleiderbügel auseinander und wieder zusammen. Was genau er dort suchte, blieb Crinelli verborgen. Es interessierte ihn aber auch nicht, viel wichtiger war der Moment, als Dankwart die dicke Holztür endlich wieder abschloss und der Frau in der Kleiderkammer den Schlüssel zurückgab. Augenblicklich war der Gestank in den hohen Räumen wesentlich besser zu ertragen.

Sie betraten den ersten von zwei großen Schlafsälen, daneben gab es in der ersten Etage noch einige Sechsbettzimmer. In dem rechteckigen Raum standen an die 100 Betten. Die meisten ordentlich mit weißen Laken bezogen und mit Wolldecken ausgestattet. Wände und Fußboden waren gekachelt. In der Ecke hing ein Schlauch, um den Raum auszuspritzen. Die Obdachlosen hockten zumeist in Unterwäsche auf den Betten und brabbelten vor sich hin. Fast alle tranken und rauchten. Crinelli hatte immer geglaubt, Alkohol sei innerhalb der Mauern verboten, aber er hatte keine Lust, Dankwart darauf anzusprechen. Einige der Berber schliefen trotz des allgegenwärtigen Lärms, andere standen neben den Betten und beschäftigten sich mit Dingen, die wohl nur sie selbst verstehen konnten.

Dankwart kümmerte sich nicht um Crinelli. Er schritt die Reihen ab. Hier inmitten all des Elends war er ein anderer als draußen am Empfang. Er hatte für jeden ein nettes Wort, klopfte diesem auf die Schulter, half jenem beim Hinlegen und machte dabei einen gelassenen, freundlichen Eindruck. Crinelli bemühte sich, dicht hinter ihm zu bleiben.

»Zeigen Sie dem da mal Ihr Foto«, sagte Dankwart und deutete auf einen spindeldürren Typ, der am Boden hockte, mit dem Rücken an sein Bettgestell gelehnt. Der Mann rauchte. Seine Finger waren lang und fast fleischlos, wie die Hände eines Skeletts. Die am Ende gebogenen, schmutzigen Fingernägel verliehen seinem Aussehen etwas Hexenhaftes. Seine dürren Beinchen steckten in schwarzen Leggins, den Anblick der nackten Füße ertrug Crinelli nur einen Wimpernschlag lang – schwarz, nicht allein vom Dreck. Sein Oberkörper steckte in einem löchrigen T-Shirt. Das Unangenehmste aber war sein Haar. Die eine Seite seines Totenkopfschädels war unbewachsen. Das Neonlicht spiegelte sich darauf. Nicht dort, wo sich eitriger Schorf ausbreitete, aber auf dem kläglichen Rest. Auf der anderen Seite des Kopfes wuchsen noch Haare, schwarz und dünn. Hinter ihnen verbarg der Mann die eine Hälfte seines Gesichts. Die Strähnen hingen ihm weit über die Schulter hinab. »Er heißt Moon«, sagte Dankwart ermutigend.

»Moon?«, stammelte Crinelli und verbarg seinen Ekel – wie er hoffte, ausreichend – hinter einer unbewegten Fassade. »Moon …«

Crinelli trat vor und streckte dem Mann das Bild entgegen. Zuerst schien es, als bemerke Moon weder ihn noch das Foto. Er rauchte still und in sich gekehrt weiter, mit diesen seltsam tiefen Zügen, die wie ein rückwärts abgespielter Seufzer klangen. Aktiv auszuatmen schien er gar nicht. Stattdessen stahl sich der blaue Dunst davon, kroch heimlich aus den Mundwinkeln, waberte beiderseits der Nase, touchierte die Nasenflügel und verwirbelte sich über seinem Kopf mit dem Rauch der vielen Hundert anderen Zigaretten, die in diesem Schlafraum geraucht wurden.

Crinelli ging in die Hocke, um sich so in das Blickfeld des Mannes zu schieben. Es gelang. Moon rastete aus. Mit einer

Geschwindigkeit, die Crinelli nicht erwarten konnte, stand das Skelett urplötzlich über ihm und prügelte stumm auf ihn ein. Der Kommissar riss die Arme hoch und versuchte seinen Kopf zu schützen. Dabei fiel er hintenüber und stieß gegen ein anderes Bett, in dem ein Mann abwesend den Kopf hin- und herwarf. Der Mann war nackt. Frostbeulen, Ausschlag und eine Art Nesselfieber überzogen seinen Körper. Crinelli sprang mit einem spitzen Schrei auf, was den nackten Mann ebenfalls dazu brachte, wie am Spieß zu schreien. Ob Moon allein deshalb von Crinelli abließ oder ob er seine Mission mit dessen Zurückweichen als beendet ansah, blieb unklar. Mit dem überlegenen Grinsen eines Psychopathen zog er sich auf seinen Platz zurück und saß bald wieder, als sei nichts geschehen, rauchend auf dem Boden der Schlafhalle.

Dankwart hatte sich während der ganzen Aktion keinen Zentimeter vom Fleck bewegt. Er lachte nur. Auch einige Obdachlose fanden die Einlage komisch.

Ebenso schnell, wie die Situation eskaliert war, ebbte sie auch wieder ab, und Dankwart setzte seinen Rundgang fort. Crinelli drückte sich an Moon vorbei und hätte ihm, als er auf gleicher Höhe war, am liebsten noch schnell auf den Hinterkopf geschlagen. Moons Augen folgten ihm, aber er schien die fremde Person schon nicht mehr einordnen zu können, wahrscheinlich war der Vorfall längst aus seinem defekten Kurzzeitgedächtnis gerutscht.

Crinelli wandte sich ab, um Dankwart nicht in der Menge zu verlieren, und rannte direkt in eine dicke Frau. Sie fiel um wie ein Sack Kartoffeln. Er schaffte es gerade noch, das Gleichgewicht zu halten. Ein mörderischer Gestank ging von ihr aus. Bei einem Mann wäre Crinelli sicherlich weniger rücksichtsvoll in der Ursachenforschung vorgegangen. Bei dieser Frau dachte er doch tatsächlich für Sekunden darüber nach, ob das, was er da roch, etwas anderes sein konnte als Scheiße. Als er die hellbraune Pfütze, die sich unter dem Beinkleid gebildet hatte, sah, gab er alle Zurückhaltung auf und schrie: »Das ist ja ekelhaft!« Er sah auf und blickte wieder in Dankwarts grobes Gesicht. Es verzog sich erneut zu einem hämischen Grinsen. Mit einem Schritt stieg Crinelli über das stinkende Bündel und packte den Gnom am Kragen.

»Pass auf, du Arschloch«, zischte er Nase an Nase, »ich kann auch anders, wenn dir danach ist. Musst du nur sagen, dann stürmt in weniger als zehn Minuten ein ganzer Bus Polizisten hier herein, und wir nehmen deinen verschissenen Laden hier mal so richtig auseinander. Und dir reiß ich persönlich den Arsch auf.«

»Ach«, versuchte sich Dankwart unbeeindruckt zu zeigen, während nur noch seine Zehenspitzen den Fußboden berührten, »und wie willst du das machen?«

Crinelli drückte seine Zunge von innen gegen die Unterlippe und kniff die Augen zusammen, was seinem Gesicht den Ausdruck eines bösen Dämons verlieh. Die Grimasse verfehlte ihre Wirkung nicht. Dankwart schien angezählt, wie das nervöse Zucken seiner Gesichtsmuskeln verriet.

»Glaub mir, du Scheißer, dafür habe ich meine Mittel.«

Mit diesen Worten stellte er den Sozialarbeiter wieder auf den Boden und begann selbständig von Bett zu Bett zu gehen und sein Foto herumzuzeigen. Und als habe sein plötzlicher Ausbruch auch seinen Stand bei den Obdachlosen verbessert, gab es keine weiteren Ausschreitungen mehr. Die Situation hatte sich umgekehrt. Dankwart lief jetzt hinter Crinelli her. Wie schnell Fassaden doch einstürzen können, dachte Crinelli und fand, dass die von Dankwart immerhin perfekt inszeniert gewesen war.

Zu Antworten verhalf das neue Kräfteverhältnis Crinelli jedoch nicht. Die meisten der Obdachlosen reagierten gar nicht auf ihn und sein schönes Foto. Einige schafften es immerhin, einen Blick darauf zu werfen und den Kopf zu schütteln, sprechen wollte niemand mit ihm. Sie wirkten desorientiert und verängstigt. Die Kunde vom aufbrausenden Kommissar schien schon die Runde gemacht zu haben. Vielleicht steckte in ihren Schreien, dem scheinbar wirren Winseln, Heulen, Flüstern ja ein geheimer Code, den nur sie verstanden. Es konnte eine fremde Sprache sein, die Sprache der Straße – wahrscheinlich war das allerdings nicht.

»Dankwart!«, rief eine Stimme quer durch den Raum, und Crinelli und der Gerufene drehten sich gleichzeitig um. »Kannst du mal rüber in die Duschen kommen? Der Maulwurf.«

Dankwart sah Crinelli fragend an. Der nickte und folgte ihnen in den angrenzenden Duschraum. Unter einem heißen Wasserstrahl lag ein Mann mit nur noch einem Bein. Aus einer Platzwunde am Kopf tropfte Blut, wurde vom Wasser verdünnt, bevor es sich als hellrotes Bächlein im Abfluss kräuselte.

»Was ist passiert?«, fragte Dankwart.

Der andere zuckte mit den Schultern. Er hatte selbst unter der Dusche gestanden – Crinelli war seine Nacktheit zunächst gar nicht aufgefallen, er schien sich schon an die neue Umgebung zu gewöhnen – und gesehen, wie der Maulwurf auf dem glitschigen Boden ausgerutscht war. Dankwart zog sein Handy und wählte eine Nummer.

»Der Notarzt«, erklärte er schnell, bevor er die Dusche abstellte. Crinelli half ihm, den Mann mit dem Rücken gegen die Wand zu lehnen. Dankwart zog ein Taschentuch und wischte dem Maulwurf das Blut aus dem Gesicht. Die Wunde sah nicht gefährlich aus. »Er hat sich wahrscheinlich nur erschreckt.«

»Er ist ohnmächtig«, entgegnete Crinelli vorwurfsvoll, weil er Dankwarts herunterspielende Worte unter den gegebenen Umständen unangebracht fand.

»Nein. Hören Sie mal, er schnarcht. Der ist komplett besoffen und einfach nur eingeschlafen, basta.«

»Und warum haben Sie dann den Notruf gewählt?«

»Besser, die sehen sich den Maulwurf mal an, schließlich

bin ich kein Arzt.« Er machte eine Pause und fuhr dann fort: »Scheiße, das mit seinem Bein.«

»Wieso heißt er Maulwurf?«

»Weiß ich nicht. Er heißt halt Maulwurf. Alle nennen ihn so.«

»Hat er keine Prothese?«

»Nein. Er hatte einen Unfall auf der Straße und ist aus Angst, man könnte ihn beschuldigen, weggelaufen. Die Wunde hat sich danach entzündet, und er hat nichts dagegen getan. Bis ihn die Bullen ohnmächtig gefunden haben, aber da war das Bein schon schwarz. Den Ärzten blieb keine andere Wahl als zu amputieren. Das war vergangenes Jahr. Vor einiger Zeit hat er tatsächlich eine Prothese bekommen, was schon einer kleinen Sensation nahe kommt. Leider haben sie ihn vergangene Woche zusammengeschlagen und ihm das Ding postwendend wieder geklaut.«

»Geklaut? Wer kann denn damit was anfangen?«

»Ein anderer Amputierter, der kein Glück mit der Bewilligung hatte oder es gar nicht erst versucht hat. Oder einer, der die Prothese für ein paar Flaschen versetzt.«

»Die schlagen sich gegenseitig zusammen?«

»Auch, aber bei denen darf man auch nicht jedes Wort auf die Goldwaage legen. Sie erzählen gerne Geschichten, manche sind sogar richtig gut. Er war wahrscheinlich zu besoffen, um zu merken, dass ihm jemand das Bein abgeschnallt hat, oder er hat es selbst abgemacht, gerade zu Beginn juckt das Teil wie bekloppt. Diebstahl unter Obdachlosen ist alltäglich.«

Crinelli nickte. Es war die erste ordentliche Antwort, die er von Dankwart erhalten hatte. Ihr Verhältnis begann sich offenbar zu normalisieren.

»Sagen Sie, wie heißen Sie eigentlich richtig?«, fragte Crinelli Dankwart, als der wieder zu ihm stieß. Crinellis Rundgang hatte ihn inzwischen in den zweiten Schlafsaal gebracht. Während der kurzen Zeitspanne in dieser Notunterkunft waren ihm mehr Menschen mit eitrigen Stellen, Brandwunden, Ekzemen und Abszessen begegnet als in seinem gesamten Leben zuvor. Sie waren unterernährt, sie röchelten beim Atmen, schleuderten beim Husten stinkende Brocken aus, gingen gekrümmt, als ob man ihnen das Rückgrat zerschlagen hätte, delirierten, wirkten apathisch oder völlig überdreht. Keiner konnte oder wollte ihm bei der Suche nach der Identität seines Toten behilflich sein. Trotz der Aussichtslosigkeit wollte Crinelli zumindest diesen Raum noch durchkämmen, bevor er endlich Schluss machte. Viel Hoffnung, etwas herauszufinden, hatte er nicht mehr.

»Freiling, Dankwart Freiling heiße ich. Aber alle nennen mich Dankwart.«

»Und haben Sie selbst schon mal auf der Straße gelebt, Dankwart?«

»Waren Sie schon mal im Knast?«

Crinelli grinste. »Sagen Sie, dass sich hier alle volllaufen lassen, das ist normal, ja?«

»Ja. Hier schon. St. Kunibert ist die Endhaltestelle. Von hier ab führt der Weg direkt in die Hölle. Manche sagen, das hier sei sie bereits, aber das sehen wir natürlich anders. Diese Leute hier können Sie nicht mehr bessern. Hier geht es nur um lebensverlängernde Maßnahmen. Was, glauben Sie, wäre hier los, wenn wir denen auch noch den Stoff wegnehmen? Mal abgesehen davon, dass dann hier keiner mehr freiwillig aufschlagen würde.«

»Ich kann mir nicht vorstellen …«

»Haben Sie sich das hier denn so vorgestellt? Doch sicher nicht. Oliver Twist spielt im 19. Jahrhundert, das hier ist die nackte grausige Wahrheit des 21. Die Leute hier sind moderne Aussätzige. St. Kunibert ist eine Leprainsel, der sich keiner freiwillig nähert. Vor einiger Zeit hatte ich die Idee, ich könnte normale Menschen hier durchführen, um ihnen die Augen zu öffnen und Verständnis zu wecken. Ich habe Führungen angeboten. Sie hätten sehen sollen, welche Freaks hier aufgetaucht sind – ekelhaft. Von den so genannten Normalos hat sich keiner blicken lassen, oder sagen wir wenige. Na ja, ich hätte es besser wissen sollen, auf der Müllkippe veranstaltet man ja auch keine Führungen.«

»Und hier kommt niemand her, nur um zu schlafen? Um der Kälte zu entkommen? Alles nur alkoholkranke Wracks?«

»Und Drogis, ja. Ein paar andere gibt es wohl noch. Zumeist Berber auf der Durchreise, die wirklich nur ein Bett für die Nacht suchen, oder Leute, die neu auf Platte sind. Sie werden unvorbereitet von ihrem ersten Winter überrascht und wissen dann nicht, wohin. Die gibt es schon auch, aber sie sind total in der Minderheit.«

Hier hätte Crinelli einhaken können, aber Dankwart war nicht sein Typ, mit ihm wollte er nicht offen reden.

Er schritt weiter durch die Reihen, bis er in der äußersten Ecke des Schlafsaales ein bekanntes Gesicht entdeckte. Er lief auf seinen Bettler zu und streckte ihm die Hand zum Gruß entgegen. Der Mann saß mit angezogenen Beinen gegen das Oberteil des Bettes gelehnt und schien um keinen Preis der Welt auffallen zu wollen. Weder stank er wie die anderen, noch rauchte er, und Crinelli sah auch keine leeren Flaschen in seinem näheren Umfeld. Seine Unterwäsche war sauber und sein Körper deutlich weniger durch Krankheit entstellt, als das bei den meisten seiner Leidensgenossen der Fall war. Irgendwie war Crinelli überrascht, den Mann hier zu sehen, aber doch auch erfreut.

»Hallo«, rief er, »erinnern Sie sich an mich?«

Der Mann, der zuvor die weißen Einschüsse in der braunen Wolldecke zu zählen schien, sah flüchtig zu Crinelli auf und schüttelte schnell den Kopf, bevor er die Augen wieder niederschlug.

»Ich möchte Ihnen ein Foto zeigen und Sie bitten, es sich genau anzusehen. Wollen Sie das tun?«

Wieder hob er kurz den Blick. Dieses Mal schaute er über Crinellis Schulter hinweg. Seine Augen schienen die Frage weiterzugeben, und gleichzeitig erkannte Crinelli die Angst darin. Er drehte sich blitzschnell um und kam gerade noch rechtzeitig, um Dankwarts letztes Nicken zu bemerken. Aber auch in dessen Augen war eine Frage zu lesen. Woher, so schienen sie zu fragen, kennt dieser Crinelli einen unserer Bettler. Aber vielleicht bildete er sich das alles auch nur ein. Er sah nochmals schnell hin und her.

»Das ist einer von denen, über die wir gerade sprachen, Herr Kommissar.«

Dankwart versuchte die entstandene Spannung einfach zu übergehen und die Situation normal wirken zu lassen. Und plötzlich nannte er ihn Herr Kommissar, und das ohne den ironischen Unterton, den seine Stimme zu Beginn ihrer Unterhaltung gehabt hatte. Crinelli konnte nicht anders, dieser Dankwart Freiling gefiel ihm überhaupt nicht.

»Er trinkt nicht, versucht auf sich zu achten. Er kommt aber auch erst seit diesem Winter hierher. Es ist bewundernswert, wie er sein Schicksal nimmt. Er ist arm und am Ende, aber er hat seine Würde noch. Sieh dir das Bild an, Zacharias«, fuhr er an den Mann gewandt fort, »wenn du den Mann erkennst, dann hilf dem Kommissar.«

Der Obdachlose mit dem seltenen Namen nahm das Foto entgegen und besah sich den Toten. Dann gab er es Crinelli zurück und schüttelte erneut den Kopf. Dieses Mal stand etwas anderes in seinen Augen zu lesen: eine Botschaft.

36

Als Angler kannte Crinelli die Situation, dass die Fische an drei Angeln gleichzeitig anbissen. Im tatsächlichen Leben geschah dies eher selten. An diesem letzten Montag vor Weihnachten aber überschlugen sich die Ereignisse.

Liebermanns Kontaktmann hatte sich gemeldet. Nach Überprüfung der Liste war ein Name übrig geblieben. In wenigen Minuten würde Crinelli sich mit Liebermann in der Ferrari-Bar treffen. Dort sollte er dann endlich erfahren, wer der große Unbekannte war. Crinelli war sauer über die Geheimniskrämerei, hatte sich aber am Telefon nichts anmerken lassen. Warum hatte sein Freund ihm den Namen nicht einfach genannt? Er schien seinen Wissensvorsprung regelrecht zu genießen, was eigentlich gar nicht zu ihm passte.

Crinelli hatte die halbe Nacht auf der Bettkante vor dem gekippten Fenster gesessen, in die Dunkelheit gestiert, geraucht und sich geärgert. Er zerbrach sich den Kopf, wer von den drei in Frage kommenden Männern denn nun sein Täter sein könnte. Und immer wieder kam ihm dieser Hautzer in den Sinn. Außerdem spukte der Besuch in St. Kunibert noch in seinem Kopf herum. Was konnte dieser letzte Blick seines Bettlers bedeuten? Anstatt dass ihm die Bilder all der Gestrauchelten zusetzten, das ganze Elend, die Wunden, die toten Augen, musste er an Zacharias denken, seine merkwürdige Art, den Blickwechsel mit Dankwart. Crinelli beruhigte sich damit, dass es den Mann wohl verstört hatte, in dieser Umgebung auf ein ihm bekanntes Gesicht zu treffen.

Auf dem Weg zur Bar klingelte Crinellis Telefon zum ersten Mal an diesem Tag. Bohlen hatte er in all dem Trubel schon fast wieder vergessen. Es sprach für den jungen Kollegen, dass er die Ermittlungen nach der Eingrenzung der Täter nicht etwa ruhen ließ. Der Unterton in seiner Stimme glich allerdings dem Liebermanns vom Vorabend. Ein gewisser Triumph war nicht zu überhören. Am Telefon wollte er keine Details verraten, aber er deutete klar an, dass er glaubte, etwas herausgefunden zu haben, was einen der drei Männer als dringend tatverdächtig erscheinen ließ. Aber gelobt werden wollte er ganz offensichtlich schon jetzt.

Crinelli atmete tief durch. Die Menschen und ihre Befindlichkeiten. Gab es denn niemanden mehr, der einfach nur Ergebnisse präsentierte, ohne schon im Vorhinein eine Beförderung für blendende Arbeit zu erwarten? Dennoch lobte er Bohlen für seine erstklassige und vor allem schnelle Ermittlung, vertröstete ihn jedoch auf einen späteren Zeitpunkt. Und als Dank drückte er ihm noch schnell eine weitere Überprüfung aufs Auge. Dankwart Freiling musste gecheckt werden, und wo Bohlen schon einmal dabei war, trug er ihm auch noch auf, dabei einen schnellen Blick auf Charly Dörfler zu werfen. Dass Crinelli den Freund Liebermanns, den er selbst für absolut unverdächtig hielt, in die Ermittlung einbezog, grenzte fast schon an Schikane.

Nachdem das Gespräch beendet war, klingelte es schon wieder.

»Jerry, hier ist Julia. Schönes Wochenende gehabt?« Statt einer Antwort knurrte er bloß. »Schon gut, so genau wollte ich es eigentlich gar nicht wissen. Kommst du heute noch aufs Präsidium?«

»Später. Ich hab noch einen Termin.«

»Okay. Dann ruf doch bitte mal Baron von Soderbergh an.«

»Soderbergh?« Crinelli reagierte auf die Nennung dieses Namens wie elektrisiert. Auf der Beerdigung hatte der Baron ihn keines Blickes gewürdigt. War er jetzt aus seiner Trauer erwacht? Und was bedeutete das für ihn? Crinelli wusste, dass ihre gemeinsame Geschichte noch nicht zu Ende war. »Was wollte er?«

»Weiß ich nicht. Er war sehr kurz angebunden. Der redet ja auch nicht mit jedem, oder? Er wollte ausdrücklich nur mit dir sprechen.«

»Und Böker?«

»Hast du mich nicht verstanden? Er hat nach dir verlangt, nicht nach dem Chef. Er machte übrigens am Telefon einen ziemlich eigenartigen Eindruck auf mich. Irgendwie deprimiert, würde ich sagen, wenn er nicht am Ende so sauer gewesen wäre, und zwar auf dich. Er schien sich nicht damit abfinden zu können, dich nicht direkt sprechen zu können. Es klang sehr eilig.«

»Komisch, er hat doch meine Handynummer. Möchte wissen, was er noch von mir will. Sag ihm, ich rufe so schnell wie möglich zurück. Erklär ihm, ich wäre in einer wichtigen Untersuchung und derzeit unabkömmlich. Du könntest ...«

»Jerry! Du hast mich nicht richtig verstanden. Ich werde gar nicht mehr mit ihm reden. *Du* sollst ihn anrufen, und zwar hopp, hopp. Das sollte ich dir ausrichten, und das habe ich hiermit getan. Schönen Tag noch.«

Die Leitung war tot.

Hinter der großen Scheibe des Cafés wartete Liebermann auf ihn. Er winkte ihm schon hektisch, seit er ihn auf der Straße erspäht hatte. Jetzt schien er es auf einmal eilig zu haben.

»Na, Franz, was treibt dich so früh aus dem Haus?« Crinelli fiel zur Begrüßung nichts Intelligenteres ein. Er war vollauf damit beschäftigt, den Ärger über seine Mitmenschen zu verdrängen.

»Das ist aber mal 'ne nette Begrüßung. Trotzdem: erst mal einen guten Morgen.«

Crinelli grummelte nur.

»Schlecht geschlafen, Jerry?«

»Ja. Schon wieder. Wächst sich zu einem echten Problem aus.«

Crinelli musste sich beruhigen. Das ging so nicht, nicht mit Franz Liebermann. Keinesfalls durfte dieses Treffen enden wie das in der Tankstelle. Das hatte Liebermann auch nicht verdient.

»Sorry, Franz, manchmal benehme ich mich wirklich wie ein Idiot. Entschuldige bitte meine schlechte Laune. Ich sag dir besser gleich die Wahrheit. Ich bin sauer, weil ich auf das Ergebnis deiner Recherche bis heute Morgen warten musste. Und auch, weil mein Kollege Bohlen exakt die gleiche Tour reitet.«

»Hast du ihn etwa auf die gleiche Sache angesetzt?«

»Ihn und dich und Weymann und jeden anderen, den ich kriegen kann. Ich brauche endlich Ergebnisse.«

Liebermann sah ihn nur an. In seinen Augen stand deutlich zu lesen, was er von dieser Art Mehrfachbeschaffung hielt, aber auch, dass er sich den Konflikt für einen späteren Zeitpunkt aufbewahren wollte.

Crinelli fuhr unbeirrt fort. »Ihr beide habt Fakten, die vielleicht den Durchbruch bringen, aber anstatt mich damit arbeiten zu lassen, vertröstet ihr mich. Ich fühle mich wie ein eingesperrter Tiger. So was macht mich verrückt, das verstehst du doch sicher. Ich will nicht undankbar erscheinen, wirklich nicht. Du leistest phantastische Arbeit, die keiner außer dir so machen könnte, und ich bin dir wirklich dankbar, dass du mir hilfst. Und ich weiß auch, was das für dich bedeutet. Aber ich stehe unter Strom, das entschuldigt es vielleicht nicht, aber vielleicht reicht es dir als Erklärung.«

»Du stehst immer unter Strom, was übrigens manchmal ziemlich nervt. Aber so bist du wohl. Entschuldige dich nicht dafür. Aber ich habe dich nicht hingehalten, damit ich heute Morgen auftrumpfen kann. Dass du das von mir denkst – echt,

Jerry, du spinnst. Was hättest du davon gehabt, wenn ich dir einen Namen geliefert hätte, aber keine Beweise?« Crinelli sah Liebermann forschend an. »Ja, Beweise. Ich habe das hier …«, er legte einen Schnellhefter auf den Tisch, »… nämlich erst vor einer Stunde erhalten. Und wenn du einen Blick darauf werfen möchtest, wirst du schnell erkennen, wie heiß das Teil ist.«

Crinelli zog die Mappe zu sich herüber und betrachtete das Deckblatt. Ein dicker Stempel des BKA prangte darauf, und darüber stand in fetten Buchstaben das Wort: Personalakte. Er blätterte einige Seiten durch und sah dann Liebermann fest in die Augen.

»Hautzer ist also unser Mann«, flüsterte er. »Wahnsinn, und du hast seine Personalakte. Das Original und keine Kopie. Verdammt! Personalakten sind heilig. Die von geschassten Kollegen in leitender Position sind noch dazu richtig heiß und selbst für uns nicht zu kriegen. Ich hätte keine Chance, wieso du? Das freut mich zwar riesig, macht mir aber auch ein kleines bisschen Angst.«

»Ja, das glaube ich.« Liebermann lachte. »Dass einfache Zivilisten an eure internen Papiere kommen, das macht euch Angst.«

Crinelli erlebte soeben eine neue Seite an seinem Freund. Er konnte für einen kurzen Moment einen Blick auf dessen altes Ich werfen. Da lachte der gefürchtete Journalist Liebermann, der so lange grub, bis er auf die Schätze stieß, und für den alle Polizisten qua Job gleichzeitig auch potenzielle Gegner waren.

»Jerry, uns steht die Akte exakt zwei Stunden zur Verfügung, danach verschwindet sie wieder in den dunklen Archiven des BKA. Keine Kopien – das musste ich versprechen. Ja, es ist Hautzer. Mein Kontakt hat ihn einwandfrei aus den dreien herausgepickt. Hautzer hat die Waffen und das andere Zeug geklemmt, und das ist seit langem bekannt. Sie haben nur darauf gewartet, dass er damit dumme Sachen anstellt. Wie das Kaninchen vor der Schlange haben sie die ganze Zeit über bloß dagesessen und gezittert. Und das Verrückteste, als der Anschlag auf den Zug geschah, haben sie zuerst doch tatsächlich in eine andere Richtung ermittelt. Wenn ich noch im Geschäft wäre, Jerry, würde ich diese Geschichte wie eine Bombe hochgehen lassen. Verdient hätten es diese armseligen Dilettanten.«

»Das ist nicht das Schlimmste. Überleg doch mal. Sie stehen ständig mit ihm im Kontakt, aber es gibt keine Lokalisierung seiner Truppe, sonst hätten sie doch längst zugegriffen. Es scheint doch tatsächlich, als stocherten sie blind im Nebel. Sagt dein Kontakt dazu was? Frag ihn, weshalb sie ihn trotz aller Information immer noch nicht finden konnten!«

»Na ja, mein Lieber, hoffen wir erst mal, dass es dir besser ergeht. Du hast jetzt, was du wolltest, aber eine aktuelle Adresse steht da leider auch nicht drin. Du musst dich, ebenso wie die Kollegen vom BKA, auf die Suche nach Hautzer machen. Und wo willst du anfangen? Der Mann operiert von irgendeiner Basis aus, doch die scheint extrem gut verborgen. So schlecht sind die Ermittler beim BKA nun auch wieder nicht. Und Hautzer ist geschickt. Vergiss nicht, dass er dich schon einmal geleimt hat.«

Das hätte Liebermann ihm nicht sagen müssen. »Nur dass ich den Typ erst seit einem knappen Monat kenne. Wobei kennen das falsche Wort ist, ich setze ihn mir seit dem 24. November mühselig aus kleinen Puzzleteilen zusammen. Dank deiner Arbeit habe ich jetzt seine Akte und bin somit erstmals auf Augenhöhe mit dem BKA. Allerdings mit deren Wissensstand von vor einigen Jahren. Die hatten doch, nachdem der Diebstahl aufgeflogen ist, alle Zeit der Welt, den Kerl zu verhaften.«

»Irgendwer muss diesen Typen aufhalten. Mir ist echt gleichgültig, wer ihn schnappt. Hauptsache, es geschieht bald und vor allem, bevor er neues Unheil anrichtet. Aber jetzt lies endlich. Wir haben später noch ausreichend Zeit zu reden. Ich muss die Akte zurückbringen.«

»Wirfst du sie in den Briefkasten oder bringst du sie persönlich nach Wiesbaden in die Zentrale?«

»Haha, ich lache später. Ich treffe meinen Kontaktmann im Parkhaus unter dem Dom. Glaub es oder auch nicht, ich habe den Mann noch niemals persönlich getroffen, ich weiß nicht, wie er heißt, oder welchen Rang er bekleidet und schon gar nichts über die Gründe, weshalb er alle diese Geheimnisse verrät. Um Geld geht es ihm dabei nicht. Ich habe ihn noch nie für Informationen bezahlt. Und ich habe im Laufe der Jahre schon einiges von ihm bekommen. Er scheint immer höher in der Hierarchie gestiegen zu sein. Zu Beginn unserer Zusammenarbeit dauerte es noch ziemlich lange, um an Informationen zu kommen. Jetzt scheint er direkten Zugriff auf alles zu haben. Aber es geht streng nach seinen Bedingungen, und er stellt Forderungen.«

»Und welche?«

»Es geht um Namen, um Operationen, die er offenbar enttarnen will. Ich muss ihm eine bestimmte Vorgehensweise im Umgang mit den Informationen garantieren, sagen wir es so. Und nun Schluss mit dem Maulwurf. Lies oder gib mir das Ding zurück.«

»Moment. Welche Vorgehensweise? Das muss ich schon wissen. Hautzer ist gut, aber durch die Verschleierungstaktik haben die Brüder ein ganzes Volk in Angst versetzt. Da mache ich nicht mit.«

»Denkst du, ich? Und er auch nicht. Im Gegenteil, vermute ich. Ich habe das Gefühl, dass ihm daran gelegen ist, dass die Wahrheit ans Licht kommt. Ich weiß nur nicht, was ihm das persönlich bringt. Ein reiner Menschenfreund ist der Typ auch nicht. Und jetzt lies …«

Crinelli bestellte sich einen weiteren Espresso. Auf der ersten Seite der Akte klebte das Foto von Michael Hautzer. Der Anblick des derzeit meistgesuchten Manns in Deutschland löste bei ihm eine heftige Reaktion aus. Er kannte den Mann, und jetzt wusste er auch wieder, woher. – Damals war er noch nicht beim BKA. Ihm wurde heiß und kalt gleichzeitig.

Auf dem Bild erkannte er ihn sofort, wieso hatte er sich nicht an ihn erinnert, als er ihn in der Nacht auf dem Bahnsteig gesehen hatte? Und seine Stimme. Natürlich kannte er die und keineswegs nur von dem Anrufbeantworter der Immofonds. Das Foto zeigte einen Mann in mittleren Jahren, dessen Gesicht auf den ersten Blick keinerlei Auffälligkeiten aufwies. Ebenmäßig geformt, stoppelig kurze Haare, spitze Nase, fest geschlossener Mund, intensiver Blick unter dichten Augenbrauen. Unter dem Bild stand: Michael Hautzer, geboren 1964 in Hildesheim.

Vier Jahre Grundschule, dann Gymnasium. Abbruch und Schulabschluss auf der Realschule. Danach eine Ausbildung zum Feinmechaniker, bevor er sich bei der Polizei in Hannover bewirbt und im ersten Anlauf eingestellt wird. Er ist 21 Jahre alt, als er zum Bundesgrenzschutz wechselt und kommt schließlich 1987 zur GSG 9 nach Sankt Augustin. Zwei Jahre später ist Hautzer einer der bestausgebildeten Männer dieser Sondereinsatzgruppe. Bald wird ihm die Leitung eines eigenen Trupps übertragen. Hautzer wird immer dann gerufen, wenn es besonders kompliziert oder besonders gefährlich wird. Er gilt als perfekter Analytiker im Einsatz, als Mann, der blitzschnelle Entscheidungen – selbst solche von großer Tragweite – treffen kann, und als brillanter Anführer. Allerdings weist schon das erste psychologische Gutachten, das von allen Männern der GSG 9 zu Beginn ihrer Karriere gemacht wird, auf einen gewissen Hang zur Arroganz sowie auf mangelnde Kritikfähigkeit. Dieser kleine Makel findet sich jedoch erst im letzten Abschnitt des Berichts, der zuvor seitenlang die Vorzüge des Mannes ausbreitet, den seine Vorgesetzten als den perfekten Mitarbeiter bezeichnen. Es folgte eine lange Liste seiner erfolgreichen Einsätze, die Crinelli nur überflog.

Michael Hautzer als GSG-9-Mitglied hätte den Attentäter

und Entführer Michael Hautzer wohl längst zur Strecke gebracht.

Es folgten Belobigungen, Auszeichnungen und Beförderungen. Hautzers Weste war von makellosem Weiß, als sich ein Trupp unter seiner Führung in den frühen Morgenstunden des 31. August aufmachte, einen Banküberfall mit Geiselnahme auf dem Gelände eines Bahnhofs zu beenden. Zuerst verlief die Aktion routinemäßig. Hautzers Einheit riegelte den Bereich, in dem sich die Bankfiliale befand, weiträumig ab, postierte sich in gegenüberliegenden Geschäften, auf den Treppen und in vielen kleinen Nischen rund um den Einsatzort. Ein Eingriff der GSG 9, so sah es das Diensthandbuch vor, würde erst erfolgen, wenn der Leiter der Operation den Befehl dazu erteilte oder wenn eine plötzlich sich verschärfende Situation den Einsatz der Scharfschützen rund um Hautzer unabdingbar machte. In einem solchen Fall – und nur dann – traf der Vorgesetzte der GSG-9-Einheit selbst die Entscheidung. Eine solche Eskalation war selten und selbst in Hautzers langer Praxis erst zweimal vorgekommen. In diesem vergleichsweise harmlosen Fall war von einer Eskalation der Gewalt nicht auszugehen. Die Geiselnehmer hatten sich auf ein Gespräch mit der Verhandlungsgruppe der Polizei eingelassen, was in aller Regel schon ein gutes Zeichen war. Aber dann kippte die Situation doch noch, und das nur, weil einer der Bankräuber die Nerven verlor. Völlig unerwartet tauchte er plötzlich zusammen mit einer Geisel im Eingang der Sparkasse auf und bezichtigte die Polizei lautstark, bei der Beschaffung des Fluchtfahrzeuges Zeit zu schinden. Er forderte nochmals, dass binnen zwei Stunden ein vollgetanktes Auto bereitstehen solle. Dabei hielt er ununterbrochen die Pistole an die Schläfe der Geisel und sprach direkt in die Mikrophone der Journalisten.

Das gefiel Hautzer, wie er hinterher zu Protokoll gab, überhaupt nicht. Weder, dass die Grünen die Presse überhaupt so nah an den Tatort herangelassen hatten, noch, dass der Täter sein Mütchen respektlos und ungestraft in der Öffentlichkeit kühlen durfte.

Die Möglichkeit zur Beendigung der Geiselnahme bot sich Hautzer, als der zweite Bankräuber unvorsichtigerweise im Fenster der Bank auftauchte. Hautzer entschied blitzschnell wie immer. Einer seiner Männer nahm den Kerl in der Bank ins Visier, und er selbst zertrümmerte mit einem gezielten Schuss das Knie des Mannes auf der Straße. Die Einheit stürmte in dem daraufhin einsetzenden Durcheinander die Bank und konnte die Geiselnehmer überwältigen. Zwar waren dadurch alle Geiseln in der Bank mit dem Schrecken davongekommen, und diese standen auch während der folgenden Verhöre voll und ganz hinter der resoluten Entscheidung des GSG-9-Mannes. Und auch die Öffentlichkeit hielt später Hautzers Vorgehen für richtig. Aber der Einsatz war nicht durch das Gesetz gedeckt. Sein Untergebener wurde nicht belangt, während Hautzer selbst zum ersten Mal angeklagt wurde. Die gerichtliche Prüfung wurde wegen geringer Schuld niedergeschlagen, aber er sah sich doch einer internen Untersuchung gegenüber.

Auch Crinelli wurde damals vor Gericht verhört. Er gehörte, wie sein Vorgesetzter Thomas Holzhäuser, zur Einsatzgruppe der Polizei. Alle am Einsatz beteiligten Beamten wurden anschließend zu dem Schusswechsel befragt, und ausnahmslos alle berichteten wahrheitsgemäß und übereinstimmend vom Hergang der Ereignisse. Niemand erlaubte sich einen Kommentar zu Hautzers Einsatz, niemand außer Crinelli. Er hatte damals das Vorgehen der GSG 9 als vielleicht nicht vorschriftsmäßig, aber als durchaus verständlich und in seinen Augen auch richtig bezeichnet. Schließlich seien durch einen vergleichsweise harmlosen Schuss alle Geiseln gerettet worden. Im Nachhinein hatte ihm das einige Schwierigkeiten und Belehrungen eingebracht, insgeheim blieb er aber bei seiner Meinung. Hautzer hatte er danach nie wieder gesehen, und der

Vorgang beschäftigte ihn auch nicht allzu lange. Aber an eines erinnerte er sich nur zu genau. Als er damals den Gerichtssaal verließ, hatte Hautzer ihm respektvoll zugenickt. Nicht gelächelt, nur ganz kurz genickt.

Vermutlich hätte man den Vorfall irgendwie vom Tisch bekommen, auf dem kleinen Dienstweg, hätte sich Hautzer nicht in maßloser Selbstüberschätzung nach der Urteilsverkündung derart uneinsichtig verhalten. Plötzlich geriet die kurze und vorher unwichtige Passage in Hautzers Soziogramm wieder ins Bewusstsein seiner Vorgesetzten, und sie verdonnerten den verdienten Einsatzleiter zu einer erneuten psychologischen Untersuchung. Hautzer versuchte sich dieser Prozedur, die er für unwürdig hielt, zu entziehen. Dieser Starrsinn überzeugte die Entscheidungsträger in der GSG 9 aber nur noch mehr von der Notwendigkeit eines solchen Schritts.

Das Ergebnis der ersten Untersuchung war identisch mit dem Krankheitsbild, das ein zweiter Gutachter, der nach Hautzers Einspruch hinzugezogen wurde, diagnostizierte. Beide stellten eine beginnende Persönlichkeitsspaltung bei Hautzer fest. Er empfinde sich selbst zusehends als einzige moralisch verantwortliche Instanz in der Bewertung von Verbrechen und Verbrechern sowie in deren Bekämpfung.

Daraufhin setzte man eine eigene Untersuchungskommission ein, die sich mit Hautzers Truppe beschäftigte. Jeder Mann aus dieser Einheit wurde befragt und psychologisch untersucht. Das Ergebnis deckte einen so nicht für möglich gehaltenen Sumpf auf, der auch Crinelli, als die Kunde hinter vorgehaltener Hand im Präsidium die Runde machte, von Hautzer abrücken ließ. Hautzers Einheit war längst schon kein Verband unter der Hoheit der GSG 9 mehr. Er hatte seine eigenen Regeln eingeführt und ein rigides Herrschaftssystem aufgebaut. Elementare demokratische Grundregeln hatte er für seine Einheit außer Kraft gesetzt, zugunsten von blindem Gehorsam. Einige der

Männer erzählten von seelischen Grausamkeiten, wie auch von tatsächlichen sadistischen Misshandlungen an denjenigen, die Hautzers Perfektionswahn nicht voll und ganz entsprachen.

Die Verantwortlichen im Innenministerium beschlossen, Hautzer aus dem Verkehr zu ziehen. Die beste Lösung schien, ihn von der GSG 9 zum BKA zu versetzen: Innendienst, einfache Verwaltungsarbeit, Materialbeschaffung. Für einen Mann wie Hautzer war eine solche Degradierung unerträglich. Er glaubte Opfer einer Verschwörung geworden zu sein, weshalb er in den folgenden beiden Jahren eine Beschwerde nach der anderen einreichte. Schließlich teilte man ihm unmissverständlich mit, dass er niemals wieder ein Kommando erhalten würde. Zwei Wochen später kündigte Hautzer und erhielt die Erlaubnis, sofort aus dem Dienst auszuscheiden. Fast auf den Tag genau zwölf Jahre nach seinem Eintritt in die Eliteeinheit verlor sich seine Spur – jedenfalls endete hier seine Personalakte.

Crinelli steckte sich eine Zigarette an und inhalierte tief. Über das konzentrierte Lesen hatte er fast das Rauchen vergessen.

Da hatte er seinen Täter. Michael Hautzer, den er vor gar nicht so langer Zeit noch in Schutz genommen hatte. Kaltschnäuzig, geübt im Befehlen, hervorragend ausgebildet, sowohl in der Durchführung einer Operation als auch im Gebrauch jeder nur denkbaren Waffe, ein Scharfschütze, ein brillanter Techniker und dazu noch einer, der sich in Extremsituationen geradezu heimisch fühlt. Eine hochgefährliche Einmannarmee, ein Stratege, der andere höchstens als Statisten brauchte, einer, der die Macht suchte und sich nicht scheute, Macht auszuüben, der Lust an der Erniedrigung anderer verspürte und der wusste, mit welchen Methoden man Leute zu absolutem Gehorsam zwang. Crinelli fragte sich, ob er wohl in seiner neuen Einheit der Einzige war, der eine Waffe besaß. Die Frage wäre für die weiteren Ermittlungen nicht gerade unerheblich. Vieles sprach in diesem Augenblick dafür. Wenn es weitere Scharfschützen in seiner Truppe gab, dann mit Sicherheit nur wenige, da war sich Crinelli sicher. Hautzer traute niemandem. Vielleicht brauchte er Verbündete innerhalb seiner Einheit, um die Kontrolle aufrechtzuerhalten, während er selbst im Feld war. Aber ein geübter Manipulator konnte eine solche Sicherung auch aufbauen, ohne allzu viel Macht – und das waren in Hautzers Fall die Waffen – aus der Hand zu geben. Indianer hatte der Häuptling mehr als genug. Bisher hatte er jeden getötet, der aufgefallen war oder der in die Hände seiner Gegner hätte geraten können. Und er schien seine Leute an nahezu allen strategischen Punkten in Position gebracht zu haben. Welch ein genialer Schachzug, einen Mann an die Spitze einer Wohnungsbaufirma zu schleusen. In dem Moment jedoch, in dem Crinelli in dem Bürogebäude der Willenbrock Consulting in Deutz auftauchte, war das Todesurteil über Kleinmann gefällt worden. Wenn das so war, und daran zweifelte Crinelli keine Sekunde, dann verfügte Hautzer über ein perfektes Überwachungssystem, mit dem er jeden Schritt seiner Leute beobachten konnte.

Crinelli spürte eine eiskalte Hand in seinem Nacken. Hautzer schien jeden zu töten, mit dem Crinelli Kontakt hatte. Jeden – nur ihn selbst nicht. Crinellis Hand zitterte, als er Liebermann die Akte über den Tisch zurückschob.

Genauso klar wie Hautzers strategisches Vorgehen erkannte Crinelli jetzt auch das Motiv für dessen Gräueltaten. Hautzer fühlte sich von den eigenen Leuten getäuscht und verraten. Er wollte ihnen noch einmal vor Augen führen, welchen Mann sie verloren hatten. Seinen Operationen lagen sämtliche Schwierigkeitsgrade zugrunde, die es in einer prekären Auseinandersetzung nur geben konnte. Indem er sie alle meisterte und immer mindestens einen Schritt schneller war als seine Verfolger, verhöhnte er ebenso BKA wie die alten Kollegen. Deshalb auch all die Indizien – nur damit die Gegenseite sicher war, mit wem sie es zu tun hatte. Hautzer reizte die direkte Auseinandersetzung, Mann gegen Mann, oder besser, Mann gegen System. Ein Kampf mit offenem Visier, fast wie in einer altertümlichen Schlacht.

Hautzer war Crinellis bislang brillantester Gegner. Jetzt brannte Crinelli darauf, die Fortsetzung der Biographie seines Widersachers zu hören, und nichts weniger erwartete er von Bohlen.

∷

Jan-Karl Schreiber war ebenso wie Mike Kos und Michael Hautzer aus dem BKA ausgeschieden. Zwei von ihnen wurde gekündigt, Hautzer ging auf eigenen Wunsch. Crinelli interessierte sich nur für eine Person, aber das ließ er sich nicht anmerken. Mit gespielter Konzentration verfolgte er Bohlens Ermittlungen, ohne dessen Vortrag auch nur einmal zu unterbrechen. Er dachte an Hautzer. Immer wieder sah er ihn vor sich, wie er den Gerichtssaal verließ, mit starrem Gesichtsausdruck, und ihm zunickte. Und er hörte seine Stimme.

Erst als Bohlen endlich zu Hautzer kam, war Crinelli wieder ganz da. Wie schon die beiden anderen, besaß auch Bohlen lediglich Informationen über dessen Leben vor und nach dem BKA – die Dienstzeit in Wiesbaden verschwand bei allen gleichermaßen in einem schwarzen Loch. Den jungen Beamten schien das nicht sonderlich zu verwundern. Anders als Crinelli akzeptierte er die Gegebenheiten so, wie sie waren.

Was Hautzer in der Zeit direkt nach seinem Ausscheiden getan hatte, war nicht bekannt. Seine Spur tauchte erst wieder 2003 auf, als er bei einer privaten Sicherheitsfirma anheuerte, wo er aber schon bald wieder entlassen wurde. Bohlen hatte die Chefin des Unternehmens aufgesucht und erfahren, dass Hautzer – für den Geschmack der strengen Frau – seine Aufgaben allzu selbständig ausgeübt habe. Es sei keine Frage der Qualität gewesen, sondern eine Frage seiner nicht vorhandenen Teamfähigkeit. Er habe Untersuchungen fortgeführt, die sie selbst gestoppt hatte, Beweismittel sichergestellt, nach denen niemand verlangt hatte und die auch nicht erwünscht waren. Und er war darüber hinaus mehr als einmal mit seinen Kollegen aneinander geraten. Nach einer Prügelei habe sie Hautzer schließlich gefeuert. Danach sei sie eine Zeit lang von ihm bedroht worden, und er habe sogar in einem Fall seine eigenen Ermittlungen dazu genutzt, einen Kunden bei dessen Geschäftspartner zu desavouieren, aber schließlich sei er von heute auf morgen verschwunden, nachdem sie ihm damit gedroht hatte, die Polizei einzuschalten. Weshalb die Dame das nicht ohnehin sofort getan hatte, konnte Crinelli nur vermuten. Im Sicherheitsgewerbe lebte man anscheinend ganz schön unsicher. Und Crinelli erfuhr, dass die gute Dame das alles auch bereits den Kollegen vom BKA gesteckt hatte. Er hechelte noch immer hinterher.

Danach, so Bohlen, tauchte der Name Hautzer nicht mehr auf. Weder in den Unterlagen der Sozialversicherung noch beim Arbeitsamt oder einem der sozialen Netze. Ein Geistesblitz brachte Bohlen dazu, nach einer Frau zu suchen, was sich als Volltreffer erwies. Zunächst auf dem Standesamt und schließlich in den Unterlagen des Scheidungsgerichts fand er den Namen von Hautzers Frau. Glücklicherweise lebte sie noch unter der angegebenen Adresse und trug auch noch immer den Namen ihres geschiedenen Mannes. Bohlen hatte sie besucht. Sie wirkte verstört. Tabletten, vermutete er, denn in der Wohnung stand keine einzige Flasche herum, und sie roch auch nicht nach Alkohol, was bei einer Abhängigen, selbst in den wenigen trockenen Momenten, der Fall wäre. Die Frau hatte sich von ihrem Mann getrennt, nachdem er immer länger von zu Hause fortgeblieben war, ohne ihr dafür einen Grund nennen zu wollen. Manchmal kam er spät in der Nacht, wenn er denn überhaupt nach Hause kam. Frau Hautzer vermutete, dass hinter alldem eine Geliebte steckte. Nachdem er weiterhin kontinuierlich schwieg, konfrontierte sie ihren Mann mit dem Thema Scheidung. Daraufhin begann er sie zu schlagen und einzusperren. Er nahm ihr die Wohnungsschlüssel ab, riss das Telefonkabel aus der Wand und drohte, sie umzubringen, wenn sie nicht endlich Ruhe gäbe. Zu dem Zeitpunkt habe er viel getrunken, gab sie noch an, was Crinelli nur allzu verständlich erschien. Eines Tages vergaß er abzuschließen, und sie konnte entkommen. In einem Frauenhaus fand sie Zuflucht, und die Sozialarbeiterinnen halfen ihr bei der Scheidung. Bei der Verhandlung tauchte sein Name zum allerletzten Mal in irgendwelchen Akten auf. Seine Frau hat er noch einige Mal am Telefon bedroht, er sei stets betrunken gewesen, gab sie an, und trotzdem hätte ihr allein schon seine Stimme Angst gemacht. Sie vermutete, er habe zu diesem Zeitpunkt keine anständige Bleibe gehabt, habe vielleicht sogar für kurze Zeit auf der Straße gelebt, jedenfalls habe er ihr gegenüber derlei Andeutungen gemacht.

Beim letzten Anruf sei seine Stimme aber wieder ganz klar gewesen. Das war so in etwa Ende 2004, wie die Exfrau vermutete. Er habe ihr gesagt, wie sehr sie ihn enttäuscht hätte und dass er nun wieder ganz bei sich sei und in Zukunft ein Leben ohne sie, aber in Würde führen würde. Er habe nicht mehr gedroht, aber seine Stimme hätte geklungen, als käme sie aus einer anderen Welt. Von allen Anrufen habe dieser letzte sie am nachhaltigsten verunsichert.

Crinelli hatte ausreichend Material, um sich Gedanken über sein weiteres Vorgehen zu machen. Er wusste, wer der Täter war, wusste, wo er herkam, kannte sein Motiv und verstand sein Handeln. Jetzt musste er ihn nur noch finden. Diese Informationen hatten aber auch das BKA nicht zu Hautzer geführt. Eines wussten die Kollegen jedoch nicht: dass Hautzer sich in irgendeiner Form Obdachlose zu Verbündeten gemacht hatte. Genau da musste er ansetzen.

Bevor er nach Hause ging, hatte er noch etwas zu erledigen. Er nahm den Telefonhörer auf und wählte eine Nummer, die sich für immer in sein Hirn eingebrannt hatte.

37

Mit einem Blick in die Kladde versicherte sich Crinelli, dass er vor dem richtigen Haus stand. Unter dem Klingelknopf befand sich kein Name. Postboten in dieser Gegend waren gleichzeitig auch Geheimnisträger.

Wenn es nach dem Baron gegangen wäre, hätte Crinelli unmittelbar nach dem Telefonat vom Vorabend in der luxuriösen Villa erscheinen müssen, aber er hatte sich nicht danach gefühlt. Er war überfüllt mit Informationen, Eindrücken, dunklen Ahnungen und fliehenden Gedanken. Einen Besuch bei Soderbergh, der alles andere als leicht geworden wäre, hätte er in dieser Verfassung nicht überstehen können. Nach all den Enthüllungen über Hautzer und sein Terrorregime hatte er eine Pause dringend gebraucht. Obwohl er wieder nicht durchgeschlafen hatte, fühlte er sich jetzt so weit erholt, dass er dem Baron unter die Augen treten konnte. Warum das Treffen in einem Haus nur eine Querstraße von Soderberghs eigenem Anwesen entfernt stattfinden sollte und wer der Besitzer dieser großen, einem riesigen Würfel nachempfundenen Immobilie war, hatte der Baron nicht erwähnt. Er hatte ihm lediglich Straße, Hausnummer und Uhrzeit mitgeteilt.

Es war noch stockfinster, als Crinelli eintraf. Die Zeiger seiner Uhr standen auf fünf nach sieben – fünf Minuten zu spät. Er hatte sein Hinterrad noch aufpumpen müssen, aus dem ein Spaßvogel die Luft rausgelassen hatte. Und das, nachdem er es gerade erst mühevoll wieder zusammengeflickt hatte.

In der Haustür wartete der Baron. Er begrüßte Crinelli ernst und mit festem Handschlag. Das Innere des Hauses war deutlich moderner eingerichtet als das von Soderbergh. Schwarzer

Granitboden in der riesigen Diele, die hohen Wände bis hinauf zu den dunklen Eichenbalken der Decke grellweiß gekalkt. Riesige Ölgemälde an wenigen ausgesuchten Stellen. Die Kunst der Bilder erschloss sich Crinelli nicht. Im Wesentlichen bestanden die Werke aus gespachtelten einfarbigen Flächen.

Über zwei abwärts führende Stufen gelangten sie in eine Art Arbeitszimmer. Die Decken waren hier weniger hoch, und auf dem Boden lagen alte Eichendielen anstatt des kühlen Granits. Ansonsten herrschte auch hier vornehme Leere vor. An einem Glastisch saß ein großer Hagerer mit Vollglatze und Dreitagebart. Der Hausherr, vermutete Crinelli.

Soderbergh deutete auf einen Stuhl, während er selbst am Kopf des Tisches stehen blieb. Damit war festgelegt, wem hier heute die Gesprächsführung oblag. Crinelli hatte sich noch nicht ganz hingesetzt, als Baron von Soderbergh den Hausherrn vorstellte. Pieter Möllendeyck war Aufsichtsratsvorsitzender eines weltweit operierenden Logistikunternehmens.

Der Stuhl war unbequem. Außerdem befürchtete Crinelli, er könne bei der kleinsten Bewegung zusammenbrechen. Er fühlte sich unbehaglich, und das lag nicht nur an den Sitzmöbeln und der Kunst an den Wänden. Das hier war unbekanntes Terrain.

Der Baron holte tief Luft und erzählte, weshalb er Crinelli hergebeten hatte. Im Laufe der Ausführungen wurde seine Stimme brüchig. Ein weiteres Kind war entführt worden.

Soderbergh berichtete Crinelli in knappen Sätzen, wann und wie Möllendeyck ihn informiert hatte, und von seiner Bestürzung. Nach einer langen und zum Teil hitzigen Diskussion hatten die beiden beschlossen, die Polizei außen vor zu lassen, dafür aber Crinelli zu informieren. Das geforderte Lösegeld sollte anstandslos bezahlt werden. Der Baron hatte den Freund davon überzeugt – was Crinelli nicht verstand. Ein Vertrauensbeweis?

»Moment mal.« Crinelli sprang auf. Er benötigte Zeit, um

das Gehörte zu verdauen. »Danke für den Überblick, aber wenn ich alles verstehen soll, brauche ich jetzt die Einzelheiten.« Dabei sah er Möllendeyck direkt an. »Bitte schildern Sie mir, wie es zu der Entführung gekommen ist, wann sich die Erpresser gemeldet haben, was sie gesagt oder gefordert haben und wie die Lösegeldübergabe vonstattengehen soll. Herr Möllendeyck, ich muss es von Ihnen direkt hören, nicht aus zweiter Hand. Entschuldigen Sie, Herr Baron …« Crinelli sah zu Soderbergh rüber. Der saß stumm auf seinem Stuhl, und seine Miene verriet nicht, was er dachte. »Kann ich vielleicht ein Glas Wasser haben, bevor wir anfangen?«

Crinellis Mund war staubtrocken. Er fühlte sich, als habe man ihn mit verbundenen Augen an die Wand gestellt und nur eine geschickte Verteidigung könne ihn jetzt noch vor dem sicheren Tod retten. Seit Lisas Tod besaß Soderbergh eine unglaubliche Macht über ihn.

Möllendeyck ging in die Küche und kam mit Gläsern und zwei Flaschen Mineralwasser zurück. Die Männer bedienten sich. Crinelli fragte sich noch, wo wohl die Mutter des Kindes stecken mochte. Dann nahm er seine Kladde in die Hand, schrieb das Datum auf eine frische, leere Seite und forderte Möllendeyck auf, seine Geschichte zu erzählen.

Möllendeyck begann stockend. Seine Tochter war drei Jahre alt und hieß Sarah. Am vergangenen Freitag hatte seine Frau das Mädchen, warm angezogen, zum Spielen in den Garten gebracht. Als er selbst, wie jeden Freitag, um ein Uhr zum gemeinsamen Mittagessen eintraf, herrschte im Haus großer Aufruhr. Die Kleine war verschwunden. Der hölzerne Puppenwagen, mit dem sie so gerne spielte, lag umgestürzt auf der Wiese hinter dem Schuppen, einer Stelle des Gartens, die man vom Haus nicht einsehen konnte. Möllendeyck suchte jeden Quadratmeter seines Grundstücks nach seiner Tochter ab. Als er außerhalb der Mauer, die das Grundstück umschloss, weitersuchen wollte, fiel sein Blick auf den Stamm eines mächtigen Kastanienbaums. Mit einer Heftzwecke angepickt, hing dort ein Zettel. Er näherte sich dem Baum und las:

Wir melden uns. Keine Polizei! Denken Sie an Soderbergh.

Erst am Sonntagmorgen, gestern, nach fast 48 Stunden in panischer Angst, hatte sich der Entführer gemeldet. Fünf Millionen Euro Lösegeld. Sollte die Polizei eingeschaltet werden, wisse man ja, was geschehe. Er könnte ja seinen Freund Soderbergh befragen. Dann hatte der Entführer aufgelegt. Einen Zeitpunkt für seinen nächsten Anruf hatte er, wie schon im Fall Soderbergh, nicht genannt.

»Mein Gott«, sagte Crinelli, nachdem Möllendeyck geendet hatte, und machte eine nachdenkliche Pause. »Ich habe so weit alles verstanden. Ich werde mir jetzt den Tatort genauer ansehen, und dann werden wir die Kollegen von der Spurensicherung, die Techniker und die Verhandlungsgruppe anfordern. Ich werde alles tun, was in meiner Macht steht – vertrauen Sie mir, ich bringe Ihnen Ihr Kind lebend zurück.«

Woher er den Optimismus nach der Niederlage bei der Soderbergh-Entführung nahm, war ihm selbst schleierhaft. Der Tod von Soderberghs Tochter war erst wenige Wochen her. Natürlich sollte er gelernt haben, mit solchen Ereignissen umzugehen, schließlich bestand ein Großteil moderner Polizeiarbeit im Verarbeiten von Misserfolgen – aber so was?

»Nein!« Das Wort aus dem Mund des Barons traf ihn wie ein Schlag und stoppte alle weiteren Gedanken. »Keine Polizei! Haben Sie uns denn nicht zugehört? Wir wollen ausschließlich Sie, nicht Ihre Kollegen.«

»Schön und gut, Herr Baron, aber ich bin die Polizei, auch wenn Ihnen das nicht gefällt. Was wollen Sie von mir, wenn nicht eine polizeiliche Untersuchung? Ich glaube, ich verstehe Sie nicht so ganz. Ich bin schließlich kein Privatdetektiv.«

»Vielleicht kann ich Ihnen erklären, wie wir uns Ihre Arbeit vorstellen.« Möllendeyck sprach leise. »Ich möchte etwas über die Täter wissen, ihre Motive. Wieso erst die Tochter von Werner und dann unser Kind? Was haben wir diesen Leuten getan? Ich verstehe es nicht, und dabei denke ich über nichts anderes mehr nach. Wir alle verstehen es einfach nicht.«

Crinelli sah in die Gesichter der Männer. Es würde nicht einfach werden, ihnen die seltsame Weltwahrnehmung Hautzers zu erklären. Dabei war es eigentlich wie bei den Naturwissenschaften auch: Man versteht die Dinge erst, wenn man unter ihre Oberfläche gelangt. Nach Hautzers eigener Logik musste Lisa Soderbergh sterben, um seinen Standpunkt unmissverständlich klarzumachen. Er hatte die Entführungen minutiös geplant und ausgeführt, aber seine besondere Fähigkeit bestand darin, Menschen zu finden, die perfekt in seinen Plan passten. Er hatte zwei Familien ausgespäht, deren Reaktionen er genau vorausahnen konnte und die genug Handlungsmöglichkeiten besaßen, um schnell und direkt Lösegeld zu zahlen. Jedes Verbrechen hatte seine Psychologie. Hautzer war auch darin ein abgezockter Profi. Schon wieder ertappte sich Crinelli dabei, wie er den vielfachen Mörder für seine Klasse bewunderte.

So knapp und ruhig wie möglich erklärte Crinelli, was er bislang herausgefunden hatte, ohne dabei Hautzers Namen zu erwähnen.

»Der Fall ist eigentlich klar«, schloss er, »der Täter fühlt sich überlegen und sicher. Darin liegt unsere Chance. Er ist überzeugt, dass Sie die Polizei außen vor lassen. Warum sonst der Hinweis auf den Herrn Baron? Mit einem längeren Zaunpfahl kann man kaum winken. Er weiß, dass Sie eingeschüchtert sind, und vermutet nun leichtes Spiel. Fassen Sie sich ein Herz und arbeiten Sie mit uns zusammen.«

»Nein!« Lag die Intensität von Soderberghs erster Ablehnung noch bei sieben auf einer Skala von zehn, so versuchte sie nun die Höchstmarke zu knacken. Selbst der hartgesottene Crinelli wirkte ob dieser deutlichen Absage angeschlagen. »Crinelli, versuchen Sie nicht, uns etwas vorzumachen. Es gibt keinen Spielraum für Sie – keinen, verstehen Sie mich? Sie werden tun, was wir von Ihnen verlangen. Niemand von uns wird Sie anschwärzen oder anderweitig gegen Sie vorgehen, selbst wenn die Übergabe scheitern sollte. Ich weiß, dass Sie der Richtige sind, trotz des schrecklichen Ausgangs bei meiner Lisa.« Bei der Nennung des Namens seiner Tochter milderte ein leichtes Zittern den fordernden Klang seiner Stimme. »Sie beraten uns und koordinieren die Lösegeldübergabe. Es darf nichts schiefgehen, verstehen Sie? Wir werden zahlen, damit Pieter sein Kind unversehrt zurückbekommt. Ich habe es meinem Freund versprochen. Sie verfügen über ausreichend Erfahrung und …« – der Blick, den Soderbergh ihm zuwarf, hätte Wasser gefrieren lassen können – »… Sie haben noch etwas gutzumachen.«

Daher wehte der Wind. Bei einigem Nachdenken hätte Crinelli diese Wendung durchaus vorausahnen können, und es kam noch dicker. Nachdem Soderbergh geendet hatte, öffnete sich die Tür zum Nachbarzimmer, die zuvor nur angelehnt gewesen war, und herein kam ein Mann, dessen imposante Gestalt nicht nur Crinelli bestens vertraut war. Rechtsanwalt Dr. Borsig kannte jeder Beamte, der je mit einem Schwerverbrecher vor Gericht zu erscheinen hatte. Nur wenige spektakuläre Prozesse waren in den letzten 20 Jahren ohne ihn geführt worden.

»Willkommen in meinem Haus, Herr Crinelli.«

Man musste nur unter die Oberfläche gelangen, und schon waren die Dinge, die eben noch mysteriös erschienen, vollständig plausibel. Soderbergh verstand sein Geschäft, ein Saal voller Profis, nur Crinelli kam sich klein und unbedeutend vor.

»Im Namen meiner hier versammelten Klienten übergebe ich Ihnen diese Erklärung.« Er reichte Crinelli ein einseitig beschriebenes Dokument. Oben der beeindruckende Briefkopf seiner Kanzlei und unten drei Namen. »Wie Sie feststellen werden, versichern sowohl Herr Möllendeyck als auch seine Frau und selbstverständlich auch der Baron, keinerlei Ansprüche gegen Sie geltend zu machen, wie auch immer der Fall ausgeht. Ich habe die Urkunde aufgesetzt, und sie ist rechtmäßig von allen unterschrieben. Ich denke, damit sind all Ihre Bedenken zerstreut.«

»Entschuldigen Sie, Dr. Borsig. Ich bin Polizist und als solcher ausschließlich den behördlichen Richtlinien unterworfen. Da gibt es keine Spielräume. Sicher sagt Ihnen der Paragraph 163 StPO etwas. Ich kann gar nicht schweigen, ich darf es nicht.«

»Nun, Crinelli, ich glaube, dazu hat Ihnen der Herr Baron schon das Seine gesagt. Sehen Sie, es gibt Paragraphen, und es gibt Notwendigkeiten. Ich bin sicher, Sie werden das Richtige tun, im Sinne der Ordnung und im Sinne der Betroffenen. Nicht immer ist das, was die Väter der Gesetze bestimmt haben, auch das Geeignete. Wer wüsste das besser als Sie, Herr Kommissar? Dieses Papier soll Ihnen nur die Sicherheit geben, dass Ihnen zwei wichtige Männer unserer Stadt, oder besser gesagt drei, wenn ich mich bescheiden hinzuzählen darf, den Rücken stärken werden, sollte etwas schiefgehen. Verlassen Sie sich auf meine Mandanten, Herr Crinelli. Sie agieren vollkommen abgesichert, absolut. Wir regeln die notwendigen Dinge im Hintergrund. In dieser ganzen fürchterlichen Angelegenheit zählt doch nur das Leben des Kindes. Ich bin mir sicher, dass Sie keine andere Ansicht vertreten.«

Damit hatte der aalglatte Anwalt allerdings recht, aber auch nur damit. Der Rest seiner selbstgefälligen Auslassungen kotzte Crinelli an. Wäre er in Normalform gewesen, hätte er diesen feinen Herren mal eben erklärt, was er von Leuten wie ihnen hielt und wie er die Sache hier sah, aber er war nicht in Normalform und sah keinen anderen Ausweg, als sich Bedenkzeit bis zum nächsten Morgen zu erbeten. Sollte in der Zwischenzeit etwas geschehen, würden sie sofort telefonieren.

Manche Menschen meditieren, um ihre Mitte zu finden, Crinelli griff in Fällen, in denen er seine ganze Konzentration brauchte, zur Angel. Die knappen und gleichmäßigen Bewegungen beruhigten seinen Atem und gewährten ihm einen kurzen Moment der inneren Einkehr. Einige seiner Kollegen befremdete es, wenn er mitten in der heißen Phase eines Falls plötzlich zum Fischen ging. Aber was für sie nach Flucht aus der Verantwortung aussehen mochte, war für Crinelli das genaue Gegenteil: Konzentration auf das Wesentliche.

Im Grunde kam ihm die erneute Entführung gelegen, denn damit rückte er wieder näher an Hautzer heran. Es war seine zweite Chance. Aber alles, was er im Haus des Rechtsanwalts erfahren hatte, machte ihn nervös. Er konnte keinen einzigen Gedanken zu Ende bringen. Ständig geriet er auf Abwege, ruderte mühevoll zurück, um doch schon Sekunden später erneut einer falschen Fährte zu folgen. Selbst das Fischen half dieses Mal nichts.

Der Tag ging in die winterliche Nacht über. Drei Fische lagen in der gefrorenen Wiese, und Crinelli erinnerte sich nicht, wie sie dorthin gelangt waren. Er schaute über die gepuderten Dächer des Siebengebirges hinweg auf den Glockenturm von St. Severin, rheinaufwärts unter der Brücke hindurch auf Groß St. Martin und den Dom, dessen Türme ab der Hälfte im Nebel verschwanden. Die feuchte Kälte war tief in seinen Körper eingedrungen. Knochen und Gelenke schmerzten, und der Nacken tat ihm weh. Er versuchte den Rücken durchzudrücken und spürte, wie ein verkrampfter Muskel die Bewegung behinderte. Er stand auf und schüttelte seine Beine aus. Es war definitiv zu kalt zum Angeln, und er war keinen Schritt weitergekommen. Er packte die Fische in eine Zeitung, nachdem er sie noch schnell ausgenommen und im eiskalten Flusswasser abgespült hatte, und schwang sich dann aufs Rad.

Ein Knall zerriss die Stille der Nacht. Crinellis Rad schlitterte über den nassen Asphalt. Noch in der Bewegung sprang er ab und schlug mit der Schulter hart gegen den Rinnstein. Hastig zog er die Pistole aus dem Schulterholster, rannte gebückt auf den Eingang einer Videothek zu und ging dort hinter einem Pfeiler in Deckung. Die Schulter schmerzte von dem Sturz. Trotzdem brachte er die Waffe am ausgestreckten Arm in Position und drehte sich mit einer blitzschnellen Bewegung in die Richtung, aus der der Schuss gekommen war. Die entsicherte Waffe bedrohte zwei Jugendliche, die, nur wenige Meter die Straße hinunter, einen Silvesterböller gezündet hatten und jetzt ängstlich in den Lauf von Crinellis Pistole starrten. Crinelli ließ die Waffe sinken. Er fluchte laut und rief den beiden flüchtenden Jungen einige nicht jugendfreie Beleidigungen hinterher. Crinelli steckte die Dienstwaffe wieder ein und rieb sich mit beiden Händen durchs Gesicht. Seine Stirn war schweißnass. Das Herz schlug ihm bis zum Hals, und er hatte Mühe, sich wieder so weit unter Kontrolle zu bringen, dass er sein Rad aufheben und weiterfahren konnte.

∷

Es war nur eine leise Hoffnung, die ihn an Marias Haustür klingeln ließ. Doch sie öffnete, ohne sich vorher zu versichern, wer sie zu dieser späten Stunde noch störte. Sie war schon immer zu leichtsinnig gewesen. Crinelli schob sein Rad durch den Flur zum kleinen Innenhof. Er ließ seine Angelsachen achtlos neben die Mülltonnen fallen und stieg mit den Fischen die Treppen hinauf.

Maria war überrascht, ihn zu sehen, protestierte aber nicht gegen seinen Besuch. Sie bat ihn herein, und Crinelli setzte sich an den Küchentisch. Er bemühte sich krampfhaft, das Erlebnis von der Straße zu verdrängen. Maria räumte das Manuskript, an dem sie gerade arbeitete, zur Seite und sah ihn erwartungsvoll an. Crinelli legte das Zeitungspaket vor sie auf den Tisch.

»Hast du schon gegessen?«

»Das ist aber eine Überraschung«, sagte sie, nachdem sie die Fische ausgepackt hatte. »Um ehrlich zu sein, habe ich mir vor 20 Minuten eine Pizza bestellt. Als du geklingelt hast, dachte ich, es wäre der Bote.«

»Du bestellst dir Junkfood?«

»Manchmal, ja. Aber ich habe eine gute Idee. Wir essen die Pizza gemeinsam. Als Vorspeise quasi. Und die Fische werfen wir in die Papillote und essen sie dann später.«

Was immer eine Papillote auch sein mochte, Crinelli nickte. Alles, was Maria kochte, schmeckte ihm, so war es immer schon gewesen. Und auf Fisch verstand sie sich wie keine andere. Maria goss ihm ein Glas Wein ein und machte sich an einer Rolle Alufolie zu schaffen. Crinelli beobachtete sie eine Weile wortlos. Sein Puls beruhigte sich allmählich wieder.

Wie schön ein gemeinsames Leben sein konnte. So hatten sie oft gesessen, das Licht leicht gedimmt, Wein getrunken und dem Essen entgegengequatscht. Maria rieb Knoblauch, Ingwer und Zitronengras. Sie häutete Tomaten und würfelte sie und schnitt eine Zitrone in feine Filets. Dann packte sie die Fische auf die Folie, gab die Gewürze dazu und wickelte sie ein. Als sie fast fertig war, klingelte es, und Crinelli bezahlte den Pizzaboten. Maria schob die drei Fischpakete in den Ofen, und gemeinsam machten sie sich über die Pizza her.

»Maria«, sagte Crinelli, als er seinen Teil der nach Karton schmeckenden Vorspeise verputzt hatte, »ich möchte dich nicht belügen. Ich bin nicht gekommen, um mit dir zu essen. Nicht nur«, beeilte er sich hinzuzufügen. »Ich brauche jemanden zum Reden, jemanden, dem ich vertrauen kann. Da gibt es so eine Geschichte …«

»Deine Geschichten sind meist nicht sehr schön.«

»Diese hier auch nicht.«

Maria steckte sich eine Zigarette an und sah dem Rauch eine ganze Weile lang nach, bevor sie antwortete. »Okay. Ich höre dir zu.«

»Du weißt ja über die Soderbergh-Sache Bescheid. Und natürlich auch über die beiden Anschläge. Ich erspare dir die ganzen Zusammenhänge. Nur so viel: Sie haben mich von den Fällen abgezogen, und – jetzt wirst du dich gleich aufregen – ich habe trotzdem weiter ermittelt und bin auch ziemlich weit gekommen.«

»Du änderst dich nie, Jerry.«

Solange Maria ihn mit seinem Spitznamen ansprach, war alles halb so schlimm. Erst wenn sie ihn Jerôme nannte oder – noch schlimmer – Crinelli, war Gefahr im Verzug.

»Warte ab, dann wirst du verstehen, dass ich weitermachen musste. Bei den drei unterschiedlichen Verbrechen handelt es sich nämlich um ein und denselben Täter, und es gibt sogar noch ein Verbrechen mehr, das er begangen hat und von dem außer mir niemand etwas weiß.«

»Wie bitte? Und die verhafteten Iraner? Und der Racheakt in Frankfurt? Weshalb sollte ein islamischer Terrorist das Kind von diesem Bankier umbringen? Jerry, was erzählst du mir da?«

»Ja, von wegen Terroristen. Das Ganze ist eine einzige Lügengeschichte des BKA, nur um einen Einbruch zu vertuschen, einen Einbruch, bei dem die Tatwaffen für alle genannten Verbrechen geklaut wurden, und zwar direkt aus der Zentrale, verstehst du? Es gibt keine Terroristen, es handelt sich um einen einzelnen Typ, einen ehemaligen Elitepolizisten. Ist 'ne ziemlich komplizierte Geschichte, Maria, und vielleicht erzähle ich dir irgendwann einmal alles, nur bitte heute nicht. Ich muss diesen Kerl kriegen, das steht fest, sonst gibt es noch eine weitere Katastrophe. – Gut, Maria, das ist die Kurzzusammenfassung, aber dafür bin ich nicht hier. Heute Morgen geschah Folgendes: Ich werde von Baron Soderbergh in ein Haus gerufen. Dort sitzen neben ihm selbst zwei weitere Männer der besten Gesellschaft. Der eine ist Anwalt, und mit dem anderen teilt Soderbergh ein schreckliches Schicksal. Seine Tochter wurde am Freitag entführt, von dem gleichen Mann, der schon Lisa Soderbergh auf dem Gewissen hat.«

»Wer ist der Mann?« Maria war erschrocken.

»Er heißt Hautzer. Wie gesagt, ein top ausgebildeter Kämpfer und ein skrupelloser Killer.«

»Hautzer? Moment mal, Jerry. Hast du nicht mal in so einem Prozess ausgesagt? Du hast mir doch mal von einem Hautzer erzählt. Warte! Ein Banküberfall, lange bevor du mich kennen gelernt hast, war das, weißt du nicht mehr?«

Crinelli starrte seine Frau an. »Du erinnerst dich daran?«

»Ja. In welchem Zusammenhang hast du mir nochmal davon erzählt?«

Crinelli zuckte die Schultern und schwieg.

»Also«, Crinelli hatte jetzt Mühe, sich zu konzentrieren, »die Leute wollen keine Polizei. – Bist du sicher, dass ich dir von Hautzer erzählt habe?«

»Ja, wieso denn nicht?«

»Nur so. Die feinen Herren wollen mich erpressen, moralisch erpressen. Ich soll in dieser Angelegenheit für sie so eine Art schwarzer Sheriff spielen. Sie brauchen mich, um mit dem Täter zu verhandeln, im Hintergrund natürlich, ich soll sie beraten und dafür sorgen, dass die Lösegeldübergabe später reibungslos funktioniert. Am Ende des Gesprächs erschien unerwartet auch noch Rechtsanwalt Dr. Borsig. Kennst du doch, oder?« Maria nickte. »Er hielt mir ein Papier unter die Nase. Die ehrenwerten Herren versichern mir darin, dass sie, was auch immer geschieht, hinter mir stehen. So, und jetzt weiß ich definitiv nicht, was ich machen soll. Einerseits verspüre ich eine Verpflichtung gegenüber Soderbergh, auch wenn mich objektiv gesehen keine Schuld am Tod seiner Tochter trifft. Hautzer wollte die Kleine töten, er brauchte die Szene auf der

Brücke, um seine Macht zu demonstrieren. Trotzdem fühle ich mich schuldig, ob ich will oder nicht – und deshalb muss ich Soderbergh helfen. Weshalb ich obendrein noch dazu neige, weiß niemand besser als du.«

»Schon wieder Kinder. Mein Gott, hört das denn nie auf?«

»Es sind immer wieder Kinder, ja, das macht mich noch verrückt. Auf der anderen Seite steht natürlich mein Schwur auf die Verfassung, ich kann gar nichts tun, ohne die Kollegen darüber zu informieren. Nicht nur wegen der Buchstaben des Gesetzes, sondern weil ich es selbst richtig finde. So eine Entführung kann niemand auf der Welt allein bearbeiten, das geht einfach nicht. Andererseits würde so der Fall sofort wieder ans BKA wandern. Jetzt war ich am Rhein und hab geangelt, um ein wenig den Kopf frei zu bekommen. Und weil ich dringend zu einer Entscheidung kommen muss, schließlich kann der Typ sich jeden Augenblick melden. Je länger ich darüber nachdenke, desto unentschlossener werde ich.« Crinelli verstummte für einen Moment. »Das kotzt mich an«, rief er dann etwas zu laut. »Deshalb bin ich hier, ich brauche deinen Rat. Sag du mir, was ich tun soll, Maria.«

Maria stand auf und nahm die Fische aus dem Ofen. Die Folie hatte sich gewölbt, und die Pakete sahen jetzt aus wie aufgeplusterte Kugelfische. Sie setzte sie auf eine Platte und trug sie zum Tisch. Ein betörender Duft entwich den Paketen, als Maria sie öffnete. Crinelli hob vorsichtig die Haut von den Fischen und kostete das weiße Fleisch. Es schmeckte sensationell, was er Maria auch sagte. Bis zum Ende der Mahlzeit sprachen sie über dies und das. Mit keinem Wort ging Maria auf Crinellis Geschichte ein.

»Komm schon, Maria, sag, was du denkst, bitte. Das Warten macht mich nervös.«

Sie lächelte und strich ihm über den Tisch hinweg durchs Haar. Mitten in der Bewegung stockte sie und wollte den Arm rasch zurückziehen, doch Crinelli hielt sie fest und drückte ihr einen flüchtigen Kuss auf den Handrücken.

»Dich belastet der Fall – sehr sogar, nicht wahr?«, fragte sie leise.

»Das mit den Kindern …«

»… aber das ist es nicht allein. Dieser Hautzer, er macht dir Angst.«

»Angst? Quatsch, der macht mir keine Angst.«

»Jerry!« Maria zwang ihn, den Kopf zu heben und ihr in die Augen zu sehen. »Ich kenne dich. Ich weiß, wann du normal ermittelst und wann dich ein Fall mitnimmt. Außerdem trägst du zum ersten Mal, seit ich dich kenne, eine Pistole.« Sie deutete auf den Schulterhalfter. »Und auch diesen Ausdruck in deinen Augen sehe ich heute zum ersten Mal. Da ist was zwischen dir und diesem Hautzer.«

Crinelli fühlte sich mit einem Mal nackt. Er hob die Hände vors Gesicht, weil er es nicht verhindern konnte, dass seine Augen sich mit Tränen zu füllen begannen. Maria streichelte ihm über den Kopf.

Crinelli wischte sich mit dem Handrücken über die Augen und steckte sich eine Zigarette an. Nach einigen Zügen begann er zu nicken, ohne die Geste mit Worten zu erklären. Erst als er den Stummel in den Aschenbecher drückte, war er wieder bereit zu sprechen.

»Ja, ich habe Angst«, er sah auf die Tischplatte, »ich bin wütend, enttäuscht, unruhig – und ich habe Angst. Hautzer hat mehrfach um mich herum getötet. Ich habe das Gefühl, dass er jeden meiner Schritte überwacht. Er ist so viel besser, so viel intelligenter in seiner Planung, der Typ ist ein gottverdammtes Genie.«

»Der Typ ist ein gottverdammter Mörder. Mörder sind keine Genies.«

»Nicht im herkömmlichen Sinn vielleicht, aber in seiner ganzen grausam berechnenden Art ist er genial.«

»Das muss ich vielleicht nicht verstehen, oder?« Maria wurde leicht zornig.

»Das ist auch nicht wichtig, nur für mich allenfalls. Ich kann's dir nicht erklären. Ich bin der Einzige, der ihm in den vergangenen Wochen immer näher gerückt ist. Es klingt vielleicht vermessen, aber ich bin auch der Einzige, von dem ihm derzeit Gefahr droht.«

»Das ist doch gut.«

»Nein! Versteh doch. Er beobachtet mich, er merkt, dass ich ihm näher und näher komme, und er tötet alle, die ich aufspüre und die mir verraten könnten, wie ich an ihn rankomme.«

»Also?«

»Sieh doch mal genau hin. Warum tötet er mich nicht, Maria? Dann hätte er doch Ruhe. Er könnte es leicht tun. Warum macht er es nicht?«

Maria riss vor Schreck die Hände vor den Mund. »Weil du besser bist als er«, sagte sie, und es klang nach Frage und Wunsch zugleich.

»Nein, Maria. Er hätte es schon mehrfach tun können. Vielleicht steht er genau in diesem Augenblick im Haus gegenüber hinter der Gardine und beobachtet mich.« Maria sprang auf, stürmte zum Fenster und ließ die Jalousien herunter. »Das war doch nur ein Beispiel. Beruhige dich bitte wieder, aber alles, was ich inzwischen weiß, deutet darauf hin. Verstehst du, wenn er es wenigstens versucht hätte und ich dem Attentat entgangen wäre …«

»Versucht hätte, dich zu töten?«, unterbrach Maria ihn. »Bist du denn noch zu retten? Wünschst du dir das etwa?«

»Natürlich nicht, aber das ist es doch gar nicht.«

»Pass mal auf, Crinelli, du bist wieder einmal dabei, dich zu verrennen. Du jagst einen ekelhaften Mörder, von mir aus auch einen intelligenten Mörder, obwohl ich echt Probleme habe, solche Adjektive im Zusammenhang mit Schwerverbrechern zu benutzen. Außerdem steckst du in einem Fall – und das wird mir erst jetzt so langsam bewusst –, der eine fast schon weltweite Bedeutung hat.«

»Hat er eben nicht.«

»Ja, aber im Moment gehen alle noch davon aus. Da ist eine Sprengkraft drin, die du nicht einmal zu bemerken scheinst.«

»Mich interessiert nur der Mörder.«

»Das geht aber nicht. Das BKA verschleiert die wahren Zusammenhänge. Sie täuschen die Öffentlichkeit, und das ist noch bei weitem nicht alles. Da werden drakonische Strafen verlangt, Gesetze sollen verschärft werden und was weiß ich nicht alles. Die wollen unsere Rechte beschneiden, und alles nur wegen der angeblichen Gefahr, die vom Islam ausgehen soll. In Wirklichkeit sitzen wir gerade einer riesengroßen Lüge auf. Und du hast die Beweise dafür. Crinelli, du musst etwas tun, aber anders, als du denkst.«

Crinelli legte seiner Frau die Hand auf den Arm. »Maria, warte, du kennst mich lange genug. Ich weiß das alles, aber ich bin kein Politiker und auch kein Journalist. Ich bin Polizist, und als solcher muss ich im Augenblick dafür sorgen, dass das entführte Kind wohlbehalten zu seinen Eltern zurückkommt – und dafür, dass Hautzer nicht noch weitere Leute umbringt. Ich kann nicht alles auf einmal machen. Wenn ich den Typ als Täter präsentiere, werden die Medien doch ihre Folgerungen daraus ziehen, dann fliegt die ganze Kiste ohnehin auf, aber eben erst dann.« Crinelli bot Maria eine Zigarette an und gab ihr Feuer. »Maria, nochmal von vorne: Was soll ich tun? Während wir hier sitzen, überlegt er sich schon seine nächsten Schritte.«

»Du wirst immer nervös, wenn du nicht vorankommst. Das sind deine Dämonen, Jerry. Und die sind ja auch ein Teil unseres Problems.« Sie atmete schwer. »Natürlich verstehe ich dich …«

Nachdem Maria einmal begonnen hatte, sprudelten die Worte nur so aus ihr heraus, und was als ein Gespräch über

Crinellis schwere Entscheidung begonnen hatte, mündete in einem weiteren intensiven Gespräch über den Unfall, die Fehlgeburt, ihre Ehe. Sie sprachen bis weit nach Mitternacht, und erstmals standen keine Vorwürfe zwischen ihnen. Jeder legte ruhig seine Sicht der Dinge offen. Sie versuchten nicht, den anderen vom eigenen Standpunkt zu überzeugen, sie gaben lediglich über sich selbst Auskunft.

Später, an der Tür, umarmten sie sich. Als er die Treppe betrat, stoppte Maria ihren Mann noch einmal.

»Jerry, rette das Kind, du schaffst es.«

38

»Crinelli! Da sind Sie ja endlich. Kommen Sie rein, los, los. Jetzt ist die Kacke aber richtig am Dampfen, das sage ich Ihnen! Verdammter Mist.«

Böker schien inzwischen sogar über Gangkameras zu verfügen. Wie anders hätte er exakt in dem Augenblick, in dem Crinelli sein Zimmer passierte, die Tür öffnen können. Er schien wirklich außer sich zu sein. Crinelli sah auf die Uhr. Es geschah selten, dass sein Vorgesetzter vor ihm selbst im Dienst war. Immerhin hatte er sich schon mit Liebermann getroffen und ihn gebeten, sich doch noch ein letztes Mal bei der Bahn umzuhören. Irgendwie musste es ja auch dort weitergehen. Crinelli wollte den Termin der Geldübergabe wissen. Die Weihnachtstage waren für Polizisten und Verbrecher Tage wie andere auch, aber irgendwie wurde Crinelli das Gefühl nicht los, Hautzer würde alle noch vor den Festtagen zum großen Finale bitten. Aber wie würde es bei ihm danach weitergehen – nach dem »Happy End«? Auf diese Frage verwendeten die wenigsten Täter ausreichend Zeit, und Crinelli hatte sich angewöhnt, sie stellvertretend für sie zu stellen. Oftmals trugen ihm genau diese Gedanken den entscheidenden Vorsprung ein. Mit Liebermann hatte er die Frage bereits ausführlich erörtert. Hautzer könnte alles in eine große Schlussszene packen, nicht allein wegen der Show, dafür war er zu cool. Aber im Pulverrauch konnte man ohne Aufsehen von einer Bühne zur nächsten gelangen und – wenn der Rauch dicht genug war – sogar unerkannt entkommen. Crinelli blieben nach dieser Rechnung nicht mehr als vier Tage, wenn überhaupt. Böker kam ihm auch deshalb ungelegen.

»Was gibt es denn so Wichtiges, Chef? Ich hab's etwas eilig.«

»Kommen Sie rein und schließen Sie die Tür, wir haben die nächste Entführung.«

Wenn René Böker sich hätte klein machen können, wäre er Crinelli ins Ohr gekrochen, nur um dort noch leiser flüstern zu können. Crinelli lehnte sich von innen mit dem Rücken gegen die Tür. Seine Gedanken überschlugen sich. Warum hatten Soderbergh, Möllendeyck und Borsig sich so schnell umentschieden? Und ohne vorher mit ihm wie vereinbart Rücksprache zu halten? Das ergab keinen Sinn. Er musste Zeit gewinnen.

»Wir haben doch beinahe jeden Monat eine Entführung. Was ist daran so besonders?«

»Crinelli, ja, erinnern Sie sich denn nicht mehr?«

Böker war dem Wahnsinn tatsächlich näher als gedacht. Crinelli zuckte bedächtig nichtssagend die Schultern. Im Geiste ging er gerade nochmal das Treffen bei Borsig durch. Hatte es in dem Gespräch irgendetwas gegeben, das er überhört haben könnte, irgendeinen Hinweis auf das hier? Hatten die drei Männer von Anfang an einen Plan B in der Tasche? Und aus welchem Grund hatten sie Böker gerade jetzt aktiviert? Wollten sie ihn damit vielleicht unter Druck setzen? Soderbergh benutzte Crinellis düstere Abhängigkeit von ihm ja längst. Der Baron wusste, dass Böker alles gleich zum BKA rüberschob, und vermutlich wusste der gewiefte Taktiker auch, dass Crinelli nichts weniger in den Kram passen würde als eine solche Entwicklung. Das musste es sein. Es gab keine andere Erklärung. Sie wollten ihn dadurch zwingen, sich für sie zu entscheiden. Die feinen Herren pokerten verdammt hoch.

»Der Soderbergh-Fall! Entführung, Kinder, der Zuganschlag, Crinelli, das können Sie doch nicht vergessen haben? Und jetzt, heute Morgen … erfahren … passiert schon gestern oder … weiß ich gar nicht genau … müssen wir herausfinden … beste Gesellschaft … ein Wahnsinn, Crinelli, noch eine Entführung.«

Crinelli prustete laut los. »Was lachen Sie?« Entsetzt riss Böker sich die Hand vor den Mund.

»Chef«, Crinelli bemühte sich wieder um etwas mehr Ernst, »Sie sind ja vollkommen außer sich. So habe ich Sie ja noch nie erlebt.« Er überlegte kurz, ob das gelogen war, konnte sich aber an keine vergleichbare Szene erinnern – und das, obwohl Böker zu absurden Aufführungen neigte.

»Crinelli, wir haben schon wieder eine Entführung«, kreischte er verzweifelt, um dann völlig normal fortzufahren, »aber ich habe die Situation gerettet.«

»Sie haben die Situation gerettet? Da bin ich aber erleichtert. Wie haben Sie das geschafft?«

»BKA, Crinelli, sofort entschieden, schwuppdiwupp rübergeschoben. Ende, aus! Kurzer Prozess, ich bin doch nicht deppert. Noch so ein Fall, und wir können alle unseren Hut nehmen, noch eine Brücke, noch ein Schuss, niemals.«

Crinelli sackte zusammen. »BKA, ja? Warum haben Sie mich denn nicht angerufen? Beide Fälle direkt ans BKA, Herr Böker, ich verstehe Sie nicht mehr. Wir hätten doch erst mal reden können. Borsig ist doch ein …«

»Borsig? Ja, sind denn jetzt alle verrückt geworden, wovon reden Sie denn? Wie meinen Sie das, beide Fälle?« Seine Stimme überschlug sich fast. »Wer denn noch außer Gerresheim? Ja, was geht denn hier hinter meinem Rücken vor? Das wird Konsequenzen haben, das verspreche ich Ihnen. Erzählen Sie mir sofort alles. Alles, alles, alles!«

»Moment, Moment, nun verstehen Sie mich doch nicht immer falsch, Chef, hören Sie doch wenigstens einmal richtig zu. Beide Fälle, ja sicher: Lisa von Soderbergh und jetzt Gerres… heim – das ist der Pharmafritze, oder?«

Crinelli erstickte fast. Er musste schleunigst aus diesem Büro raus.

»Ja, Gerresheim Pharma, Sie kennen doch das Gebäude in der Südstadt, ist doch da unten gleich bei Ihnen um die Ecke.

Gerresheim, Dr. Peter Gerresheim«, sagte Böker und fügte niedergeschlagen hinzu: »Sascha, der Sohn von meinem Golfpartner Peter.«

»Wissen Sie was, Chef? Ich glaube, Sie haben das vollkommen richtig entschieden. Die Nummer ist viel zu heiß für uns. Soll sich doch das BKA die Finger daran verbrennen, die stecken doch ohnehin mitten im Thema, und ich weiß sowieso nicht mehr, wo mir der Kopf steht.«

»Das finden Sie auch, ja?« Böker strahlte, und Crinelli stimmte nickend zu. »Mensch, Crinelli, Sie sind mein Mann, sehr gut, verdammter Mist. Hat mir in der letzten Stunde echt Kopfschmerzen bereitet. Ich hätte natürlich auf Sie warten sollen, aber wofür ist man denn Chef, man muss doch auch schon mal etwas riskieren, wer wüsste das besser als Sie, Jerry, nicht wahr, verdammter Mist?«

Crinelli ging auf die dem Chefbüro gegenüberliegende Toilette. Schweißperlen standen ihm auf der Stirn. Feuchtigkeit, die seiner Mundhöhle fehlte. Er wusch sich das Gesicht, dann hielt er den Mund unter den Hahn und trank. Er lehnte sich gegen die Wand und schloss die Augen.

Zehn Atemzüge später war er in der Lage, sie wieder zu öffnen. Hautzer hatte also noch ein zweites Kind entführt – was seltsam war, es passte nicht ins Bild.

Was für ein Start in den Tag. Noch in der Nacht hatte er sich entschlossen, Marias Rat zu folgen und Böker in das Geschacher einzuweihen. Sie glaubte, dass man Böker, wenn man es ihm nur lange und deutlich genug erklärte, auf die richtige Seite ziehen könnte. Danach hätte er so tun können, als nähme er Soderberghs Auftrag an, hätte dies aber abgesichert und mit Zustimmung Bökers getan. Diese zweite Entführung machte all seine Pläne zunichte. Hautzer hatte wieder die Nase vorn.

Crinelli wählte Soderberghs Nummer. Er erreichte ihn in der Bank. Anrufweiterleitung, oder aber seine Sekretärin saß bei ihm zu Hause.

»Herr Kommissar, haben Sie es sich überlegt?«

»Was ist mit Gerresheim?«

Soderbergh schwieg einen Moment zu lange. »Gerresheim?«

»Keine Spielchen, Herr Baron, Dr. Gerresheim ist im gleichen Golfclub wie Sie, wie Böker und vermutlich auch die anderen Herren.«

»Na schön ... Dr. Gerresheim befand sich die ganze Zeit über mit Borsig im Nebenzimmer. Er hat unser Gespräch mit angehört und sich dann entschieden, doch lieber direkt mit der Polizei zusammenzuarbeiten. Wir haben Stillschweigen vereinbart und halten unser Wort. Jeder, wie er es für richtig hält, Herr Kommissar.«

Der Unterton in seiner Stimme ließ keinen Zweifel darüber aufkommen, was er von Gerresheims Alleingang hielt.

»Wann ist sein Sohn entführt worden?«

»Freitag, genau wie Sarah. Und auch sonst lief alles gleich ab, Sie kennen ja das Schema.«

»Wohnt Dr. Gerresheim bei Ihnen in der Gegend?«

»Ein paar Straßen weiter, ja.«

»Na schön, leider hat er uns damit keinen Dienst erwiesen. Böker hat den Fall, wie nicht anders zu erwarten, ans BKA übergeben. Könnte sein – nein, ganz sicher sogar –, dass die uns in die Quere kommen. Ich muss nachdenken, wie wir jetzt mit der veränderten Situation umgehen. Es wird deutlich schwieriger. Unter den neuen Bedingungen könnte es besser sein, die gesamte Operation in eine Hand zu legen. Sehen Sie, ein Fehler des BKA, und der Täter glaubt automatisch, dass auch in unserem Fall die Polizei eingeschaltet wurde. Und damit wäre auch Sarah Möllendeyck in Gefahr. Wir können wohl schlecht hingehen und den Tätern erzählen, dass Gerresheim ausgeschert ist. Warum eigentlich, ich verstehe es nicht so ganz, ehrlich gesagt?«

»Es war nicht er. Zunächst lag er völlig auf unserer Linie. Seine Frau hat ihn wohl zum Umdenken bewogen. Unsere beiden Frauen sind gut befreundet, und den Standpunkt von Catherine kennen Sie ja noch. Nun wohnt sie derzeit nicht mehr zu Hause ...« Der Baron stockte kurz. »... und befindet sich folglich außerhalb meines Einflussbereiches. Sie wird ihrer Meinung wohl ausreichend Gehör verschafft haben. Ich vermute mal, dass Gerresheim deshalb zurückziehen musste.«

»Und die Frau von Möllendeyck, ist die mit allem einverstanden?«

»Sicher. Sie haben ja ihre Unterschrift unter dem Schriftsatz von Borsig gesehen. Es gibt Angelegenheiten, da bestimmen die Männer, was gut und richtig für die Familie ist, leider ist das nicht in jeder Familie so.«

»Aha, ich verstehe. Und das hier ist so eine?«

»Ja.«

»Na schön, das ist nicht meine Sache. Ich wollte Ihnen nur sagen, dass Sie auf mich zählen können. Ich habe mir die Entscheidung nicht leicht gemacht, aber ich bleibe dabei. Nur sollten Sie Herrn Böker außen vor lassen. Ihm musste ich gerade wegen der Gerresheim-Entführung eine kleine Lüge auftischen.«

»Prima, Herr Crinelli, ich wusste, dass ich mich auf Sie verlassen kann. Und um René machen Sie sich mal keine Sorgen. Um den kümmern wir uns schon – kein Problem.«

Da stand er also, der kleine Crinelli gegen das große BKA. Nur sein Plan war wertlos. Die Lösegeldübergabe war nicht länger der geeignete Zeitpunkt, um die Entscheidung zu suchen. Dabei würde er unweigerlich mit dem BKA an einer Stelle zusammentreffen. Er musste Hautzer vorher stellen.

Die Zeit wurde immer knapper. Ihm blieb jetzt nur noch, sich dem Täter von einer Seite zu nähern, von der das BKA nichts wusste: die Obdachlosen. Dankwart und Dörfler. Ob Bohlen inzwischen etwas über die beiden herausgefunden hatte? Er nahm den Hörer erneut zur Hand und wählte Bohlens Nummer. Hammerschmidt nahm ab. Bohlen war auf einem Außentermin. Crinelli wählte seine Handynummer und landete auf der Mailbox. Verdammte Technik. Er gab der Zentrale den Auftrag, Bohlen anzufunken. Wie diese Beeper funktionierten, verstand Crinelli bis heute nicht. Er selbst trug keinen.

»Na endlich, Edgar, wo hängst du rum?«

»In einer katholischen Kirche, du wirst es nicht glauben.«

»Sehr schön, was auch immer du da treibst, ich will es nicht wissen.«

»Denk ich mir. Was darf ich für dich tun?«

»Hast du diese beiden Sozialarbeiter gecheckt?«

»Jepp! Aber ohne besonderen Erfolg, sonst hätte ich dir schon Bescheid gegeben. Dieser Dörfler scheint ja wohl 'ne Kanone auf seinem Gebiet zu sein.«

»Das sagt wer?«

»Meine Schwester.«

»Das durfte ich selbst schon feststellen. Der Typ wiegt drei Zentner und hat trotzdem tierisch Schlag bei den Frauen. Der muss irgendein verborgenes Talent besitzen …«

»Hey, Respekt vor meiner Schwester, bitte. Sie ist Mutter von zwei süßen Kindern und hat 'nen Mann, den sie liebt. Nein, sie hat bei Dörfler studiert und schwärmt von ihm in den höchsten Tönen, als Dozent und auch als Mensch. Er hat einige Standardwerke verfasst, und um in seine Vorträge zu kommen, muss man Schlange stehen.«

»Und der andere? Ist der auch in irgendwas 'ne Kanone?«

»Schwieriger. Nie auffällig geworden, das mal als Erstes. Ist trotzdem in mehreren Fällen vor Gericht erschienen, immer nur als Zeuge wohlgemerkt. Er scheint so was wie die Mutter Teresa der Obdachlosen zu sein. Steht immer in der ersten Reihe, wenn es was zu demonstrieren gibt. Aber solche Typen muss es ja auch geben, die für ihre Überzeugungen leben, meine ich. Freiling leitet seit ewigen Zeiten eine Obdachlosenunterkunft. St. Kunibert, gleich bei dir um die Ecke, aber das weißt du sicherlich. Alle, mit denen ich geredet habe, beschreiben ihn als engagiert und manchmal verbissen – das ist eigentlich auch das einzig Auffällige bisher. Alle scheinen seine Arbeit zu schätzen, aber ich habe keinen gesprochen, der von ihm als Mensch sonderlich beeindruckt wäre. Aber kriminell ist er nicht. Reicht dir das?«

»Fürs Erste ja. Danke. Was machst du in der Kirche?«

»Eine Frau hat sich den Schädel weggeblasen, mitten in der Sakristei, mit einer Wumme, die den Namen wirklich verdient. Die Knarre ist doppelt so groß wie ihre Hand. Weiß der Teufel, wo sie die herhat. Die Unterlagen liegen übrigens auf deinem Schreibtisch.«

»Frag den Teufel, der muss da ja auch irgendwo sein. Wenn das aber deine einzige Frage zu dem Fall ist, versetze ich dich kraft meines Amtes als Dorfsheriff in ein Eifelkaff. Aber du machst das schon.«

»Ernsthaft, Jerry, ich fände es nicht schlecht, wenn du dir das hier mal ansehen könntest. Überall Blut und Knochensplitter. Die Frau hat dem Pfarrer hier geholfen, ständig. Zu Hause sitzen vier Kinder, drei noch schulpflichtig, und ein völlig zerstörter Ehemann. Ich weiß gar nicht, wo ich anfangen soll.«

»Es gibt immer einen Grund, Eddy, du musst nur hinter die Linien kommen, dann wird es einfacher. Frag den Ehemann, der weiß bestimmt was. Und denk darüber nach, was der Tatort bedeuten könnte. Niemand bringt sich ohne Grund in einer Sakristei um. Ich kann mich im Augenblick nicht darum kümmern, ausgeschlossen. Ab Montag stehe ich wieder voll zur Verfügung. Diese Woche hab ich noch ein paar Kleinigkeiten zu erledigen.«

»Du kommst weiter? Und du glaubst, dass du den Typ diese Woche noch stellen kannst?«

»Ja, tue ich. Ich halte dich auf dem Laufenden.«

»Jerry?«

»Was denn noch?«

»Montag ist Weihnachten.«

»Weihnachten, stimmt, aber das geht auch vorbei. Mach's gut, Edgar.«

Weihnachten, was sollte er mit dieser unnützen Information anfangen? Er könnte Maria fragen, was sie vorhatte. Heiligabend war schon Sonntag. Dann müsste er nur noch Montag und Dienstag überstehen. Anja hasste Weihnachten und wollte nicht einmal angerufen werden. Feiertage waren für Crinelli kein Anlass zur Freude. Sein Telefon klingelte. Soderbergh.

»Herr Crinelli, er hat sich gemeldet. Freitag.«

»Freitag, scheiße!«

»Wieso?«

»Ach nichts, nur so ein Gedanke. Freitag, okay. Hat Ihr Freund das Geld?«

»Was glauben Sie wohl?«

»Dumme Frage. Entschuldigen Sie, ich war gerade etwas abgelenkt. Hat er gesagt, wie es gehen soll?«

»Nein, es ist alles wie damals.«

Damals, dachte Crinelli, dieses Damals war gerade einmal drei Wochen her. Wie das klang: damals. Als lägen Jahre zwischen der Soderbergh-Entführung und heute. Innerhalb eines Monats steckte der Baron nun schon zum zweiten Mal mitten in einer Kindesentführung. Wie ertrug man das? Klar, er wollte den Mörder seiner Tochter hinter Gittern sehen.

»Das heißt, wir sitzen am Telefon und warten – richtig?«

»Ja. Er will Freitag anrufen. Ob morgens oder abends oder doch erst am Samstag, ich weiß es nicht.«

»Hat er die Familie direkt kontaktiert?«

»Nein, Herr Crinelli, er hat mich angerufen.«

39

Zacharias saß genau dort, wo er immer saß: vor dem Haus Nummer 46, gleich neben der Döner-Bude und gegenüber der hellen Marmorfassade der Gerresheim Pharma. Alles wie immer, nur dass Crinelli jetzt wusste, warum der Mann gerade dort saß.

In der Nacht hatte Crinelli versucht, Dankwart zu erwischen. Es gab keine andere Möglichkeit: Der streitbare Sozialarbeiter war das Verbindungsglied zwischen Hautzer und den Obdachlosen. Keiner kannte die Männer von der Straße wie er. Niemand war besser in der Lage, ihren körperlichen wie seelischen Zustand zu erspüren.

Erneut war Hautzer Crinelli zuvorgekommen. Mit Dankwart hatte er einen seiner wichtigsten Männer geopfert, denn – da war sich Crinelli mehr als sicher – irgendwo würden sie schon bald auf seinen Leichnam stoßen. Wie bei Kleinmann. Wie bei all den anderen. Dass es nun Dankwart getroffen hatte, bestätigte nur Crinellis Theorie. Es ging auf das Ende zu. Hautzer brauchte keine neuen Männer mehr. Und bevor er abtauchte, würde er jeden, der in der Lage sein könnte, ihn zu verraten, gnadenlos beseitigen.

Zacharias war ein Hautzer-Mann, auch daran hegte Crinelli keinen Zweifel mehr. Trotzdem hätte er lieber Dankwart verhört. Der war ein Strippenzieher gewesen, der Bettler eher ein Opfer. Crinelli beschloss, den ohnehin stark verunsicherten Mann nicht zusätzlich noch unter Druck zu setzen.

Da es ausnahmsweise einmal nicht regnete oder schneite,

sondern die Sonne milchig von einem graublauen Himmel schien, ließ er sich ohne große Vorrede neben dem Mann auf die Stufen des hinter ihnen liegenden Hauseinganges nieder und streckte ihm zur Begrüßung die Hand entgegen.

»Hallo, ich dachte, wir sprechen mal ein wenig«, sagte er etwas hölzern, »guten Morgen, ich bin Jerry.« Wie oft waren sie sich jetzt schon begegnet? »Sie heißen Zacharias, oder? Klingt seltsam.«

Anstelle einer Antwort hustete der Mann. Auch Crinellis Begrüßungsgeste blieb ohne Reaktion. Zacharias tat das, was er immer tat. Er sah zu Boden. Wie gedemütigt muss jemand sein, der sich nicht einmal mehr traute, einem anderen Menschen in die Augen zu sehen? Er hatte sich auch noch niemals für das Geld bedankt, das Crinelli ihm tagtäglich zusteckte. Nicht, dass er einen Dank dafür erwartet hätte – überhaupt nicht –, es fiel ihm nur in diesem Augenblick ein, und er spürte instinktiv, dass es weder Achtlosigkeit noch mangelnde Höflichkeit waren, sondern der Mann sich schämte. Mit rundem Rücken, den Blick zu Boden geschlagen, das war seine Position im Leben.

»Hören Sie, Sie haben von mir nichts zu befürchten. Absolut nichts. Sie wissen ja, dass ich Polizist bin. Ich ermittle in einer Mordsache, gegen einen Mann, dem Menschenleben nichts bedeuten. Er tötet Kinder ebenso skrupellos wie Erwachsene. Und Obdachlose lässt er über die Klinge springen wie gar nichts.« Crinelli sah den Mann von der Seite her an. Das Schlüsselwort veränderte nichts bei ihm. »Ein Mann, den Sie kennen. Sie sitzen sogar für ihn hier, nicht wahr? Weil er Sie dazu gezwungen hat, beobachten Sie den Eingang zum Gerresheim-Gebäude. Und Sie wissen auch, dass er wieder zwei Kinder entführt hat.« Seine Stimme wurde leiser. »Und auch, dass Sie daran eine Mitschuld tragen.« Immer noch ließ der Bettler keine Reaktion erkennen. »Ich kann mir schon denken«, fuhr Crinelli fort, »dass Sie sich rächen wollen. An der Gesellschaft, die Ihnen das hier antut.

Ich habe da nur ein klitzekleines Problem. In diesem Augenblick, in dem wir hier hocken, droht der Kerl, die zwei Kinder zu töten – und das werde ich nicht zulassen. Das ältere von ihnen wird am Sonntag vier Jahre alt, aber nur wenn es mir gelingt, Hautzer bis dahin zur Strecke zu bringen. Einem Kind hat er bereits vor meinen Augen in den Kopf geschossen.« Crinelli legte eine erneute Pause ein. Er steckte sich eine Zigarette an. Der Bettler ignorierte das angebotene Päckchen. »Ja, und dann hätte ich noch eine Information für Sie. Hautzer bringt seine eigenen Leute um. Er wird auch Sie umbringen, genau wie all die anderen, deren Namen ich nicht kenne. Sie haben keine Chance, außer Sie erzählen mir jetzt alles, was Sie wissen.« Immerhin gab es schon einmal eine Reaktion im Gesicht des Bettlers. Crinelli spielte seine letzte Karte. »Gestern Nacht war er wieder schneller als ich und hat einen weiteren seiner Leute getötet. Und diesen Mann kennen Sie. Wir haben noch vor einigen Tagen gemeinsam vor Ihrem Bett gestanden. Dankwart Freiling. Dankwart hat Sie für das Schwein angeworben. Ist es nicht so? Jetzt ist er tot. Geopfert, damit der große Chef seine Millionen ins Trockene bringen kann. Denn was auch immer er Ihnen erzählt hat, es geht ihm allein ums Geld. Geld für sich selbst, nicht für die Obdachlosen. Und dann geht es noch um Macht und Rache, aber das ist eine andere Geschichte.«

Hier endete Crinellis Vortrag. Immerhin hatte sich der Bettler bewegt. Mit einem Arm hielt er nun seinen Leib umfangen, während er gerade den anderen zum Gesicht führte. Mitten in der Bewegung brach er ab, drehte sich von Crinelli weg und übergab sich auf den Bürgersteig. Crinelli schmiss die Zigarette weg und ging vor dem Mann in die Hocke.

»Was ist los? Ist Ihnen nicht gut? Soll ich Hilfe holen?«

Der Mann richtete sich langsam wieder auf und wischte sich mit dem Ärmel seines Mantels die Kotze aus dem Gesicht. Er sah Crinelli zum ersten Mal direkt an. Crinelli erschrak. In seinen Augen stand die blanke Panik. Todesangst, denn er hatte sich eben entschieden auszupacken. Crinelli legte ermutigend die Hand auf seine Schulter.

»Sehen Sie mich an. Was wissen Sie? Kommen Sie, Ihnen wird nichts geschehen, mein Ehrenwort, nur reden Sie mit mir. Erzählen Sie mir alles, was Sie wissen, ich bitte Sie, um der Kinder willen. Reden Sie, Zacharias.«

Plötzlich ging ein Ruck durch den Oberkörper des Obdachlosen. Zacharias packte Crinellis Handgelenk, und der Kommissar spürte, wie sich die langen Fingernägel tief in seine Haut gruben. Crinelli unterdrückte den Impuls, sich loszureißen. Die Augen des Bettlers hatten sich schon wieder verändert. Er drückte den leichten Mann ein wenig von sich weg, und dann sah er es: Blut lief aus seinem Mund. Crinelli sprang panisch auf. Der Mann kippte langsam zur Seite, und jetzt sah Crinelli auch den dunklen Fleck auf seiner Brust. Er ging erneut in die Knie und öffnete den Mantel. Zacharias trug den schwarzen, etwas antiquiert anmutenden Anzug. Das vormals weiße Hemd ertrank in Blut. Wieder war jemand direkt vor Crinellis Augen erschossen worden.

Nichts war geschehen. Ein Bus war in die Haltestelle eingefahren und hatte sie wieder verlassen. Passanten waren vorbeigeeilt, ein paar Tauben wanderten gurrend zwischen den Beinen der Fußgänger umher, der Wind bewegte die kahlen Äste eines Baumes, und Crinelli saß mit einem toten Bettler im Arm vor dem Haus Nummer 46 und heulte. Aus Trauer, aus Wut, aus Enttäuschung und aus Angst.

Ein Zucken des tot geglaubten Körpers holte ihn zurück in die Gegenwart. Der Mann lebte noch. Crinelli riss ihn vom Boden hoch, während er laut schrie:

»Einen Notarzt, schnell, wir brauchen einen Rettungswagen.«

Sein Blick wanderte panisch über neugierig starrende Gesichter und eilig sich entfernende Rücken. Mit einiger Mühe gelangte er an sein Handy und wählte den Notruf. Dann wandte er sich dem Sterbenden zu.

»Hören Sie mich? Halten Sie durch. Gleich kommt Hilfe, Sie schaffen das schon.« Crinelli brachte sein Ohr dicht an den Mund des Mannes. Er atmete nur noch ganz flach. Das Leben wich sekündlich schneller aus seinem schwachen Körper. »Haben Sie mich verstanden? Sprechen Sie mit mir. Kommen Sie. Sie müssen sich schon ein bisschen anstrengen.« Crinellis Verstand raste fieberhaft, er bemerkte nicht einmal mehr seinen aus dem Takt geratenen Herzschlag. Der Mann hustete. Ein Schwall Blut ergoss sich über sein Kinn, tropfte auf den schwarzen Anzug und auf Crinellis Jacke. »Wie heißen Sie wirklich?«, fragte Crinelli, weil ihm nichts anderes mehr einfiel. Aber anders als beim ersten Mal ging nun ein Ruck durch den sterbenden Körper. Es schien, als wolle er sich noch einmal zu voller Größe erheben.

»Bernhard«, flüsterte der Mann durch das Blut hindurch, und es klang stolz, obwohl seine Lungen pfiffen. Das Sprechen strengte ihn an. Ein erneuter Hustenkrampf warf ihn zurück an Crinellis Brust. Wieder schien alle Kraft aus seinem ausgezehrten Körper zu weichen, doch Crinelli fand noch Glanz in seinen müden Augen. Er wollte ihm noch etwas sagen. Crinelli beugte sein Ohr ganz tief zu ihm herab.

»Das graue Haus«, presste er heraus. Er sog die Luft mit einem Angst einflößenden Geräusch noch einmal wie ein Ertrinkender ein, bevor sein Körper in Crinellis Armen endgültig erschlaffte.

Das Graue Haus, was um alles in der Welt konnte damit gemeint sein?

40

In der Zeit, bis der Notarztwagen den Toten endlich abholte, stand Crinelli fassungslos vor der Nummer 46. Dann kam die Spurensicherung und sperrte den Tatort weitläufig ab. Crinelli hockte sich auf die Stufen und gab eintönige Antworten auf die zunehmend fordernden Fragen der Kollegen. Als das Heer der Schaulustigen immer öfter mit dem ausgestreckten Arm auf ihn zu deuten begann, zog er sich tiefer in den Hauseingang zurück.

Er war dem Tod nur um Haaresbreite entgangen – zumindest war das sein erster Gedanke. Aber schon bald wurde ihm klar, dass Hautzer ihn erneut verschont hatte, und das brachte seinen Körper zum Zittern. Was war das für ein Spiel, das der Mann mit ihm spielte? Für Crinelli ergab das alles keinen Sinn mehr. Die einzig mögliche Antwort verursachte ihm massive Übelkeit. *Er will sich direkt mit mir messen*, schoss es ihm durch den Kopf. Konnte es wirklich so einfach sein? Er, Crinelli, war damals nach dem Banküberfall der Einzige gewesen, der ihn nicht verraten hatte. Dachte er so? Es würde zu seinem Charakterbild passen, dass er sich dafür erkenntlich zeigte. Er bot ihm einen Zweikampf an – Mann gegen Mann. Crinelli schüttelte den Kopf. Hautzer war wahnsinnig.

Crinelli blieb noch eine ganze Weile sitzen. Dann stand er ruckartig auf. Sein Blick hatte sich geklärt, er presste die Lippen zusammen und verließ den Tatort.

Auf dem Präsidium rief Crinelli Bohlen zu sich. In kurzen Worten setzte er ihn ins Bild. Er brauchte einen Verbündeten, und bisher hatte sich Bohlen nichts zuschulden kommen lassen.

Bohlen sollte die Ermittlung leiten, was nach Crinellis Wunsch bedeutete, dass er sie so weit wie möglich verschleppen musste. Natürlich konnte man einen solch brutalen Mord mitten in der City nicht vertuschen. Zumal die Presse fast zeitgleich mit dem Notarzt am Tatort eingetroffen war. Sie hatten Bilder von der Leiche und noch jede Menge Fragen an Crinelli. Er hatte sie bei seinem Abgang einfach stehen lassen – von ihm war man so was gewöhnt. Aber lange würde man sie nicht hinhalten können. Und natürlich würde auch Böker bald wieder auf dem Plan stehen – es war ein starkes Interesse der Öffentlichkeit zu erwarten.

Crinelli hatte Bohlen eingeweiht. Der wusste nun, wen Crinelli für den Verantwortlichen dieses Todesschusses hielt, und er hatte ihm auch erklärt, dass er kurz vor einem Zugriff stünde, was zum gegenwärtigen Zeitpunkt eine absolute Lüge war. Crinelli hatte in den letzten 24 Stunden zwei außerordentlich wichtige Zeugen unfreiwillig gegen ein Buchstabenrätsel eingetauscht: *Das Graue Haus.*

Böker und die Öffentlichkeit durften von den tatsächlichen Zusammenhängen der Verbrechen nichts erfahren. Er würde sogar Weymann bitten, sich mit der Obduktion Zeit zu lassen. Während er mit Bohlen das weitere Vorgehen besprach, durchsuchten die Kollegen der Spurensicherung den leer stehenden Raum über dem türkischen Café, aus dem der Schuss abgefeuert worden war. Er hoffte, dass dabei möglichst wenige Beweismittel sichergestellt würden, insbesondere kein weiteres BKA-Material, sehr zuversichtlich war er allerdings nicht.

Bohlen sollte, so Crinellis Plan, die komplette Untersuchung koordinieren und dabei jeden Schritt mit ihm abstimmen. Natürlich würden die neugierigen Reporter bedient, aber die Faktenlage war offiziell sehr dünn, und das wenige würde Bohlen auch noch hübsch dosiert weitergeben, keine Lügen, aber viel bedeutungsschwangeres Drumherumreden. Eine gute Übung für seine weitere Karriere.

Ganz anders verhielt sich die Sache mit Böker.

»Was ist denn das nun wieder für ein Mist, Crinelli?«, hatte er gerufen, nachdem er Crinellis Büro im Stile eines US-Marines gestürmt hatte. Dabei klang die rhetorisch gemeinte Frage eher, als habe er seinen Sohn bei einer jugendlichen Dummheit erwischt.

»Jetzt ist aber Schluss!« Crinellis Antwort explodierte förmlich in dem kleinen Büro. Sie geriet derart laut, und er verlieh seiner Stimme einen so angriffslustigen Unterton, dass Böker gleich wusste, dass er zum falschen Zeitpunkt auch noch das Falsche getan hatte. »Jeder hängt sich an meinen Rockschoß und jammert mir den Kopf voll«, brüllte Crinelli. »Verdammt nochmal, wenn ich hier nicht in Ruhe meine Arbeit machen kann, dann schmeiße ich die Brocken hin. Ich bin doch nicht für alle der Hanswurst. Woher soll ich denn jetzt schon wissen, was das zu bedeuten hat? Was soll überhaupt diese dämliche Frage? Woher soll ich jetzt schon wissen, wer der Tote ist, wer ihn umgebracht hat oder warum? Wir haben einen Toten, mehr weiß ich nicht, einen Toten, ja, na und? Haben wir doch nicht zum ersten Mal, oder? Und wenn ihr mich in Ruhe meine Arbeit machen lasst, haben wir bald auch einen Täter, den wir dann sogar einsperren können. Scheiße!«

Der Ausraster zeigte die gewünschte Reaktion. Böker zog die Schultern hoch und ging mit unverständlich hingemurmelten Worten zurück in sein Büro. Irgendwann würde er wieder auftauchen, aber nicht so bald. Es war Mittwoch. Bis zum Erscheinen der ersten Zeitung am Donnerstag würde er in jedem Fall Ruhe geben, wenn nichts weiteres Außergewöhnliches geschah. Vielleicht sogar bis zum Freitag, alles lag an der Qualität der Schlagzeilen.

Crinellis Jonglieren mit den Fakten, sein Umgang mit der Wahrheit, all die notwendigen Lügen und Halbwahrheiten seinem Vorgesetzten und teilweise auch seinen Leuten gegenüber hatten längst nichts mehr mit ordentlicher Polizeiarbeit zu tun. Lieber nicht daran denken, sagte er sich und bat Bohlen, neben all dem anderen auch noch eine persönliche Durchsuchung von St. Kunibert durchzuführen. »Das graue Haus« seien die letzten Worte des Sterbenden gewesen, erklärte er ihm. Bohlen solle so tun, als ob er sich nach dem Toten erkundige, dabei aber versuchen herauszufinden, was es mit dem grauen Haus auf sich haben könnte. Er sagte ihm nicht, dass das graue Haus jetzt seine letzte Chance war.

Crinelli drückte hinter Bohlen die Tür ins Schloss, und dann tat er etwas, was er höchst selten tat, er schloss von innen ab.

Er hatte Wasser, er hatte eine Kaffeemaschine. Die konnte zwar keinen Espresso zubereiten, aber für die nächsten Stunden würde er mit einfachem, heißem Kaffee vorliebnehmen, und er hatte drei frische und eine angebrochene Packung Nil vor sich auf dem Schreibtisch liegen. Er hängte sein Telefon aus, stellte sein Handy stumm und löschte das Licht. Urplötzlich war es in dem kleinen Büro stockdunkel, obwohl es erst gegen Mittag war. Eine Gewitterfront schob sich von Westen her auf die Stadt zu. Die Vorhersage war für niemanden gut. Nicht für die, die den Winter hassten, und auch nicht für die, die ihn liebten. Das Thermometer sollte bis zum Abend auf 14 °C klettern, um ein Vielfaches zu warm für diese Jahreszeit. Die Reste der frühen Schneefälle würden wegtauen. Dann würde der Sturm kommen und in seinem Gefolge das Gewitter. Starke Regenfälle, örtlich sogar Hagelschlag.

Das graue Haus. Kurz bevor der tödliche Schuss Zacharias traf, war er bereit gewesen auszusagen. Crinelli hätte alles von ihm erfahren, und sicherlich wäre es genug gewesen, um ihn zu Hautzer zu führen. Bernhard war bereit gewesen, gegen seinen brutalen Chef auszusagen, und er hatte geahnt, dass er danach nicht mehr lange zu leben haben würde. Er stand, wie all die anderen Mitläufer, unter ständiger Beobachtung durch seinen Chef.

Wenn all das zutraf, dann hatte Bernhard versucht, in der ihm noch verbleibenden Zeit das Wichtigste zu sagen: *das graue Haus*. Schließlich hatte er nicht etwa einen Satz angefangen und dann mittendrin abgebrochen. Er hatte lediglich *das graue Haus* gesagt und war dann gestorben.

Crinelli lief im Zimmer auf und ab. Vier Meter und wenige Zentimeter waren es vom Papierkorb auf der einen bis zum Rollschrank, in dem er seine gesammelten Kladden aufbewahrte, auf der anderen Seite. Vorbei am Fenster. Dahinter die Bahntrasse, gebaut fast schon wie eine Achterbahn, mit Gleisen, die sich überschnitten, auf denen der Zug hochgeführt wurde, nur um sogleich wieder in den Bahnhof hinabzurollen. Mehrere Male am Tag sah Crinelli einen ausfahrenden Zug unter einem hereinkommenden hindurchfahren. Er war immer froh, wenn er diesen Moment nicht verpasste. Es faszinierte ihn und regte zugleich seine Phantasie an. War es nicht so, dass so was nur auf den abenteuerlichsten Strecken der Erde geschah? In den Anden, in Panama oder auf Madagaskar? Im Allgemeinen interessierte er sich nicht für Eisenbahnen.

Auf seinen Runden rauchte er eine nach der anderen, nicht hektisch, aber es hatte auch nichts von der Gemütlichkeit, die auch zum Rauchen gehörte. Zwischendrin machte er bei dem weißen Kaffeebecher aus Pappe Station, nahm einen Schluck mit spitzen Lippen, solange die Flüssigkeit noch dampfte, oder goss sie hinunter wie einen Hochprozentigen, sobald das Gebräu zu erkalten drohte. Und während der gesamten Wanderung dachte er immer nur diese drei Wörter:

DAS GRAUE HAUS.

Damit hatte Bernhard ihm verraten, wo er Hautzer finden konnte: *im grauen Haus* oder *in einem grauen Haus?* Nein, das ergab wenig Sinn. Er schlug im Telefonbuch nach. Er rief die Auskunft an. Das graue Haus war weder eine Kneipe noch ein Ausflugslokal, es war nicht der Name eines Schiffs, keine Vergnügungsstätte und auch keine Sehenswürdigkeit. Crinelli googelte den Namen und bekam über eine Million Einträge. Er versuchte es, indem er den Begriff in Anführungszeichen setzte, und erhielt immer noch 512 Möglichkeiten. Er überprüfte die ersten Treffer und nahm dann seine Runden wieder auf. Er rauchte, trank Kaffee, und wenn der ihm auf den Magen schlug, was bald schon der Fall war, goss er Unmengen an Wasser hinterher.

Artikel, Adjektiv, Substantiv. DAS GRAUE HAUS.

Was steckte verdammt nochmal dahinter?

Der Kaffee verlangte seinen Tribut, und Crinelli musste den sicheren Ort kurzzeitig verlassen. Am Pissoir neben ihm entleerte sich Wallberger, ein neuer Kollege im KK11.

»Ach, Crinelli, was für ein Zufall, dich hier zu treffen.«

»Pissen ist kein Zufall, Wallberger. Was willst du?«

»Ich habe schon angerufen, aber bei dir ist ja immer besetzt.«

»Was willst du?«

»Ich hatte von Bohlen den Auftrag herauszufinden, wer der Eigentümer der Neusser 3 ist.«

Das Wohnhaus, in dem Dankwart seine Wohnung gehabt hatte.

»Und?«

»Eine Stuttgarter Firma. Warte …« Umständlich zog er mit der freien Hand einen Zettel aus seiner Hosentasche. Er musste dazu übergreifen. Eine andere Lösung schien er nicht zu sehen. »… Willenbrock Consulting. Hier hab ich's.«

Er schob Crinelli den Zettel über die brusthohe Trennwand. Crinelli hätte in diesem Augenblick alles andere getan, aber ganz sicher nicht das zerknautschte Papier angefasst. Er knurrte etwas Unverständliches, was der Kollege bei für ihn günstigster Auslegung als knappen Dank verstehen konnte, und verließ die Toilette wieder.

In seinem Zimmer besah er sich den Becher, in dessen weiße

Wände sich der Kaffee gefressen hatte, und warf ihn in den Abfalleimer. Er steckte sich eine Kippe an, inhalierte zweimal tief und konzentriert und setzte sich dann wieder in Bewegung.

Zwei Runden später stoppte er, als sei er gegen die Zimmerwand gelaufen. Dann öffnete er das Fenster, was dem abgestandenen Rauch einen Schock versetzte, und schmiss sich auf den Drehstuhl vor seinem Schreibtisch. Nervös blätterte er in seiner Kladde. Schnell fand er, was er suchte. Er nahm den Hörer des Telefons und wählte.

»Herr Eberle, schön, dass ich Sie erreiche, hier ist Crinelli aus Köln, ich hoffe, Sie erinnern sich an mich? Die Sache mit Kleinmann.«

»Ja.«

»Hauptkommissar Crinelli. Mordkommission Köln.«

»Ja.«

Crinelli hatte den Schwaben deutlich gesprächiger in Erinnerung. Egal, schließlich suchte er keinen neuen Freund. »Sagen Sie, ich habe eine Frage. Kennen Sie ein so genanntes graues Haus? Sagt Ihnen das was? Das graue Haus.«

»Das graue Haus – sicher, Herr Kommissar, des kennt ja jeder. Sind denn net alle Häuser im Winter grau?«

»Pass mal auf, du Spaßvogel …« Warum Eberle sich ihm gegenüber so verändert zeigte, war Crinelli gänzlich unverständlich. In einer dreiminütigen Ansprache schaffte er es, den Mann wieder umzudrehen. Es war nicht ratsam, Crinelli in einer Situation wie dieser hier zu provozieren, ob bewusst oder unbewusst. Crinelli konnte Eberle natürlich nicht sehen, aber nach seinen deutlichen, mittellaut nach Stuttgart übermittelten Worten dürfte der Buchhalter der Willenbrock Consulting in seinem Stuhl um einiges tiefer gerutscht sein. Er schien jetzt wieder hilfsbereit, deutlich freundlicher, wenn auch etwas kleinlaut.

»Also, nee, ich weiß beim beste Wille net, was des sein könnte. Das graue Haus, sage Sie, hab ich noch nie von gehört, ehrlich net, Herr Kommissar. Soll des eins von unsere Häuser sein?«

»Vermutlich, ja. Deshalb rufe ich Sie ja an. Überlegen Sie bitte gut, es ist äußerst wichtig.«

»Oh weh, mir haben doch so viel Liegenschaften in eurer Gegend, wie soll ich da den Überblick behalten?«

»Wie viele Häuser haben Sie in Köln, können Sie das bitte mal nachsehen?«

»Klein Moment mal. Zwei, vier, sechs …« Er kam auf 43 Häuser.

»Passen Sie auf, Eberle, wo könnte man Ihrer Meinung nach am besten jemanden verstecken? Steht eins der Häuser vielleicht leer, zumindest teilweise?«

»Leer? Nein! Was denken denn Sie? Leerstand ist teuer. Nein, alle vermietet. Aber Herr Kommissar, ich bin Buchhalter, verstehen Sie mich, woher soll ich denn wissen, wo man sich verstecken kann und wo nicht?« Eberle bemühte sein reinstes Hochdeutsch.

Crinelli dachte nach. Dann bedankte er sich und legte auf. Er hatte eine Fahrkarte geschossen. Niete. Sein übliches Los derzeit. Er schaute zur Kaffeemaschine hinüber. Schon der Blick allein löste eine heftige Reaktion in seinem Magen aus. Er steckte sich eine neue Zigarette an und nahm seinen Weg wieder auf.

Artikel, Adjektiv, Substantiv. DAS GRAUE HAUS.

Komm schon, Crinelli, denk nach. Es muss doch leichter herauszufinden sein, was Bernhard damit meinte, als jede mögliche andere Information, die ihm der Bettler in seiner verbleibenden Zeit auf Erden hätte zuflüstern können. Bernhard konnte ihm nur noch drei Worte sagen, und er hatte sich für DAS GRAUE HAUS entschieden. Das konnte nur bedeuten, dass er ihn damit direkt auf die Spur des Täters bringen wollte.

Wieder blieb Crinelli wie angewurzelt stehen. Er drehte sich zum Schreibtisch, als tauchte dort gleich in Leuchtbuchstaben die Lösung des Rätsels auf. Er griff zum Hörer und drückte die Wahlwiederholung.

»Ich bin's nochmal, Crinelli.« Keine Antwort. Warum bloß mochte Eberle ihn nicht mehr? »Sagen Sie, 43 Häuser, Liegenschaften, hat die Willenbrock in Köln, richtig?« Keine Antwort. »Wie viele Baustellen haben Sie denn außerdem noch? Es könnte doch eine Immobilie im Bau sein, ein Rohbau. Ein graues Haus, ein Haus, in dem keiner wohnt – noch keiner wohnt. Was meinen Sie?«

Der Mann atmete hörbar tief aus und sagte:

»Ich sehe nach. Einen Moment bitte.« Für die Wartemusik in der Telefonanlage hätte man die Willenbrock verklagen müssen. Phil Collins. Wenigstens sang er nicht auch noch auf Schwäbisch. »Hören Se?«

»Aber sicher, bin immer noch da.«

»Bedaure, aber mir ham keine neue Baustelle bei Ihnen oben. Zwei riesige Projekte im Oschten, sonst nix. Und soweit ich das hier sehe und soweit ich informiert bin, hamer auch nix geplant, jedenfalls nicht in der nächsten Zeit. Hab ich Ihnen damit helfe könne?«

»Nein!«, brüllte Crinelli, »da muss was sein, Eberle. Ich bin ganz sicher. Das graue Haus. Haben Sie richtig nachgesehen?«

»Also entschuldige Sie bitte. Ich hab es direkt vor mir aufm Schirm. Nix in Köln, keine Neubauten, rein gar nix. Bloß noch eine Bauruine zum Abreiße, aber sonst gar nix.«

»Moment, Moment. Eine Ruine? Was heißt das? Ein Sanierungsfall, was genau? Mann, nun reden Sie schon.«

Reinstes Adrenalin pulste durch Crinellis Adern. Etwas davon musste der Mann in Stuttgart spüren. Plötzlich war er weniger lethargisch.

»Ja, ja, die hamer schon sehr lange. Keine schöne Geschicht.«

»Ich brauche Einzelheiten.«

»Also da kann ich Ihnen jetzet beim besten Willen nicht

weiterhelfen. Da müssten Sie schon mim Dr. Gmeiner, unserm Firmensprecher, reden. Soll ich Sie flux verbinde?«

»Das wäre ganz wunderbar. Und, Eberle, setzen Sie den Dr. Gmeiner doch bitte schon mal ins Bild. Ich hab echt keine Zeit mehr.« In seine letzten Sätze legte Crinelli all sein Pathos. »Ich dürfte es Ihnen eigentlich nicht sagen, Herr Eberle, aber es geht um Leben und Tod. Ich zähl auf Sie.« Die Welt konnte so banal sein.

Gmeiner meldete sich und erwies sich umgehend als äußerst gesprächig und hilfsbereit. Und er schien ein großes Mitteilungsbedürfnis zu haben. Vermutlich war ihm entgangen, dass Crinelli bei der Mordkommission und nicht bei einer der örtlichen Tageszeitungen angestellt war.

»Also«, hob er an, »dieser Bau ist für unsere Gruppe ein großes Ärgernis. Wir, die Willenbrock Consulting, sind nur ein Teil einer Investorengruppe, ausnahmsweise der kleinste sogar, aber dies bitte nur unter der Hand. Ich erspare Ihnen die Details, vielleicht nur so viel, Minderheitsbeteiligungen sind eigentlich nicht Stil des Hauses. Nun gut, das ist Schnee von gestern. In unserer heutigen Personalkonstellation sollte eine solche Fehlentscheidung ausgeschlossen sein. Wie auch immer, da draußen – ich weiß nicht einmal genau, wo der Kasten liegt, irgendwo an einer Autobahn – sollte ein Luxushotel entstehen. Und dann gab es plötzlich Ärger. Der Boden ist hochgradig kontaminiert. In unmittelbarer Nähe befindet sich eine Mülldeponie. Der Mehrheitsinvestor hat entschieden, trotzdem zu bauen. Es gab wohl auch zuerst eine Zusage, dann ist das Ganze öffentlich geworden, und schon gab es Ärger. Die Folge: Baustopp. Und der besteht bis heute. Jetzt befassen sich die Gerichte damit, aber das kann bekanntlich dauern. Im Grunde sind wir froh, nur mit kleinen Mitteln beteiligt zu sein. Unschön ist nur, dass es zu einem ausgewachsenen Streit unter den Investoren gekommen ist, aber das wird Sie nicht sonderlich interessieren. Ja, so ist das. Und was hat das nun alles mit Ihnen zu tun?«

Crinelli dachte nicht daran, Fragen zu beantworten. »Sie sind nur eines der Unternehmen, sagten Sie, wer sind die anderen?«

Die Frage schien der Doktor erwartet zu haben, wenn er sie nicht gar herbeisehnte.

»Tja, wieder einmal die berühmt-berüchtigte Soderbergh Bank. Die ist ja in so ziemlich allen Großprojekten Ihrer Stadt engagiert. Ich will damit natürlich überhaupt nichts andeuten, aber … na ja.«

»Bitte?«, brüllte Crinelli in den Hörer. »Soderbergh sagen Sie? Wollen Sie damit sagen, dass die Privatbank Baron von Soderberghs einer Ihrer Partner ist?«

»Der Partner, ja. Der Hauptfinanzier, aber im Augenblick versuchen sie sich gerade galant aus der Affäre zu ziehen. Nur wird ihnen das nicht gelingen. Schreiben Sie das.«

Schreiben Sie das? Was hatte Eberle dem Unternehmensschwätzer erzählt, wer er sei? Ein Presseheini etwa tatsächlich? Eberle. Der trockene Schwabe. Mein lieber Mann, gar nicht so schlecht.

»Ja, das tue ich ganz bestimmt. Sie haben mir sehr geholfen. Vielen Dank.«

»Brauchen Sie noch die genaue Adresse von dem Gebäude?«

»Nein, nein, ich weiß genau, wo es ist.«

41

Herrschte bisher Aufruhr in Crinellis Kopf, so war dieser nun einer eiskalten Ruhe gewichen. Jetzt brauchte er nur noch eine klitzekleine Auszeit, einen ganz kurzen Moment der Besinnung, bevor es losging. In solchen Situationen fuhr er gern runter zum Fluss. So viel Zeit blieb ihm jetzt nicht.

»Dauert nicht länger als zwei Minuten«, rief er im Aussteigen, und ihm war gleichgültig, was der junge Mann über einen Kommissar denken mochte, der sich mit dem Dienstwagen zum Kaffeetrinken bringen ließ.

Drinnen bestellte er einen Espresso. Es war lange her, dass er dem Inhalt seiner Tasse so große Aufmerksamkeit geschenkt hatte. Zuerst schlürfte er einen Tropfen der Crema ab und konzentrierte sich dabei auf das bittere Röstaroma des Kaffees. Er streute eine deutliche Spur Zucker obenauf und wartete, bis die Körner im Schaum versanken. Erst dann rührte er um und trank den Espresso mit einem Schluck. Stark, leicht süß und sehr heiß.

Crinelli schloss die Augen, länger als man dies in der Öffentlichkeit tat. Als er sie wieder öffnete, wusste er genau, was er in dieser Nacht zu tun hatte.

Auf dem Weg zurück ins Präsidium telefonierte er mit Maria.

»Es ist bald vorbei, Maria. Ich hab ihn«, sagte er. Mehr nicht. Er beantwortete ihr eine Frage und stellte eine eigene: »Was machst du Weihnachten?« Ihre Antwort war ausweichend. »Wir könnten zusammen sein.«

Sie blieb vage, aber er hörte kein Nein. Die Dinge entwickelten sich.

»Herr Baron, hier Crinelli. Ich glaube, es wird nicht zu einer Lösegeldübergabe kommen!«

»Bitte?« Er hörte den Schreck in seiner Stimme.

»Nein, nein, wir werden beide Kinder noch heute Nacht befreien, aber dazu brauche ich Ihre Hilfe.«

Über diesen Schritt hatte Crinelli nachgedacht. Zivilisten an einer Polizeiaktion zu beteiligen verstieß so ziemlich gegen jede Vorschrift. Aber er brauchte Soderbergh.

»Herr Baron, gehört Ihrer Bank eine Spekulationsruine in der Nähe des Flughafens?«

»Ich glaube nicht, dass es Ihnen zusteht, über Transaktionen unserer Bank zu befinden«, antwortete der Baron herrisch. Trotzdem bestätigte er. »Ja, der Rohbau gehört zu einem gewissen Anteil uns, aber mit Spekulation hat das mit Sicherheit nichts zu tun.«

»Herr Soderbergh, lassen wir die Spitzfindigkeiten. Ihre Geschäfte interessieren mich nicht. Ihnen gehört die Hütte. Meine Frage ist, wie schnell können Sie an detaillierte Pläne des Gebäudes kommen, einschließlich des gesamten Areals?«

»Nun, die werden in der Bank sein. Ich müsste telefonieren, aber grundsätzlich …«

»Sehr gut. Ich erwarte Sie spätestens in einer Stunde in meinem Büro, mit den Plänen, bitte.«

»Wollen Sie mir vielleicht noch sagen, wozu das alles gut sein soll?«

»Nicht am Telefon. Vertrauen Sie mir. Das tun Sie doch, nicht wahr?«

Die darauf entstehende Pause erschien Crinelli angemessen. Anscheinend dachte der Baron tatsächlich darüber nach. »Ja«, sagte er schließlich knapp. »Ich beeile mich.«

»Das ist gut. Und, Herr Baron, ziehen Sie sich was Warmes an und festes Schuhwerk. Die Nacht wird kalt, und Sie werden so bald nicht zurück sein.«

Eine Stunde später saßen die beiden Männer in Crinellis Büro über den Plänen des geplanten Hotels. Crinelli rauchte weniger als sonst und strich sich, während er die Pläne wieder und wieder durchging, mit Daumen und Zeigefinger übers Kinn. Soderbergh hingegen war nervös, die Situation überforderte ihn. Trotzdem war er Crinelli eine große Hilfe. Er verstand sich auf das Lesen von Plänen, er war keiner dieser theoretischen Manager, und er wusste mehr von diesem Projekt, als Crinelli nach dem kurzen Telefongespräch gehofft hatte.

Das Gebäude hatte 17 Etagen. Oben war der Rohbau mit einem provisorischen Flachdach abgedichtet. Ansonsten gab es weder Fenster noch abschließbare Räume. Auch Keller und Tiefgarage waren nicht weiter ausgebaut. Laut Plan also ein denkbar ungeeignetes Objekt, um darin Quartier zu beziehen. Und doch musste sich Hautzer mit seinen Männern dort drinnen verstecken.

»Wie lange steht das Gelände jetzt schon so da?«

»Lange. Sechs Jahre würde ich sagen.«

»Sechs Jahre, in denen es nicht überwacht oder zumindest gelegentlich inspiziert wird?«

»Ja, genau. Zum einen liegt es so weit von der nächsten Siedlung, dass kaum Vandalismus zu erwarten ist, und zum anderen – was soll man da schon groß kaputtmachen? Nichts als Beton und, je höher Sie kommen, das Pfeifen des Windes. Haben Sie schon einmal oben in einem Hochhaus ohne Fenster und Türen gestanden?«

»Nein. Aber das heißt trotzdem, jemand hätte sich darin einrichten können, oder?«

»Einrichten? Nun ja, wie will er das machen?«

»Keine Ahnung, er könnte einen Bereich so abtrennen, dass der Wind eben nicht mehr hineinpfeift.«

»Ja, aber man würde ihn doch bemerken.«

»Wer?«

»Autofahrer? Ja, Autofahrer von der Autobahn aus.«

»Stellen Sie sich bitte nicht vor, dass Hautzer, so heißt der Mann übrigens, im Fenster steht und eine Fahne schwenkt.«

»Hautzer? Sie kennen seinen Namen? Ich wusste ja nicht … Wer ist der Mann? Haben Sie ein Foto von ihm? Was wissen Sie über ihn?«

»Alles. Aber das muss warten, wir haben keine Zeit. Wenn es vorüber ist, werde ich Ihnen alles erzählen. Nur jetzt nicht. Wir müssen vorwärtskommen. Sobald wir hier alles besprochen haben, rufe ich die anderen Einsatzleiter. Sie sind schon informiert. Aber je mehr wir im Vorfeld mit Hilfe der Pläne herausfinden, desto einfacher haben wir es, eine geeignete Strategie zu erarbeiten. Wir beide müssen nachdenken, nur wir beide.«

»Sie wissen es schon die ganze Zeit, oder?« Das schien den Baron tatsächlich umzutreiben. Crinelli verstand ihn.

»Ja, ich hab's gewusst, aber ich konnte nicht darüber sprechen. Vielleicht tröstet Sie, dass Sie es jetzt vor Böker erfahren. Er ist leider schon nach Hause gegangen.«

»Aber muss er eine solche Aktion denn nicht bewilligen?«

»Nein. Als Leiter der KG 1, und das bin ich derzeit, liegt die Entscheidung ausschließlich bei mir. Besonders wenn Gefahr im Verzug ist, und davon können wir ja wohl ausgehen.«

»Sie könnten ihn telefonisch erreichen.«

»Habe ich schon versucht, aber er ist gesellschaftlich unterwegs. Irgendeine Wohltätigkeitsveranstaltung kurz vor Weihnachten. Sein Handy ist abgeschaltet. Genug jetzt von Böker, wir müssen weiterkommen. Wir waren bei Hautzer stehen geblieben. Ich versuche mir gerade vorzustellen, wie ich das machen würde. Die Zwischenmauern stehen ja bei einem Rohbau schon. Das heißt, es ist ein Leichtes, abschließbare Türen einzusetzen. Ich spreche nur über die Räume, die keine Fenster haben. Hier.« Crinelli deutete mit der Spitze seines Kugelschreibers auf die angenommenen Stellen in den Plänen. »Keller, Tiefgarage, Heizungsraum, Müllcontainer, es sind ja riesige Flächen unter der Erde. Und dann die großen Bereiche um die

Aufzugschächte und die Treppen herum. Die kann man doch ohne große Mühe abhängen, sodass kein Licht nach außen dringen kann. Wir dürfen nicht glauben, dass Hautzer in dem Gebäude wohnt, es muss dort nicht gemütlich sein, das ganz bestimmt nicht, aber als Kommandozentrale kann es funktionieren. Immerhin könnte er dort relativ unbeobachtet eine größere Anzahl Männer rein- und wieder rausschaffen, und so einen Ort müssen Sie in einer Großstadt erst einmal finden. Da draußen gibt es keine neugierigen Nachbarn.«

Soderbergh sah Crinelli an, dann nickte er. »Sicher, theoretisch ist das möglich. Es könnte gehen. Obwohl es nicht leicht ist, die Sachen unbemerkt dorthin zu bringen. Und er muss ja auch alle und jeden von dem Gelände fernhalten.«

»Richtig, aber ein Täter, der all das zustande gebracht hat, was wir inzwischen von und über ihn wissen, für den sind diese logistischen Fragen ein Fliegendreck, da bin ich mir absolut sicher.«

»Na schön, Herr Kommissar, aber nun zur wichtigsten Frage: Wo sind die Kinder?«

»Die ehrliche Antwort lautet: Ich weiß es nicht. Ich vermute, sie befinden sich im grauen Haus. Sicher bin ich nicht.«

»Sind Sie denn sicher, dass er da ist?«

Was sollte er darauf antworten? Der Hinweis auf das Haus war unbestätigt. Zwar lagen seit gut einer Stunde einige Männer des MEK mit Nachtsichtgeräten vor dem Bau, aber noch hatten sie keine Meldung über Bewegungen gemacht. Ob sich Hautzer selbst darin befand, war ebenso unklar wie die Anzahl seiner Männer und deren Bewaffnung. Alles war vage, und doch fühlte Crinelli, dass sie ihn in der Zange hatten, und deshalb antwortete er: »Ja, das bin ich.«

Crinellis Handy klingelte. Es war Liebermann.

»Jerry, ich habe gerade eine Nachricht von meinem Informanten bei der Bahn erhalten. Hautzer hat mit einem neuen

Anschlag noch diese Nacht gedroht, wenn sie die Lösegeldübergabe nicht für morgen bestätigen.«

»Die haben immer noch nicht bezahlt? Das gibt's doch nicht!«

»Und ob, diese Idioten verschleppen es weiter. Irgendwer hat da die Parole ausgegeben, dass sich die Deutsche Bahn nicht erpressen lassen könne. Die sind wahnsinnig und gefährden unter Umständen Hunderte von Menschenleben. Ich überlege ernsthaft, einen alten Kumpel bei der dpa anzurufen. Einer muss doch was unternehmen.«

»Du hast völlig recht. Aber lass mich das bitte sein. Die Information kommt genau zur richtigen Zeit. Lass das Radio an, Franz, alles andere später.«

Alles kam genau so, wie Crinelli es vorausgeahnt hatte. Heute Nacht die Ouvertüre und dann morgen das große Abschlussfeuerwerk. Geld einsacken und abhauen. Und das konnte nichts anderes bedeuten, als dass Hautzer in dieser Nacht in seinem Versteck hockte. Er war da, hinter den Mauern dieser verdammten Ruine.

Der zweite Anruf kam unmittelbar, nachdem Crinelli aufgelegt hatte: Gerretts. Die Leute, die draußen in den Wiesen lagen, standen unter seinem Kommando. Es war gut, ihn dabeizuhaben, ihn und den erfahrenen Frantzen mit seinem SEK.

»Crinelli, wir haben Bewegung im Objekt.«

»Wie viele?«

»Noch keine genauen Zahlen. Aber mehr als ein einsamer Spaziergänger in jedem Fall. Wie geht es weiter?«

»Mobilmachung. Das komplette Team. Lass deine Leute dort, sie sollen das Terrain sondieren, bis wir eintreffen. Komm sofort zu mir ins Büro und bring Frantzen mit, der sitzt drüben im leeren Büro von Böker. Er ist sicher schon ganz unruhig. In 30 Minuten geht's los.«

Crinelli sah Baron von Soderbergh an. »Jetzt holen wir die Kinder heim. Morgen früh ist der Spuk vorbei.«

»Für mich wird dieser Spuk, wie Sie das nennen, niemals vorüber sein, Herr Crinelli. Aber ich werde froh sein, wenn wir meinen Freunden ihre Kinder zurückbringen. Darf ich sie anrufen und es ihnen mitteilen?«

»Auf gar keinen Fall. Von Rechts wegen dürften Sie als Zivilist nicht einmal hier sein …«

»Dann danke.«

»Sie brauchen sich nicht zu bedanken. Wir brauchen Sie. Einen Mann, der das Gelände kennt.«

Soderbergh sah zu Crinelli hinüber. Er zuckte die Achseln und lächelte traurig. Er verstand schon.

42

Die 30 Minuten mit Gerretts und Frantzen waren für Crinelli eine echte Herausforderung. Die deutsche Polizei war demokratisch organisiert. Wer glaubt, man könne als leitender Ermittler einen Einsatzbefehl einfach so durchdrücken, der wurde angesichts intelligenter Befehlsträger wie den Leitern der Eliteeinheiten SEK und MEK eines Besseren belehrt. Selbstverständlich würden sich die beiden Beamten vorbehaltlos unter Crinellis Kommando stellen, aber nur wenn sie absolut sicher sein konnten, dass der Einsatz in vollem Umfang rechtsstaatlich verantwortbar war. Und genau davon musste Crinelli sie jetzt überzeugen. Er kam aus einer geheimen Einmannermittlung und forderte die Mobilmachung. Bei den erfahrenen Männern half kein Drumherumreden. Sie waren keine Schreibtischtypen wie Böker. Solche Einsätze waren ihr tägliches Geschäft. Crinelli konfrontierte sie mit der vollen Wahrheit. Und weil er dafür wenig bis gar keine Zeit hatte, kam er gleich zum Kern der Sache.

»Der Mann, auf den wir es heute Nacht abgesehen haben, den jagen nicht nur wir, Kollegen. Eigentlich wir noch am wenigsten. Das BKA dürfte derzeit keinen Gesuchten mit mehr Ausrufezeichen hinter dem Namen auf der Fahndungsliste haben als Hautzer, den ehemaligen Leiter einer GSG-9-Einheit, der wegen beginnender Persönlichkeitsspaltung seinen Job verlor und ins BKA abgeschoben wurde.«

»Crinelli, du redest aber nicht von Michael Hautzer, oder?« Frantzen wirkte geschockt.

»Wieso? Kennst du ihn?«

»Ob ich Michael Hautzer kenne? Crinelli! Du vergisst nicht, dass wir damals für ihn vor Gericht gestanden haben?«

»Gegen ihn. Ihr wart gegen ihn – ich war für ihn«, warf Crinelli ein und schob rasch ein »Und das war falsch« hinterher.

»Das ist Schnee von gestern. Aber nicht nur wir Alten kennen Hautzer. Geh mal raus zu meinen Männern in den Mannschaftswagen und frag die, ob ihnen der Name Hautzer noch irgendwas sagt. Der Typ ist so was wie 'ne Legende. Wir benutzen heute noch von ihm entwickelte Methoden und Techniken – nicht nur im Training. Sie haben ihm damals wirklich zu hart mitgespielt …«

»Seine außerordentlichen Fähigkeiten bestreite ich ja gar nicht. Leider haben sie aber auch die Verbrechen der letzten Wochen möglich gemacht. Hautzer ist gefährlich. Die Schätzungen laufen noch auseinander, aber er ist für mehr als dreißig Tote in den letzten vier Wochen verantwortlich. Er kennt keine Moral. Skrupellos ist ein zu harmloses Wort für einen Mörder seines Formats. Wenn ihr ihn heute Nacht erledigt, dann stopft ihn aus und zeigt ihn den Frischlingen. Aber nicht als Beispiel eines tollen Beamten, sondern als Abschreckung, was eine Ausbildung im Töten aus Menschen machen kann, denen das Rückgrat fehlt.«

»Crinelli? Was soll das Geschwätz über Hautzer? Wen soll er auf dem Gewissen haben?«, fragte Frantzen, während Gerretts dem Gespräch stumm, aber konzentriert folgte.

»Hautzer ist verantwortlich für den Mord an Lisa von Soderbergh, der Tochter des Barons.«

»Ach, du Scheiße!«

»Wart's ab, das ist längst nicht alles. Hautzer ist der Kopf hinter dem Anschlag auf den ICE. Hautzer hat den Sprengstoff im Frankfurter Hauptbahnhof gezündet, und Hautzer hält in diesem Moment zwei Kinder im Alter von drei und vier Jahren als Geiseln. Außerdem – eine ganz frische Information – hat er vor wenigen Stunden einen erneuten Anschlag auf die Bahn angekündigt. Bei dem, was er bisher abgezogen hat, braucht es nicht viel Phantasie, um sich das Ausmaß des geplanten Finales vorzustellen, und das steht unmittelbar bevor. Ihr braucht mich nicht anzusehen wie ein Alien, *ich* bin von dieser Erde, *er* ist der Wahnsinnige.«

Crinelli ließ den Männern einen Moment Zeit. Niemand stellte Fragen. Sie wussten, dass ihnen Crinelli nun auch noch den Rest der Geschichte präsentieren würde.

»Ich weiß, dass all das für euch vollständig neu ist«, fuhr er mit einer Zigarette zwischen den Fingern fort. »Ihr kennt bisher nur die offiziellen Verlautbarungen und hattet keinen Grund, denen zu misstrauen, nicht wahr? Aber die Schuldigen, diejenigen, die für all das Chaos der letzten Wochen verantwortlich sind, das sind keine Terroristen und auch keine Islamisten. Das ist nur die vorschnelle Interpretation der Medien, der sich das BKA gerne angeschlossen hat. Denn die Kollegen wissen all das schon lange. Hautzer ist, wie du schon sagtest, Frantzen, einer von ihnen. Dazu noch derjenige, der nach seinem Rausschmiss die Waffenkammer geplündert hat, was der Öffentlichkeit ebenfalls vorenthalten wurde – zu peinlich für die Jungs in Wiesbaden. Hautzer verfügt damit über eine Menge Material, vor dem man sich durchaus fürchten sollte. Und dass er auch bereit ist, es einzusetzen, das weißt du ja wohl selbst. – Okay, Leute, genug der Vorrede. Hautzer hält sich mit seinen Männern in einer Bauruine im Süden auf. Ihr kennt das Gebäude, habt es von der Autobahn schon oft gesehen. Ich weiß nicht, wie viele seiner Leute außer ihm noch bewaffnet sind, sicherlich nicht alle, aber besser, wir gehen mal vom schlimmsten aller Fälle aus. Zur Erklärung auch hier noch eine interessante Information: Seine Truppe besteht überwiegend aus ehemaligen Obdachlosen. Denen wird er aus vielerlei Gründen keine Waffe in die Hand drücken …«

»Crinelli!«

»Stimmt leider. Kommt, ihr habt nur die Möglichkeit, mir die ganze Geschichte zu glauben oder eben nicht. Lasst uns keine kostbare Zeit mit Diskussionen vergeuden. Hautzers Flucht steht unmittelbar bevor. Ich erkläre euch alles Weitere gerne hinterher, nur nicht jetzt. Es klingt bescheuert, aber es ist die Wahrheit: Wir haben es heute Nacht mit einer Obdachlosenarmee zu tun. Wir müssen die Ruine stürmen, hier sind die Pläne des Geländes.«

Die nächsten Minuten verbrachte Crinelli damit, den Kollegen seine Vorarbeiten mit Soderbergh zu erklären. Nach dem Studium der Baupläne gab es keine unterschiedlichen Auffassungen mehr.

»Frantzen, was denkst du?«

»Verdammt schwieriges Gelände. Hältst du Verhandeln für zwecklos?«

»Absolut! Wenn Hautzer merkt, dass sein Plan den Bach runtergeht, dreht er durch. Jede Wette.«

»Die halte ich. Ein GSG-9-Mann dreht nicht durch. Und Hautzer … ach, vergiss es.«

»Einverstanden. Er dreht nicht durch, nicht so, wie ich es vermutlich täte. Aber er wird Dinge tun, die er unter normalen Umständen nicht tun würde. Er ist somit für uns unberechenbar. Selbst für dich, Frantzen. Nein, keine Verhandlung.«

»Das ist aber eine große Belastung für die Geiseln«, warf Gerretts ein.

»Die Kinder meinst du. Ja, es ist sehr gefährlich. Unter uns, und wo Soderbergh draußen ist: Er hat so oder so vor, sie umzubringen. Hautzer lässt niemanden übrig. Deshalb haben wir gar keine andere Chance. Ich vermute, er hält sie irgendwo in den Kellerräumen versteckt, aber sicher bin ich natürlich nicht. Das ist die erste Aufgabe deiner Männer, Frantzen, die Kinder vom Rest der Bande zu isolieren. Erst müssen wir sie aus dem Gebäude holen, dann kümmern wir uns um Hautzer. Irgendetwas sagt mir, dass das nicht allzu schwer sein wird. Hautzer ist auf eine Entdeckung nicht eingestellt – das ist seine einzige Schwachstelle. Er ist so von sich und seiner Genialität überzeugt, dass er ein Scheitern nicht in Betracht zieht – und damit hat er auch keinen Plan für den Fall der Fälle. Außerdem sagt mir mein Gefühl noch, dass der Großteil seiner Leute nicht bewaffnet sein wird und obendrein völlig kampfunerprobt. Und das wird deinen Männern die Sache dramatisch erleichtern. Frag jetzt nicht, ich kann's nicht erklären. Vertrau mir einfach.«

»Von deinen Gefühlen erzählt man sich ja Wunderdinge.«

»Und weißt du auch, warum? Weil sie meistens stimmen. Und weißt du, warum das so ist? Weil ich kein Esoteriker bin. Ich kenne Hautzer. Nicht von damals, sondern weil ich mich seit Wochen mit ihm beschäftige. Für euch ist er eine Ikone, die ihr vom Sockel stoßen müsst, für mich ist er bloß ein Killer. Ich kenne ihn, und deshalb kann ich mir Gefühle erlauben. Meine Gefühle basieren darauf, ihn mir immer vorgestellt zu haben. In all den unterschiedlichen Situationen der letzten Wochen. Vergesst das nie.«

Gerretts und Frantzen winkten im Duett ab. Keiner hatte diesbezüglich weiteren Gesprächsbedarf.

»Warum arbeiten wir nicht mit der GSG 9 zusammen? Sie kennen ihren Mann doch wohl am besten, und vor allem könnte eine Einheit einen Scheinangriff fahren, während die andere den Überraschungseffekt nutzt und auf der anderen Seite zuschlägt.«

Das war die entscheidende Frage, und Crinelli hatte schon darauf gewartet. Er stand auf und ging zu Frantzen hin, der an der Wand lehnte. Crinelli legte ihm beide Hände auf die Schultern und schaute ihm direkt in die Augen.

»Ich wusste, dass du das fragst. Bevor ich versuche, es zu erklären – deine Einheit, das SEK, schafft das auch ohne die GSG 9, oder? Ich meine, wir haben zwei SEKs im direkten Zugriff, deine Leute hier in Köln und die Kollegen aus Münster, und ihr seid doch keinen Deut schlechter ausgebildet als die Truppe aus Hangelar. Wenn du es für richtig erachtest, einen Scheinangriff zu starten, lass uns darüber reden. Dafür brauchen wir aber keine GSG 9 – die sind mir in diesem Fall deutlich zu nah am BKA. Außerdem haben wir genug eigenes Personal. Wir können Ameisen zur Ablenkung einsetzen, wir können auch meinetwegen irgendwas inszenieren, sogar auf der Autobahn, einen Crash zum Beispiel, der würde sie sicherlich ablenken. Wir können deine Sprengstoffexperten vorschicken, was auch immer uns richtig erscheint.«

Frantzen kniff die Augen zusammen. Nicht lange, dann nickte er fast unmerklich mit dem Kopf.

»Die Sache ist so«, sagte Crinelli an beide gewandt. »Böker hat alle Ermittlungen ans BKA abgegeben. Wir sind eigentlich draußen. Aber ich habe mich nicht daran gehalten, versteht ihr? Ich kann mich nun einmal nicht damit abfinden, dass Verbrechen aus politischen Gründen abgegeben oder verschleppt werden. Egal, das ist meine Sache, und ich sage es euch auch nur, damit ihr alles wisst. Hinterher könnt ihr es gerne abstreiten, wenn was schief geht, meine ich. Aber, hey, seht uns an, Leute, was soll bei uns schief gehen?« Die Männer lachten. Entspannung, wenn auch nur für Sekunden, war immer hilfreich. »Jedenfalls habe ich Hautzer aufgespürt, was dem BKA trotz eines enormen Vorsprungs nicht gelungen ist. Und ganz nebenbei – ich denke nicht daran, diesen Dreckshaufen mit seiner Täuschung der Öffentlichkeit davonkommen zu lassen. Es wird nicht vielen was passieren, aber einige werden ihren Hut dafür nehmen müssen, und das zu Recht. Und nun zum Grund der Eile: Hautzer schlägt heute Nacht zu. Er will morgen das Lösegeld für die entführten Kinder und die geforderten 15 Millionen von der Bahn. Morgen, versteht ihr? Und morgen Abend, während die Jungs von BKA und Bundespolizei Pressekonferenzen abhalten und schnelle Aufklärung versprechen, ist Hautzer längst schon über alle Berge. Ich könnte jetzt in Wiesbaden anrufen oder, noch schlimmer, ich könnte es Böker tun lassen und ihnen sagen, dass ich den Aufenthaltsort von Hautzer kenne. Was denkt ihr, wie es dann weitergeht?«

Frantzen brauchte keine Sekunde, um zu antworten. Gerretts schloss sich ohne Zögern an. Crinelli hatte seine Truppen einsatzbereit. Eine letzte Irritation trat auf, als er ihnen mitteilte, dass er beabsichtigte, den Baron im Bef.KW mitzunehmen, doch als er den Zusammenhang erklärte, schluckten die Männer auch diese Kröte.

Um kurz nach neun in der Nacht gab Crinelli den Befehl zum Ausrücken.

43

Die Nacht war wie schwarzer Samt. Der Mond versteckte sich hinter dichten Wolken, und kein Stern stand am Himmel. Es nieselte und war für die Jahreszeit viel zu warm.

Die Scheinwerfer der Mannschaftswagen fraßen sich durch die Dunkelheit. Jedes Fahrzeug näherte sich dem Ziel von einer anderen Seite. Weit genug vom Einsatzort entfernt, um nicht entdeckt zu werden, löschten die Fahrer das Licht und fuhren so das letzte Stück bis zu ihrem vorläufigen Bestimmungsort. Im Laufe der Aktion würde der Kreis um das Zielobjekt Ring für Ring enger werden. Alles Teil eines Plans, der in jedem der Fahrzeuge auslag. Alle standen über Funk miteinander in Kontakt. Gerretts dirigierte sein MEK, Frantzen die Vermummten. Crinelli leitete die Aktion.

∷

Um sieben Minuten vor zehn betraten vier Polizisten in reflektierenden Jacken und mit Kellen die Autobahn. Kurz vor einer Zufahrt, mitten auf freier Strecke, stoppten sie kraft ihres Amtes den noch immer starken Verkehr. Wütende Autofahrer erhielten einschüchternde Blicke, aber keine Antworten. Schnell bildete sich ein Stau.

Um fünf vor zehn schickten die Kollegen dieser Beamten drei Fahrzeuge auf die gesperrte Zufahrt. Einen petrolgrünen Mazda-Sportwagen, einen weißen Mercedes C-Klasse und einen 7,5 Tonnen schweren LKW, dessen Plane der Werbeaufdruck eines Autovermieters zierte. Am Steuer der drei Wagen saßen speziell ausgebildete Polizisten. In ihren Köpfen ein perfekt entwickeltes Szenario. Für die nächsten drei Kilometer fuhren sie exakt nach Anweisung. Direkt vor dem Bauskelett überholte der Sportwagen den Mercedes, dessen Fahrer offenbar hinter dem Steuer eingenickt war. Der ältere Herr riss die Augen auf und zog den Wagen vor Schreck gegen den auf der Überholspur rollenden Mazda. Beim Versuch auszuweichen brach dessen Heck aus, der Wagen touchierte die Leitplanke und schoss dann quer vor den LKW. Der Lastwagenfahrer stieg in die Eisen, der LKW stellte sich ebenfalls quer, und der Mercedes bohrte sich in seine Seite. Die Fahrbahn war blockiert. Keiner der Beamten war bei der Karambolage ernsthaft in Gefahr geraten.

Ein Zünder brachte den Sprengstoff auf der Ladefläche in dem Moment zum Explodieren, als die Polizisten die Autobahn drei Kilometer höher wieder freigaben. Die anfahrende Kolonne wurde somit kurz nach ihrem Start schon wieder abgebremst. Völlig sicher, da der Schein der Explosion die Fahrer frühzeitig auf die Gefahr aufmerksam machte. In den nächsten beiden Stunden diskutierte die aufgebrachte Menge heftig über die Aktion der Polizei.

Die Operation war gelungen. Ein spektakulärer Unfall, eine gesperrte Fahrbahn, ein kilometerlanger Stau und wild durcheinanderrennende Autofahrer. Sollten sich in dem Gebäude neben der Autobahn tatsächlich Menschen aufhalten, würden sie sich dieser überraschenden Veränderung der Situation nicht entziehen können. Die Explosion erfolgte um 22:09 Uhr. Um 22:25 Uhr traf der erste Polizeiwagen ein. Zehn Minuten später wimmelte das Terrain von Polizisten und Sanitätern. Aus der Luft bot sich ein bewegtes Schauspiel. Flackerndes Blaulicht und brennende Autos. Von Norden her schwebte um 22:50 Uhr ein Rettungshubschrauber ein, der zwei Minuten vor 23:00 Uhr bereits wieder abhob.

Frantzens Einheit lag im Gras bereit. Nach der Explosion nickte Crinelli Frantzen zu und gab dem ebenfalls schwarz gekleideten Mann die Hand. Worte waren nicht mehr nötig.

Einen Wimpernschlag später war die SEK-Einheit wie vom Erdboden verschwunden. Crinelli hatte noch nie begriffen, wie diese Burschen das anstellten. Die vier Untergruppenleiter des Einsatzes trugen neben den Nachtsichtgeräten, die alle Männer über den Helm geschnallt hatten, auch noch Minikameras, die laufend Bilder des Einsatzes ins Bef.KW übertragen sollten. Gerretts' Männer hielten währenddessen die Zufahrtswege sauber. Zu diesem Zeitpunkt war das Gelände komplett abgeriegelt. Das Terrain dicht am Gebäude selbst sicherte nun das SEK.

Um 22:22 Uhr drückte sich der erste Mann des Sondereinsatzkommandos in das Gebäude. Zwei Minuten später überwältigten sie einen Mann, der das Erdgeschoss bewachte. Er war mit einem Walkie-Talkie ausgestattet. Waffen trug er nicht. Crinelli durchzuckte es. Fasziniert beobachtete er auf dem Bildschirm, wie die Männer die Treppe zum Untergeschoss sicherten und einer nach dem anderen dorthin verschwanden. Unten erwartete sie die erste Überraschung. An den Wänden hingen Bauleuchten. Crinelli sah zu Soderbergh hinüber, der bleich in der Ecke des Bef.KW hockte. Es fiel dem Banker schwer, sich das Geschehen auf den Monitoren anzusehen. Crinelli gab ihm ein Zeichen, und er verstand sofort.

»Baustrom«, sagte er seltsam unbetont, »Schlamperei. Der sollte seit Jahren abgesperrt sein.«

»Baustrom«, flüsterte Crinelli ins Mikrophon.

»Dachte ich mir«, antwortete Frantzen hinter seiner Gasmaske. Die Worte klangen unendlich weit weg.

»Kannst du den Gefangenen zu uns rausbringen lassen?«, wollte Crinelli wissen.

»Ja.« Er war außer Atem.

Die Zeit zum Verhör sollten sie haben, dachte Crinelli. Auf

der Autobahn erklangen soeben die Martinshörner. Bis zum Eintreffen des Rettungshubschraubers hatten sie noch gute 30 Minuten. Das musste reichen. Crinellis Gedanken rasten, während Frantzens Leute den Gefangenen über das Gelände schleiften. Wie brachte man den Mann innerhalb von nur wenigen Minuten zum Reden? In amerikanischen Krimis würden die Bullen dem Typ die Pistole in den Mund rammen, ihm dabei zwei, drei Zähne ausschlagen und einen bösen Blick aufsetzen. Blödsinn! Allein der Schreck, den man Menschen damit versetzte, würde länger andauern, als sie tatsächlich Zeit hatten. Und außerdem war dieser Mann kein Krimineller. Wenn Crinellis Theorie stimmte, gehörte er im Grunde sogar eher zu den Befreiten in diesem bösen Spiel.

»Ich gehe raus und rede mit ihm.« Er sprach eigentlich mit sich selbst und bezog Soderbergh mit ein. Aber das Mikrophon war noch offen.

»Wir haben Leute für so was, Jerry. Besser, du lässt die das erledigen«, antwortete Frantzen mit gequälter Stimme.

»Nein. Ich mach's. Gib mir zwei Minuten.«

Soderbergh stand in der offenen Tür des Bef.KW und sah zu, wie Crinelli sich zu dem Mann, der vor ihm in der feuchten Wiese lag, hinabbeugte. Der Kommissar schob die Maschinengewehrläufe, die Frantzens Männer auf den völlig verängstigten Obdachlosen richteten, zur Seite und riss ihm mit einem Ruck das Klebeband vom Mund. Der Baron verstand nicht, was Crinelli sagte, aber er meinte die Angst in den Augen des Mannes im schwarzen Anzug erkennen zu können. Und er bemerkte erleichtert, dass er dem Kommissar ohne Ausflüchte antwortete. Offensichtlich redete er zu schnell, wie er aus Crinellis zur Ruhe gemahnenden Handbewegungen ableitete. Soderbergh sah auf die Uhr. Zwei Minuten, hatte Crinelli zu Frantzen gesagt. Nach zwei-fünfzehn stand er wieder aufrecht und drehte sich zu ihm um. Während des Verhörs betete

Soderbergh. Nun sah er gespannt in Crinellis versteinertes Gesicht. Ohne Soderberghs Blick zu erwidern, stieg Crinelli zurück in den Wagen und ließ sich dort in den Stuhl vor der Befehlskonsole sinken.

»Frantzen. Seid vorsichtig. Irgendwas geht da unten vor. Der Typ hat nicht wirklich eine Ahnung. Er sagt nur, etwas sei heute anders.«

»Wo befinden sich die Kinder? Hat er dazu was gesagt?«

»Ihr kommt gleich zu einem großen eingemauerten Raum, in dem der Aufzugschacht endet. Der Technikraum. Dahinter befindet sich eine Eisentür. Und dahinter ein großer, langer Raum und an dessen Ende noch eine Tür. Da drin werden sie festgehalten.«

»Okay, wir gehen los.«

»Warte. Er sagt, da unten sind mindestens zehn Leute. Und er sagt, der Meister – also Hautzer – sei zum ersten Mal selbst dort unten gewesen. Da stimmt was nicht.«

Frantzen gab keine Antwort mehr. Stattdessen sah Crinelli, wie sich die Spezialisten wieder in Bewegung setzten.

Vor dem Aufzugraum hielten zwei Männer mit Gewehren Wache. Jetzt wurde es ernst. Crinelli wusste genau, was in Frantzens Leuten dort unten im Keller vor sich ging. Wenn sie das Überraschungsmoment auch nur um ein Tausendstel verpassten, brach die Hölle los. Es blieb ihnen keine andere Wahl als zu schießen.

Hautzers Männer sackten in sich zusammen, als die geräuschlose Spezialmunition sie traf, die sie erst betäubte, dann aber noch für eine Zeit lang ihr Sprachzentrum lähmte. Crinelli bescherte die Aktion einen dicken Kloß im Hals. Soderbergh sah ihn fragend an. Crinelli nickte und winkte beschwichtigend ab.

Er sah zurück auf den Monitor. Die SEK-Leute standen schon über den Bewusstlosen, nahmen ihnen die Waffen ab, prüften den Pulsschlag durch einen raschen Griff an den Hals.

Kurz hintereinander hoben beide Beamte den Arm. Von den Wachen ging keine Gefahr mehr aus.

Die nächsten Augenblicke waren entscheidend. Die Tür musste geöffnet werden, im vollen Bewusstsein, dass dahinter zehn Männer auf sie warteten. Aber weshalb standen die Wachen davor? Waren die zehn eventuell auch Geiseln? Noch während Crinelli darüber nachdachte, knackte es wieder in der Leitung.

»Crinelli, gibt es noch einen zweiten Weg hier hinein?«

»Negativ.« Crinelli hatte die Pläne die ganze Zeit über im Blick. Es war ein gefangener Raum, der an der Außenmauer endete. Laut Bauzeichnung war der Teil, in dem angeblich die Kinder festgehalten wurden, lediglich eine Art Abstellraum.

»Dann stürmen wir jetzt. Betet für uns.«

Crinelli hatte nicht geahnt, dass Frantzen religiös war, aber in dieser schwierigen Situation brauchte er Glück. Geschick allein würde ihn und seine Männer nicht unbeschadet aus dem Keller zurück in die Nacht bringen. Das SEK stellte sich so auf, dass möglichst viele auf einmal durch den Türrahmen passten. Die Ersten würden nur knapp über dem Boden in den Nebenraum springen und sich innen sofort nach beiden Seiten verteilen. Dann die nächsten und immer weiter so, bis alle drin waren und wieder als Einheit operieren konnten.

Frantzen drehte noch einmal den Kopf zu seinen Leuten, wie die Bewegung seiner Helmkamera verriet, dann schob er den Riegel beiseite und öffnete mit einer schnellen Bewegung die Tür. Immer zwei Finger in die Höhe gestreckt gab er den Pärchen den Befehl zum Angriff. Er selbst ging als Letzter.

Das hatte Crinelli nicht erwartet: schlafende Männer, die trotz des Lärms nicht aufwachten. Noch bevor er sich diesen Zustand erklären konnte, hörte er schon die Rufe der Einheit:

»Gas! Gas! Tür auf, los, Männer. Untersucht die Leute. Vier Mann mit mir zu den Kindern.«

Hautzers Abgang war nochmals dramatischer, als Crinelli erwartet hatte. Der Killer inszenierte sich nicht nur in der Öffentlichkeit, sondern auch in seinem innersten Zirkel. Der Mohr hatte seine Schuldigkeit getan, er konnte gehen. Hautzer vergiftete seine eigenen Männer.

Gebannt sah Crinelli zu, wie Frantzen nach dem Riegel der hinteren Tür griff. Er spürte Soderberghs Atem in seinem Nacken. Frantzen zog die Tür auf, und zwei seiner Männer huschten in den Raum. Crinelli schloss die Augen und hielt die Luft an.

44

»Das Kind lebt. Bringt es raus. Es braucht ärztliche Versorgung. Sind die Rettungswagen endlich da?« Frantzen hustete mehr, als dass er sprach.

»Nein, noch nicht«, hauchte Crinelli ins Mikrophon und öffnete endlich wieder die Augen. Ein Vermummter trug das Kind aus dem Kellerverlies. Crinellis Erleichterung schlug von einem Moment auf den nächsten in Panik um.

»Frantzen, wie viele Kinder habt ihr?«

»Eins. Das Mädchen.«

»Wo ist der Junge?«

»Keine Ahnung, wir suchen jetzt den großen Raum vorne ab.«

Wann endete dieser Albtraum endlich? »Er hat das Kind noch. Hautzer, dieser Scheißkerl«, sagte Crinelli. »Er braucht es als Schutzschild.«

»Scheiße«, drang es aus den Boxen. Und dann: »Frag den Gefangenen, wo Hautzer sich versteckt hält, Crinelli. Beeil dich. Wir haben keine Zeit mehr für einen geordneten Zugriff.«

∷

Crinelli sprang aus dem Bef.KW und schnappte sich den Wächter erneut. Brutal riss er ihn am Mantelkragen auf die Beine und schüttelte ihn, bevor er seine Frage platzierte.

»Wo ist Hautzer? Mach das Maul auf, oder ich bring dich um«, schrie er.

Der Befragte wollte reden. Gewalt war unnötig. Ängstlich deutete er zum Gebäude hinüber.

»Da drüben. Im achten Stock.«

»Sind noch mehr Leute da oben?«

Der Mann im schwarzen Anzug zuckte die Schultern.

»Ich glaube. Der ganze Rat. Und vielleicht noch ein paar von uns. Ich weiß es nicht.«

Was sollte dieses Rat-Geschwätz? Crinelli schnappte sich ein Nachtsichtgerät, zählte die Stockwerke hoch und strich von links nach rechts über die dunklen Fensteröffnungen der achten Etage. Für Bruchteile von Sekunden erleuchteten zwei Blitze die Dunkelheit. Crinelli konnte nicht sehen, was sie angerichtet hatten, aber er erkannte Maschinengewehrfeuer, wenn er es sah.

»Ich gehe rein«, bellte er ins Mikrophon und rannte, während er sprach, schon über die nasse Wiese auf das Betongerippe zu. Er hörte noch Frantzens »Bist du verrückt?« und dann, keine Sekunde später: »Nimm meine Leute als Verstärkung mit.«

Frantzens Männer bewachten den Eingang, auch wenn Crinelli die Vermummten nicht sofort ausmachen konnte. Als eine Gestalt sich direkt vor ihm von der Wand löste, erschrak er, ließ sich aber nichts anmerken.

»Wie viele seid ihr?«, fragte Crinelli.

»Drei«, lautete die knappe Antwort.

»Dann brauche ich euch alle. Der Eingang muss nicht länger gesichert werden. Hier wimmelt es gleich von Polizei und Sanitätern.«

Von ferne hörte man schon die Einheiten, die nun keinen Grund mehr hatten, im Verborgenen zu agieren. Der Einsatz war längst keine Geheimaktion mehr, sondern eine offene Schlacht. Die Grünen mussten den Tatort abriegeln, je eher dies geschah, desto besser war es für die Sicherheit aller Beteiligten, denn auch die Presse, die stets ein Ohr am Polizeifunk hatte, konnte jeden Augenblick eintreffen.

»Wir schnappen uns den Typ. Aber Vorsicht, er ist bis an die

Zähne bewaffnet. Außerdem ist er vermutlich nicht allein. Und er hat noch ein Kind als Geisel. Er ist im achten Stock.«

Crinelli wollte losrennen, als er eine Hand auf seinem Arm spürte. Es war nicht nötig, dass der Mann sprach. Er wies nur mit dem ausgestreckten Arm in die Dunkelheit. Crinelli drehte sich um und erkannte sofort seinen Fehler.

»Soderbergh, ja, mein Gott, sind Sie denn lebensmüde? Verschwinden Sie zurück in den Einsatzwagen. Hier kann Sie niemand brauchen.«

Der Baron schüttelte den Kopf wie ein störrisches Kind. Crinelli stand der Sinn nicht nach einer langwierigen Aufklärungskampagne. Mit zwei Schritten war er beim Baron.

»Sie bleiben hier«, sagte er mit einer Stimme, die keinen Widerspruch duldete. »Stellen Sie sich dort rüber – in die Ecke, wo Sie niemand sieht«, Crinelli deutete mit dem Finger auf einen Mauervorsprung direkt neben der Eingangstür, »und bewegen Sie sich keinen Zentimeter, bis ich zurück bin. Das ist ein Befehl. Gefährden Sie nicht die Aktion und das Leben der Geiseln.«

Damit drehte er sich von Soderbergh weg und wollte nun endlich los. Wieder stoppte ihn der Vermummte.

»Das machen wir besser nach unserer Methode.«

Crinelli atmete hörbar ein, dann nickte er. Auch wenn er es eilig hatte, wusste er doch, dass es besser für seine Gesundheit war, die Erstürmung der Etagen den SEK-Männern zu überlassen. Crinelli fasste sich an den Gürtel und griff anstatt zur Dienstwaffe lediglich in das leere Holster. Er hatte die Pistole im Bef.KW neben sich auf das Pult gelegt und dort vergessen. Sie hatte ihn beim Sitzen gestört.

Den bewaffneten Männern entging Crinellis Bewegung ebenso wenig wie der Grund für sein kurzes Zögern. Der Anführer streckte ihm eine Pistole entgegen, vermutlich trug er ausreichend Waffen am Körper. Endlich nahmen ihn die Männer in die Mitte und begannen, sich gegenseitig sichernd, die Etagen hinauf zu verschieben.

Sie erreichten die dritte Etage. Ein Mitglied des Verbandes gab Feuerschutz, während ein Zweiter an ihm vorbei das nächste Plateau stürmte. Dort ging er in die Knie und sicherte den vor ihm liegenden Treppenabschnitt. Auf ein Zeichen hin erfolgte die Erstürmung des nächsten Abschnitts mit gegensätzlich verteilten Rollen. Crinelli folgte immer erst, wenn eine Etage gesichert war. Hinter ihm stets noch der dritte SEK-Mann, der den Rücken der Operation absicherte. Das planvolle Vorgehen war sinnvoll und hundertfach erprobt, dennoch ging es Crinelli entschieden zu langsam. Aber ihm blieb keine andere Wahl. Bis zur achten Etage blieb der Mann, der die Spitze der Truppe bildete, sein Chef. Oder war der Zweite in der Reihe der Anführer? Bei dem schnellen Wechsel der Positionen und der absoluten Verwechselbarkeit der Gestalten hatte er den Überblick verloren. Bestimmt wusste er nur, dass er selbst nie die Spitze bildete und hinter ihm immer noch ein SEK-Mann war.

Auf diese Weise gelangten sie bis Etage fünf.

Immer noch war nichts von Hautzer und seinen Männern zu sehen. Fühlte er sich so sicher, oder gingen ihm langsam die Leute aus? Crinellis Gefühl war nicht das beste, aber er war zum Mitläufer degradiert. Er stiefelte einfach immer hinterher, wenn er das entsprechende Zeichen erhielt.

Plötzlich durchschnitt ein peitschender Knall die Stille. Die Männer hielten an. Crinelli ging in die Hocke und wartete mit vorgehaltener Pistole ab. Blitzschnell bauten sich die beiden Führer des Teams rechts und links des Aufzugschachts auf. Klar, nur von dort konnte die Gefahr drohen, eine andere Möglichkeit gab es nicht. Sie leuchteten in den Schacht. Zuerst nach oben, dann in die Tiefe.

»Das Seil«, hörte Crinelli sie sagen. Er gab seine Deckung auf und huschte zu den Männern auf die andere Seite des Podests. Ohne starke Lampen wäre nichts zu erkennen gewesen. So aber war das dicke Tau unübersehbar. Es pendelte hin und her. Nur, was hatte es in Bewegung versetzt? Die starke Luftströmung in dem Schacht wohl kaum. Der Anführer ihres Trupps funkte die Entdeckung nach unten. Die Antwort folgte sofort:

»Hier Cremer. Wir sichern den Keller. Ein toter Mann ist soeben auf dem Boden des Aufzugschachts aufgeschlagen. Niemand sonst zu sehen.«

»Einer von uns?« Frantzens Stimme klang deutlich weniger sachlich als bisher.

»Negativ. Unbekannt. Er trägt einen Bart und einen schwarzen Anzug.«

»Er knallt seine Leute ab«, sagte Crinelli.

»Seid vorsichtig, Crinelli, wir wissen nicht mehr, wo er sich im Gebäude aufhält. Die Leute unter euch sichern die entsprechenden Etagen. Wartet besser auf Verstärkung.«

»Wir haben keine Zeit mehr zu warten. Das nächste Opfer könnte ein kleines Kind sein.«

Crinelli winkte dem Anführer seines Trupps ungeduldig zu. Der Vermummte machte keine Anstalten, seinen Weg fortzusetzen, bis er zwei Sekunden später ein »Okay, aber seid vorsichtig« von Frantzen auf seinem Kopfhörer hörte.

Sie erreichten die achte Etage. Eine Stahltür versperrte ihnen den Zugang. Durch einen Spalt zwischen Tür und Boden drang Licht hinaus auf das Podest. Noch bevor Crinelli die letzten Stufen erklommen hatte, erkannte er, dass einer der Männer Plastiksprengstoff an der Tür anbrachte.

»Wir gehen rein. Bleiben Sie zurück, bis wir den Raum gesichert haben«, lautete das Kommando, bevor nur Sekunden später die Tür mit einem lauten Knall aufflog. Eine Wolke aus Rauch und Staub verschluckte die Männer.

Crinelli hielt die Luft an. Wenn jetzt keine Schüsse fielen, war Hautzer wahrscheinlich längst über alle Berge. Unsicher, was zu tun war, drehte er sich zu dem sichernden Beamten um. Der Mann deutete nach oben. Endlich der Befehl zum Angriff. Crinelli setzte sich in Bewegung. Was bedeutete wohl die Stille hinter der Tür?, ging es ihm durch den Kopf, als es auf seinem Ohr knackte.

»Alarm, an alle. Wir haben einen Toten auf der dritten Etage. Durchtrennte Kehle. Überall Blut. Moment … es ist Heinlein.«

»Verdammt!« In Frantzens Stimme lag jetzt Panik. Heinlein gehörte zur Crinelli-Gruppe.

Crinelli verharrte zwei Stufen unterhalb des Podests. Mit einer hastigen Bewegung drehte er sich abermals um und sah direkt in das Gesicht von Michael Hautzer. Der vielfache Mörder sah aus wie all die anderen von Frantzens Einheit. Die gleiche Schutzkleidung, Helm, Waffen, alles. Hautzer war vermutlich durch den Schacht nach unten gelangt. Den Toten hatte er nur als weiteres Ablenkungsmanöver gebraucht, um von seinem Ausstieg in Etage drei abzulenken. Er nutzte die kurze Zeit der Verwirrung, um selbst in den Rücken der Operation zu gelangen. Dann hatte er sich die Nachhut geschnappt und getötet. Logisch, er kannte diese Art Einsatz ganz genau, und er musste nicht erst üben, sich wie ein SEK-Mann zu verhalten, er befand sich auf seinem ureigensten Terrain.

»Endstation, Crinelli«, hörte er noch, bevor ihn ein stumpfer Gegenstand an der Schläfe traf.

∷

Es dauerte nicht lange, bis Crinelli wieder zu sich kam. Ein stechender Schmerz im Kopf war alles, was er spürte. Er versuchte sich zu orientieren.

Seine Hände waren auf dem Rücken zusammengebunden,

Klebeband verhinderte das Öffnen des Mundes. Gierig versuchte er durch die Nase zu atmen. Panik stieg in ihm auf. Erst als er sich zur Ruhe zwang, atmete er wieder gleichmäßig.

Er hob den Kopf und sah direkt in die Augen eines Mannes. Sie hatten jeden Glanz verloren. Tot. Crinellis Befürchtung bewahrheitete sich in dem Moment, in dem es ihm gelang, den Kopf noch ein Stück höher zu heben. Direkt dahinter lag ein zweiter Toter. Es waren seine Leute.

»Wir gehen jetzt da raus«, flüsterte eine Stimme direkt an seinem Ohr. Sofort verkrampfte sich sein Körper, als wäre er in Eiswasser gestürzt. Die Stimme klang metallisch, und das Schnarren war ihm vertraut. Er war ihr viel zu oft in letzter Zeit begegnet. »Sie und ich. Und ich bin immer direkt hinter Ihnen, Crinelli. Und Sie haben mein Messer an der Kehle und meine Waffe am Hinterkopf. Die Jungs da draußen wissen, dass ich keinen Moment zögern werde, Sie umzubringen, und genau deshalb werden sie uns passieren lassen. Danach sterben Sie, und ich verschwinde. Wir sind jetzt unter uns, Crinelli. Sind Sie bereit?«

Er riss Crinelli mit einem Ruck das Klebeband vom Mund.

»Sind das unsere Leute?« Crinelli wusste nicht, warum er als Erstes gerade diese Frage stellte.

»Ja. Ihre Leute. Und sie sind tot, genau wie meine Leute. Ist das alles, was Sie wissen wollen? Dann können wir ja jetzt gehen …«

»Moment. Warum ich nicht?«

Hautzer lachte. »Sie sind meine Rückversicherung.«

»Nein, vorher, warum haben Sie mich nicht getötet? Sie hatten die Gelegenheit dazu.«

»Das wissen Sie doch längst. Zuerst habe ich Sie nur wegen damals verschont, aber dann … Scheißegal. Stehen Sie auf, wir haben noch was vor.«

Er zerrte Crinelli auf die Füße. Crinelli sah sich in dem Raum um. Am Fenster lag ein weiterer Mann. Die Maschinengewehrsalve. Einen hatte Hautzer den Schacht hinuntergeschmissen, der andere lag noch dort, wo er ihn erschossen hatte. Ob diese beiden Typen der ominöse Rat gewesen waren? Crinelli hatte keine Ahnung, wie lange genau er bewusstlos gewesen war, und ebenso wenig, was währenddessen hier oben passiert war. Wahrscheinlich hatte Hautzer die beiden anderen SEK-Männer genauso getäuscht. War in ihrem Rücken aufgetaucht und hatte das Überraschungsmoment eiskalt ausgenutzt, um sie zu erschießen. Crinelli dachte fieberhaft nach. Frantzens Leute mussten doch unmittelbar hinter ihnen gewesen sein. Wo waren sie abgeblieben? Die Frage wurde in diesem Augenblick beantwortet.

»Hautzer?« Crinelli hörte Frantzens Stimme auf seinem Ohr. Er sah zu dem Mörder rüber. Hautzer trug Heinleins Sender am Gürtel und war auf ihrer Frequenz.

»Frantzen.«

»Die Männer sind raus aus dem Gebäude. Wie geht's jetzt weiter?«

»Das wirst du schon sehen. Ende.«

»Ja, wie geht es weiter, Hautzer?« Crinelli wollte Zeit gewinnen. Offenbar hatten Frantzen und Hautzer während seiner Ohnmacht Kontakt gehabt. Ihr Abmarsch stand also unmittelbar bevor. »Und wo ist das Kind? Hören Sie, lassen Sie das Kind laufen, Sie haben mich doch.«

»Das Kind ist nicht hier. Gehen Sie mir nicht auf die Nerven, Crinelli. Wir bringen das hier jetzt professionell hinter uns. Wenn wir draußen sind, gibt es nur noch Sie und mich, und dann sehen wir, was wir damit anfangen.«

»Sie sind doch krank, Hautzer.« Crinelli sprach laut, und er wusste, dass Frantzen alles mithören konnte. »Hören Sie mir zu! Sie glauben, dass Sie der Superheld in dieser Geschichte sind. Der Geschichtenerzähler und der Held in einer Person. Das glauben Sie doch, nicht wahr? Ich sage Ihnen was, dieses ganze Geschwätz, von wegen wir beide erledigen die Sache Auge in Auge, diese ganze Cowboyscheiße können Sie sich für den Knast aufsparen. Ich will davon nichts wissen. Ja, Hautzer, ich hab's kapiert. Sie glauben, wir beide liegen auf der gleichen Wellenlänge. Und ich sage Ihnen: Eine Scheiße tun wir. Sie sind ein kaltblütiger Mörder, und ich habe Sie zur Strecke gebracht. Uns beide verbindet rein gar nichts, kapiert?« Crinelli sah Hautzer scharf an. Seine Augen funkelten vor Angriffslust. »Sie sind erledigt, Mann. Können wir jetzt bitte gehen?«

Zunächst schien es, als wolle Hautzer Crinelli an den Hals springen, dann legte er den Kopf in den Nacken und lachte.

»Los, Arschloch, wir gehen.«

Crinelli hatte sich noch niemals in der Gewalt eines Verbrechers befunden. Deshalb besaß er dafür auch kein Handlungsschema. Vorerst blieb ihm nichts anderes übrig als zu tun, was der Mann von ihm verlangte.

Aus dem Fenster hatte er einen schnellen Blick auf das Gelände vor der Bauruine werfen können. Was eben noch als friedliches Terrain vor den Toren Kölns dagelegen hatte, glich jetzt einem grell ausgeleuchteten Tollhaus. Immer neue Fahrzeuge rollten heran: Polizei, Rettungsdienst, Presse, während andere das Gelände in Richtung Stadt verließen. Auf der angrenzenden Autobahn leuchteten die Lichter der gestauten Autos, aufgereiht wie auf einer Perlenschnur.

Und irgendwo da unten hockten die Scharfschützen und warteten darauf, dass Crinelli und Hautzer hinaus ins Scheinwerferlicht traten. Er glaubte nicht daran, dass Hautzer noch ein Ass im Ärmel hatte. Es gab keine doppelten Wände, keine geheimen Gänge oder Spiegeltüren. Die Zeit des Versteckspielens war endgültig vorbei.

Vorsichtig nahmen sie einen Treppenabsatz nach dem anderen. Hautzer klebte an Crinelli. Sein Messer ritzte ihm beim Gehen die Haut unterhalb des Kinns auf, und der Druck am Hinterkopf stammte von dessen Pistole. Hautzer tat exakt, was er angekündigt hatte.

Als sie hinaus ins Freie traten, blendete sie das gleißende Licht. Crinelli blinzelte, konnte aber nichts sehen. Er wusste, wo Frantzen sein musste, und konnte sich denken, wo er seine Scharfschützen postiert hatte. Die nächsten Minuten waren entscheidend. Gelänge es ihm, auch nur für einen Moment von Hautzer wegzukommen, hätten die Schützen ein freies Ziel. Aber leider wusste das niemand besser als der hinter ihm postierte Hautzer.

»Frantzen. Mach die Scheinwerfer aus.« Hautzers Stimme klang kraftvoll und befehlsgewohnt.

»Nein.« Das Megaphon verzerrte Frantzens Antwort. Dennoch spürte man auch seine Entschlossenheit.

»Mach das Licht aus, oder Crinelli stirbt.«

»Stirbt er nicht ohnehin? Das Licht bleibt an. Lass ihn gehen, und du bleibst am Leben. Hautzer, wir haben das Kind gefunden, du hast nichts mehr.«

Hautzer lachte. Crinelli stand kurz vor der Ohnmacht. Als Verhandlungsmasse fühlte er sich beschissen.

»Du glaubst mir nicht? Wir haben den Jungen im Kofferraum eines anthrazitfarbenen Voyagers gefunden. Geknebelt und gefesselt. Ihm geht's nicht gut, aber er kommt durch. Du bist fertig, Hautzer. Lass Crinelli laufen.«

Ein Moment der Stille. »Sag was«, hätte Crinelli am liebsten gebrüllt, aber die Angst schnürte ihm die Kehle zu.

»Frantzen, ich will einen Hubschrauber. Sofort. Aufgetankt und ohne Besatzung.«

»Welche Sicherheiten haben wir?«

»Keine!«

Wieder Stille. Crinelli wurde noch unruhiger, wenn das überhaupt möglich war. Hautzer schien das zu bemerken. Er gab ein klein wenig mehr Druck auf das Messer. Die Haut darunter riss, und ein dünner Blutfaden lief an Crinellis Hals hinab, in den offenen Hemdkragen hinein und über die Brust. Es kitzelte mehr, als dass es schmerzte.

»Wir brauchen Zeit, Hautzer.«

Das Lachen jagte nicht nur Crinelli Schauer über den Rücken. Eine Antwort gab Hautzer nicht.

Crinelli hätte in dieser scheinbar unauflösbaren Konfliktsituation alles erwartet. Er hätte an ein Nachgeben der SEK-Leute geglaubt, an weitere Verhandlungen, an seine Flucht oder seinen Tod, aber damit, die Stimme des Barons plötzlich direkt neben sich zu hören, damit hatte er nicht gerechnet.

Das Unerwartete brachte auch Michael Hautzer für den Bruchteil einer Sekunde aus dem Takt. So lange genau, wie er brauchte, um in die Richtung hinüberzusehen, aus der die Stimme gekommen war. Die Stimme, die nicht etwa: *Halt!* Oder: *Stopp!* Oder: *Hände hoch!* Oder: *Geben Sie auf, Hautzer!* sagte, sondern klar und hart: »Ich töte Sie!«

Und in diesen drei Worten lag mehr Entschlossenheit als in jeder Aktion Hautzers.

Hautzer bewegte seinen Körper ein Stück von Crinelli weg. Der Schuss fiel genau in dem Moment, in dem Soderbergh das Ausrufezeichen hinter seinen in Stein gemeißelten Satz setzte. Der Mündungsblitz erhellte kurz das Gesicht des Barons. Jetzt lag es wieder im Dunkeln.

Crinelli drehte sich in dem Augenblick von Hautzer weg, als der Schuss fiel. Das Projektil streifte heiß über seinen Arm, bevor es irgendwo in Hautzers Schutzweste einschlug. Der Druck der Klinge gegen seinen Hals erschlaffte für Sekunden. Instinktiv zog Crinelli den Kopf ein und sackte um einige Zentimeter nach unten.

Hautzers Schädel tauchte hinter Crinelli im Scheinwerferlicht auf. Frantzens Kugel traf den vielfachen Mörder mitten in die Stirn. Er war tot, bevor einer der Umstehenden die Vorgänge der letzten Sekunden realisiert hatte.

45

Die Verhöre der Überlebenden würden Wochen dauern und der Abschluss des ganzen Falls sich bis weit in das nächste Jahr ziehen. Crinelli beabsichtigte, sich weitestgehend aus den Untersuchungen herauszuhalten. Es war ohnehin fraglich, was die Ermittler noch herausfinden konnten, was er nicht längst schon wusste oder doch zumindest ahnte. Noch fraglicher war, was davon schließlich an die Öffentlichkeit gelangen würde.

Böker war noch in der Nacht auf der Einsatzstelle aufgetaucht, zusammen mit Hueber vom BKA. Die Übereinkunft zwischen den Technokraten war schnell getroffen, man brauchte bloß in ihren selbstzufriedenen Gesichtern zu lesen. Crinelli hätte die Wahrheit gerne laut hinausgeschrien, nur um dabei zuzusehen, wie die Fassaden der Herren zu bröckeln begannen, doch er war müde und fühlte sich ausgelaugt.

Immerhin war es ihm noch gelungen, Baron von Soderbergh aus der Schusslinie zu nehmen. Frantzen und Gerretts waren nach einem kurzen Wortwechsel bereit gewesen, den Baron aus allem rauszuhalten. Soderbergh hatte Crinellis Leben gleichermaßen gefährdet und gerettet. Sie waren quitt. Vielleicht würde er die Angelegenheit anders bewerten, wenn er erst einmal geschlafen hatte und die Zeit fand, die Geschehnisse der Nacht zu verarbeiten. Der Baron hätte ihn treffen können oder Hautzer. Er hätte sich des Mordes schuldig gemacht. Ob man seinen Entschluss menschlich verstehen konnte oder nicht, spielte keine Rolle.

Crinelli war selbst für alles verantwortlich, was rund um den Baron herum geschehen war. Schließlich war er es gewesen, der sich entschlossen hatte, einen Zivilisten mit in einen blutigen

Kampf zu nehmen. Kein Vorwurf, und auch die Leiter der Einsatzgruppen wussten, dass sie Soderberghs Eingreifen letztlich das gute Ende der Aktion zu verdanken hatten.

Also hatte man dem verstörten Mann eine Decke über den Kopf geschmissen, ihn zu einem PKW gebracht und seinen Leib hinter die vorderen Sitze gedrückt. Mit hohem Tempo verließ der Wagen die Einsatzstelle, vorbei an neugierig gaffenden Reportern, schussbereiten Fotoapparaten und laufenden Kameras.

Während Crinellis Wunde, die Soderberghs Streifschuss verursacht hatte, von einem Notarzt versorgt wurde, befand sich der Baron schon wieder auf sicherem Gelände, hinter den hohen Gittern seines Besitzes.

■■
■■

Crinelli war zu müde zum Schlafen. Als der Morgen graute, ließ er sich in die Stadt fahren. Er wechselte seine durchweichte Kleidung, duschte heiß und radelte dann zur Ferrari-Bar. Als der dicke Lorenzo ihn gut gelaunt fragte, wie es ihm gehe, zuckte er nur die Schultern. Er suchte kein Gespräch.

Er schlürfte den heißen Espresso und sah aus dem Fenster. Die ersten Menschen gingen zur Arbeit. Für viele von ihnen war es der letzte Arbeitstag vor den Ferien. Im Kreis der Familie, in der Fremde oder mit Freunden. Am Sonntag war Heiligabend. Die Menschen wirkten geschäftiger als sonst, aber auch gelassener. Selbst der Regen konnte ihnen die Vorfreude nicht mehr verderben. Noch eine Woche, dann brach das neue Jahr an. Danach blickte man nach vorne, nicht mehr zurück, man träumte dem Frühjahr entgegen und wähnte den Winter besiegt.

Nach einer langen Weile, die Crinelli sich, seinen Gedanken und Gefühlen gönnte, nahm er sein Handy und rief die Salowski an. Er wusste, dass er sie zu dieser frühen Stunde weckte. Sie beschwerte sich nicht, hörte sich an, was ihr Jungchen zu sagen hatte, und schickte ihm einen Kuss durchs Telefon. Die Zärtlichkeit tat Crinelli gut. Dann telefonierte er mit Franz Liebermann. Er hatte sich eine ausführliche Information über den Ausgang der Aktion verdient. Crinelli sprach leise und konzentriert. Er ließ nichts aus und beschönigte nichts. Ob der Journalist die derzeit bestinformierte Quelle der Stadt nutzen wollte oder nicht, überließ Crinelli allein dessen Gespür. Er hatte weder etwas dagegen noch ermutigte er ihn. Es war ihm schlicht gleichgültig.

Anschließend trank er einen letzten Espresso und schob sein Fahrrad zurück zu seiner Wohnung. An der Stelle, an der der Bettler in seinen Armen gestorben war, hielt er an. Er trat zur Seite, um den eiligen Passanten Platz zu lassen, und steckte sich eine Zigarette an.

Ich werde dich nicht vergessen, Bernhard, dachte Crinelli. Der Mann hatte teuer bezahlt für die drei Worte, die er ihm mitgegeben hatte. Zu Hause duschte er erneut, hängte das Telefon aus und schaltete das Diensthandy ab. Er kroch unter die warme Decke und schlief sofort ein.

46

Am Samstagvormittag fand die Pressekonferenz statt. Es war nicht so, dass Böker darauf bestanden hatte, dass Crinelli neben ihm auf dem Podium saß, er hätte die riesige Aufmerksamkeit nur zu gerne ungeteilt genossen, aber dafür war der Druck der Medien doch zu groß. Es war durchgesickert, dass es allein Crinelli zu verdanken war, dass der vielfache Mörder endlich unschädlich gemacht werden konnte, und es war ebenso bald klar geworden, dass man den Medien jetzt die Wahrheit sagen musste. Hautzer war der Mann, der hinter dem Anschlag auf den Zug steckte, der für die Entführung und den Tod von Lisa Soderbergh verantwortlich war, der die Bombe im Frankfurter Hauptbahnhof gezündet hatte und zum Zeitpunkt seiner Ergreifung zwei Kinder von bekannten Persönlichkeiten der Stadt in seiner Gewalt hatte. Er hatte einen Sozialarbeiter erdrosselt – Dankwarts Leiche war in Leverkusen an Land geschwemmt worden –, den Zweigstellenleiter einer Immobilienfirma exekutiert und einem Obdachlosen mitten auf der Straße in den Kopf geschossen.

Und Crinelli erzählte von den weiteren Toten, die auf das Konto von Michael Hautzer gingen. Von den drei getöteten SEK-Beamten, den Gasopfern, dem Tod seiner engsten Vertrauten. Er gab einen kurzen Abriss dessen, was sie durch die Aussagen von Überlebenden bisher über Hautzers Terrorregime herausgefunden hatten. Er berichtete, wie Hautzer die Leute rekrutiert hatte, wie sie auf einem stillgelegten Gelände in der Eifel ausgebildet wurden, mit welchen Mitteln er sie unter seiner Kontrolle hielt und schließlich opferte.

Und er schilderte, wie er durch den Mord an einem bis heute unidentifizierten Mann auf die Fährte von Hautzer gelangt war.

Er erwähnte nichts von dem Einbruch in die Waffenkammer des BKA, aber er ließ auch nicht unerwähnt, dass er nie an die Terrorismustheorie geglaubt habe. Er erklärte nichts und beantwortete dazu keine Fragen. Er blieb strikt bei seiner Geschichte.

Als er zum Ende kam, wollte das Raunen nicht mehr abebben. Für die Vertreter der Medien stand der Held der Geschichte längst fest, auch wenn ansonsten noch eine Menge Fragen übrig blieben.

Crinelli hatte sich zu dem verlangten Auftritt bereit erklärt, aber dafür hatte Böker ihm erlauben müssen, im Anschluss an seinen Vortrag verschwinden zu dürfen, ohne auf Nachfragen antworten zu müssen. Sie schoben seinen Abgang auf die Wunde, die er im Kampf davongetragen hatte. Die Presse verabschiedete Crinelli mit Applaus.

∷

Draußen schwang er sich auf sein Fahrrad und fuhr langsam durch den Regen. Ohne die Richtung bewusst eingeschlagen zu haben, befand er sich keine zwanzig Minuten später auf der Straße oberhalb der Rheinwiesen. Er lehnte das Rad gegen einen Baum und setzte sich auf die nasse Bank. Die Haare klebten ihm am Schädel, aber er fühlte sich so frei wie seit langem nicht mehr.

Crinelli streckte die Beine von sich und breitete die Arme aus. Er saß da wie ein Mensch in Erwartung der ersten Sonnenstrahlen nach einem langen Winter. Er tat nichts, außer die feuchtkalte Luft zu atmen. Ein und aus. Ein und aus. Morgen war Weihnachten.

Sein Telefon klingelte, und er widerstand dem Reflex, das eingehende Gespräch wegzudrücken. Damit hatte er schlechte Erfahrungen gemacht. Er sah auf das Display: Maria.

Crinelli lauschte ihrer Stimme. Sie gratulierte ihm zu seinem Erfolg, berichtete ihm davon, was Liebermann mit all den Fakten zu tun gedachte, und schmeichelte ihm, bis er rote Ohren bekam. Er sagte nichts, lauschte nur und atmete. Ein und aus. Ein und aus.

Bei Marias letzten Worten verzog sich sein Mund zu einem breiten Grinsen.

Weihnachten, dachte er glücklich, nachdem er das Gespräch mit seiner Frau beendet hatte, frohe Weihnachten.

Danksagung

Für dieses Buch benötigte ich zahlreiche Informationen über die Arbeit der Polizei. Wie schon bei Crinellis erstem Fall wusste Uwe Steen von der Öffentlichkeitsarbeit der Kölner Polizei auf alle meine Fragen eine Antwort. Mehr noch: Er riet mir ab, ermunterte mich und lieferte entscheidende Hinweise. Natürlich bilden seine Erläuterungen nur das Gerüst für meine Geschichte, weshalb ihn auch keine Schuld trifft, wenn der ein oder andere Sachverhalt im Sinne einer spannenden Handlung von mir »etwas freier interpretiert« wurde.

Als mich das Thema der Obdachlosigkeit umtrieb, suchte ich zunächst im Internet nach Erfahrungsberichten. Zu meiner großen Verwunderung wurde ich nicht fündig. Umso mehr bedanke ich mich bei Thomas Münch, der mir sein großes Wissen über das Leben auf der Straße, Notunterkünfte und vor allem über das Seelenleben dieser an den Rand der Gesellschaft gedrängten Menschen zur Verfügung gestellt hat. Ihm verdanke ich auch den entscheidenden Hinweis, der meine Story »gangbar« gemacht hat.

Ich danke meinen Freunden, den Erstlesern, für ihre Kritik und die wohlmeinenden Ratschläge. Auf den nächsten Wanderungen werdet ihr wohl noch manch neuen Plot über euch ergehen lassen müssen.

Vor allem danke ich der einen, ohne die das alles ohnehin nicht möglich wäre.

Werner Köhler
Das Mädchen vom Wehr

Ein Crinelli Krimi
KiWi 877
Originalausgabe

Nach dem großen Erfolg seines ersten Romans »Cookys« zeigt uns Werner Köhler eine neue Seite seines literarischen Könnens: ein düsterer Krimi der Sonderklasse. Der grausame Fund einer Mädchenleiche erschüttert ein kleines Dorf. Für Hauptkommissar Crinelli führen die wenigen Spuren aus dem Ort heraus. Doch ein Blick hinter die Fassaden der scheinbar heilen Welt lässt ihn sehr bald Schreckliches ahnen ...

»Die 444 Seiten lesen sich atemlos, man mag die Geschichte ›Das Mädchen vom Wehr‹ nicht unterbrechen, das Buch keinen Moment aus der Hand legen.«

Rheinische Post

Werner Köhler
Cookys

Roman
KiWi 808
Originalausgabe

»Cookys« erzählt die Geschichte einer Leidenschaft – Kochen. Seine Jugend in den 70er Jahren verbringt der Ich-Erzähler Gerd Krüger, genannt »Cooky«, wie viele junge Männer: schweigend und dauerverliebt. Natürlich spricht er nicht mit den Mädchen, aber er kocht für sie. »Cookys« ist ein Roman über das Erwachsenwerden, über Freundschaft, Verlust und die Verwirrung der Gefühle. Vor allem aber ist es eine Liebeserklärung an die alles vereinende Kraft des Kochens.

»Was Nick Hornby mit ›Fever Pitch‹ für den Fußball getan hat, leistet Werner Köhler mit ›Cookys‹ fürs Kochen: Er erzählt die Geschichte einer Leidenschaft, die das Leben prägt. Ein Buch wie ein gutes Essen mit guten Freunden. Köstlich und herzerwärmend.« *Deutsche Welle*

»Ein Buch, dessen Lektüre satt und glücklich macht.«
Elke Heidenreich

Paperbacks bei Kiepenheuer & Witsch KiWi PAPERBACK www.kiwi-verlag.de

Werner Köhler
Eine ganz normale Familie

Roman
KiWi 965
Originalausgabe

Eine bewegende Geschichte mit aus unserer Gegenwart. Skurril, voller Gefühle und melancholischer Weltbetrachtung. Der Alltag der Familie Billings gerät aus den Fugen. Ihnen ist etwas dazwischengekommen: das Leben.

»Dieses wundervolle Buch hat mich bestens unterhalten und mehr als einmal tief berührt.« *Frank Plasberg*

»Werner Köhler gelingt in seinem unterhaltsamen Roman das fast Unmögliche: Alltag als spannend-farbigen Abriss zu schildern, der sich nicht in Belanglosigkeit verliert.«
Freie Presse

»Werner Köhler schafft inmitten emotionaler Wirrungen eine Atmosphäre gespannter Melancholie und zaghafter Hoffnung.« *Buchjournal*